U0869007

聊斋志异

〔清〕蒲松龄 著

江苏凤凰文艺出版社
JIANGSU PHOENIX LITERATURE AND ART PUBLISHING, LTD

目录
CONTENTS

耳中人

谭晋玄，邑诸生[①]也。笃信导引之术[②]，寒暑不辍。行之数月，若有所得。一日，方趺坐[③]，闻耳中小语如蝇，曰："可以见矣。"开目即不复闻，合眸定息，又闻如故。谓是丹[④]将成，窃喜。自是每坐辄闻。因思俟其再言，当应以觇[⑤]之。一日，又言，乃微应曰："可以见矣。"俄觉耳中习习然[⑥]，似有物出。微睨[⑦]之，小人长三寸许，貌狞恶如夜叉状，旋转地上。心窃异之，姑凝神以观其变。忽有邻人假物，扣门而呼。小人闻之，意张皇，绕屋而转，如鼠失窟。谭觉神魂俱失，不复知小人何所之矣。遂得颠疾[⑧]，号叫不休。医药半年，始渐愈。

【注释】

①邑诸生，即本县县学生员。诸生，明清经本省各级考试取入府、州、县学者称生员，俗称秀才。

②导引之术，导气引体，古代医家、道家的养生术，与今天所说的"气功"类似。

③趺（fū）坐，即"结跏趺坐"，或称"跏趺"，俗称"双

盘”。佛教徒坐禅法，即左右足交迭于左右腿上而坐。分为降魔坐与吉祥坐两种：前者先以右足压左腿，后以左足压右腿，手亦左在上，要求身要中正，诸禅宗多传此坐，此法能降一切邪魔，亦称为“金刚坐”；后者先以左足压右腿，后以右足压左腿，令二足掌仰放于二腿之上，安仰跏趺之上，相传即如来成正觉时坐法。

④丹，道家术语，有内、外之别，以烹炼金石为外丹，以修养龙虎、胎息、吐纳为内丹。这里谓内丹，即炼精化气，炼气化神，炼神还虚，从而达到天人合一。

⑤觇（chān），观察。

⑥习习然，形容痛痒一类的感觉。

⑦微睨（nì），悄悄地斜视。睨，斜着眼睛看。

⑧颠疾，精神错乱一类的疯癫病。

【简评】

按查，《丁耀亢全集》中有《送谭晋玄还淄青谭子以修炼客张太仆家》一诗：“谭子风尘里，潜居有化书。鲁门疑祀鸟，濠水乐知鱼。道气洪蒙外，玄言汲冢馀。幻形何处解，羽蜕近清虚……”谭晋玄的功法与效用非常类似于道经中常载的“守庚申”法。而守庚申是炼丹术（外丹）术语。即当庚申之夜，揭三猿之像以祭祀帝释天和青面金刚的仪式。道教说人身皆有三尸虫（又称三彭、三虫），能记人过失，每逢庚申日，乘人入睡时将人之过恶禀奏上帝。故此日之夜晚应不睡以守候之，其目的是斩断人体中的三尸虫。丁耀亢（1599—1671），比蒲松龄年长四十余岁，谭晋玄亦当属蒲松龄之前辈无疑。修练导引之术因不得法而出现偏差，如同今天练习气功而“走火入魔”，会导致精神方面的疾病或身体器官的某种病变。这篇故事是据乡里传闻实录，其间幻听、幻视等状况皆已出现，属于典型的精神错乱。

清钱泳《履园丛话》卷一四《祥异·鼻中人》也有类似记述："有唐与鸣者，东乡人。偶昼卧椅上，睡熟，忽鼻中出两小人，可二寸许，行地上疾如飞……而寤，询之，具述梦状，始知短人者即唐之元神也。"道家称人的灵魂为元神，据说元神可以物质化的形态离开人之主体游行。而幻觉中的元神居然出现于第三者的观察中，颇匪夷所思，不可认真。

尸变

阳信[1]某翁者，邑之蔡店人。村去城五六里，父子设临路店，宿行商。有车夫数人，往来负贩，辄寓其家。一日昏暮，四人偕来，望门投止[2]，则翁家客宿邸满[3]。四人计无复之，坚请容纳。翁沉吟思得一所，似恐不当客意。客言："但求一席厦宇，更不敢有所择。"时翁有子妇新死，停尸室中，子出购材木未归。翁以灵所室寂，遂穿衢[4]导客往。入其庐，灯昏案上。案后有搭帐衣[5]，纸衾覆逝者[6]。又观寝所，则复室中有连榻。四客奔波颇困，甫就枕，鼻息渐粗。惟一客尚朦胧，忽闻灵床上察察有声，急开目，则灵前灯火，照视甚了。女尸已揭衾起。俄而下，渐入卧室。面淡金色，生绢抹额[7]。俯近榻前，遍吹卧客者三。客大惧，恐将及己，潜引被覆首，闭息忍咽以听之。未几，女果来，吹之如诸客。觉出房去，即闻纸衾声。出首微窥，见僵卧犹初矣。客惧甚，不敢作声，阴[8]以足踏诸客，而诸客绝无少动。顾念无计，不如著衣以窜。裁[9]起振衣，而察察之声又作。客惧，复伏，缩首衾中。觉女复来，连续吹数数[10]始去。少间，闻灵床作响，知其复卧。乃从被底渐渐出手得袴[11]，遽[12]就著之，白足[13]奔出。尸亦起，似将逐客。

比其离帏，而客已拔关[14]出矣，尸驰从之。客且奔且号，村中人无有警者[15]。欲叩主人之门，又恐迟为所及，遂望邑城路极力窜去。至东郊，瞥见兰若[16]，闻木鱼声，乃急挝山门[17]。道人[18]讶其非常，又不即纳。旋踵[19]，尸已至，去身盈尺，客窘益甚。门外有白杨，围四五尺许，因以树自幛。彼右则左之，彼左则右之。尸益怒，然各寖倦[20]矣。尸顿立，客汗促气逆[21]，庇树间。尸暴起，伸两臂隔树探扑之。客惊仆，尸捉之不得，抱树而僵。

道人窃听良久，无声，始渐出，见客卧地上。烛之，死，然心下丝丝有动气。负人，终夜始苏。饮以汤水而问之，客具以状对。时晨钟已尽，晓色迷濛，道人觇树上，果见僵女。大骇，报邑宰[22]。宰亲诣质验，使人拔女手，牢不可开。审谛之，则左右四指并卷如钩，入木没甲。又数人力拔，乃得下。视指穴，如凿孔然。遣役探翁家，则以尸亡客毙，纷纷正哗。役告之故，翁乃从往，舁[23]尸归。客泣告宰曰："身[24]四人出，今一人归，此情何以信乡里？"宰与之牒，赍送以归[25]。

【注释】

①阳信，明清县名，明至清初属济南府，现所在山东省滨州市阳信县。

②望门投止，因处境窘迫，见有人家即欲投宿。

③客宿邸满，整个旅店住满了客人。邸，旅店。

④衢（qú），即旅店中途径。

⑤搭帐衣，古代吊丧者送给死者的衣服。

⑥纸衾（qīn），覆盖尸体的纸被。

⑦生绢，没有漂煮过的绢。抹（mò）额，束在额上的窄带巾。

⑧阴，暗中，偷偷地。

⑨裁，略微。

⑩数数（shuò），屡次。

⑪袴（kù），通“裤”。

⑫遽，疾速。

⑬白足，光脚。

⑭拔关，抽出门闩。

⑮警，通“惊”，惊动。

⑯兰若，即寺院。

⑰挝（zhuā），敲打。

⑱道人，这里是指和尚。

⑲旋踵，掉转脚跟，形容时间短促。

⑳寖（jìn）倦，逐渐疲倦。

㉑汗促气逆，汗流不止，气喘吁吁。逆，即不顺畅。

㉒邑宰，即阳信县令。

㉓舁（yú），抬。

㉔身，第一人称代词，相当于“我”。

㉕赍（jī）送以归，谓赠与盘缠送其归家。《蹇偿债》一篇中的“赍”是偿付工钱的意思。

【简评】

在《聊斋志异》中，《尸变》属于较为恐怖者。作者以简洁从容的笔调营造阴森萧杀的气氛，人物心理刻画细致入微，引人入胜。“诈尸”，即死人尸体入殓前忽然起立的奇异现象，在民间往往有绘声绘色的传说，但僵尸大多只能蹦着行进；至于僵尸专嗜吸血以残害生人，中外影视作品中也颇多见。人类对于死亡的恐惧，及对死后未知世界的探索遐想应是此类故事纷繁多样的原因之一。

《通幽记·崔咸》一则中，谓唐天宝元年六月，相州一初死未殓女子因雷雨而尸起，奔入崔咸家，至黎明而再毙。清袁枚《子不语》卷五有《画工画僵尸》一则，据说走尸畏惧扫帚，遇之即仆。清俞樾《右台仙馆笔记》卷一二更记有日本一妇人死后仍念念不忘生前情事，致令尸体生变。在中国某些地区传统的丧葬文化中，死者在入殓前，两足须用麻拴住，谓之“绊脚丝”；胸口还要放置镜子，镜下放一本历书。据说如此方可预防“尸变”。清何守奇评曰：“尸变之说，《子不语》以为魂善魄恶，《如是我闻》以为有物凭焉。窃意两俱有之。”

画壁

江西孟龙潭，与朱孝廉[①]客都中，偶涉一兰若，殿宇禅舍，俱不甚弘敞，惟一老僧挂[②]搭其中。见客人，肃衣出迓[③]，导与随喜[④]。殿中塑志公[⑤]像，两壁画绘精妙，人物如生。东壁画散花天女[⑥]，内一垂髫者，拈花微笑，樱唇欲动，眼波将流。朱注目久，不觉神摇意夺，恍然凝想。身忽飘飘，如驾云雾，已到壁上。见殿阁重重，非复人世。一老僧说法座上，偏袒绕视者[⑦]甚众，朱亦杂立其中。少间，似有人暗牵其裾。回顾，则垂髫儿，辗然[⑧]竟去，履即从之。过曲栏，入一小舍，朱次且[⑨]不敢前。女回首，举手中花，遥遥作招状，乃趋之。舍内寂无人，遽拥之，亦不甚拒，遂与狎好[⑩]。既而闭户去，嘱勿咳。夜乃复至。如此二日，女伴共觉之，共搜得生，戏谓女曰："腹内小郎已许大，尚发蓬蓬[⑪]学处子耶？"共捧簪珥，促令上鬟[⑫]，女含羞不语。一女曰："妹妹姊姊，吾等勿久住，恐人不欢。"群笑而去。生视女，髻云高簇，鬟凤低垂，比垂髫时尤艳绝也。四顾无人，渐入猥亵，兰麝熏心，乐方未艾。忽闻吉莫靴[⑬]铿铿甚厉，缧锁锵然[⑭]，旋有纷嚣腾辨[⑮]之声。女惊起，与生窃窥，则见一金甲使者，黑面如漆，绾锁挈槌，众女环绕之。使者曰：“全未？”答言：“已全。”使者曰：“如有藏匿下界人，即共出首[16]，勿贻伊戚[17]。”又同声言“无”。使者反身鹗顾[18]，似将搜匿。女大惧，面如死灰，张皇谓朱曰：“可急匿榻下。”乃启壁上小扉，猝遁去。朱伏，不敢少息。俄闻靴声至房内，复出。未几，烦喧渐远，心稍安；然户外辄有往来语论者。朱跼蹐[19]既久，觉耳际蝉鸣，目中火出，景状殆不可忍，惟静听以待女归，竟不复忆身之何自来也。

时孟龙潭在殿中，转瞬不见朱，疑以问僧。僧笑曰：“往听说法去矣。”问：“何处？”曰：“不远。”少时，以指弹壁而呼曰：“朱檀越！何久游不归？”旋见壁间画有朱像，倾耳伫立，若有听察。僧又呼曰：“游侣久待矣！”遂飘忽自壁而下，灰心木立[20]，目瞪足耎[21]。孟大骇，从容问之。言方伏榻下，闻叩声如雷，故出房窥听也。共视拈花人，螺髻[22]翘然，不复垂髫矣。朱惊拜老僧，而问其故，僧笑曰：“幻由人生，贫道何能解！”朱气结而不扬，孟心骇叹而无主。即起，历阶而出。

异史氏曰：“‘幻由人作’，此言类有道者。人有淫心，是生亵境；人有亵心，是生怖境。菩萨点化愚蒙，千幻并作，皆人心所自动耳。老婆心切[23]，惜不闻其言下大悟，披发入山也。”

【注释】

①孝廉，明清两代对举人的称呼。都中，即京师。清代京师即现在的北京。

②挂搭，即“挂褡”，指游方僧人暂宿寺院。因僧人悬挂衣钵于僧堂的钩上而得名。

③肃衣，整衣。迓（yà），迎接。

④随喜，佛教语，意指游谒寺院、瞻拜佛像很开心。

⑤志公，指南北朝时的高僧宝志，世称宝公，俗姓朱。

⑥散花天女，佛经中的神女，在法会中散花，以著身与否验证诸菩萨、大弟子的向道之心。

⑦偏袒绕视者，指众僧人。偏袒，佛教徒穿袈裟，袒露右肩，以示恭敬，并便于执持法器。

⑧辗（zhǎn）然，笑貌。

⑨次且（zī jū），犹豫不决，不敢前进的样子。

⑩狎（xiá）好，亲昵交好。

⑪蓬蓬，形容头发密而凌乱，此与前面所说的“垂髫”呼应。

⑫上鬟，即“上头”，又称“上梳”，古代汉族婚姻习俗，女子出嫁前更改发式。

⑬吉莫靴，用一种叫吉莫的皮革制成的靴子。

⑭缧（léi）锁，捆绑犯人的黑色绳索与锁链。锵，原指金宝珠玉等声音清脆，这里形容锁链的撞击声。

⑮纷嚣，纷乱喧嚣。腾辨，恣意辩论，大事谈论。

⑯出首，即检举，告发。

⑰勿贻伊戚，意指不要遗留忧患。贻，遗留。伊戚，烦恼，忧患。

⑱鹗顾，嗔目四顾，如鹗之觅食一般，形容目光凶恶。

⑲跼蹐（jú jí），困顿窘迫，屈曲不伸。

⑳灰心木立，原意谓悟道之心，枯寂如死灰，形体若枯木，不为外界所动。出自《庄子·齐物论》：“形固可使如槁木，而心固可使如死灰乎？”这里指朱孝廉意志消沉，失神枯立。

㉑耎（ruǎn），同“软”。

㉒螺髻（jì），螺壳状的发髻，这里形容已婚者的发式，与前文“上鬟”呼应。

㉓老婆心切，佛教语，是说禅师反复叮咛，诲人不倦，启发学人省悟，寓有慈悲之意。老婆心，有时也叫“老婆禅”。

【简评】

此篇可与《续黄粱》一篇参看，两篇皆有“尘世无常，色即是空”之意，但此篇描写生动，人物形象刻画栩栩如生，反令价值取向方面的表述模糊化，而凸显了“幻由人作”的文学意义。此类与西方精神分析学派所谓“白日梦”的理论异曲同工，唯一不同的是，白日梦是除梦幻者外其他任何人都不能闯入的私秘世界。而朱孝廉的白日梦，老和尚心知肚明，甚至是这场声色俱全的白日梦的引导者。现实人进入画中并不多见，相较而言，类似画中人在现实与人成亲且生子的奇谈，历代笔记中并不罕见。如明陶宗仪《南村辍耕录》卷《鬼室》中，女子卒后灵魂入画，而后出画嫁人生子。“温州监郡某，一女及笄，未出室，貌美而性慧，父母之所钟爱者。以疾卒，命画工写其像，岁序张设哭奠，常时则庋置之。任满，偶忘取去。新监郡复居是屋，其子未婚，忽得此，心窃念曰：‘娶妻能若是，平生愿事足矣。’因以悬于卧室。一夕，见其下，从轴中诣榻前，叙殷勤，遂与好合。自此，无夜不来。逾半载，形状羸弱。父母诘责，以实告，且云：‘至必深夜，去以五鼓，或赍佳果啖我，我答与饼饵，则坚却不食。’父母教其此番须力劝之，既而女不得辞，为咽少许。天渐明，竟不可去。宛然人耳，特不能言语而已，遂真为夫妇，而病亦无恙矣。此事余童子时闻之甚熟，惜不能记两监郡之名。近读杜荀鹤《松窗杂记》云：唐进士赵颜，于画工处得一软障，图一妇人，甚丽。颜谓画工曰：‘世无其人也，如可令生，余愿纳为妻。’工曰：‘余神画也，此亦有名，曰真真。呼其名百日。昼夜不歇，即必应之。应，则以百家彩灰酒灌之，必活。’颜如其言，乃应曰：‘诺。’急以百家彩灰酒灌之，遂活。下步言笑，饮食如常。终岁，生一儿。儿年两岁，友人曰：‘此妖也，必与君为患。余有神剑，可斩之。’其夕，遗颜剑。剑才及颜室，真真乃曰：‘妾，南岳地仙也。无何为人画妾之形，君又呼妾名，既不夺君愿。今疑妾，妾不可住。’言讫，携其子却上软障。睹其障，惟添一孩子。皆是画焉，读竟，转怀旧闻，已三十馀年。若杜公所书不虚，则监郡子之异遇有之矣。”而《牡丹亭》中，杜丽娘的遭遇也与此有相似之处。袁世硕《〈聊斋志异〉的再创作研究》中指出《太平广记》卷三三四引录唐戴孚《广异记·朱敖》一则为《画壁》原本，但在主旨上有较大改动：《朱敖》中，朱敖曾先于庙外见到绿袍女子，再于庙中壁上见到，甚感惊疑，随后是绿袍女子主动入朱敖之梦，与之交接，吸取精气。这同六朝志怪小说中阴阳交媾，男子便损伤精气，日益萎靡，是一样的。《画壁》则跳出此窠臼，因幻说理，着重要说明篇末老僧说出的：“幻由人生。”读者可参阅之。

捉狐

孙翁者，余姻家清服之伯父也，素有胆。一日，昼卧，仿佛有物登床，遂觉身摇摇如驾云雾。窃意无乃压狐[①]耶？微窥之，物大如猫，黄毛而碧嘴，自足边来。蠕蠕伏行，如恐翁寤。逡巡[②]附体，着足，足痿；着股，股软。甫及腹，翁骤起，按而捉之，握其项。物鸣急，莫能脱。翁亟呼夫人，以带絷[③]其腰，乃执带之两端，笑曰："闻汝善化，今注目在此，看作如何化法。"言次，物忽缩其腹，细如管，几脱去。翁大愕，急力缚之，则又鼓其腹，粗于椀[④]，坚不可下；力稍懈，又缩之。翁恐其脱，命夫人急杀之。夫人张皇四顾，不知刀之所在，翁左顾，示以处。比回首，则带在手如环然，物已渺矣。

【注释】

①压狐，中国北方农村民间传说中的"压狐子"，也叫"鬼压床"，据说体弱者易在睡眠状态下被一种比猫小比老鼠大的灵异动物上身，而人此时大脑清醒却呼吸困难，身体也动不了，长期被其所缠，将瘦弱而死。今科学解释称为"梦魇"，是在睡眠中做梦，

感到压抑、呼吸困难，多因疲劳过度、消化不良或大脑皮层过度紧张引起。

②逡（qūn）巡，迟疑。

③絷（zhí），原意为拴住马足，这里引申为拴缚。

④椀，“碗”的古字。盛食物或饮料的器皿。

【简评】

这篇《捉狐》是有关“梦魇”的形象化阐释。此篇妙处在于文字简练，生动传神，特别是“亟呼夫人”以下文字，有张有弛，跌宕有致。以“物已渺矣”四字为结，令读者回味无穷，而又忍俊不禁，具有一种冷幽默感。

画皮

太原王生，早行，遇一女郎，抱襆[1]独奔，甚艰于步，急走趁[2]之，乃二八姝丽。心相爱乐，问："何夙夜[3]踽踽而独？"女曰："行道之人，不能解愁忧，何劳相问。"生曰："卿何愁忧？或可效力，不辞也。"女黯然曰："父母贪赂，鬻妾朱门。嫡妒甚，朝詈而夕楚辱之[4]，所弗堪也，将远遁耳。"问："何之？"曰："在亡之人，乌有定所。"生言："敝庐不远，即烦枉顾。"女喜，从之。生代携襆物，导与同归。女顾室无人，问："君何无家口？"答云："斋耳。"女曰："此所良佳。如怜妾而活之，须秘密，勿泄。"生诺之。乃与寝合。使匿密室，过数日而人不知也。生微告妻，妻陈，疑为大家媵妾[5]，劝遣之，生不听。

偶适市，遇一道士，顾生而愕。问："何所遇？"答言："无之。"道士曰："君身邪气萦绕，何言无？"生又力白。道士乃去，曰："惑哉！世固有死将临而不悟者！"生以其言异，颇疑女。转思明明丽人，何至为妖，意道士借魇禳以猎食[6]者。无何，至斋门，门内杜，不得人，心疑所作，乃窬垝垣[7]，则室门亦闭。蹑迹[8]而窗窥之，见一狞鬼，面翠色，齿巉巉如锯[9]，铺人皮于榻上，执彩笔而绘之。已而掷笔，举皮，如振衣状，披于身，遂化为女子。睹此状，大惧，兽伏而出。急追道士，不知所往。遍迹之，遇于野，长跪乞救。道士曰："请遣除之。此物亦良苦，甫能[10]觅代者，予亦不忍伤其生。"乃以蝇拂[11]授生，令挂寝门。临别，约会于青帝庙[12]。生归，不敢入斋，乃寝内室，悬拂焉。一更许，闻门外戢戢[13]有声，自不敢窥也，使妻窥之。但见女子来，望拂子不敢进，立而切齿，良久乃去。少时，复来，骂曰："道士吓我，终不然宁入口而吐之耶！"取拂碎之，坏寝门而入，径登生床，裂生腹，掬生心而去。妻号，婢入烛之，生已死，腔血狼藉。陈骇涕不敢声。

明日，使弟二郎奔告道士。道士怒曰："我固怜之，鬼子乃敢尔！"即从生弟来。女子已失所在。既而仰首四望，曰："幸遁未远。"问："南院谁家？"二郎曰："小生所舍也。"道士曰："现在君所。"二郎愕然，以为未有。道士问曰："曾否有不识者一人来？"答曰："仆早赴青帝庙，良不知，当归问之。"去，少顷而返，曰："果有之。晨间一妪来，欲佣为仆家操作，室人[14]止之，尚在也。"道士曰："即是物矣。"遂与俱往。仗木剑，立庭心，呼曰："孽魅！偿我拂子来！"妪在室，惶遽无色，出门欲遁，道士逐击之。妪仆，人皮划然而脱，化为厉鬼，卧嗥如猪。道士以木剑枭其首[15]，身变作浓烟，匝地作堆[16]。道士出一葫芦，拔其塞，置烟中，飗飗[17]然如口吸气，瞬息烟尽。道士塞口入囊。共视人皮，眉目手足，无不备具。道士卷之，如卷画轴声，亦囊之，乃别欲去。陈氏拜迎于门，哭求回生之法。道士谢不能。陈益悲，伏地不起。道士沉思曰："我术浅，诚不能起死。我指一人，或能之，往求必合有效。"问："何人？"曰："市上有疯者，时卧粪土中，试叩而哀之。倘狂辱夫人，夫人勿怒也。”二郎亦习知之，乃别道士，与嫂俱往。

见乞人颠歌道上，鼻涕三尺，秽不可近。陈膝行而前。乞人笑曰：“佳人爱我乎？”陈告之故。又大笑曰：“人尽夫也，活之何为！”陈固哀之。乃曰：“异哉！人死而乞活于我，我阎摩耶？”怒以杖击陈，陈忍痛受之。市人渐集如堵。乞人咯痰唾盈把，举向陈吻曰：“食之！”陈红涨于面，有难色；既思道士之嘱，遂强啖焉。觉入喉中，硬如团絮，格格而下，停结胸间。乞人大笑曰：“佳人爱我哉！”遂起，行已不顾。尾之，入于庙中。迫而求之，不知所在；前后冥搜⑱，殊无端兆，惭恨而归。既悼夫亡之惨，又悔食唾之羞，俯仰哀啼，但愿即死。方欲展血敛尸⑲，家人伫望，无敢近者。陈抱尸收肠，且理且哭。哭极声嘶，顿欲呕，觉鬲⑳中结物，突奔而出，不及回首，已落腔中。惊而视之，乃人心也，在腔中突突犹跃，热气腾蒸如烟然。大异之。急以两手合腔，极力抱挤。少懈，则气氤氲自缝中出，乃裂缯帛㉑急束之。以手抚尸，渐温，覆以衾裯㉒。中夜启视，有鼻息矣。天明，竟活。为言：“恍惚若梦，但觉腹隐痛耳。”视破处，痂结如钱，寻愈。

异史氏曰：“愚哉世人！明明妖也，而以为美；迷哉愚人！明明忠也，而以为妄。然爱人之色而渔㉓之，妻亦将食人之唾而甘之矣。天道好还，但愚而迷者不寤㉔耳。可哀也夫！”

【注释】

①襆（fú），包袱。奔，急走。

②趁，追赶。

③夙夜，即不分日夜。

④詈（lì），责骂。楚辱，鞭打侮辱。

⑤大家，即豪门贵族。媵（yìng）妾，姬妾，小妾。

⑥魇禳（yǎn rán），古代迷信，用法术或符咒祛除邪恶或灾殃。猎食，谋食。

⑦窬（yú），通“逾”，翻越。垝垣（guǐ yuán），残破的土墙。

⑧蹑迹，跟踪。

⑨巉巉，形容牙齿锋利尖锐。

⑩甫能，刚刚能。

⑪蝇拂，也称拂尘，古代驱蝇除尘的用具，多用马尾制成。

⑫青帝，先秦祭祀的神。汉代以后，又有将灵威仰、太昊、太皞、大皞、伏羲等神合并青帝一说。青帝为春之神及百花之神，是中国古代神话传说中五帝（五方天帝）之一。掌管天下的东方，亦是古代帝王及宗庙所祭祀的主要对象之一。

⑬戢戢（jí），象声词，形容细小的声音。

⑭室人，古代对妻妾的称呼。止，收留。

⑮枭其首，即“枭首”，古代将犯人斩首并悬挂示众。这里仅作斩首。

⑯匝地作堆，平铺于地并聚为一堆。

⑰飗飗（liú），象声词，这里形容风声。

⑱冥搜，尽力寻找。

⑲展，揩拭。敛尸，给死者穿衣，入棺。

⑳鬲（gé），通“膈”，即横膈膜，在胸腔、腹腔之间。这里借指胸腹。

㉑缯（zēng）帛，丝绸的统称。

㉒衾裯（qīn chóu），即被褥床帐。

㉓渔，这里是说“渔色”，即猎取美女。

㉔寤，觉悟。

【简评】

这篇小说可视为劝诫警示世人之作，“异史氏曰”已将作者的用意表达清楚。如果说拒绝色诱以及“天道好还”的说教，体现了蒲松龄一以贯之的仁善思想的话；那么“愚哉世人”、“迷哉愚人”之叹，就具有究竟如何才能认清事物现象与本质的哲学意味了。清人但明伦有评云：“明明丽人也，而乃翠面锯齿徒披绘之人皮者乎？世之以妖冶惑人者，固日日铺人皮执采笔而绘者也。吁，可畏矣！”其见解超越故事内容的见解，具有一定的认识价值。

李伟、王光福《放心·觅心·安心——从结构与人物看（画皮）之主题》中认为：“《画皮》是结合李贽的‘童心’、儒家的‘求其放心’和道家的‘浑沌’之心，讲述佛家‘丢心’、‘觅心’、‘安心’的禅理。”这一从哲学层面的探索，不无意趣。

续黄粱

福建曾孝廉，高捷南宫[①]时，与二三新贵[②]遨游郊郭。偶闻毗卢禅院[③]寓一星者，因并骑往诣问卜。入，揖而坐。星者见其意气，稍佞谀[④]之。曾摇箑[⑤]微笑，便问："有蟒玉分[⑥]否？"星者正容，许二十年太平宰相。曾大悦，气益高。值小雨，乃与游侣避雨僧舍。舍中一老僧，深目高鼻，坐蒲团上，偃蹇[⑦]不为礼。众一举手，登榻自话，群以宰相相贺。曾心气殊高，指同游曰："某为宰相时，推张年丈[⑧]作南抚，家中表为参、游，我家老苍头亦得小千把，于愿足矣。"一座大笑。俄闻门外雨益倾注，曾倦伏榻间。

忽见有二中使[⑨]，赍天子手诏，召曾太师[⑩]决国计。曾得意，疾趋入朝。天子前席[⑪]，温语良久。命三品以下，听其黜陟[⑫]；即赐蟒玉、名马。曾被服稽拜[⑬]以出。入家，则非旧所居第，绘栋雕榱[⑭]，穷极壮丽，自亦不解何以遽至于此。然捻髯微呼，则应诺雷动。俄而公卿[⑮]赠海物，伛偻足恭者[⑯]，叠出其门。六卿来，倒屣而迎；侍郎辈，揖与语；下此者，颔之而已。晋抚馈女乐[⑰]十人，皆是好女子，其尤者为嫋嫋，为仙仙，二人尤蒙宠顾。科头休沐[⑱]，日事声歌。一日，念微时尝得邑绅王子良周济，我今置身青云，渠尚蹉跎仕路，何不一引手[19]？早旦一疏，荐为谏议[20]，即奉俞旨[21]，立行擢用。又念郭太仆[22]曾睚眦我，即传吕给谏[23]及侍御陈昌等，授以意旨。越日，弹章交至[24]，奉旨削职以去。恩怨了了[25]，颇快心意。偶出郊衢，醉人适触卤簿，即遣人缚付京尹[26]，立毙杖下。接第连阡者[27]，皆畏势献沃产，自此富可埒国。无何，而嫋嫋、仙仙以次殂谢，朝夕遐想。忽忆曩年见东家女绝美，每思购充媵御，辄以绵薄违宿愿，今日幸可适志。乃使干仆数辈，强纳赀于其家。俄顷，藤舆[28]舁至，则较昔之望见时尤艳绝也。自顾生平，于愿斯足。

又逾年，朝士窃窃[29]，似有腹非之者；然各为立仗马[30]，曾亦高情盛气，不以置怀。有龙图学士包[31]上疏，其略曰："窃以曾某，原一饮赌无赖，市井小人。一言之合，荣膺圣眷；父紫儿朱，恩宠为极。不思捐躯摩顶以报万一[32]，反恣胸臆，擅作威福。可死之罪，擢发难数[33]！朝廷名器，居为奇货[34]，量缺肥瘠，为价重轻[35]。因而公卿将士，尽奔走于门下，估计夤缘，俨如负贩[36]，仰息望尘，不可算数[37]。或有杰士贤臣，不肯阿附，轻则置之闲散，重则褫以编氓[38]。甚且一臂不袒，辄迕鹿马之奸[39]；片语方干，远窜豺狼之地[40]。朝士为之寒心，朝廷因而孤立。又且平民膏腴，任肆蚕食；良家女子，强委禽妆。沴气冤氛[41]，暗无天日！奴仆一到，则守、令承颜[42]；书函一投，则司、院枉法[43]。或有厮养之儿[44]，瓜葛之亲，出则乘传[45]，风行雷动[46]。地方之供给稍迟，马上之鞭挞立至。荼毒人民，奴隶官府。扈从所临，野无青草。而某方炎炎赫赫[47]，怙宠[48]无悔。召对方承于阙下，萋菲辄进于君前[49]；委蛇才退于自公，声歌已起于后苑[50]。声色狗马，昼夜荒淫；国计民生，罔存念虑。世上宁有此宰相乎！内外骇讹[51]，人情汹汹[52]。若不急加斧锧之诛，势必酿成操、莽之祸[53]。臣夙夜祗[54]惧，不敢宁处[55]，冒死列款，仰达宸听[56]。伏祈断奸佞之头，籍贪冒之产，上回天怒，下快舆情。如果臣言虚谬，刀锯鼎镬[57]，即加臣身。”云云。疏上，曾闻之，气魄悚骇，如饮冰水。幸而皇上优容，留中不发[58]。又继而科、道、九卿[59]，交章劾奏，即昔之拜门墙、称假父者，亦反颜相向。奉旨籍家，充云南军。子任平阳[60]太守，已差员前往提问。

曾方闻旨惊怛，旋有武士数十人，带剑操戈，直抵内寝，褫其衣冠，与妻并系。俄见数夫运赀于庭，金银钱钞以数百万，珠翠瑙玉数百斛，幄幕帘榻之属，又数千事，以至儿襁女舄[61]，遗坠庭阶。曾一一视之。酸心刺目。又俄而一人掠美妾出，披发娇啼，玉容无主。悲火烧心，含愤不敢言。俄楼阁仓库，并已封志，立叱曾出。监者牵罗曳[62]而出，夫妻吞声就道，求一下驷劣车[63]，少作代步，亦不得。十里外，妻足弱，欲倾跌，曾时以一手相攀引。又十馀里，己亦困懒。欻见高山，直插云汉，自忧不能登越，时挽妻相对泣。而监者狞目来窥，不容稍停驻。又顾斜日已坠，无可投止，不得已，参差蹩躠而行。比至山腰，妻力已尽，泣坐路隅。曾亦憩止，任监者叱骂。忽闻百声齐噪，有群盗各操利刃，跳梁而前[64]。监者大骇，逸去。曾长跪，言：“孤身远谪，囊中无长物。”哀求宥免。群盗裂眦宣言：“我辈皆被害冤民，只乞得佞贼头，他无索取。”曾怒叱曰：“我虽待罪，乃朝廷命官，贼子何敢尔！”贼亦怒，以巨斧挥曾项，觉头堕地作声。魂方骇疑，即有二鬼来，反接其手，驱之行。行逾数刻，入一都会。顷之，睹宫殿。殿上一丑形王者，凭几决罪福。曾前，匐伏请命[65]。王者阅卷，才数行，即震怒曰：“此欺君误国之罪，宜置油鼎！”万鬼群和，声如雷霆。即有臣鬼捽至墀下，见鼎高七尺已来，四围炽炭，鼎足尽赤。曾觳觫[66]哀啼，窜迹无路。鬼以左手抓发，右手握踝，抛置鼎中。觉块然一身，随油波而上下。皮肉焦灼，痛彻于心；沸油入口，煎烹肺腑。念欲速死，而万计不能得死。约食时，鬼方以巨叉取曾出，复伏堂下。王又检册籍，怒曰："倚势凌人，合受刀山狱！"鬼复捽去。见一山，不甚广阔，而峻削壁立，利刃纵横，乱如密笋。先有数人罥[67]肠刺腹于其上，呼号之声，惨绝心目。鬼促曾上，曾大哭退缩。鬼以毒锥刺脑，曾负痛乞怜。鬼怒，捉曾起，望空力掷。觉身在云霄之上，晕然一落，刀交于胸，痛苦不可言状。又移时，身驱重赘，刀孔渐阔，忽焉脱落，四支蠖屈。鬼又逐以见王。王命会计生平卖爵鬻名，枉法霸产，所得金钱几何。即有鬡须人[68]持筹握算，曰："三百二十一万。"王曰："彼既积来，还令饮去！"少间，取金钱堆阶上，如丘陵，渐入铁釜，熔以烈火。鬼使数辈，更以杓灌其口，流颐则皮肤臭裂[69]，入喉则脏腑腾沸。生时患此物之少，是时患此物之多也。半日方尽。

王者令押去甘州为女。行数步，见架上铁梁，围可数尺，绾一火轮，其大不知几百由旬[70]，焰生五采，光耿[71]云霄。鬼挞使登轮。方合眼跃登，则轮随足转[72]，似觉倾坠，遍体生凉。开眸自顾，身已婴儿，而又女也。视其父母，则悬鹑[73]败焉。土室之中，瓢杖犹存。心知为乞人子，日随乞儿托钵[74]，腹辘辘然，常不得一饱。着败衣，风常刺骨。十四岁，鬻与顾秀才备媵妾，衣食粗足自给。而冢室悍甚，日以鞭箠从事，辄以赤铁烙胸乳。幸而良人颇怜爱，稍自宽慰。东邻恶少年，忽窬垣来逼与私，乃自念前身恶孽，已被鬼责，今那得复尔。于是大声疾呼，良人与嫡妇尽起，恶少年始窜去。居无何，秀才宿诸其室，枕上喋喋，方自诉冤苦；忽震厉一声，室门大辟，有两贼持刀入，竟决秀才首，囊括衣物。团伏被底，不敢复作声。既而贼去，乃喊奔嫡室。嫡大惊，相与泣验。遂疑妾以奸夫杀良人，因以状白刺史。刺史严鞫[75]，竟以酷刑定罪案，依律凌迟处死，絷赴刑所。胸中冤气扼塞，距踊声屈[76]，觉九幽十八狱[77]，无此黑黯也。正悲号间，闻游者呼曰："兄梦魇耶？”豁然而寤，见老僧犹跏趺座上。同侣竞相谓曰：“日暮腹枵[78]，何久酣睡？”曾乃惨淡而起。僧微笑曰：“宰相之占验否？”曾益惊异，拜而请教。僧曰：“修德行仁，火坑中有青莲[79]也。山僧何知焉。”曾胜气[80]而来，不觉丧气而返。台阁之想[81]，由此淡焉。入山不知所终。

异史氏曰：“福善祸淫，天之常道[82]。闻作宰相而忻然于中者，必非喜其鞠躬尽瘁可知矣。是时，方寸中宫室妻妾，无所不有。然而梦固为妄，想亦非真。彼以虚作[83]，神以幻报[84]。黄粱将熟，此梦在所必有，当以附之‘邯郸’之后[85]。”

【注释】

①高捷南宫，指会试中式。明清科举，会试考中者称贡士，再经殿试方可赐进士。殿试一般不再黜落贡士。故会试中式即已进入进士的行列。南宫，原是尚书省的别称，因尚书省象列宿之南宫而得名。唐朝以后，尚书省六部统称南宫，又因会试由礼部主持，故又专指六部中的礼部为南宫。

②新贵，原意为新近作高官的人，这里借代会试中式的贡士。明清时考中进士，即可选官。郊郭，城外，郊外。

③毗卢禅院，佛教寺院名。毗卢，佛名。星者，古代江湖中为人看相算命的星相术士。

④佞（nìng）谀，奉承讨好。

⑤箑（shà），扇子。

⑥蟒玉分，指达官显贵的福分。蟒玉，即“蟒衣玉带”，古代贵官的服饰。

⑦偃蹇（jiǎn），骄傲，傲慢。

⑧年丈，即“年伯”，原是科举时代对父亲同年登科者的尊

称，明代中期以后则常用以称同年的父亲或伯叔，后用以泛指父辈。

⑨中使，宫中派出的使者，多指宦官。

⑩太师，官名，始于商朝。周置，辅弼国君之官。

⑪天子前席，意思是帝王想要更接近臣子而移坐向前。

⑫黜陟（chù zhì），人才的进退或官吏的升降。

⑬稽（qǐ）拜，叩拜。

⑭绘栋雕榱（cuī），意同“雕梁画栋”，雕花、彩绘的栋梁与屋椽，形容有彩绘装饰的富丽堂皇的房屋。栋，屋的正梁。榱，屋椽。

⑮公卿，朝中高官。海物，海里面的珍奇物品。

⑯伛偻（yǔ lǚ）足（jù）恭，恭恭敬敬阿谀奉承地恭维别人。伛偻，恭敬的样子。

⑰晋抚，山西巡抚。女乐（yuè），歌舞伎。

⑱科头休沐，假日休闲家居，衣着随意。科头，指不戴冠帽，裸露头髻。休沐，休息洗沐，即休假。

⑲引手，伸手援助。

⑳谏议，谏官名，汉代有谏议大夫，明清称“给事中”，俗称“给谏”，分吏、户、礼、兵、刑、工六科，掌侍从、规谏、补阙、拾遗、稽查六部百司等。明代秩正九品，清代改属都察院，秩正五品。

㉑俞旨，古代对表示同意的圣旨的称呼。

㉒太仆，官名。周官有太仆，掌正王之服位，出入王命，为王左驭而前驱。秦汉沿置，为九卿之一，为天子执御，掌舆马畜牧之事。历代沿置，明代太仆寺设卿一人（秩从三品）、少卿三人、寺丞四人，皆为正官。清废。

㉓给谏，即“给事中”。侍御：监察官员。明代侍御史，分左、右，秩正四品，旋罢。清代或称御史为侍御，属监察官，都察院左都御史、左副都御史及其以下诸御史，皆可称侍御。

㉔弹章，弹劾官吏的奏章。交至，一齐来到。

㉕了了，分明、清楚。

㉖京尹，即“京兆尹”，官名。汉代管辖京兆（长安京畿的行政区域，为三辅之一）地区的行政长官，职权相当于郡太守。后因以称京都地区的行政长官。

㉗接第连阡，这里指和曾府邸相邻、田地相接。

㉘藤舆，竹藤所制轿子，意其简陋，随心所欲，草率从事。

㉙朝士窃窃，朝中人士暗中窃窃私议。

㉚立仗马，比喻朝臣坐享俸禄而不敢言事。

㉛龙图学士包，借用宋代龙图阁直学士包拯的典故来描述敢于直言进谏的正直朝臣。龙图，即龙图阁，宋代宫阁名，用以收藏图书典籍以及宗室名册、谱牒等物。

㉜捐躯摩顶，谓操劳国事，不辞辛苦乃至奋不顾身。摩顶，即“摩顶放踵”，从头顶到脚跟都磨伤，形容不辞辛苦。

㉝擢发难数，形容罪行太多，数都数不过来。

㉞“朝廷名器”二句，比喻将皇帝的权力资源当作稀有的商品。名器，封建社会用以别尊卑贵贱等级的名号与车服仪制。

㉟“量缺肥瘠”二句，根据所卖官缺之收益来规定价钱之多少。缺，官缺，官职空出的名额。肥瘠，指做官的俸禄与油水多寡。

㊱“估计夤缘”二句，预估想得到多少油水再决定用多大的力气拉拢关系，如同商贩患得患失般做买卖。

㊲“仰息望尘”二句，卑躬屈膝依附巴结曾的人，为数极多。

仰息，即“仰人鼻息”，指依靠别人而求得生存。

㊳褫（chǐ）以编氓，即削职为民。褫，革除。编氓，编入户籍的平民。

㊴“甚且”二句，只要有一件事没附和曾的意思，就会触犯曾混淆是非的奸邪之术，然后必定遭到劫难。一臂不袒，这里是不偏护或不顺从曾的意见。

㊵“片语”二句，只言片语的冒犯，也会遭受到荒凉边地充军的苦难。干，干犯。窜，放逐。豺狼之地，比喻人民稀少的蛮荒之地。

㊶沴（lì）气，灾害不祥之气。冤氛，被迫害者的冤气。

㊷守令承颜，知府、县令全要仰承曾家奴仆的脸色行事。

㊸司院枉法，省一级的大员因惧怕曾而徇私枉法。司，主管一省行政的布政使司与主管一省刑名按劾的按察使司。院，谓总督与巡抚，明清两官例兼都察院都御史衔，故称“两院”。

㊹厮养之儿，受驱使的各类奴仆。

㊺乘传（zhuàn），乘坐驿车。传，传车，古代驿站的专用车辆。

㊻风行雷动，即“雷动风行”，原比喻推行政令严厉迅猛，这里是指派索要迅猛严苛。

㊼炎炎赫赫，即“赫赫炎炎”，原意为势焰炽盛的样子。

㊽怙宠，倚仗皇帝恩宠。

㊾“召对”二句，每当皇帝在朝中召见曾问事，曾立即就把陷害他人的谗言启奏给皇帝。召对，古代君主召见臣下令其回答有关政事、经义等方面的问题。阙下，宫阙之下，借指帝王所居的宫廷。萋斐，又作“萋菲”，花纹错杂的样子，常用来比喻谗言。

㊿“委蛇（wēi yí）”二句，指曾刚刚从朝中雍容自得地回至

家中，歌舞作乐的声音即从后园响起。委蛇，雍容自得的样子。退，即“退食”，指退朝后在家休息。后苑，屋后的花园。

㊿骇讹，惊扰不安。

52汹汹，骚乱不宁。

53操莽之祸，帝位落于他姓人之手的灾祸。

54夙夜祇，日夜小心谨慎。祇惧，敬惧，小心谨慎。

55宁处，安处，安居。

56宸（chén）听，帝王的听闻。

57刀锯鼎镬（huò），四样都是古代刑具，这里借指酷刑。

58留中不发，将臣子上的奏章留下，不发到官员手里让他们办理。

59科道，明清六科给事中与都察院各道监察御史统称“科道官”。九卿，古代中央政府的几个高级官职。

60平阳，明清府名，现属山西省临汾市。

61儿襁（qiǎng）女舄（xì），背负婴儿用的宽带与女子的鞋，泛指家中琐碎物品。

62牵罗，拽扯罗衣。罗衣，轻软丝织品制成的衣服。

63下驷劣车，劣等马拉的破车。

64跳梁，同“跳踉”，跳跃。

65请命，请求解除困苦。

66觳觫（hú sù），恐惧颤抖的样子。

67罥（juàn），缠绕。

68鬡（níng）须，蓬乱的胡须。

69颐，口腔的下部，俗称下巴。

70由旬，梵文音译。古代印度的计程单位。一由旬的长度，我国古有八十里、六十里、四十里等说法。

⑪耿，照耀。

⑫轮随足转，佛教轮回说的形象性描述。佛教认为众生各依善恶业因，在天道、人道、阿修罗道、地狱道、饿鬼道、畜生道此六道中生死交替，就像如车轮般旋转不停。

⑬悬鹑，比喻衣服破烂。因为鹌鹑毛斑尾秃很像披着一件破烂衣服而得名。

⑭托钵，原指僧人手托钵盂赴斋堂吃饭或向施主乞讨食物。这里是指乞丐捧着碗向人乞讨。

⑮鞫（jū），审讯。

⑯距踊声屈，蹦跳着喊冤叫屈。距踊，跳跃。

⑰九幽，极深暗的地方，这里指阴间。十八狱，即“十八层地狱”。

⑱腹枵（xiāo），腹空饥饿。

⑲火坑中有青莲，身处艰难险恶之境地中也有皈依净土的可能。火坑，佛教认为六道轮回中，以地狱、饿鬼、畜生三恶道受苦最烈，佛经多比喻为“火坑”

⑳胜气，强盛的气势。

㉑台阁之想，当宰相的念头。台阁，汉时指尚书台，后亦泛指中央政府机构。

㉒“福善祸淫”二句，赐福给为善的人，降祸给作恶的人，乃上天不变的规律。

㉓彼以虚作，梦中曾的种种丑陋罪行。

㉔神以幻报，梦中神鬼对于曾的种种惩罚。

㉕“黄梁将熟”三句，意思是人生如梦，其短暂还不如蒸一锅小米饭的时间，但想入非非的荣华富贵之念实所难免，这则故事恰恰可以作为唐人《枕中记》的续编。邯郸，秦置县名，治所在今河

北省邯郸市。据唐沈既济《枕中记》，卢生在邯郸客店遇道士吕翁，自叹穷困，翁探囊中枕授之曰：枕此当令子人生如意。时主人正蒸黄粱，生梦入枕中，享尽荣华富贵。及醒，黄粱尚未熟，怪曰："岂其梦寐耶？"翁笑曰："人世之事亦犹是矣。"这就是成语"黄粱一梦"的出处。

【简评】

人世无常，浮生若梦，古今不得志者常以此感慨命运的捉弄；而青云有路者于踌躇志满之际，也不免生出几分苍凉的意绪。唐韩愈在其《送李愿归盘谷序》中描绘了所谓"大丈夫"的梦想，在体现《孟子·尽心上》所谓"达则兼善天下"理念的同时，所留意者"武夫前呵，从者塞途"的八面威风外，最难忘者则是"粉白黛绿者列屋而闲居"的声色之好。有论者评论这篇《续黄粱》，与《列子》中"西极化人"故事、南朝宋刘义庆《幽明录》中"焦湖庙祝"故事以及唐传奇《枕中记》等相较，大意类似。

其实蒲松龄笔下的曾某之梦早已超脱了天马行空的云山雾罩，而具有了讽刺现实官场丑恶的用心，是冷眼旁观的清醒认知，其警醒世道人心的作用不言而喻。清王芑孙评云："观此篇，世之自命不凡者，倘能穷则独善，达则兼善，方且功名垂之竹帛，何有此景况哉！曾之不能如此，其使之梦者，正所以使之悟也。"蒲松龄之后的文学巨匠曹雪芹，在其《红楼梦》中所写的那首著名的《好了歌》，又何尝不是如醍醐灌顶呢！"闻作宰相而忻然于中者，必非喜其鞠躬尽瘁可知矣"，"异史氏曰"的一席话，讽世之意可谓昭然若揭。

王六郎

许姓，家淄之北郭[1]，业渔。每夜携酒河[2]上，饮且渔。饮则酹地[3]，祝云：“河中溺鬼得饮。”以为常。他人渔，迄无所获，而许独满筐。一夕，方独酌，有少年来，徘徊其侧。让之饮，慨与同酌[4]。既而中夜不获一鱼，意颇失。少年起曰：“请于下流为君驱之。”遂飘然去。少间，复返，曰：“鱼大至矣。”果闻唼呷[5]有声。举网而得数头，皆盈尺。喜极，申谢。欲归，赠以鱼，不受，曰：“屡叨[6]佳酝，区区何足云报。如不弃，要当以为长耳。”许曰：“方共一夕，何言屡也？如肯永顾，诚所甚愿，但愧无以为情。”询其姓字，曰：“姓王，无字，相见可呼王六郎。”遂别。明日，许货鱼，益沽酒。晚至河干，少年已先在，遂与欢饮。饮数杯，辄为许驱鱼。

如是半载，忽告许曰：“拜识清扬[7]，情逾骨肉，然相别有日矣。”语甚凄楚。惊问之，欲言而止者再，乃曰：“情好如吾两人，言之或勿讶耶？今将别，无妨明告：我实鬼也。素嗜酒，沉醉溺死，数年于此矣。前君之获鱼独胜于他人者，皆仆之暗驱，以报酹奠[8]耳。明日业满，当有代者，将往投生。相聚只今夕，故不能无感。”许初闻甚骇，然亲狎既久，不复恐怖。因亦欷歔，酹而言曰：“六郎饮此，勿戚也。相见遽违[9]，良足悲恻。然业满劫脱，正宜相贺，悲乃不伦。”遂与畅饮。因问：“代者何人？”曰：“兄于河畔视之，亭午[10]有女子渡河而溺者，是也。”听村鸡既唱，洒涕而别。明日，敬伺河边，以觇其异。果有妇人抱婴儿来，及河而堕。儿抛岸上，扬手掷足[11]而啼。妇沉浮者屡矣，忽淋淋攀岸以出，藉地[12]少息，抱儿径去。当妇溺时，意良不忍，思欲奔救；转念是所以代六郎者，故止不救。及妇自出，疑其言不验。抵暮，渔旧处，少年复至，曰：“今又聚首，且不言别矣。”问其故。曰：“女子已相代矣；仆怜其抱中儿，代弟一人，遂残二命，故舍之。更代[13]不知何期，或吾两人之缘未尽耶？”许感叹曰：“此仁人之心，可以通上帝矣。”由此相聚如初。

数日，又来告别，许疑其复有代者，曰：“非也。前一念恻隐，果达帝天。今授为招远[14]县邬镇土地，来朝赴任。倘不忘故交，当一往探，勿惮修阻。”许贺曰：“君正直为神，甚慰人心。但人神路隔，即不惮修阻，将复如何？”少年曰：“但往，勿虑。”再三叮咛而去。许归，即欲治装东下，妻笑曰：“此去数百里，即有其地，恐土偶不可以共语。”许不听，竟抵招远。问之居人，果有邬镇。寻至其处，息肩逆旅[15]，问祠所在。主人惊曰：“得无客姓为许[16]？”许曰：“然。何见知？”又曰：“得勿客邑为淄？”曰：“然。何见知？”主人不答，遽出。俄而丈夫抱子，媳女窥门，杂沓而来，环如墙堵。许益惊。众乃告曰：“数夜前梦神言：‘淄川许友当即来，可助以资斧[17]。’祗候[18]已久。”许亦异之，乃往祭于祠而祝曰：“别君后，寤寐[19]不去心，远践曩约[20]。又蒙梦示居人，感篆[21]中怀。愧无腆物[22]，仅有卮酒[23]，如不弃，当如河上之饮。”祝毕，焚钱纸。俄见风起座后，旋转移时始散。夜梦少年来，衣冠楚楚，大异平时，谢曰：“远劳顾问，喜泪交并。但任微职，不便会面，咫尺河山[24]，甚怆于怀。居人薄有所赠，聊酬夙好[25]。归如有期，尚当走送。”居数日，许欲归，众留殷恳，朝请暮邀，日更数主。许坚辞欲行。众乃折柬抱襆[26]，争来致赆[27]，不终朝[28]，馈遗盈橐[29]。苍头稚子毕集，祖送[30]出村。欻有羊角风起[31]，随行十馀里。许再拜曰：“六郎珍重！勿劳远涉。君心仁爱，自能造福一方，无庸故人嘱也。”风盘旋久之，乃去。村人亦嗟讶而返。许归，家稍裕，遂不复渔。后见招远人问之，其灵验如响云。或言即章丘[32]石坑庄，未知孰是。

异史氏曰：“置身青云，无忘贫贱，此其所以神也。今日车中贵介，宁复识戴笠人哉[33]？余乡有林下者，家綦[34]贫。有童稚交，任肥秩[36]，计投之必相周顾。竭力办装，奔涉千里，殊失所望。泻囊货骑[37]，始得归。其族弟甚谐，作‘月令’[38]嘲之云：‘是月也，哥哥至，貂帽解[39]，伞盖不张[40]，马化为驴[41]，靴始收声[42]。’念此可为一笑。”

【注释】

①淄之北郭，即淄川县的北郊。淄川，明清县名，属济南府，现属山东省淄博市淄川区。

②河，即孝水，又称孝妇河。

③酹（lèi）地，把酒洒在地上以示祭奠。

④慨（kài），感叹。

⑤唼呷（shà xiā），鱼吃食发出的声音。

⑥叨（tāo），谦词，表示承受之意。酝（yùn），指酒。

⑦清扬，即丰采，夸人神采奕奕，对人容颜的敬称。如《诗经》中：“子之清扬，扬且之颜也。”

⑧酹奠，即指许姓渔夫以酒祭奠溺鬼事。

⑨违，离别。

⑩亭午，正午。《酒狂》一篇的“停午”中的“停”同“亭”，也是正午的意思。

⑪扬手掷足，中医学名词，这里用来形容小儿焦燥不安、手脚乱动的状况。

⑫藉地，坐卧在地。

⑬更代，即找到了替身。

⑭招远，明清县名，属登州府，现属山东省招远市。邬镇，招远的村镇名。

⑮息肩，栖止休息。逆旅，客舍，旅馆。

⑯得无，莫非。

⑰资斧，即旅费。

⑱祇（zhī）候，恭候。

⑲寤寐（wù mèi），醒与睡，多用来指日夜。

⑳曩（nǎng）约，先前的约定。

㉑感篆，感念不忘，铭刻于心。中怀，内心。

㉒腆（tiǎn）物，丰厚的祭祀物品。腆，丰厚。

㉓卮酒，即一杯酒。

㉔咫尺河山，虽与神像近在咫尺，但人神之间的距离，却如隔山河。咫尺，周制八寸为咫，十寸为尺。咫尺就是接近或刚满一尺。

㉕夙（sù）好，旧交，老友。

㉖折柬抱襆（fú），这里是说邬镇人携带礼单与内含礼品的包裹。折柬，通“折简”，裁纸写信，这里是下礼单的意思。襆，包裹，包袱。

㉗致赆（jìn），拿财物来送行。赆，送行时赠送的财物。

㉘不终朝（zhāo），不出一个早晨。终朝，早晨。

㉙橐（tuó），盛物用的袋子。

㉚祖送，饯行，即祖饯送行。祖，出行时祭祀路神，引申为饯行。

㉛欻（xū），忽然。羊角风，旋风。

㉜章丘，明清县名，属济南府，现属今山东省章丘市。

㉝“今日”二句，意思是说人生因贵贱变化会使交情难以存续。贵介，即尊贵、富贵者。戴笠，戴斗笠者，形容清贫。

㉞林下，即山林田野退隐之处。这里指居乡里未能出仕的读书人。

㉟綦（qí），极，很。

㊱肥秩，即“肥缺”，指收入丰厚的官位。

㊲泻囊货骑，出行一趟结果狼狈不堪，花光了钱，卖掉了坐骑。泻囊，即倾囊，拿出所有的钱。

㊳月令，《礼记》篇名，所记者为农历时令、行政及相关事物。如农历八月之“月令”所云：“是月也，日夜分，雷始收声，蛰虫坏户，杀气浸盛，阳气日衰，水始涸。”以下族弟所作者便模仿了这一文体。

㊴貂帽解，即不得已卖掉贵重的装束。貂帽，用貂皮制的帽子。

㊵伞盖不张，是说因没有得到“童稚交”的接济，已无去时的排场或心气。伞盖，古代一种长柄圆顶、伞面外缘垂有流苏的仪仗物。

㊶马化为驴，指回家盘缠不足，因而卖掉坐骑马，骑驴而归。这句话套用了晋朝童谣，《晋书》卷二八《五行中》中云：“太安

中，童谣曰：‘五马游渡江，一马化为龙。’后中原大乱，宗藩多绝。”

㊷靴始收声，停止外出寻求脚步。此系套用注㊸所引“月令”中“雷始收声”一句。

【简评】

儒家传统思想始终注重“仁爱”，《孟子·离娄下》中云：“君子以仁存心，以礼存心。仁者爱人，有礼者敬人。爱人者，人恒爱之；敬人者，人恒敬之。”所谓“仁者爱人”正是本的宗旨。渔夫与王六郎鬼魂的友谊超脱生死，且不避他人，属于作者理想化的一种人际关系。正所谓“一死一生，乃知交情；一贫一富，乃知交态；一贵一贱，交情乃见。”许、王之交生动地彰显了人心“善”的一面，作为少年溺死者的王六郎，因其不失赤子之心，而获得善果。而冯伟民《〈聊斋志异〉本事琐证》中以明沈周《石田杂记》所记葑门黄天荡渔者事为《王六郎》之原本，并云：“《石田杂记》中的记载简略平淡，文中的溺鬼是个一心只求讨替投生的自私鬼，而渔人为了自己致富，又三四年间不让溺鬼还乡。到了蒲松龄的笔下，渔人和溺鬼（王六郎）都成了乐于助人、品格高尚的人物形象，后半部增加的招远探友一节更是寄托了作者的无限感慨。”朱一玄先生编《〈聊斋志异〉资料汇编》引张泓《滇南忆旧录·成公祠》一则为本篇佐证，致令一些论者认为《王六郎》脱胎于有类似内容的《成公祠》。其实张泓生活年代远较蒲松龄为后，两篇故事可能皆源于民间故事中“渔父与水鬼”类型的传说——“水鬼找替身”一类的信俗，也是民间传说中的热门话题。袁世硕《〈聊斋志异〉的再创作研究》认为此篇首段水鬼为酬报渔人而为之趋鱼的情节，源于晋干宝《搜神记》卷五《丁姑祠》中的有关描写，两者都是溺死鬼业满当有新溺死者替代得以转生，却没有如愿，但《王六郎》却不是在原有意义上的因袭，而是超脱于其外，意涵更为深远。读者若有兴趣，可用于参阅。

龁石[1]

新城[2]王钦文太翁家，有圉人[3]王姓，幼入劳山[4]学道。久之，不火食[5]，惟啖松子及白石，遍体生毛。既数年，念母老归里，渐复火食，犹啖石如故。向日视之，即知石之甘苦酸咸，如啖芋[6]然。母死，复入山，今又十七八年矣。

【注释】

①龁（hé），咬嚼。

②新城，明清县名，现属山东省淄博市桓台县。王钦文，即王与敕（1609—1685），著名诗人王士禛的父亲。其字钦文，别字匡庐，清顺治元年拔贡生，终生未仕。太翁，清代尊称他人之父。

③圉（yǔ）人，原为《周礼》官名，掌管养马放牧等事，后世常泛称养马之人。

④劳山，又名崂山、牢山、辅唐山，现属山东青岛市崂山县。宋元以来，山中多建道观，遂成中国道教名山。

⑤火食，即吃熟食。

⑥芋，即芋头，古人也称蹲鸱，一种植物，富含淀粉，可供食用。

【简评】

以白石为饭，晋人早有记述，如《太平广记》卷九引晋葛洪《神仙传》："焦先者，字孝然，河东人也，年一百七十岁。常食白石，以分与人，熟煮如芋食之。"所啖白石并非生吞，而是"熟煮"，这可能属于一种类似石头的球茎植物，以讹传讹，就成了"仙家"美谈。蒲松龄所记述之圉人啖白石，属于生吞，应是当时乡里名宦兼著名诗人的王士稹家中事，有笔记为证，似是实录。而《山东通志》卷三〇《仙释志·元》著录这位啖石奇人是元朝人："王嘉禄，新城人。少入劳山，遇道士，教以五禽之术。久遂不食，但以石为饭，或食松柏叶，渴则饮涧水。久之，遍身生毛寸许。一日，思其母，归复火食，毛尽落，然食石如故。尝囊石自随，映日视之，即辨其味。着齿无声，如粉粢糕饵。后母死，复入劳山，遂不知所终。"而民国间周宗颐编《太清官志》卷一《王道人仙传》中，也有王嘉禄之事，可证其为元代人无疑，早于王士稹三百余年，其《池北偶谈》所谓"予家佣人"说当系王氏祖先家事，所记也不过得自于家中传闻而已。李学良《〈聊斋志异〉中〈龁石〉篇的本事考证》中认为"龁石"乃服云母，属于道教的服食方术一类。

但从现代医学而言，"龁石"或许属于异食癖，只不过因有"劳山学道"的经历，使之蒙上了一层"仙话"的色彩。对于异食癖，古人笔记多有记述，如明陆容《菽园杂记》卷四有云："古人嗜味之偏，如刘邕之疮痂，僻谬极矣。予所闻亦有非人情者数人。国初名僧泐季潭喜粪中芝麻，杂米煮粥食之。……南京国子祭酒刘俊喜食蚯蚓。”现代关于异食癖的记述更是五花八门，如嗜食土块、石头、头发、煤块，乃至玻璃、钱币等等，无奇不有。而现代医学解释异食癖者，或许因人体缺锌或铁所致，属于生理疾病；但一些患者并不缺少这些微量元素，就属于心理问题了。有些患者因异食而患有多种疾病，甚至早夭；但有些异食癖者消化系统却丝毫不受影响，体格健壮，现代医学也难以做出合理解释。

陆判

陵阳[1]朱尔旦，字小明，性豪放，然素钝，学虽笃，尚未知名。一日，文社[2]众饮。或戏之云："君有豪名，能深夜赴十王殿[3]，负得左廊判官来，众当醵[4]作筵。"盖陵阳有十王殿，神鬼皆以木雕，妆饰如生。东庑[5]有立判，绿面赤须，貌尤狞恶。或夜闻两廊拷讯声，入者毛皆森竖，故众以此难朱。朱笑起，径去。居无何[6]，门外大呼曰："我请髯宗师[7]至矣！"众皆起。俄负判入，置几上，奉觞[8]酹之三。众睹之，瑟缩不安于坐，仍请负去。朱又把酒灌地，祝曰："门生狂率不文[9]，大宗师谅不为怪。荒舍匪遥，合乘兴来觅饮[10]，幸勿为畛畦[11]。"乃负之去。

次日，众果招饮，抵暮，半醉而归，兴未阑，挑灯独酌。忽有人搴帘入，视之，则判官也。朱起曰："意吾殆[12]将死矣！前夕冒渎，今来加斧锧[13]耶？"判启浓髯微笑曰："非也。昨蒙高义相订[14]，夜偶暇，敬践达人[15]之约。"朱大悦，牵衣促坐，自起涤器爇火[16]。判曰："天道温和，可以冷饮。"朱如命，置瓶案上，奔告家人治肴果。妻闻，大骇，戒勿出。朱不听，立俟治具[17]以出。易琖交酬[18]，始询姓氏。曰："我陆姓，无名字。"与谈古典，应答如响。问：“知制艺[19]否？”曰：“妍媸[20]亦颇辨之。阴司诵读，与阳世略同。”陆豪饮，一举十觥[21]。朱因竟日饮，遂不觉玉山倾颓[22]，伏几醺睡。比醒，则残烛昏黄，鬼客已去。自是三两日辄一来，情益洽，时抵足卧。朱献窗稿[23]，陆辄红勒[24]之，都言不佳。一夜，朱醉，先寝，陆犹自酌。忽醉梦中，觉脏腑微痛。醒而视之，则陆危坐[25]床前，破腔出肠胃，条条整理。愕曰：“夙无仇怨，何以见杀？”陆笑云：“勿惧！我为君易慧心耳。”从容纳肠已，复合之，末以裹足布束朱腰。作用[26]毕，视榻上亦无血迹，腹间觉少麻木。见陆置肉块几上，问之。曰：“此君心也。作文不快，知君之毛窍塞耳。适在冥间，于千万心中，拣得佳者一枚，为君易之，留此以补阙数。”乃起，掩扉去。天明解视，则创缝已合，有綖[27]而赤者存焉。自是文思大进，过眼不忘。数日，又出文示陆，陆曰：“可矣。但君福薄，不能大显贵，乡、科[28]而已。”问：“何时？”曰：“今岁必魁[29]。”未几，科试冠军，秋闱[30]果中经元。同社生素揶揄之，及见闱墨[31]，相视而惊，细询始知其异。共求朱先容[32]，愿纳交陆。陆诺之。众大设以待之。更初，陆至，赤髯生动，目炯炯如电。众茫乎无色，齿欲相击，渐引去。

朱乃携陆归饮。既醺，朱曰：“湔肠伐胃[33]，受赐已多。尚有一事相烦，不知可否？”陆便请命。朱曰：“心肠可易，面目想亦可更。山荆[34]，予结发人，下体颇亦不恶，但头面不甚佳丽。尚欲烦君刀斧，如何？”陆笑曰：“诺！容徐图之。”过数日，半夜来叩关[35]。朱急起延入，烛之，见襟裹一物。诘之，曰：“君曩所嘱，向艰物色。适得一美人首，敬报君命。”朱拨视，颈血犹湿。陆力促急入，勿惊禽犬。朱虑门户夜扃，陆至，一手推扉，扉自辟。引至卧室，见夫人侧身眠。陆以头授朱抱之，自于靴中出白刃如匕首，按夫人项，着力如切腐状，迎刃而解，首落枕畔。急于生怀取美人头合项上，详审端正，而后按捺。已而移枕塞肩际，命朱瘗首[36]静所，乃去。朱妻醒，觉颈间微麻，面颊甲错[37]，搓之，得血片。甚骇，呼婢汲盥。婢见面血狼藉，惊绝，濯之，盆水尽赤。举首则面目全非，又骇极。夫人引镜自照，错愕不能自解，朱入告之。因反复细视，则长眉掩鬓，笑靥承颧[38]，画中人也。解领验之，有红线一周，上下肉色，判然而异。

先是，吴侍御[39]有女甚美，未嫁而丧二夫，故十九犹未醮[40]也。上元游十王殿时，游人甚杂，内有无赖贼窥而艳之，遂阴访居里，乘夜梯入，穴寝门，杀一婢于床下，逼女与淫，女力拒声喊，贼怒，亦杀之。吴夫人微闻闹声，呼婢往视，见尸骇绝。举家尽起，停尸堂上，置首项侧，一门啼号，纷腾终夜。诘旦[41]，启衾，则身在而失其首。遍挞侍女，谓所守不恪[42]，致葬犬腹。侍御告郡，郡严限捕贼，三月而罪人弗得。渐有以朱家换头之异闻吴公者。吴疑之，遣媪探诸其家。入见夫人，骇走以告吴公。公视女尸故存，惊疑无以自决。猜朱以左道杀女，往诘朱。朱曰："室人梦易其首，实不解其何故？谓仆杀之，则冤也。"吴不信，讼之。收家人鞫[43]之，一如主言，郡守不能决。朱归，求计于陆。陆曰："不难，当使伊女自言之。"吴夜梦女曰："儿为苏溪杨大年所贼[44]，无与朱孝廉。彼不艳于其妻，陆判官取儿头与之易之，是儿身死而头生也。愿勿相仇。"醒告夫人，所梦同。乃言于官。问之，果有杨大年。执而械之，遂伏其罪。吴乃诣朱，请见夫人，由此为翁婿。乃以朱妻首合女尸而葬焉。

朱三入礼闱[45]，皆以场规[46]被放，于是灰心仕进。积三十年，一夕，陆告曰："君寿不永矣。"问其期，对以五日。"能相救否？"曰："惟天所命，人何能私？且自达人观之，生死一耳[47]，何必生之为乐，死之为悲？”朱以为然，即治衣衾棺椁。既竟，盛服而没。

翌日，夫人方扶柩哭，朱忽冉冉[48]自外至。夫人惧，朱曰：“我诚鬼，不异生时。虑尔寡母孤儿，殊恋恋耳。”夫人大恸，涕垂膺，朱依依慰解之。夫人曰：“古有还魂之说，君既有灵，何不再生？”朱曰：“天数不可违也。”问：“在阴司作何务？”曰：“陆判荐我督案务[49]，授有官爵，亦无所苦。”夫人欲再语，朱曰：“陆判与我同来，可设酒馔。”趋而出。夫人依言营备。但闻室中笑饮，亮气高声，宛若生前。半夜窥之，窅然[50]已逝。自是三数日辄一来，时而留宿缱绻，家中事就便经纪[51]。子玮方五岁，来辄捉抱，至七八岁，则灯下教读。子亦惠，九岁能文，十五入邑庠，竟不知无父也。从此来渐疏，日月至焉[52]而已。又一夕，来谓夫人曰：“今与卿永诀矣。”问：“何往？”曰：“承帝命为太华卿[53]，行将远赴，事烦途隔，故不能来。”母子持之哭，曰：“勿尔！儿已成立，家计尚可存活，岂有百岁不拆之鸾凤耶[54]！”顾子曰：“好为人，勿堕父业。十年后一相见耳。”径出门去，于是遂绝。

后玮二十五，举进士，官行人[55]。奉命祭西岳，道经华阴[56]，忽有舆从羽葆[57]，驰冲卤簿[58]。讶之。审视车中人，其父也。下马哭伏道左。父停舆曰：“官声好，我目瞑矣。”玮伏不起。朱促舆行，火驰[59]不顾。去数步，回望，解佩刀遣人持赠。遥语曰：“佩之当贵。”玮欲追从，见舆马人从，飘忽若风，瞬息不见，痛恨良久。抽刀视之，制极精工，镌字一行，曰：“胆欲大而心欲小，智欲圆而行欲方[60]。”玮后官至司马[61]。生五子，曰沉，曰潜，曰沕，曰浑，曰深。一夕，梦父曰：“佩刀宜赠浑也。”从之。浑仕为总宪[62]，有政声。

异史氏曰：“断鹤续凫，矫作者妄[63]；移花接木，创始者奇[64]。而况加凿削于肝肠，施刀锥于颈项者哉！陆公者，可谓媸皮[65]裹妍骨矣。明季至今[66]，为岁不远[67]，陵阳陆公犹存乎？尚有灵焉否也？为之执鞭，所欣慕焉[68]。”

【注释】

①陵阳，战国楚邑名，现属安徽省池州市青阳县陵阳镇。

②文社，这里是指从事科举的读书人所组织的切磋八股制义的团体。

③十王殿，即寺庙里供奉十王的殿堂。十王，即“十殿阎王”的省称，汉传佛教认为有十个主管地狱的阎王。

④醵（jù），凑钱聚饮。

⑤东庑（wǔ），东面的廊屋。庑，堂下周围的走廊、廊屋。立判，即站立的判官塑像。

⑥无何，不多时。

⑦宗师，即“学政”，亦称督学，俗称大宗师，清初沿用明制，各省设立督学道，并规定凡由翰林科道出身任用者为学院，由部署等官任用者为学道，掌一省之学校、教习及教育行政、考试诸事，三年任满更代。宗师是管理诸生的顶头上司，这里以“髯宗师”相称，即留大胡子的宗师，调侃中带有震慑文社众人的意思。

⑧奉觞，举杯敬酒。

⑨门生，科举考试中应试者对取中自己的考官自称“门生”。这里即以判官为大宗师，视其为学政（主持院试、岁考与科考），以“门生”自称，带有调侃意味。狂率不文，即狂放直率没有文采。

⑩合，应当。觅饮，寻求饮酒之乐。

⑪勿为畛畦（zhěn qí），不要因人鬼相异而生隔阂。畛畦，田间小路，这里引申为界限，隔阂。《青梅》一篇中的“不为畛畦”是胸怀坦荡，心无芥蒂的意思。

⑫意，猜测。殆，大概。

⑬斧锧（zhì），古代刑具斧子与铁锚，行刑时把人放在铁锚上，用斧子砍头。

⑭高义，深情厚谊。相订，相约。

⑮达人，豁达豪放的人。

⑯爇（ruò）火，烧火。

⑰立俟，站着等待。治具，备办酒食。

⑱易琖（zhǎn）交酬，整治酒杯，相互敬酒酬应。易，整治。琖，特指酒杯。

⑲制艺，即八股文。《明史》中云：“其文略仿宋经义，然代古人语气为之，体用排偶，谓之八股，通谓之制义。”

⑳妍媸（yán chī），美好和丑恶。

㉑觥（gōng），古代饮酒器，用兽角制成，后也用木或青铜制作。这里即指酒杯。

㉒玉山倾颓（tuí），即指醉酒。玉山，比喻俊美的仪容。倾颓，即醉倒。

㉓窗稿，即文社中平时习作的文稿。窗，是指私塾或文社的窗下，同学或称“同窗”或“窗友”。

㉔红勒，拿朱笔勾涂、批改文字。

㉕危坐，即正身而跪坐。古人以两膝着地，耸起上身为“危坐”，表示严肃恭敬。这里是正身而坐的意思。

㉖作用，即在说换心这件事情。

㉗綫（xiàn），通“线”。

㉘乡科，即乡试与科试。乡试，明清两代每三年一次在各省省城（包括京城）举行的考试，一般在农历八月举行，考中者称举人。科试，即“科考”，明清于每届乡试前，由各省学官巡回所属举行的考试，科考合格的生员（俗称秀才）方能参加本省乡试。

㉙魁，即榜首。指下文所说“科试冠军”与“秋闱果中经元”。

㉚秋闱（wéi），即指乡试，因多在农历子、午、卯、酉年的八月举行而得名。经元，即“经魁”，明清乡、会试考试八股文，《四书》而外，《五经》也是出题内容，应试者一般只选习一经，每科乡试及会试的前五名即分别于《五经》中各取其第一名，称为经魁。

㉛闱墨，明代以来，乡试、会试后，主考挑选试卷中文字符合程式的，编刻成书，公开印行，供士子学习参考，同时也便于社会监督。明称“小录”，清称“闱墨”。

㉜先容，指事先为人介绍、推荐或游说。

㉝湔（jiān）肠伐胃，盥洗肠胃加以治疗，形容人医术高明。

㉞山荆，古人对自己的妻子谦称。

㉟叩关，即敲门。

㊱瘗（yì），埋葬。静所，僻静隐蔽之所。

㊲甲错，甲壳交错混杂，借指表皮干枯皱缩或粗糙不平。

㊳笑靥（yè）承颧，指女子微笑时颧骨下有两个酒窝浮现，是美女的显著标志。靥，面颊上的微窝，俗称酒窝。

㊴侍御，清代或称御史为侍御，属监察官，都察院左都御史、左副都御史及其以下诸御史，皆可称侍御。

㊵醮（jiào），古代冠礼、婚礼中的一种简单仪节，常用来指女子嫁人，宋朝以后又常用来指女子再嫁。

㊶诘（jié）旦，清晨。

㊷不恪（kè），不敬。

㊸鞫（jū），审讯。

㊹苏溪，明清池州府地名，许为作者虚构。贼，杀害。

㊺礼闱，会试，因为礼部主办而得名。闱，这里是说古代科举的试场。《阿宝》一篇的"入闱"指的是参加乡试。

㊻场规，即科举考试的考场规则。放，是指被驱逐出考场或被取消录取资格。

㊼生死一耳，指生与死并无不同。

㊽冉冉，慢慢前进的样子。

㊾督案务，管理文书一类的事务。

㊿窅（yǎo）然，岑寂的样子。

51经纪，管理照料。

52日月至焉，偶尔来一次。

53太华卿，华山山神。卿，古代高级官员的名称。

54鸾凤，鸾鸟与凤凰，古人常用以比喻夫妇。

55行人，明代官名，专职捧节、奉使之事的官吏，秩正八品，多以进士充任。

56华阴，明清县名，明属西安府，清属同州府，现属陕西省华阴市。

57舆从，车马随从。羽葆，原指帝王仪仗中以鸟羽联缀为饰的华盖，这里形容华山山神出行之威仪。

58卤簿，古代对帝王的仪仗队的称呼，汉代以后渐成为官员出行的仪仗，这里指朱玮的仪仗。

59火驰，形容急速奔驰。

60"胆欲大"二句，指敢于任事但思虑要周全，智谋圆通但行为要规矩端方。

㉑司马，官名，周时为六卿之一，曰夏官大司马，掌军旅之事。后世用作兵部尚书的别称，侍郎则称少司马，这里是指兵部尚书或兵部侍郎。

㉒总宪，明清都察院左都御史的别称。御史台古称为宪台。

㉓“断鹤”二句，指因鹤腿长而将其截短，因野鸭腿短而将其续长，违背自然的做法属于胡作非为。

㉔“移花”二句，指嫁接花草树木以改良品种，首创者的奇思妙想应当肯定。

㉕媸（chī）皮裹妍骨，外表丑陋而内心聪明。媸，丑陋。妍，聪慧。

㉖明季，明代末年。

㉗为岁，即“为时”，犹如在说从时间上看。

㉘“为之执鞭”二句，指因崇敬钦佩陆判，即使为之从事持鞭驾车的卑贱差役，也是高兴仰慕的。

【简评】

《旧五代史》卷一二八《王仁裕传》中云：“王仁裕，字德辇，天水人。少孤，不从师训，年二十五，方有意就学。一夕梦剖其肠胃，引西江水以浣之，又睹水中砂石，皆有篆文，因取而吞之。及寤，心意豁然，自是资性绝高。”梦中以江水洗涤肠胃可令人聪慧，与此篇之换心术可谓异曲同工。古人认为“心”是人的意识所在，所以换心就能改变人的智慧。在古代，这不过是大胆的想象。而在现代医学的临床实践中，换心已成为可能，受体虽不能因此改变其聪明程度，但却能受到捐赠者生前人格因素的某些影响，发生性格偏移。至于换头术，现代医学临床尚无法做到。而且从伦理上讲，吴小姐的头换到朱夫人身上，朱夫人事实上是否存在已是未知之数。显然，蒲松龄天马行空般的幻想只可存在于小说之中。冯伟民《〈聊斋志异〉本事琐证》中，认为唐范摅《云溪友议》卷九所记胡钉铰梦中被剖腹纳书事以及清张潮《虞初新志》卷四所录徐芳《换心记》为《陆判》之本事，又以南朝宋刘义庆《幽明录》中贾弼之事、宋洪迈《夷坚志》丙志卷四《孙鬼脑》等为“换头”情节之本事，可参阅。若追溯开去，换头的故事，六朝志怪小说《幽明录》中便有。《陆判》开首叙述陆判与朱生交友之缘由，乃袭用唐皇甫氏《原化记》里的《刘氏子妻》的模式，两者在表现豪放者的胆气意趣上是一致的，可供读者参阅。

婴宁

王子服，莒[1]之罗店人，早孤。绝惠[2]，十四入泮[3]。母最爱之，寻常不令游郊野。聘萧氏，未嫁而夭，故求凰[4]未就也。

会上元，有舅氏子吴生，邀同眺瞩，方至村外，舅家有仆来，招吴去。生见游女如云，乘兴独遨。有女郎携婢，撚梅花一枝，容华绝代，笑容可掬。生注目不移，竟忘顾忌。女过去数武[5]，顾婢曰："个儿郎目灼灼似贼！"遗花地上，笑语自去。生拾花怅然，神魂丧失，怏怏遂返。至家，藏花枕底，垂头而睡，不语亦不食。母忧之，醮禳[6]益剧，肌革锐减[7]。医师诊视，投剂发表[8]，忽忽若迷。母抚问所由，默然不答。适吴生来，嘱密诘之。吴至榻前，生见之泪下，吴就榻慰解，渐致研诘[9]，生具[10]吐其实，且求谋画。吴笑曰："君意亦复痴！此愿有何难遂？当代访之。徒步于野，必非世家，如其未字[11]，事固谐矣；不然，拚[12]以重赂，计必允遂。但得痊瘳[13]，成事在我。"生闻之，不觉解颐[14]。吴出告母，物色女子居里。而探访既穷，并无踪绪。母大忧，无所为计。然自吴去后，颜顿开，食亦略进。数日，吴复来，生问所谋。吴绐[15]之曰："已得之矣。我以为谁何人，乃我姑氏女，即君姨妹行[16]，今尚待聘。虽内戚有昏因之嫌[17]，实告之，无不谐者。”生喜溢眉宇，问：“居何里？”吴诡曰[18]：“西南山中，去此可三十馀里。”生又付嘱再四，吴锐身自任[19]而去。

生由此饮食渐加，日就平复。探视枕底，花虽枯，未便凋落，凝思把玩，如见其人。怪吴不至，折[20]柬招之，吴支托[21]不肯赴召。生恚怒[22]，悒悒不欢。母虑其复病，急为议姻，略与商确[23]，辄摇首不愿，惟日盼吴。吴迄无耗，益怨恨之。转思三十里非遥，何必仰息[24]他人？怀梅袖中，负气自往，而家人不知也。伶仃独步，无可问程，但望南山行去。约三十馀里，乱山合沓[25]，空翠[26]爽肌，寂无人行，止有鸟道[27]。遥望谷底，丛花乱树中，隐隐有小里落[28]。下山入村，见舍宇无多，皆茅屋，而意甚修雅。北向一家，门前皆丝柳，墙内桃杏尤繁，间以修竹，野鸟格磔[29]其中。意其园亭，不敢遽入。回顾对户，有巨石滑洁，因据坐少憩。俄闻墙内有女子，长呼“小荣”，其声娇细。方伫听间，一女郎由东而西，执杏花一朵，挽首[30]自簪；举头见生，遂不复簪，含笑撚花而入。审视之，即上元途中所遇也。心骤喜，但念无以阶进[31]。欲呼姨氏，顾从无还往，惧有讹误。门内无人可问，坐卧徘徊，自朝至于日昃[32]，盈盈望断，并忘饥渴。时见女子露半面来窥，似讶其不去者。忽一老媪扶杖出，顾生曰：“何处郎君，闻自辰刻便来，以至于今。意将何为？得勿饥耶？”生急起揖之，答云：“将以盼亲。”媪聋聩[33]，不闻。又大言之，乃问：“贵戚何姓？”生不能答。媪笑曰：“奇哉！姓名尚自不知，何亲可探？我视郎君亦书痴耳。不如从我来，啖以粗粝[34]，家有短榻可卧。待明朝归，询知姓氏，再来探访不晚也。”生方腹馁思啗，又从此渐近丽人，大喜。从媪入，见门内白石砌路，夹道红花，片片堕阶上，曲折而西，又启一关，豆棚花架满庭中。肃客入舍，[35]粉壁光明如镜，窗外海棠枝朵，探入室中，裀藉[36]几榻，罔不洁泽。甫坐，即有人自窗外隐约相窥。媪唤："小荣！可速作黍[37]。"外有婢子噭声而应[38]。坐次[39]，具展宗阀。媪曰："郎君外祖，莫姓吴否？"曰："然。"媪惊曰："是吾甥也！尊堂，我妹子。年来以家窭贫，又无三尺男[40]，遂至音问梗塞。甥长成如许，尚不相识。"生曰："此来即为姨也，匆遽遂忘姓氏。"媪曰："老身秦姓，并无诞育，弱息[41]仅存，亦为庶产。渠母[42]改醮，遗我鞠养。颇亦不钝，但少教训，嬉不知愁。少顷，使来拜识。"

未几，婢子具饭，雏尾盈握[43]，媪劝餐。已，婢来敛具[44]。媪曰："唤宁姑来。"婢应去。良久，闻户外隐有笑声。媪又唤曰："婴宁，汝姨兄在此。"户外嗤嗤笑不已。婢推之以入，犹掩其口，笑不可遏。媪嗔目曰："有客在，咤咤叱叱[45]，是何景象？"女忍笑而立，生揖之。媪曰："此王郎，汝姨子。一家尚不相识，可笑人也。"生问："妹子年几何矣？"媪未能解，生又言之，女复笑不可仰视。媪谓生曰："我言少教诲，此可见矣。年已十六，呆痴裁如婴儿。"生曰："小于甥一岁。"曰："阿甥已十七矣，得非庚午属马者耶？"生首应之。又问："甥妇阿谁？"答云："无之。"曰："如甥才貌，何十七岁犹未聘？婴宁亦无姑家，极相匹敌。惜有内亲之嫌。"生无语，目注婴宁，不遑他瞬。婢向女小语云："目灼灼，贼腔未改！"女又大笑，顾婢曰："视碧桃开未[46]？"遽起，以袖掩口，细碎连步[47]而出。至门外，笑声始纵。媪亦起，唤婢襆被，为生安置。曰："阿甥来不易，宜留三五日，迟迟送汝归。如嫌幽闷，舍后有小园，可供消遣；有书可读。"次日，至舍后，果有园半亩，细草铺毡，杨花糁[48]径。有草舍三楹[49]，花木四合其所。穿花小步，闻树头苏苏有声，仰视，则婴宁在上，见生来，狂笑欲堕。生曰："勿尔，堕矣！"女且下且笑，不能自止。方将及地，失手而堕，笑乃止。生扶之，阴挼[50]其腕。女笑又作，倚树不能行，良久乃罢。生俟其笑歇，乃出袖中花示之。女接之，曰："枯矣！何留之？"曰："此上元妹子所遗，故存之。"问："存之何意？"曰："以示相爱不忘也。自上元相遇，凝思成疾，自分化为异物[51]；不图得见颜色，幸垂怜悯。"女曰："此大细事，至戚何所靳惜[52]？待郎行时，园中花，当唤老奴来，折一巨捆[53]负送之。"生曰："妹子痴耶？""何便是痴？"曰："我非爱花，爱撚花之人耳。"女曰："葭[54]莩之情，爱何待言。"生曰："我所谓爱，非瓜[55]葛之爱，乃夫妻之爱。"女曰："有以异乎？"曰："夜共枕席耳。"女俯思良久，曰："我不惯与生人睡。"语未已，婢潜至，生惶恐遁去。少时，会母所，母问："何往？"女答以园中共话。媪曰："饭熟已久，有何长言，周遮[56]乃尔。"女曰："大哥欲我共寝。"言未已，生大窘，急目瞪之。女微笑而止。幸媪不闻，犹絮絮究诘。生急以他词掩之，因小语责女。女曰："适此语不应说耶？"生曰："此背人语。"女曰："背他人，岂得背老母？且寝处亦常事，何讳之？"生恨其痴，无术可悟之。食方竟，家人捉双卫[57]来寻生。

先是，母待生久不归，始疑。村中搜觅几遍，竟无踪兆，因往询吴。吴忆曩言，因教于西南山村寻觅。凡历数村，始至于此。生出门，适相值，便入告媪，且请偕女同归。媪喜曰："我有志，匪伊朝夕[58]。但残躯不能远涉，得甥携妹子去，识认阿姨，大好！"呼婴宁，宁笑至。媪曰："有何喜，笑辄不辍？若不笑，当为全人。"因怒之以目，乃曰："大哥欲同汝去，可便装束。"又饷家人酒食，始送之出，曰："姨家田产丰裕，能养冗人[59]。到彼且勿归，小学诗礼，亦好事翁姑。即烦阿姨，为汝择一良匹[60]。"二人遂发。至山坳[61]回顾，犹依稀见媪倚门北望也[62]。

抵家，母睹姝丽，惊问为谁，生以姨女对。母曰："前吴郎与儿言者，诈也。我未有姊，何以得甥？"问女，女曰："我非母出。父为秦氏，没时，儿在褓中，不能记忆。"母曰："我一姊适秦氏，良确。然殂谢[63]已久，那得复存？"因审诘面庞、志赘[64]，一一符合。又疑曰："是矣。然亡已多年，何得复存？"疑虑间，吴生至，女避入室。吴询得故，惘然久之，忽曰："此女名婴宁耶？"生然之。吴亟称怪事。问所自知，吴曰："秦家姑去后，姑丈鳏居[65]，祟于狐，病瘠死[66]。狐生女名婴宁，绷[67]卧床上，家人皆见之。姑丈殁，狐犹时来。后求天师符黏壁间[68]，狐遂携女去。将勿此耶？"彼此疑参[69]，但闻室中吃吃，皆婴宁笑声。母曰："此女亦太憨生[70]。"吴请面之。母入室，女犹浓笑不顾。母促令出，始极力忍笑，又面壁移时方出。才一展拜，翻然遽入，放声大笑。满室妇女为之粲然。吴请往觇其异，就便执柯[71]。寻至村所，庐舍全无，山花零落而已。吴忆姑葬处，仿佛不远，然坟垅湮没，莫可辨识，诧叹而返。母疑其为鬼，入告吴言，女略无骇意。又吊[72]其无家，亦殊无悲意，孜孜憨笑而已。众莫之测，母令与少女同寝止。昧爽即来省问[73]，操女红精巧绝伦。但善笑，禁之亦不可止。然笑处嫣然，狂而不损其媚，人皆乐之。邻女少妇，争承迎之。母择吉将为合卺[74]，而终恐为鬼物，窃于日中窥之，形影殊无少异[75]。

至日，使华装行新妇礼，女笑极不能俯仰[76]，遂罢。生以其憨痴，恐漏泄房中隐事，而女殊密秘，不肯道一语。每值母忧怒，女至，一笑即解。奴婢小过，恐遭鞭楚，辄求诣母共话，罪婢投见，恒得免。而爱花成癖，物色遍戚党；窃典金钗，购佳种，数月，阶砌藩溷[77]，无非花者。庭后有木香[78]一架，故邻西家，女每攀登其上，摘供簪玩[79]。母时遇见，辄诃之，女卒不改。一日，西人子[80]见之，凝注倾倒。女不避而笑。西人子谓女意已属，心益荡。女指墙底，笑而下，西人子谓示约处，大悦。及昏而往，女果在焉，就而淫之，则阴如锥刺，痛彻于心，大号而踣[81]。细视，非女，则一枯木卧墙边，所接乃水淋窍[82]也。邻父闻声，急奔研问，呻而不言；妻来，始以实告。爇火烛窍，见中有巨蝎，如小蟹然，翁碎木捉杀之。负子至家，半夜寻卒。邻人讼生，讦发[83]婴宁妖异。邑宰[84]素仰生才，稔知其笃行士[85]，谓邻翁讼诬，将杖责之，生为乞免，逐释而出[86]。母谓女曰："憨狂尔尔，早知过喜而伏忧也。邑令神明，幸不牵累。设鹘突[87]官宰，必逮妇女质公堂，我儿何颜见戚里？"女正色，矢不复笑。母曰："人罔不笑，但须有时。"而女由是竟不复笑，虽故逗亦终不笑，然竟日未尝有戚容。

一夕，对生零涕，异之。女哽咽曰："曩以相从日浅，言之恐致骇怪。今日察姑及郎皆过爱，无有异心，直告或无妨乎？妾本狐产，母临去，以妾托鬼母，相依十馀年，始有今日。妾又无兄弟，所恃者惟君。老母岑寂山阿[88]，无人怜而合厝[89]之，九泉辄为悼恨。君倘不惜烦费，使地下人消此怨恫[90]，庶养女者不忍溺弃。"生诺之，然虑坟冢迷于荒草，女但言无虑。刻日，夫妻舆榇[91]而往。女于荒烟错楚[92]中，指示墓处，果得媪尸，肤革犹存。女抚哭哀痛。舁[93]归，寻秦氏墓合葬焉。是夜，生梦媪来称谢，寤而述之。女曰："妾夜见之，嘱勿惊郎君耳。"生恨不邀留。女曰："彼鬼也。生人多，阳气胜，何能久居？"生问小荣，曰："是亦狐，最黠。狐母留以视妾，每摄饵[94]相哺，故德之常不去心；昨问母，云已嫁之。"由是岁值寒食[95]，夫妇登秦墓，拜扫无缺。女逾年生一子，在怀抱中，不畏生人，见人辄笑，亦大有母风云。

异史氏曰："观其孜孜憨笑，似全无心肝者[96]。而墙下恶作剧，其黠孰甚焉。至凄恋鬼母，反笑为哭，我婴宁殆隐于笑者[97]矣。窃闻山中有草，名‘笑矣乎’[98]，嗅之，则笑不可止。房中植此一种，则合欢、忘忧[99]，并无颜色矣。若解语花[100]，正嫌其作态耳。”

【注释】

①莒（jǔ），明清莒州，现属山东省日照市莒县。

②绝惠，即聪明绝顶。惠，通“慧”。

③入泮（pàn），科举时代童生入学为生员称为“入泮”（俗称秀才）。

④求凰，古代男子求偶称“求凰”。

⑤数武，几步外的地方。武，半步，古人以六尺为步，半步为武。

⑥醮禳（jiào ráng），设醮禳解。醮，即道士设坛祈祷。禳，祈求解除灾祸。

⑦肌革锐减，身体急速消瘦。肌革，即肌肤。

⑧发表，即发汗解表，解散表邪的一种方法。自然界的六淫之气，即风寒暑湿燥火等邪气侵袭于体内，发之而出，利于健康。

⑨研诘，仔细询问。

⑩具，完全。

⑪字，古代女子许配或出嫁。

⑫拚（pàn），豁出去，舍弃不顾。后通作“拼”。

⑬痊瘳（chōu），病愈。

⑭解颐，开心大笑的样子。颐，指口腔下部，俗称下巴。

⑮绐（dài），欺骗，说谎。

⑯姨妹行（háng），指表姐一辈的人。行，辈分。

⑰内戚有昏因之嫌，清朝有律例：“若娶己之姑舅两姨姊妹者

（虽无尊卑之分，尚有缌麻之服），杖八十，并离异（妇女归宗，财礼入官）。”内戚，这里是指母亲一方的亲属，王子服与婴宁为姨表兄妹，故称。昏因，通“婚姻”，即结婚之事。

⑱诡曰，说谎的意思。

⑲锐身自任，挺身而出，自我推荐，有所担当。

⑳折柬，通“折简”，即裁纸写信。

㉑支托，支吾推托。

㉒恚（huì）怒，生气，愤怒。

㉓商确，通“商榷”，即商讨。

㉔仰息，即“仰人鼻息”，依赖、依靠。

㉕合沓（tà），重叠。

㉖空翠，指青色的潮湿雾气。

㉗鸟道，险峻狭窄的山路。

㉘里落，村落。

㉙格磔（gē zhé），鸟鸣声。

㉚挽首，编结头上的长发。

㉛阶进，即探访的因由或凭借。

㉜日昃（zè），太阳偏西，约为现在的下午两点左右。

㉝聋聩（kuì），一般形容耳聋或天生的聋子，这里是指耳聋。

㉞粗粝（lì），糙米，这里泛指粗劣的食物，有自谦意味。

㉟肃客，把客人迎进来。

㊱裀（yīn）藉，即“裀褥”，坐卧的垫具。

㊲作黍，做黍米饭。为备家常饭诚意待客之谦称。

㊳噭（jiào）声而应，高声急应。唐孔颖达疏：“噭，谓声响高急，如叫之号呼也。应答宜徐徐而和，不得高急也。

㊴坐次，落座以后。

㊵三尺男，童仆。

㊶弱息，自家女儿。

㊷渠母，她母亲。

㊸雏尾盈握，已经长大可堪食用的家禽。

㊹敛具，即收拾餐具等。

㊺咤（zhà）咤叱（chì）叱，象声词，这里形容连续不断的笑声。

㊻碧桃开未，用汉朝东方朔偷桃传说，接小荣“贼腔未改”之语，调侃王子服。西王母种碧桃，三千年一结子，东方朔因三次偷食，被谪降人间。又有神话传说，说西王母曾将碧桃赐汉武帝。古诗文中多以碧桃特指仙桃。

㊼细碎连步，即小步快行，显示少女调皮而略带矜持的举动。

㊽杨花，即柳絮。糁（sǎn），散落。

㊾楹，量词，房屋计量单位，一列或一间屋子称为一楹。

㊿捘（zùn），用手指按。

51自分（fèn），自料，自以为。异物，指已死的人。

52至戚，最亲近的亲属。靳惜，吝惜。

53细（kǔn），通“捆”，量词，用于扎在一起的东西。

54葭莩（jiā fú），芦苇里的薄膜，常用来比喻亲戚关系疏远淡薄。这里用作“亲戚”的代称。

55瓜葛，瓜与葛皆蔓生植物，喻指辗转相连的亲戚关系。

56周遮，唠叨。

57捉双卫，牵引两头驴子。捉，这里作“牵引”解释。卫，驴的别名。

58匪伊朝夕，通“匪朝伊夕”，不止一天。

⑸冗（rǒng）人，吃闲饭的人。

⑹良匹，佳偶。

⑹山坳，两山间的低下处。

⑹倚门北望，母亲对子女般般盼归的深情。

⑹殂（cú）谢，去世。

⑹志赘，痣和疣，指人身体上独具的特征或标记。志，通“痣”。

⑹鳏（guān）居，独身，妻室已逝。

⑹病瘠死，瘦弱而亡。

⑹绷，包裹婴儿的布。这里指用布裹束婴儿。

⑹天师符，张天师的符箓。张天师，汉张道陵后裔的封号。民间亦泛称张道陵及其后裔、门徒为“张天师”。

⑹疑参，疑惑猜测。

⑺太憨生，太娇痴。生，语助词。

⑺执柯，作媒。语出《诗·豳风·伐柯》：“伐柯如何？匪斧不克；取妻如何？匪媒不得。”

⑺吊，伤痛。

⑺昧爽，拂晓。省（xǐng）问，问候。

⑺合卺（jǐn），古代婚礼中的一种仪式，剖一瓠为两瓢，新婚夫妇各执一瓢，斟酒以饮。后多以“合卺”代指成婚。

⑺“窃于日中窥之”二句，据说鬼魂在阳光下没有影子，王母借此来检验婴宁是不是鬼魂。

⑺俯仰，这里是说新婚拜堂的礼仪。

⑺藩溷（hùn），篱笆和厕所。

⑺木香，荼蘼花的别名，春末夏初开白色或黄色花，略有香气。

⑺簪玩，以头上插戴花朵为快乐。

⑧⓪西人子，指西边邻居家的儿子。

⑧①踣（bó），向前扑倒。

⑧②水淋窍，枯木长期被雨水淋湿后所形成的窟窿。

⑧③讦（jié）发，告讦举发。

⑧④邑宰，这里指莒州知州。

⑧⑤稔（rěn）知，一直以来都知道。《侠女》一篇的“稔”是熟悉的意思。笃行士，指行为敦厚的读书人。

⑧⑥逐释，古代官府无罪释放的说法。

⑧⑦鹘（hú）突，不明白事理。

⑧⑧岑寂山阿，指孤独冷清地埋葬于山间。

⑧⑨合厝（cuò），犹合葬。厝，停柩待葬。

⑨⓪怨恫（tōng），通“怨痛”，怨恨，哀痛。

⑨①舆榇（chèn），以车载棺材随行。

⑨②错楚，杂乱丛生的草木。

⑨③舁（yú），装载。

⑨④摄饵，以法术取得食物。

⑨⑤寒食，节日名，在清明前一日或二日，我国有些地区亦称清明为寒食，是扫墓祭奠先人的日子。

⑨⑥全无心肝，毫无心计。

⑨⑦隐于笑，用笑来隐藏自己凄凉身世与忧怀等。

⑨⑧笑矣乎，笑菌的别名，是一种误食后使人发笑不止的野生菌草。

⑨⑨合欢，即“马缨花”，夜间成对相合，又称“夜合花”，古人拿来赠人，称能去嫌合好。忘忧，萱草的别名，俗称金针菜或黄花菜，无香气，可作蔬菜，或供观赏。根可入药。古人以为种植此草，可以使人忘忧，因称忘忧草。

⑩解语花，会说话的花，常用来比喻善解人意的美女。

【简评】

婴宁是《聊斋志异》中性格尤为鲜明的女性，蒲松龄对之倾注了无比炽热的情感，“异史氏曰”中以“我婴宁”称之，即可见一斑。“婴宁”之命名，语出《庄子·大宗师》阐释“道”之语：“其为物，无不将也，无不迎也；无不毁也，无不成也。其名为撄宁。撄宁也者，撄而后成者也。”何谓“撄宁”？今人陈鼓应先生综合前人各家之说，以“扰乱中保持安宁”解释之（参见《庄子今注今译》），最为简明。蒲松龄极推崇庄子那汪洋恣肆的文风，称《庄子》为“千古之奇文”，取《庄子》中语为自己笔下的文学女性形象命名，其取意即为“扰动外表下的安宁”，婴宁的性格并非反抗性的，而是近似于大智若愚般的韬晦。爱花与善笑是婴宁的两大性格特征；而“反笑为哭”，在笑与凄凉意绪的感情强烈反差中，更映现出中国古代读书人出于男性本位的审美理想。

《婴宁》一篇，隐于婴宁形象背后的作者潜意识，也呈现出其虽处纷扰世间而终有别于芸芸众生的优越心理，凸显了庄子“撄宁”的蕴涵。至于惩罚西邻子而致之于死地的恶作剧，为显婴宁之奇而设计如此情节，但在婴宁形象塑造方面，却为败笔。该篇以笑字作经，以花字作纬，而又无一笔重复。章法笔法，俱极高妙。

聂小倩

宁采臣，浙人。性慷爽，廉隅[①]自重。每对人言：“生平无二色[②]。”适赴金华，至北郭，解装兰若。寺中殿塔壮丽，然蓬蒿没人[③]，似绝行踪。东西僧舍，双扉虚掩，惟南一小舍，扃键[④]如新。又顾殿东隅：修竹拱把[⑤]，阶下有巨池，野藕已花。意甚乐其幽杳[⑥]。会学使案临[⑦]，城舍价昂，思便留止，遂散步以待僧归。日暮，有士人来，启南扉。宁趋为礼，且告以意。士人曰：“此间无房主，仆亦侨居。能甘荒落，旦晚惠教，幸甚！”宁喜，藉藁[⑧]代床，支板作几，为久客计。是夜，月明高洁，清光似水，二人促膝殿廊，各展姓字。士人自言：“燕姓，字赤霞。”宁疑为赴试诸生，而听其音声，殊不类浙。诘之，自言：“秦人。”语甚朴诚。既而相对词竭，遂拱别归寝。

宁以新居，久不成寐。闻舍北喁喁，如有家口。起，伏北壁石窗下微窥之，见短墙外一小院落，有妇可四十馀；又一媪衣䵞[⑨]绯，插蓬沓[⑩]，鲐[⑪]背龙钟，偶语[⑫]月下。妇曰：“小倩何久不来？”媪曰：“殆好[⑬]至矣。”妇曰：“将无向姥姥有怨言否？”曰：“不闻；但意似蹙蹙。”妇曰：“婢子不宜好相识[⑭]。”言未已，有一十七八女子来，仿佛艳绝。媪笑曰："背地不言人，我两个正谈道，小妖婢悄来无迹响，幸不訾[15]着短处。"又曰："小娘子端好是画中人，遮莫[16]老身是男子，也被摄魂去。"女曰："姥姥不相誉，更阿谁道好？"妇人、女子又不知何言。宁意其邻人眷口，寝不复听。又许时，始寂无声。方将睡去，觉有人至寝所，急起审顾，则北院女子也。惊问之，女笑曰："月夜不寐，愿修燕好。"宁正容曰："卿防物议，我畏人言。略一失足，廉耻道丧。"女云："夜无知者。"宁又咄之。女逡巡若复有词。宁叱："速去！不然，当呼南舍生知。"女惧，乃退。至户外复返，以黄金一铤[17]置褥上。宁掇掷庭墀[18]，曰："非义之物，污我囊橐[19]！"女惭，出，拾金自言曰："此汉当是铁石。"

诘旦，有兰溪[20]生携一仆来候试，寓于东厢，至夜暴亡。足心有小孔，如锥刺者，细细有血出，俱莫知故。经宿，仆一死，症亦如之。向晚，燕生归，宁质之，燕以为魅。宁素抗直，颇不在意。宵分[21]，女子复至，谓宁曰："妾阅人多矣，未有刚肠如君者。君诚圣贤，妾不敢欺。小倩，姓聂氏，十八夭殂，葬寺侧，辄被妖物威胁，历役贱务，觍颜[22]向人，实非所乐。今寺中无可杀者，恐当以夜叉来。"宁骇，求计。女曰："与燕生同室可免。"问："何不惑燕生？"曰："彼奇人也，不敢近。"问："迷人若何？"曰："狎昵[23]我者，隐以锥刺其足，彼即茫若迷，因摄血以供妖饮。又或以金，非金也，乃罗刹[24]鬼骨，留之能截取人心肝。二者，凡以投时好耳。"宁感谢，问戒备之期，答以明宵。临别泣曰："妾堕玄海[25]，求岸不得。郎君义气干云[26]，必能拔生救苦。倘肯囊妾朽骨，归葬安宅，不啻[27]再造。"宁毅然诺之。因问葬处，曰："但记取白杨之上，有乌巢者是也。"言已出门，纷然而灭。

明日，恐燕他出，早诣邀致[28]。辰后具酒馔，留意察燕。既约同宿，辞以性癖耽寂。宁不听，强携卧具来，燕不得已，移榻从之，嘱曰："仆知足下丈夫，倾风[29]良切。要有微衷[30]，难以遽白。幸勿翻窥箧襆，违之，两俱不利。"宁谨受教。既而各寝，燕以箱箧置窗上，就枕移时，齁如雷吼。宁不能寐。近一更许，窗外隐隐有人影。俄而近窗来窥，目光睒闪[31]。宁惧，方欲呼燕，忽有物裂箧而出，耀若匹练[32]，触折窗上石棂，欻然[33]一射，即遽敛入，宛如电灭。燕觉而起，宁伪睡以觇之。燕捧箧捡徵[34]，取一物，对月嗅视，白光晶莹，长可二寸，径韭叶许。已而数重包固，仍置破箧中。自语曰："何物老魅，直尔大胆，致坏箧子。"遂复卧。宁大奇之，因起问之，且告以所见。燕曰："既相知爱，何敢深隐。我，剑客也。若非石棂，妖当立毙；虽然，亦伤。"问："所缄何物？"曰："剑也。适嗅之，有妖气。"宁欲观之。慨出相示，荧荧然一小剑也。于是益厚重燕。

明日，视窗外有血迹。遂出寺北，见荒坟累累，果有白杨，乌巢其颠。迨[35]营谋既就，趣[36]装欲归。燕生设祖帐[37]，情义殷渥[38]，以破革囊赠宁，曰："此剑袋也。宝藏可远魑魅。"宁欲从受其术。曰："如君信义刚直，可以为此，然君犹富贵中人，非此道中人也。"宁乃托有妹葬此，发掘女骨，敛以衣衾，赁舟而归。宁斋临野，因营坟葬诸斋外，祭而祝曰："怜卿孤魂，葬近蜗居[39]，歌哭相闻，庶不见陵于雄鬼[40]。一瓯浆水饮，殊不清旨[41]，幸不为嫌！"祝毕而返，后有人呼曰："缓待同行！"回顾，则小倩也。欢喜谢曰："君信义，十死不足以报。请从归，拜识姑嫜[42]，媵御无悔。"审谛之，肌映流霞，足翘细笋，白昼端相，娇艳尤绝。遂与俱至斋中。嘱坐少待，先入白母。母愕然。时宁妻久病，母戒勿言，恐所骇惊。言次，女已翩然入，拜伏地下。宁曰："此小倩也。"母惊顾不遑。女谓母曰："儿飘然一身，远父母兄弟。蒙公子露覆[43]，泽被发肤，愿执箕帚[44]，以报高义。”母见其绰约可爱，始敢与言，曰：“小娘子惠顾吾儿，老身喜不可已。但生平止此儿，用承祧绪[45]，不敢令有鬼偶。”女曰：“儿实无二心。泉下人，既不见信于老母，请以兄事，依高堂[46]，奉晨昏[47]，如何？”母怜其诚，允之。即欲拜嫂，母辞以疾，乃止。女即入厨下，代母尸饔[48]。入房穿榻，似熟居者。日暮，母畏惧之，辞使归寝，不为设床褥。女窥知母意，即竟去。过斋欲入，却退，徘徊户外，似有所惧。生呼之，女曰：“室有剑气畏人。向道途中不奉见者，良以此故。”宁悟为革囊，取悬他室，女乃入，就烛下坐。移时，殊不一语。久之，问：“夜读否？妾少诵《楞严经》，今强半遗忘。浼求[49]一卷，夜暇，就兄正之。”宁诺。又坐，默然。二更向尽，不言去。宁促之，愀然[50]曰：“异域孤魂，殊怯荒墓。”宁曰：“斋中别无床寝，且兄妹亦宜远嫌。”女起，容颦蹙而欲啼，足恇儴[51]而懒步，从容出门，涉阶而没。宁窃怜之，欲留宿别榻，又惧母嗔。女朝旦朝母，捧匜沃盥[52]，下堂操作，无不曲承母志。黄昏告退，辄过斋头，就烛诵经。觉宁将寝，始惨然去。

先是，宁妻病废，母劬[53]不可堪；自得女，逸甚，心德之。日渐稔，亲爱如己出，竟忘其为鬼，不忍晚令去，留与同卧起。女初来未尝食饮，半年渐啜稀饱[54]。母子皆溺爱之，讳言其鬼，人亦不之辨也。无何，宁妻亡，母阴有纳女意，然恐于子不利。女微窥之，乘间告母曰：“居年馀，当知儿肝鬲[55]。为不欲祸行人，故从郎君来。区区无他意，止以公子光明磊落，为天人所钦瞩，实欲依赞[56]三数年，借博封诰[57]，以光泉壤[58]。”母亦知无恶，但惧不能延宗嗣。女曰：“子女惟天所授。郎君注福籍[59]，有亢宗子[60]三，不以鬼妻而遂夺也。”母信之，与子议。宁喜，因列筵告戚党[61]。或请觌新妇，女慨然华妆出，一堂尽眙[62]，反不疑其鬼，疑为仙。由是五党[63]诸内眷，咸执贽[64]以贺，争拜识之。女善画兰、梅，辄以尺幅酬答[65]，得者藏什袭以为荣[66]。

一日，俯颈窗前，怊怅若失。忽问："革囊何在？"曰："以卿畏之，故缄置他所。"曰："妾受生气已久，当不复畏，宜取挂床头。"宁诘其意，曰："三日来，心怔忡无停息，意金华妖物恨妾远遁，恐旦晚寻及也。"宁果携革囊来。女反复审视，曰："此剑仙将盛人头者也。敝败至此，不知杀人几何许！妾今日视之，肌犹粟慄[67]。"乃悬之。次日，又命移悬户上。夜对烛坐，约宁勿寝。欻有一物，如飞鸟堕。女惊匿夹幕[68]间。宁视之，物如夜叉状，电目血舌，睒闪攫拿[69]而前，至门，却步，逡巡久之，渐近革囊，以爪摘取，似将抓裂。囊忽格然一响，大可合篑[70]，恍惚有鬼物，突出半身，揪夜叉入，声遂寂然，囊亦顿缩如故。宁骇诧，女亦出，大喜曰："无恙矣！"共视囊中，清水数斗而已。

后数年，宁果登进士。女举一男。纳妾后，又各生一男，皆仕进有声[71]。

【注释】

①廉隅（yú），即棱角，比喻不正当的行为、品性。

②二色，即指旧时男子在娶妻以后纳妾或者有外遇。

③蓬蒿没人，蓬草和蒿草高到可以遮掩住人。

④扃（jiōng）键，即门闩、门环之类。

⑤拱把，宽度需要两只手合起来围住的样子。

⑥幽杳（yǎo），幽静清寂。

⑦学使案临，清代派学政往各省，按期至所属各府、厅考查童生与生员；均由侍郎、京堂、翰林、科道及部属等官由进士出身者简派，三年一任。案临，莅临查考。

⑧藉藁（gǎo），铺稻草。《田七郎》一篇中的“藉刍藁”为铺干草，《促织》一篇中的“藁葬”是草草埋葬的意思。

⑨黦（yè），变色，褪色。

⑩蓬沓，首饰名，即“银栉”。

⑪鲐（tái）背，即衰老的样子。古人认为老人背上生斑像鲐鱼之纹，是高寿的象征。

⑫偶语，窃窃私语。

⑬殆好，淄博方言，快要、将要的意思。

⑭好相识，即客气相待。

⑮訾（zǐ），指责。

⑯遮莫，假使。

⑰铤（dìng），量词，常用以计块状物。

⑱墀（chí），台阶上面的空地，这里借指台阶。

⑲橐橐（tuó），盛物的袋子。

⑳兰溪，明清县名，现属浙江省兰溪市。

㉑宵分，夜半时分。

㉒觍（tiǎn）颜，羞愧的脸色。

㉓狎昵（xiá nì），指男女之间不正当的性行为。

㉔罗刹（chà），恶鬼的总名，男的叫“罗刹娑”，女的叫“罗刹私”，或飞空，或地行，喜欢食人的血肉。

㉕玄海，深渊，苦海。

㉖干云，高入云霄。

㉗不啻（chì），无异于，不亚于。

㉘诣，造访。邀致，邀请。

㉙倾风，钦慕他人的风采。

㉚微衷，难以吐露的情怀。

㉛睒（shǎn）闪，一道光闪烁的样子。

㉜匹练，原意为白绢，此处形容剑光。

㉝飙（biāo）然，骤然。

㉞捡徵，同“检徵”，即查验。

㉟迨（dài），等到。营谋，料理。

㊱趣（cù），迅速整理行装。

㊲祖帐，古代送人远行，在郊外路旁为饯别而设的帷帐。这里即指送行的酒筵。

㊳殷渥（wò），恳挚深厚。

㊴蜗居，比喻窄小的住所，这里用作谦词。

㊵雄鬼，这里即男性鬼魂。

㊶清旨，清雅甘美。

㊷姑嫜（zhāng），丈夫的母亲与父亲。这里小倩是以宁采臣的姬妾自居。

㊸露覆，庇护。

㊹执箕帚，即持簸箕扫帚从事洒扫的劳动，暗喻做妻妾。

㊺祧（tiāo）绪，世代相承的统绪，即传宗接代，使对祖先的祭祀绵延不绝。祧，祖庙。

㊻依高堂，请母亲容留。高堂，指父母。

㊼奉晨昏，即侍奉父母。晨昏，即“晨昏定省”，即朝夕慰问奉侍。

㊽尸饔（yōng），主管炊食劳作的事情。尸，执掌。饔，制作菜肴。

㊾浼（měi）求，请求得到。

㊿愀（qiǎo）然，忧愁的样子。

(51)恇儴（kuāng ráng），通“劻勷”，惶遽不安的样子。

㉜捧匜（yí）沃盥，两手端着注水的用具为他人浇水盥洗，这里形容小倩侍奉宁母的殷勤辛劳。匜，古代盥洗时用以盛水的东西。沃，浇水。

㉝劬（qú），劳累。

㉞饴（yǐ），用油和稻米粉制成的粥状食品，这里泛指粥。

㉟肝鬲，通“肝膈”。肺腑，喻指内心。

㊱依赞，依附并辅佐。

㊲封诰，明清帝王对五品以上官员及其先代和妻室授予封典的诰命。

㊳泉壤，即泉下，地下，这里指墓穴。

㊴注福籍，即在福籍中已经注明。古人认为人的一生富贵贫贱与寿夭，与前世今生所为之善恶密切相关，在阴间有福籍、禄籍、恶簿等分别加以记录、注明。

㊵亢（kàng）宗子，能光宗耀祖的孩子。

㊶列筵，张设酒席。戚党，亲族。

㊷眙（chì），惊视。

㊸五党，应是“三党”的夸张说法。三党是指父族、母族、妻族。

㊹贽，初次见人时所带的礼物。《侠女》一文中的“贽”指酬资。

㊺尺幅，即小一点的画卷。

㊻什袭，同“十袭”，把物品一层又一层地包裹起来，表示珍贵。

㊼粟慄，即因恐惧而肌肤泛起如鸡皮疙瘩般的颗粒。

㊽夹幕，古代厅堂中悬挂的帷幕。

㊾攫拿，即“攫拏”，这里形容张牙舞爪的样子。

⑳大可合篑（kuì），差不过有两个竹筐连起来那么大。篑，盛土的竹筐。

㉑仕进有声，指入仕做官后有声誉。声，即“政声”，官吏的政治声誉。

【简评】

“信行所履，不欺暗室”，素来为正直的儒家传统读书人所尊奉。《礼记·大学》中云：“人之视己，如见其肺肝然，则何益矣。此谓诚于中，形于外，故君子必慎其独也。”所谓“慎独”，与“不欺暗室”皆是个人内省修养，非露于外。“卿防物议，我畏人言”，八个字掷地有声，正是蒲松龄儒生本色，也正因宁采臣不为“美色”、“金钱”所惑，方令自己免于兰溪生及其仆人的遭遇，并因此结下一段荡气回肠的人鬼情缘。

自古而来，站在男性本位的立场上构思故事，女性往往是依照男性的社会审美意识塑造的，聂小倩楚楚动人、哀婉情长，且举止落落大方、善解人意。如此形象在唐传奇中早开先河，如蒋防《霍小玉传》中女主人公对已萌薄情意念的李益的一番表白：“妾年始十八，君才二十有二。迨君壮室之秋，犹有八岁。一生欢爱，愿毕此期，然后妙选高门，以谐秦晋，亦未为晚。妾便舍弃人事，剪发披缁，夙昔之愿，于此足矣。”其实，如此具有自我牺牲精神的女性在现实中实难寻觅，因而多寄寓于文学作品中，所体现的无非是弥合男性“艳遇”观念。至于现代影视作品如《倩女幽魂》一类的电影，仅借此故事中的人名以及人鬼悬隔的构想加以发挥改编，与蒲松龄之原作相比，加入元素更多，早已面目全非。

义鼠

杨天一言[①]：见二鼠出，其一为蛇所吞；其一瞪目如椒[②]，似甚恨怒，然遥望不敢前。蛇果腹，蜿蜒入穴，方将过半，鼠奔来，力嚼其尾，蛇怒，退身出。鼠故便捷，欻然遁去，蛇追，不及而返。及入穴，鼠又来，嚼如前状。蛇入则来，蛇出则往，如是者久。蛇出，吐死鼠于地上。鼠来嗅之，啾啾[③]如悼息，衔之而去。友人张历友为作《义鼠行》[④]。

【注释】

①杨天一，生平不详，应该是作者家乡人。

②瞪目如椒，指鼠目瞪得如花椒粒般又黑又圆。

③啾啾（jiū），象声词，这里指鼠的叫声。

④张历友，即张笃庆（1642—1715），字历友，号厚斋，别号昆仑山人，淄川（今属山东省淄博市）人。与王士禛、蒲松龄、唐梦赉等文人交厚。张笃庆所作《义鼠行》："莫吟《黄鹄歌》，不唱《猛虎行》。请为歌义鼠，义鼠令人惊。今年禾未熟，野田多鼯鼪。荒村无馀食，物微亦惜生。一鼠方觅食，避人草间行。饥蛇从

东来，巨颡盗以盈。鼠肝一以尽，蛇腹胀膨亨。行者为叹息，徘徊激深情。何期来义鼠，见此大义明。意气一为动，勇力忽交并。狐兔悲同类，奋身起斗争。螳臂当车轮，怒蛙亦峥嵘。此鼠义且黠，捐躯在所轻。蝮蛇入石窟，蜿蜒正纵横。此鼠啮其尾，掉击互訇訇。观者塞路隅，移时力犹勍。蝮蛇不得志，窜伏水苴中。义鼠自兹逝，垂此壮烈声。”

【简评】

此篇转述他人所见之蛇鼠斗，言简意赅，井然有序，非同凡响。在动物分类学上，蛇属于爬行动物，鼠则属于哺乳动物纲中的啮齿目。从进化角度而言，鼠高于蛇，但蛇作为鼠的天敌，老鼠能去的地方，蛇一般也通行无阻，可以穷追猛咬而令鼠束手就擒。篇中“义鼠”用行动悼念命丧于蛇口的同伴，舍生忘死、坚持不懈的执着，凸显其“义”；而出其不意、击其惰归的周旋，则体现其“智”。有义有智，从容不迫，令“义鼠”形象陡然高大，感人至深。蛇鼠相斗，也有蛇成为落败一方的记录，史书常将类似现象郑重其事地载录于《五行志》中。如《新唐书》卷二四《五行志·鼠妖》：“景云中，有蛇鼠斗于右威卫营东街槐树，蛇为鼠所伤。斗者，兵象。”当然这属于少数情况，否则也就不值得史家记载了。

张老相公

张老相公，晋人。适将嫁女，携眷至江南[1]，躬市奁妆[2]。舟抵金山[3]，张先渡江，嘱家人在舟勿煿膻腥[4]。盖江中有鼋[5]怪，闻香辄出，坏舟吞行人，为害已久。张去，家人忘之，炙肉舟中。忽巨浪覆舟，妻女皆没。张回棹[6]，悼恨欲死。因登金山谒寺僧，询鼋之异，将以仇鼋。僧闻之，骇言："吾侪日与习近[7]，惧为祸殃，惟神明奉之；祈勿怒，时斩牲牢[8]，投以半体，则跃吞而去。谁复能相仇哉！"张闻，顿思得计。便招铁工，起炉山半，冶赤铁，重百馀斤。审知[9]所常伏处，使二三健男子以大钳举投之，鼋跃出，疾吞而下。少时波涌如山；顷之，浪息，则鼋死已浮水上矣。行旅、寺僧并快之，建张老相公祠，肖像其中，以为水神。祷之辄应。

【注释】

①江南，即"江南省"，清顺治二年改明南直隶置，治所在江宁府城。康熙六年分为江苏、安徽两省，但此后很长一段时期仍称此两省为江南。

②躬市奁（lián）妆，亲自为女儿采办嫁妆。奁，古代盛梳妆用品的器具，这里指陪嫁的衣物等。

③金山，又名浮玉山，在今江苏省镇江市西北方向。

④煿（bó），烘烤。膻腥，泛指鱼肉类食物。

⑤鼋（yuán），大鳖，俗称癞头鼋。

⑥回棹（zhào），驾船返回。

⑦吾侪（chái），我辈。习近，接近。

⑧牲牢，牲畜。

⑨审知，审察后得知。

【简评】

张老相公为复私仇而除公害，一举而两得，并因此被奉为水神，建祠奉祀。小说之精彩处并不在于皆大欢喜的结局，而是张老相公为除害而运用的智慧与果断坚毅、勇敢无畏的精神。中国古代兵法有“三十六计”之说，其中“瞒天过海”与“偷梁换柱”二计，似与张老相公的伏鼋之术暗合。小说叙事文字简洁，逻辑清晰，三言两语即神采具现。

水莽草[1]

水莽，毒草也。蔓生似葛[2]，花紫，类扁豆，误食之立死，即为水莽鬼。俗传此鬼不得轮回，必再有毒死者始代之。以故楚中[3]桃花江一带，此鬼犹多云。

楚人以同岁生者为同年，投刺[4]相谒，呼庚兄、庚弟，子侄呼庚伯，习俗然也。有祝生造[5]其同年某，中途燥渴思饮。俄见道旁一媪，张棚施饮，趋之。媪承迎入棚，给奉甚殷。嗅之，有异味，不类茶茗，置不饮，起而出。媪急止客，便唤："三娘，可将好茶一杯来。"俄有少女，捧茶自棚后出，年约十四五，姿容艳绝，指环臂钏，晶莹鉴影。生受戋神驰[6]，嗅其茶，芳烈无伦，吸尽再索。觑媪出，戏捉纤腕，脱指环一枚。女[7]赪颊微笑，生益惑。略诘门户[8]，女曰："郎暮来，妾犹在此也。"生求茶叶一撮，并藏指环而去。至同年家，觉心头作恶，疑茶为患，以情告某。某骇曰："殆[9]矣！此水莽鬼也！先君死于是。是不可救，且为奈何？"生大惧，出茶叶验之，真水莽草也。又出指环，兼述女子情状。某悬想曰[10]："此必寇三娘也！"生以其名确符，问何故知。曰："南村富室寇氏女，夙有艳名。数年前，误食水莽而死，必此为魅[11]。”或言受魅者，若知鬼姓氏，求其故裆[12]煮服可痊。某急诣寇所，实告以情，长跪哀恳。寇以其将代女死，故靳[13]不与。某忿而返，以告生。生亦切齿恨之，曰：“我死，必不令彼女脱生[14]！”某舁送之，将至家门而卒。母号涕葬之。遗一子，甫周岁。妻不能守柏舟节[15]，半年改醮去。母留孤自哺，劬瘁不堪，朝夕悲啼。一日，方抱儿哭室中，生悄然忽入。母大骇，挥涕问之。答云：“儿地下闻母哭，甚怆于怀，故来奉晨昏耳。儿虽死，已有家室，即同来分母劳，母其勿悲。”母问：“儿妇何人？”曰：“寇氏坐听[16]儿死，儿深恨之。死后欲寻三娘，而不知其处，近遇某庚伯，始相指示。儿往，则三娘已投生任侍郎[17]家，儿驰去，强捉之来。今为儿妇，亦相得，颇无苦。”移时，门外一女子入，华妆艳丽，伏地拜母。生曰：“此寇三娘也。”虽非生人，母视之，情怀差慰[18]。生便遣三娘操作，三娘雅[19]不习惯，然承顺殊怜人。由此居故室，遂留不去。女请母告诸家，生意勿告，而母承女意，卒告之。寇家媪翁，闻而大骇，命车疾至，视之，果三娘，相向哭失声，女劝止之。媪视生家良贫，意甚忧悼。女曰：“人已鬼，又何厌贫？祝郎母子，情义拳拳，儿固已安之矣。”因问：“茶媪谁也？”曰：“彼倪姓。自惭不能惑行人，故求儿助之耳。今已生于郡城卖浆者[20]之家。”因顾生曰：“既婿矣，而不拜岳，妾复何心？”生乃投拜。女便入厨下，代母执炊供翁媪。媪视之悽心，既归，即遣两婢来，为之服役；金百斤、布帛数十匹；酒胾[21]不时馈送，小阜[22]祝母矣。寇亦时招归宁[23]。居数日，辄曰：“家中无人，宜早送儿还。”或故稽[24]之，则飘然自归。翁乃代生起夏屋[25]，营备臻至。然生终未尝至翁家。

一日，村中有中水莽毒者，死而复苏，相传为异。生曰：“是我活之也。彼为李九所害，我为之驱其鬼而去之。”母曰：“汝何不取人以自代？”曰：“儿深恨此等辈，方将尽驱除之，何屑为此？且儿事母最乐，不愿生也。”由是中毒者往往具丰筵，祷祝其庭，辄有效。积十馀年，母死。生夫妇亦哀毁[26]，但不对客，惟命儿缞麻擗踊[27]，教以礼仪而已。葬母后又二年馀，为儿娶妇。妇，任侍郎之孙女也。先是，任公妾生女，数月而殇。后闻祝生之异，遂命驾其家，订翁婿焉。至是，遂以孙女妻其子，往来不绝矣。一日，谓子曰：“上帝以我有功人世，策为‘四渎牧龙君’[28]。今行矣。”俄见庭下有四马，驾黄幨车[29]，马四股皆鳞甲[30]。夫妻盛装出，同登一舆。子及妇皆泣拜，瞬息而渺。是日，寇家见女来，拜别翁媪，亦如生言。媪泣，挽留。女曰：“祝郎先去矣。”出门遂不复见。

其子名鹗，字离尘，请诸寇翁，以三娘骸骨与生合葬焉。

【注释】

①水莽草，即“莽草”，一种有毒的植物名。

②葛，多年生草本植物。可食用，茎皮可制葛布。

③楚中，今湖北、湖南一带，春秋时因属于楚国而得名。桃花江，现湖南省益阳市桃江县境内。

④投刺，投递名帖。

⑤造，即“造访”，拜访的意思。

⑥琖（zhǎn），“盏”的异体字，小杯子。

⑦赪（chēng）颊，脸红。赪，浅红色。

⑧略诘门户，即稍微询问寇三娘的居所，想要和三娘晚间幽会。

⑨殆，危险。

⑩悬想，猜想。

⑪魅，鬼怪。下句之“魅”，作动词“迷惑”解。

⑫故裆，从前穿过的裤子的裤裆处。

⑬靳，拒绝。

⑭脱生，古代传说人死后，灵魂投胎转世，即称“脱生”。

⑮柏舟节，古代夫死不嫁的节操。语出《诗·鄘风·柏舟序》：“柏舟，共姜自誓也。卫世子共伯早死，其妻守义，父母欲夺而嫁之，誓而弗许，故作是诗以绝之。”即与夫情深，为夫守节。

⑯坐听，徒然听任。

⑰侍郎，明清中央吏、户、礼、兵、刑、工六部的副职官员。

⑱差慰，勉强得到一些安慰。

⑲雅，副词，平时。

⑳卖浆者，古代对从事出售茶水、酒、醋饮料等微贱职业的人的称呼。

㉑酒胾（zì），指酒和切成大块的肉。

㉒小阜，稍稍富裕。这里用如动词。

㉓归宁，已嫁女子回娘家看望父母。

㉔稽，延误。

㉕夏屋，大屋。

㉖哀毁，指居亲丧悲伤导致毁损其身，后常作居丧尽礼之辞。

㉗缞（cuī）麻，粗麻布丧服。躃（bì）踊，同“擗踊”，捶胸顿足的样子，形容极度悲哀。

㉘策，古代君主对臣下封土、授爵、免官或发布其他教令的文件。四渎牧龙君，应该是作者杜撰的仙官名。四渎，长江、黄河、淮河、济水的合称。

㉙黄幨（chān）车，围黄色车帷的车子。

㉚马四股皆鳞甲，龙马。

【简评】

本篇中佛家信仰叠加民间传说，色彩奇异，且又有儒家与人为善的理念贯穿始终。可与《王六郎》参看，两篇宗旨都有寻找所谓“替代者”的愿望，但小说中主人公皆因“己所不欲，勿施于人”的一念之仁终于超越人生，修成正果。当然，两者也有些微不同之处，《王六郎》重点在以“善”期盼调整社会人际关系，而《水莽草》则多了情感与审美的微妙关系部分。如唐谷神子《博异志·李黄》一则，记述贵公子李管路遇蛇妖所化少女，姿艳若神仙，为之所迷，终被美女蛇所害，仆人追述前状云：“郎君颇闻异香，某辈所闻，但蛇臊不可近。”竟因爱慕其人，令嗅觉产生变化。这种“爱屋及乌”的审美现象，在此篇中亦有表现：原先祝生接倪媪之茶，“嗅之有异味”；但寇三娘所奉之茶，却觉“芳烈无伦”，其实茶皆为水莽草所制，并无区别，其中情感因素起了决定作用，这与《博异志》所记者可谓异曲同工。由此可知，在审美中情感因素起关键作用，耐人寻味。虽说审美中情感因素无法避免，但需明辨是非。当今社会纷繁芜杂，更需如此。

耿十八

新城[1]耿十八，病危笃[2]，自知不起。谓妻曰："永诀在旦晚耳，我死后，嫁守由汝，请言所志。"妻默不语。耿固问之，且云："守固佳，嫁亦恒情。明言之，庸何伤[3]？行与子诀，子守，我心慰；子嫁，我意断也。"妻乃惨然曰："家无儋石[4]，君在犹不给，何以能守？"耿闻之，遽捉妻臂，作恨声曰："忍哉！"言已而没。手握不可开，妻号。家人至，两人擘指，力擘[5]之，始开。

耿不自知其死，出门，见小车十馀两[6]，两各十人，即以方幅书名字，黏车上。御人见耿，促登车。耿视车中已有九人，并己而十，又视黏单上，己名最后。车行咋咋[7]，响震耳际，亦不自知何往。俄至一处，闻人言曰："此思乡地也。"闻其名，疑之。又闻御人[8]偶语云："今日劓[9]二人。"耿又骇。及细听，其言悉阴间事，乃自悟曰："我岂不作鬼物耶？"顿念家中，无复可悬念，惟老母腊高[10]，妻嫁后，缺于奉养。念之，不觉涕涟。又移时，见有台，高可数仞[11]，游人甚夥，囊头[12]械足之辈，呜咽而下上，闻人言为"望乡台"[13]。诸人至此，俱踏辕下，纷然竞登。御人或挞之，或止之，独至耿，则促令登。登数十级，始至颠顶。翘首一望，则门闾庭院，宛在目中。但内室隐隐，如笼烟雾。悽恻不自胜。回顾，一短衣人立肩下，即以姓氏问耿，耿具以告。其人亦自言为东海匠人，见耿零涕，问："何事不了于心？"耿又告之。匠人谋与越台而遁，耿惧冥追[14]，匠人固言无妨。耿又虑台高倾跌，匠人但令从己。遂先跃，耿果从之，及地，竟无恙。喜无觉者，视所乘车，犹在台下。二人急奔，数武，忽自念名字黏车上，恐不免执名之追，遂反身近车，以手指染唾，涂去己名，始复奔，哆口坌息[15]，不敢少停。少间，入里门，匠人送诸其室。

蓦睹己尸，醒然而苏。觉乏疲躁渴，骤呼水。家人大骇，与之水，饮至石馀。乃骤起，作揖拜伏。既而出门，拱谢方归。归则僵卧不转。家人以其行异，疑非真活，然渐觇之，殊无他异。稍稍近问，始历历言本末。问："出门何故？"曰："别匠人也。""饮水何多？"曰："初为我饮，后乃匠人饮也。"投之汤羹，数日而瘥[16]。由此厌薄其妻，不复共枕席云。

【注释】

①新城，明清县名，现属山东省淄博市桓台县。

②危笃，即病势危急。

③庸何伤，意思是难道有何妨碍。庸，副词，岂，难道。伤，妨碍。

④家无儋（dàn）石，形容家中生活贫困，难以度日。儋石，儋受一石，故称儋石，用以计量谷物。儋，石罂，一种小口大腹的陶器。这里是指少量米粟。

⑤擘（bò），分开。

⑥两（liàng），量词，"辆"的古字。

⑦咋咋（zé），象声词，这里形容车行声。

⑧御人，驾车的人。

⑨剿（zhá），切断，铡断。

⑩腊高，即上了年纪。腊，佛教戒律规定比丘受戒后每年夏季三个月安居一处，修习教义，称一腊，特指僧侣受戒后的岁数。这里泛指年龄。

⑪仞（rèn），古代长度单位，七尺为一仞。

⑭囊头，古代酷刑，拿东西蒙盖头部。械足，用镣铐拴住脚。

⑬）望乡台，古人认为阴间有望乡台，人死后鬼魂可登台眺望阳世家中情况。

⑭冥追，古代认为阴间会对有过失之人追拿索命。

⑮哆（chǐ）口坌（bèn）息，张口喘着粗气。坌，涌出的样子。

⑯瘥（chài），痊愈。

【简评】

人患疾病，最终却因缘际会，死而复生，在现实及诸多民间故事中非为罕见，但作者对耿十八赶赴阴间并登上“望乡台”乃至跃台逃生的描写，绝非仅仅出于志怪猎奇的目的。主人公之所以能逃脱阎王索命，主要在于其对于母亲的一片孝心。“孝”为儒家治国方略之基，蒲松龄写小说难以规避这种社会语境和道德伦理，于是耿十八的复活就有了正当的理由。

耿妻因家贫难以“守节”的无奈表白，有其合情合理的诉求，并非对丈夫的绝然无情，但也正因为其直言相告，才令耿十八在“望乡台”上“凄恻不自胜”，最终返归。这一方面为小说的“大团圆”结局找到了伦理上的“合理”解释；而另一方面，耿十八最终并没有原谅妻子，而是“由此厌薄其妻，不复共枕席云”，虽某种程度上因不能共患难而受到惩罚，但也间接流露出作者男性本位思想的浓厚。

珠儿

常州民李化，富有田产，年五十馀，无子。一女名小惠，容质秀美，夫妻最怜爱之。十四岁，暴病夭殂，冷落庭帏[①]，益少生趣。始纳婢，经年馀，生一子，视如拱璧[②]，名之珠儿。儿渐长，魁梧可爱，然性绝痴，五六岁尚不辨菽麦[③]，言语蹇涩[④]。李亦好而不知其恶。会有眇僧[⑤]，募缘于市，辄知人闺闼[⑥]，于是相惊以神，且云能生死祸福人。几十百千，执名以索[⑦]，无敢违者。诣李募百缗[⑧]，李难之。给十金，不受，渐到三十金。僧厉色曰："必百缗，缺一文不可！"李亦怒，收金遽去。僧忿然而起，曰："勿悔！勿悔！"无何，珠儿心暴痛，巴刮[⑨]床席，色如土灰。李惧，将八十金诣僧求救。僧笑曰："多金大不易！然山僧何能为？"李归而儿已死。李恸甚，以状愬[⑩]邑宰。宰拘僧讯鞫，亦辨给[⑪]无情词。笞之，似击鞔革[⑫]。令搜其身，得木人二、小棺一、小旗帜五。宰怒，以手叠诀举示之[⑬]。僧乃惧，自投[⑭]无数。宰不听，杖杀之。李叩谢而归。

时已曛暮[⑮]，与妻坐床上。忽一小儿，偓儴入室，曰："阿翁行何疾？极力不能得追。"视其体貌，当得七八岁。李惊，方将诘问，则见其若隐若现，恍惚如烟雾，宛转间，已登榻坐。李推下之，堕地无声。曰："阿翁何乃尔！"瞥然[16]复登。李惧，与妻俱奔。儿呼阿父、阿母，呕哑[17]不休。李入妾室，急阖其扉；还顾，儿已在膝下。李骇问何为。答曰："我苏州人，姓詹氏。六岁失怙恃[18]，不为兄嫂所容，逐居外祖家。偶戏门外，为妖僧迷杀桑树下，驱使如伥鬼[19]，冤闭穷泉[20]，不得脱化[21]。幸赖阿翁昭雪，愿得为子。"李曰："人鬼殊途，何能相依？"儿曰："但除斗室[22]，为儿设床褥，日浇一杯冷浆粥[23]，馀都无事。"李从之。儿喜，遂独卧室中。

晨来出入闺阁，如家生[24]。闻妾哭子声，问："珠儿死几日矣？"答以七日。曰："天严寒，尸当不腐。试发冢起视，如未损坏，儿当得活。"李喜，与儿去，开穴验之，躯壳如故。方深忉怛[25]，回视，失儿所在。异之，舁尸归，方置榻上，目已瞥动，少顷，呼汤[26]，汤已而汗，汗已遂起。群喜珠儿复生，又加之慧黠便利，迥异曩昔。但夜间僵卧，毫无气息，共转侧之，冥然若死[27]。众大愕，谓其复死；天将明，始若梦醒。群就问之，答云："昔从妖僧时，有儿等二人，其一名哥子。昨追阿父不及，盖在后与哥子作别耳。今在冥间，为姜员外作义嗣，亦甚优游。夜分，固来邀儿戏。适以白鼻䯄[28]送儿归。"母因问："在阴司见珠儿否？"曰："珠儿已转生矣。渠与阿翁无父子缘，不过金陵严子方，来讨百十千债负耳。"初，李贩于金陵，欠严货价未偿，而严翁死，此事无人知者。李闻之大骇。母问："儿见惠姊否？"儿曰："不知。再去当访之。"

又二三日，谓母曰："惠姊在冥中大好，嫁得楚江王小郎子。珠翠满头髻。一出门，便十百作呵殿[29]声。"母曰："何不一归宁？"曰："人既死，都与骨肉无关切。倘有人细述前生，方豁然动念耳。昨托姜员外，夤缘[30]见姊，姊姊呼我坐珊瑚床上，与言父母悬念，渠都如眠睡。儿云：‘姊在时，喜绣并蒂花，剪刀刺手爪，血涴[31]绫子上，姊就刺作赤水云。今母犹挂床头壁，顾念不去心。姊忘之乎？’姊始悽感，云：‘会须白郎君，归省阿母。’”母问其期，答言不知。

一日，谓母：“姊行且至，仆从大繁，当多备浆酒。”少间，奔入室，曰：“姊来矣！”移榻中堂，曰：“姊姊且憩坐，少悲啼。”诸人悉无所见。儿率人焚纸酹饮于门外，反曰：“驺从[32]暂令去矣。姊言：‘昔日所覆绿锦被，曾为烛花烧一点如豆大，尚在否？’”母曰：“在。”即启笥[33]出之。儿曰：“姊命我陈旧闺中。乏疲，且小卧，翌日再与阿母言。”东邻赵氏女，故与惠为绣阁交[34]。是夜，忽梦惠幞头紫帔[35]来相望，言笑如平生。且言：“我今异物，父母觌面[36]，不啻河山。将借妹子与家人共话，勿须惊恐。”质明[37]，方与母言。忽仆地闷绝。逾刻始醒，向母曰：“小惠与阿婶别几年矣，顿鬖鬖[38]白发生！”母骇曰：“儿病狂耶？”女拜别即出。母知其异，从之。直达李所，抱母哀啼。母惊，不知所谓。女曰：“儿昨归，颇委顿，未遑一言。儿不孝，中途弃高堂，劳父母哀念，罪何可赎！”母顿悟，乃哭。已而问曰：“闻儿今贵，甚慰母心。但汝栖身王家，何遂能来？”女曰：“郎君与儿极燕好[39]，姑舅[40]亦相抚爱，颇不谓妒丑。”惠生时，好以手支颐，女言次，辄作故态，神情宛似。未几，珠儿奔入，曰：“接姊者至矣。”女乃起，拜别泣下，曰：“儿去矣。”言讫，复踣，移时乃苏。

后数月，李病剧，医药罔效。儿曰：“旦夕恐不救也！二鬼坐床头，一执铁杖子，一挽苎麻绳，长四五尺许，儿昼夜哀之，不去。”母哭，乃备衣衾。既暮，儿趋入曰：“杂人妇且避去，姊夫来视阿翁。”俄顷，鼓掌而笑。母问之，曰：“我笑二鬼，闻姊夫来，俱匿床下，如龟鳖。”又少时，望空道寒暄，问姊起居。既而拍手曰：“二鬼奴哀之不去，至此大快！”乃出至门外，却回，曰：“姊夫去矣，二鬼被锁马鞅上[41]，阿父当即无恙。姊夫言：归白大王，为父母乞百年寿也。”一家俱喜。至夜，病良已[42]，数日寻瘥。

延师教儿读，儿甚惠，十八入邑庠，犹能言冥间事。见里中病者，辄指鬼祟所在，以火爇之，往往得瘳。后暴病，体肤青紫，自言：“鬼神责我绽露[43]。”由是不复言。

【注释】

①庭帏，同“庭闱”，内舍，指父母居住处。

②拱壁，大璧，常用来比喻极其珍贵的东西。

③不辨菽麦，不能分辨大豆和麦子，形容人愚昧无知。

④蹇涩，言语迟钝。

⑤眇（miǎo）僧，这里是说双目失明的和尚。眇，瞎了一只眼，后亦指两眼俱瞎。

⑥知人闺闼（tà），指知晓人家中的隐密事情。闺闼，古代妇女所居内室的门户，代指家庭。

⑦执名以索，点名向人索取财物。

⑧百缗（mín），一百贯钱，明末清初约相当于一百两银子。

⑨巴刮，方言，用手抓挠。

⑩愬（sù），告发。

⑪辨给（jǐ），同“辩给”，能言善辩的意思。情词，指口供。

⑫鞔（mán）革，蒙鼓的皮。

⑬以手叠诀，指运用道教正一派道法的各种手势与法术令神灵助威以驱邪镇妖。

⑭自投，以头碰地，磕头。

⑮曛（xūn）暮，黄昏。

⑯瞥（piē）然，迅速地。

⑰呕哑，象声词，小儿说话声。

⑱怙恃（hù shì），父母的合称。

⑲伥（chāng）鬼，指的是被老虎吃掉而变成老虎的仆役的鬼魂，品行卑劣。

⑳穷泉，九泉，即指墓中。

㉑脱（tuì）化，尸解羽化，飞升成仙的意思。

㉒除，打扫。斗室，狭小的房间。

㉓“日浇”句，指以粥代酒，洒在地上来表示祭奠。

㉔家生，古代奴婢所生的子女仍在主家当奴婢，称为“家生”。

㉕忉怛（dāo dá），悲痛。

㉖汤，热水。

㉗冥然，昏迷的样子。

㉘白鼻騧（guā），一种白鼻黑嘴的黄毛马。騧，黑嘴的黄马。

㉙呵殿，古代官员出行，仪卫前呵后殿，喝令行人让道。

㉚夤（yín）缘，比喻拉拢关系。

㉛涴（wò），浸渍，染上。

㉜驺（zōu）从，古代贵族出行时骑马的侍从。

㉝笥（sì），盛衣物等的方形竹器。

㉞绣阁交，古代对女子的闺中密友的称呼。

㉟幞（fú）头，古代的一种头巾。紫帔（pèi），紫色的披肩。

㊱觌（dí）面，见面。

㊲质明，天刚亮的时候。

㊳毵毵（sān），头发下垂的样子。

㊴燕好，即夫妻恩爱。

㊵姑舅，古代对自己公公、婆婆的称呼。

㊶马鞅（yāng），马拉车时套在当胸的皮带。

㊷良已，痊愈，这里是病情好转的意思。

㊸绽露，泄露。

【简评】

《珠儿》的内容较为繁复，在阴阳两界的交互中，展现了一幅生动的社会民俗画卷。妖僧谋财害命；詹氏子借尸还魂，可漫游阴阳两界；小惠附邻女体归宁，聊补一家天伦之乐；李化失一痴子而得一慧子，得冥间贵婿之助得享阳寿百年等，堪称实现了中国人固有的大团圆理念。

因果报应并非此篇小说的主旨，至于借助阴曹楚江王的势力而得延阳寿，也无非是人间社会形态的折射，不足为奇。作者妙笔生花之处在于对世道人情的准确把握，删繁就简的细致描摹，过渡自然顺畅，具有极强的艺术魅力。

李灵年《稀树居丛札——谈〈聊斋〉札记》中认为“珠儿”之名大有讲究：“以‘珠’为名，确是江南一带对爱子爱女的娇惯命名。《述异记》云：‘越俗以珠为上宝，生女谓之珠娘，生男谓之珠儿。’唐诗中也有此类诗句。民间以称爱子为‘掌上明珠’，元本《琵琶记》第四出有‘一旦分离掌上珠’之语。可见聊斋文章，一字一句，多合地方风情，多有案可稽。”

侠女

顾生，金陵人，博于材艺①，而家綦贫。又以母老，不忍离膝下。惟日为人书画，受贽以自给。行年二十有五，伉俪犹虚。对户旧有空第，一老妪及少女税居②其中，以其家无男子，故未问其谁何。一日，偶自外入，见女郎自母房中出，年约十八九，秀曼都雅③，世罕其匹，见生，不甚避，而意凛如④也。生入问母。母曰："是对户女郎，就吾乞刀尺⑤，适言其家亦止一母。此女不似贫家产。问其何为不字，则以母老为辞。明日当往拜其母，便风⑥以意，倘所望不奢，儿可代养其老。"明日造其室，其母一聋媪耳。视其室，并无隔宿粮，问所业，则仰女十指⑦。徐以同食之谋⑧试之，媪意似纳，而转商其女；女默然，意殊不乐。母乃归，详其状而疑曰："女子得非嫌吾贫乎？为人不言亦不笑，艳如桃李，而冷如霜雪，奇人也！"母子猜叹而罢。

一日，生坐斋头，有少年来求画，姿容甚美，意颇儇佻⑨。诘所自，以"邻村"对。嗣后三两日辄一至。稍稍稔熟，渐以嘲谑，生狎抱之，亦不甚拒，遂私⑩焉。由此往来昵甚。会女郎过，少年目送之，问为谁，对以"邻女"。少年曰："艳丽如此，神情一何可畏！”少间，生入内，母曰：“适女子来乞米，云不举火者经日矣。此女至孝，贫极可悯，宜少周恤之。”生从母言，负斗粟款门而达[11]母意。女受之，亦不申谢。日常至生家，见母作衣履，便代缝纫，出入堂中，操作如妇。生益德之。每获馈饵[12]，必分给其母，女亦略不置齿颊[13]。母适疽生隐处，宵旦号咷。女时就榻省视，为之洗创敷药，日三四作。母意甚不自安，而女不厌其秽。母曰：“唉！安得新妇如儿，而奉老身以死也！”言讫悲哽，女慰之曰：“郎子大孝，胜我寡母孤女什伯[14]矣。”母曰：“床头蹀躞之役[15]，岂孝子所能为者？且身已向暮[16]，旦夕犯雾露[17]，深以祧续为忧耳。”言间，生入，母泣曰：“亏娘子良多，汝无忘报德。”生伏拜之。女曰：“君敬我母，我未之谢也，君何谢焉？”于是益敬爱之。然其举止生硬，毫不可干。

一日，女出门，生目注之，女忽回首，嫣然而笑。生喜出意外，趋而从诸其家，挑之，亦不拒，欣然交欢。已，戒生曰：“事可一而不可再！”生不应而归。明日，又约之，女厉色不顾而去。日频来，时相遇，并不假以词色。稍游戏之，则冷语冰人。忽于空处问生：“日来少年谁也？”生告之。女曰：“彼举止态状，无礼于妾频矣。以君之狎昵，故置之。请更寄语：再复尔，是不欲生也已！”生至夕，以告少年，且曰：“子必慎之，是不可犯！”少年曰：“既不可犯，君何犯之？”生白其无。曰：“如无，则猥亵之语，何以达君听哉？”生不能答。少年曰：“亦烦寄告：假惺惺，勿作态；不然，我将遍播扬。”生甚怒之，情见于色，少年乃去。一夕，方独坐，女忽至，笑曰：“我与君情缘未断，宁非天数！”生狂喜而抱于怀。欻闻履声籍籍，两人惊起，则少年推扉入矣。生惊问：“子胡为者？”笑曰：“我来观贞洁之人耳。”顾女曰：“今日不怪人耶？”女眉竖颊红，默不一语；急翻上衣，露一革囊，应手而出，则尺许晶莹匕首也。少年见之，骇而却走。追出户外，四顾杳然。女以匕首望空抛掷，戛然有声，灿若长虹，俄一物堕地作响。生急烛之，则一白狐，身首异处矣，大骇。女曰："此君之娈童[18]也。我固恕之，奈渠定不欲生何！"收刃入囊。生曳令入。曰："适以妖物败兴，请俟来宵。"出门径去。次夕，女果至，遂共绸缪[19]。诘其术，女曰："此非君所知。宜须慎秘，泄恐不为君福。"又订以嫁娶，曰："枕席焉，提汲[20]焉，非妇伊何[21]也？业夫妇矣，何必复言嫁娶乎？"生曰："将勿憎吾贫耶？"曰："君固贫，妾富耶？今宵之聚，正以怜君贫耳。"临别嘱曰："苟且之行，不可以屡。当来，我自来；不当来，相强无益。"后相值，每欲引与私语，女辄走避。然衣绽炊薪[22]，悉为纪理，不啻妇也。

积数月，其母死，生竭力营葬之。女由是独居。生意其孤寂可乱，逾垣入，隔窗频呼，迄不应。视其门，则空室扃焉。窃疑女有他约。夜复往，亦如之。遂留佩玉于窗间而去之。越日，相遇于母所。既出，而女尾其后曰："君疑妾耶？人各有心，不可以告人。今欲使君无疑，而乌得可？然一事烦急为谋。"问之，曰："妾体孕已八月矣，恐旦晚临盆。'妾身未分明'[23]，能为君生之，不能为君育之。可密告老母，觅乳媪[24]，伪为君讨螟蛉[25]者，勿言妾也。"生诺，以告母。母笑曰："异哉此女！聘之不可，而顾私于我儿。"喜，从其谋以待之。又月馀，女数日不至。母疑之，往探其门，萧萧闭寂。叩良久，女始蓬头垢面自内出。启而入之，则复阖之。入其室，则呱呱[26]者在床上矣。母惊问："诞几时矣？"答云："三日。"捉绷席[27]而视之，则男也，且丰颐而广额。喜曰："儿已为老身育孙子，伶仃一身，将焉所托？"女曰："区区隐衷，不敢掬示[28]老母。俟夜无人，可即抱儿去。"母归与子言，窃共异之。夜往抱子归。

更数夕，夜将半，女忽款门入，手提革囊，笑曰："大事已了，请从此别。"急询其故，曰："养母之德，刻刻不去于怀。向云'可一而不可再'者，以相报不在床笫也。为君贫不能婚，将为君延一线之续。本期一索而得[29]，不意信水[30]复来，遂至破戒而再。今君德既酬，妾志亦遂，无憾矣。"问："囊中何物？"曰："仇人头耳。"捡而视之，须发交而血模糊也，骇绝。复致研诘，曰："向不与君言者，以机事不密，惧有宣泄。今事已成，不妨相告：妾浙人，父官司马[31]，陷于仇，被籍[32]吾家。妾负老母出，隐姓名，埋头项[33]，已三年矣。所以不即报者，徒以有老母在[34]；母亡，一块肉又累腹中，因而迟之又久。曩夜出非他，道路门户未稔，恐有讹误耳。"言已，出门。又嘱曰："所生儿，善视之。君福薄无寿，此子可光门闾。夜深不得惊老母，我去矣！"方悽然欲询所之，女一闪如电，瞥尔间遂不复见。生叹惋木立，若丧魂魄。明以告母，相为嗟异而已。后三年，生果卒。子十八举进士，犹奉祖母以终老云。

异史氏曰："人必室有侠女，而后可以畜娈童也。不然，尔爱其艾豭，则彼爱尔娄猪矣[35]！"

【注释】

①材艺，指绘画、书法一类的才艺才能。

②税居，租赁房屋。

③秀曼都雅，温柔秀丽，美好闲雅。

④凛如，凛然，即态度严肃，令人敬畏。

⑤乞刀尺，即借用裁剪工具。刀尺，剪刀和尺。

⑥风（fěng），通"讽"，用委婉的语言暗示、劝告。

⑦十指，十根手指，借指双手。这里指侠女用针线活奉养老母。

⑧同食之谋，一同进食，意思是缔结姻缘，合为一家。

⑨儇佻（xuān tiāo），浮薄轻佻。

⑩私，这里指同性间通奸。

⑪款门，敲门。

⑫馈饵，泛指食物。

⑬不置齿颊，意思是丝毫没有谢谢的意思。齿颊，牙齿与腮颊，引申为口头谈说。

⑭什伯，或作“什百”、“什佰”，谓超过十倍、百倍。

⑮床头蹀躞（dié xiè）之役，在病床前侍奉母亲的琐碎细微的杂事。蹀躞，小步行走，这里引申为琐碎烦杂之意。

⑯向暮，傍晚。这里喻指暮年。

⑰犯雾露，因冒霜露犯寒暑而死去

⑱娈（luán）童，被当作女性玩弄的美男。

⑲绸缪（móu），形容男女缠绵难解的欢好。

⑳提汲，从井中汲水，泛指操持家务。

㉑伊何，谁，何人。

㉒衣绽炊薪，指缝补、做饭等家常琐事。

㉓妾身未分明，指与顾生无夫妇的名分。出自杜甫的《新婚别》：“妾身未分明，何以拜姑嫜。”

㉔乳媪（ǎo），乳母。媪，老妇人的通称。

㉕螟蛉（míng líng），螟蛾的幼虫，蜾蠃常捕螟蛉喂它的幼虫，古人误认为蜾蠃养螟蛉为己子，后就用螟蛉作为养子的代称。

㉖呱呱（gū），小孩的哭声，这里代指婴儿。

㉗捉，提抱。绷席，包裹婴儿的布。

㉘掬示，捧出来示众，昭示。

㉙一索而得，指一次房事就怀上了男孩。

㉚信水，妇女月经。

㉛司马，官名，周朝的时候为六卿之一，掌管军旅之事。后世常用作兵部尚书的别称，侍郎则称少司马，这里就是指兵部尚书或兵部侍郎。

㉜籍（jí），即登记家财，予以没收，“抄家”的意思。

㉝埋头项，即隐藏踪迹。

㉞“所以”二句，我有奉养老母的意思，所以不能立即复仇。

㉟“尔爱”二句，字面意思是，你喜爱那老公猪，那公猪就要爱你室中的母猪了。言外之意是你喜爱娈童，娈童也会淫乱你的妻室。艾豭（jiā），老公猪，亦借指面首或渔色之徒；娄猪，母猪，常指淫乱的女子。

【简评】

自唐宋话本始，有诸多侠女故事，诸如宋郭茂倩《乐府诗集》中录有左延年《秦女休行》，解题谓：“晋傅玄云‘庞氏有烈妇’，亦言杀人报怨，以烈义称，与古辞义同而事异。”唐李白仿作《秦女休行》，更增加了侠女色彩。鲁迅有所谓“唐室大有胡气”的判断，唐人崇尚侠义，从某种程度上来说，是当时民族融合的一种体现。

袁世硕《〈聊斋志异〉的再创作研究》中论《侠女》表示，蒲松龄重新演绎这样一个前人屡次记述过的故事，显是有感于女子负冤在身，痛缠肌骨，能屈身伺机，终于只身格杀仇敌，志成愿遂。但他却换了一副笔墨，用限制视角的叙事法，借与之交往的顾生母子的观感，从侧面显示侠女的性情。也因而使得侠女的形象刚柔兼济，旖旎与贞烈共存；而侠女与顾生在相互窘迫之中建立在“孝”基础上的相濡以沫的互助，则是文人千古侠客梦的理想。

顾生所恋白狐娈童的设置，于情节穿插中勾联线索、减省头绪，虽堪称神来之笔，但其双性恋取向，虽在古人心目中或无伤大雅，但对其形象不无损害，“异史氏曰”的调侃之语或许正是作者有意解嘲的笔墨。有论者认为《聊斋志异》中的这些女子是以一种惊世骇俗的方式完成了她们的侠义之举，即“以性行侠”，其基本模式是女子主动用自我献身的方式来解救寒士在婚姻、子嗣，兼及经济上的困厄。可见旧时读书人的书斋幻想天马行空，往往根据男性审美意识塑造出理想女性形象，不过是男性中心主义的立场使然而已！

莲香

桑生，名晓，字子明，沂州[①]人。少孤，馆于红花埠[②]。桑为人静穆自喜[③]，日再出[④]，就食东邻，馀时坚坐而已。东邻生偶至，戏曰："君独居，不畏鬼狐耶？"笑答曰："丈夫何畏鬼狐？雄来吾有利剑，雌者尚当开门纳之。"邻生归，与友谋，梯妓于垣而过之，弹指叩扉。生窥问其谁，妓自言"鬼也"，生大惧，齿震震有声，妓逡巡自去。邻生早至生斋，生述所见，且告将归。邻生鼓掌曰："何不开门纳之？"生顿悟其假，遂安居如初。积半年，一女子夜来叩斋，生意友人之复戏也，启门延入，则倾国之姝。惊问所来，曰："妾名莲香，西家妓女。"埠上青楼故多，信之。息烛登床，绸缪甚至。自此，三五夕辄一至。

一夕，独坐凝思，一女子翩然入。生意其莲，承逆[⑤]与语。觌面殊非，年仅十五六，亸袖垂髫[⑥]，风流秀曼[⑦]，行步之间，若还若往[⑧]。生大愕，疑为狐。女曰："妾良家女，姓李氏。慕君高雅，幸赐垂盼。"生喜，握其手，冷如冰。问："何凉也？"曰："幼质单寒，夜蒙霜露，那得不尔。"既而罗襦衿解[⑨]，俨然处子。女曰："妾为情缘，葳蕤之质[⑩]，一旦失守，不嫌鄙陋，愿常侍枕席。房中得无有人否？”生云：“无他，止一邻娼，顾[11]亦不常。”女曰：“谨当避之。妾不与院中人等，君秘勿泄。彼来我往，彼往我来可耳。”鸡鸣欲去，赠绣履一钩[12]，曰：“此妾下体所着，弄之足寄思慕。然有人慎勿弄也！”受而视之，翘翘如解结锥[13]，心甚爱悦。越夕无人，便出审玩。女飘然忽至，遂相款昵[14]。自此每出履，则女必应念而至。异而诘之，笑曰：“适当其时耳。”

一夜，莲香来，惊云：“郎何神气萧索？”生言：“不自觉。”莲便告别，相约十日。去后，李来恒无虚夕。问：“君情人何久不至？”因以所约相告。李笑曰：“君视妾较莲香何如？”生曰：“可称两绝，但莲卿肌肤温和。”李变色曰：“君谓双美，对妾云尔。渠[15]必月殿仙人，妾定不及。”因而不欢。乃屈指计，十日之期已满，嘱勿漏，将窃窥之。次夜，莲香果至，笑语甚洽。及寝，大骇曰：“殆矣！十日不见，何益惫损？保无他遇否？”生询其故。曰：“妾以神气验之，脉拆拆如乱丝[16]，鬼症也。”次夜，李来，生问：“窥莲香何似？”曰：“美矣。妾固谓世间无此佳人，果狐也。去，吾尾之，南山而穴居。”生疑其妒，漫应之。逾夕，戏莲香曰：“余固不信，或谓卿狐者。”莲亟问：“是谁之云？”笑曰：“我自戏卿。”莲曰：“狐何异于人？”曰：“惑之者病，甚则死，是以可惧。”莲曰：“不然。如君之年，房后三日，精气可复，纵狐何害？设旦旦而伐之[17]，人有甚于狐者矣。天下痨尸瘵鬼[18]，宁皆狐蛊死耶？虽然，必有议我者。”生力白其无，莲诘益力。生不得已，泄之。莲曰：“我固怪君惫也。然何遽至此？得勿非人乎？君勿言，明宵，当如渠之窥妾者。”是夜李至，裁三数语，闻窗外嗽声，急亡去。莲入曰：“君殆矣！是真鬼物！昵其美而不速绝，冥路近矣！”生意其妒，默不语。莲曰：

“固知君不能忘情，然不忍视君死。明日，当携药饵，为君一除阴毒[19]。幸病蒂尤浅，十日恙当已。请同榻以俟痊可。”次夜，果出刀圭药[20]啖生。顷刻，洞下三两行[21]，觉脏腑清虚，精神顿爽。心德之，然终不信为鬼。莲香夜夜同衾偎生，生欲与合，辄拒之。数日后，肤革充盈。欲别，殷殷嘱绝李，生谬应之。及闭户挑灯，辄捉履倾想，李忽至。数日隔绝，颇有怨色。生曰：“彼连宵为我作巫医，请勿为怼，情好[22]在我。”李稍怿[23]。生枕上私语曰：“我爱卿甚，乃有谓卿鬼者。”李结舌良久，骂曰：“必淫狐之惑君听也！若不绝之，妾不来矣！”遂呜呜饮泣。生百词慰解，乃罢。隔宿，莲香至，知李复来，怒曰：“君必欲死耶！”生笑曰：“卿何相妒之深？”莲益怒，曰：“‘君种死根，妾为若除之，不妒者将复何如？”生托词以戏曰：“彼云前日之病，为狐祟耳。”莲乃叹曰：“诚如君言，君迷不悟，万一不虞[24]，妾百口何以自解？请从此别。百日后当视君于卧榻中。”留之不可，怫然[25]径去。由是于李夙夜必偕。约两月馀，觉大困顿。初犹自宽解，日渐羸瘠，惟饮馇粥一瓯。欲归就奉养，尚恋恋不忍遽去。因循数日，沉绵不可复起。邻生见其病惫，日遣馆僮馈给食饮。生至是始疑李，因谓李曰：“吾悔不听莲香之言，一至于此！”言讫而瞑。移时复苏，张目四顾，则李已去，自是遂绝。生羸卧空斋，思莲香如望岁[26]。

一日，方凝想间，忽有搴帘入者，则莲香也。临榻哂曰：“田舍郎，我岂妄哉[27]！”生哽咽良久，自言知罪，但求拯救。莲曰：“病入膏肓，实无救法。姑来永诀，以明非妒。”生大悲曰：“枕底一物，烦代碎之。”莲搜得履，持就灯前，反复展玩。李女欻入，卒见莲香，返身欲遁。莲以身蔽门，李窘急不知所出。生责数之，李不能答。莲笑曰：“妾今始得与阿姨[28]面相质。曩谓郎君旧疾，未必非妾致，今竟何如？”李俯首谢过。莲曰：“佳丽如此，乃以爱结仇耶？”李投地陨泣，乞垂怜救。莲扶起，细诘生平。曰：“妾，李通判[29]女，早夭，瘗于墙外。已死春蚕，遗丝未尽[30]。与郎偕好，妾之愿也；致郎于死，良非素心[31]。”莲曰：“闻鬼物利人死，以死后可常聚，然否？”曰：“不然！两鬼相逢，并无乐趣。如乐也，泉下少年郎岂少哉！”莲曰：“痴哉！夜夜为之，人且不堪，而况于鬼！”李问：“狐能死人，何术独否？”莲曰：“是采补者[32]流，妾非其类。故世有不害人之狐，断无不害人之鬼，以阴气盛也。”生闻其语，始知狐鬼皆真，幸习常见惯，颇不为骇。但念残息如丝，不觉失声大痛。莲顾问：“何以处郎君者？”李赧然逊谢。莲笑曰：“恐郎强健，醋娘子要食杨梅也。”李敛衽[33]曰：“如有医国手[34]，使妾得无负郎君，便当埋首地下，敢复靦然人世耶！”莲解囊出药，曰：“妾早知有今，别后采药三山[35]，凡三阅月，物料始备，瘵蛊[36]至死，投之无不苏者。然症何由得，仍以何引，不得不转求效力。”问：“何需？”曰：“樱口中一点香唾耳。我以丸进，烦接口而唾之。”李晕生颐颊，俯首转侧而视其履。莲戏曰：“妹所得意惟履耶？”李益惭，俯仰若无所容。莲曰：“此平时熟技，今何吝焉？”遂以丸纳生吻，转促偪[37]之，李不得已，唾之。莲曰：“再！”又唾之。凡三四唾，丸已下咽。少间，腹殷然[38]如雷鸣，复纳一丸，自乃接唇而布以气。生觉丹田火热，精神焕发。莲曰：“愈矣！”李听鸡鸣，傍徨别去。莲以新瘥，尚须调摄，就食非计，因将外户反关，伪示生归，以绝交往，日夜守护之。李亦每夕必至，给奉殷勤，事莲犹姊，莲亦深怜爱之。居三月，生健如初，李遂数夕不至；偶至，一望即去；相对时，亦悒悒不乐。莲常留与共寝，必不肯。生追出，提抱以归，身轻若刍灵[39]。女不得遁，遂着衣偃卧[40]，蜷其体不盈二尺。莲益怜之，阴使生狎抱之，而撼摇亦不得醒。生睡去，觉而索之，已杳。后十馀日，更不复至。生怀思殊切，恒出履共弄。莲曰："袅娜如此，妾见犹怜，何况男子！"生曰："昔日弄履则至，心固疑之，然终不料其鬼。今对履思容，实所怆恻。"因而泣下。

先是，富室章姓有女子燕儿，年十五，不汗而死。终夜复苏，起顾欲奔。章扃户，不听出。女自言："我通判女魂。感桑郎眷注，遗舄[41]犹存彼处。我真鬼耳，锢我何益？"以其言有因，诘其至此之由。女低徊反顾，茫不自解。或有言桑生病归者，女执辨其诬，家人大疑。东邻生闻之，逾垣往窥，见生方与美人对语。掩入逼之，张皇间已失所在。邻生骇诘，生笑曰："向固与君言，雌者则纳之耳。"邻生述燕儿之言。生乃启关，将往侦探，苦无由。章母闻生果未归，益奇之。故使佣媪索履，生遽出以授。燕儿得之喜。试着之，鞋小于足者盈寸，大骇。取镜自照，忽恍然悟己之借躯以生也者，因陈所由。母始信之。女镜面大哭曰："当日形貌，颇堪自信，每见莲姊，犹增惭怍。今反若此，人也不如其鬼也！"把履号咷，劝之不解。蒙衾僵卧，食之，亦不食，体肤尽肿；凡七日不食，卒不死，而肿渐消；觉饥不可忍，乃复食。数日，遍体瘙痒，皮尽脱。晨起，睡舄[42]遗堕，索着之，则硕大无朋[43]矣。因试前履，肥瘦吻合，乃喜。复自镜，则眉目颐颊，宛肖生平，益喜。盥栉[44]见母，见者尽眙。

莲香闻其异，劝生媒通之，而以贫富悬邈[45]，不敢遽进。会媪初度[46]，因从其子婿行，往为寿。媪睹生名，故使燕儿窥帘[47]志客。生最后至，女骤出捉袂，欲从与俱归。母诃谯[48]之，始惭而入。生审视宛然，不觉零涕，因拜伏不起。媪扶之，不以为侮。生出，浼女舅执柯，媪议择吉赘生。生归告莲香，且商所处。莲怅然良久，便欲别去。生大骇，泣下。莲曰："君行花烛于人家，妾从而往，亦何形颜？"生谋先与旋里而后迎燕[49]，莲乃从之。生以情白章。章闻其有室，怒加诮让。燕儿力白之，乃如所请。至日，生往亲迎[50]，家中备具，颇甚草草；及归，则自门达堂，悉以罽毯[51]贴地，百千笼烛，灿列如锦。莲香扶新妇入青庐[52]，搭面[53]既揭，欢若生平。莲陪卺饮，因细诘还魂之异。燕曰："尔日抑郁无聊[54]，徒以身为异物，自觉形秽。别后愤不归墓，随风漾泊[55]，每见生人则羡之。昼凭草木，夜则信足沉浮。偶至章家，见少女卧床上，近附之，未知遂能活也。"莲闻之，默默若有所思。

逾两月，莲举一子。产后暴病，日就沉绵。捉燕臂曰："敢以孽种相累，我儿即若儿。"燕泣下，姑慰藉之。为召巫医，辄却之。沉痼弥留，气如悬丝，生及燕儿皆哭。忽张目曰："勿尔！子乐生，我自乐死。如有缘，十年后可复相见。"言讫而卒。启衾将敛，尸化为狐。生不忍异视，厚葬之。子名狐儿，燕抚如己出。每清明，必抱儿哭诸其墓。后生举于乡[56]，家渐裕，而燕苦不育。狐儿颇慧，然单弱多疾。燕每欲生置媵。一日，婢忽白："门外一妪，携女求售。"燕呼入，卒见，大惊曰："莲姊复出耶！"生视之，真似，亦骇。问："年几何？"答云："十四。""聘金几何？"曰："老身止此一块肉，但俾得所，妾亦得啖饭处，后日老骨不委沟壑[57]，足矣。"生优价而留之。燕握女手，入密室，撮其颔[58]而笑曰："汝识我否？"答言："不识。"诘其姓氏，曰："妾韦姓。父徐城[59]卖浆者，死三年矣。"燕屈指停思，莲死恰十有四载。又审视女，仪容态度，无一不神肖者。乃拍其顶而呼之曰："莲姊，莲姊！十年相见之约，当不欺吾！"女忽如梦醒，豁然曰："咦！"因熟视燕儿。生笑曰："此似曾相识之燕飞来也。"女泫然曰："是矣。闻母言，妾生时便能言，以为不祥，犬血饮之，遂昧宿因。今日殆如梦寤，娘子其耻于为鬼之李妹耶？"共话前生，悲喜交至。一日，寒食，燕曰："此每岁妾与郎君哭姊日也。”遂与亲登其墓，荒草离离，木已拱矣[60]，女亦太息。燕谓生曰：“妾与莲姊两世情好，不忍相离，宜令白骨同穴。”生从其言，启李冢得骸，舁归而合葬之。亲朋闻其异，吉服[61]临穴，不期而会者数百人。余庚戌南游，至沂，阻雨，休于旅舍。有刘生子敬，其中表亲[62]，出同社[63]王子章所撰《桑生传》，约万馀言，得卒读。此其崖略[64]耳。

异史氏曰：“嗟乎！死者而求其生，生者又求其死，天下所难得者，非人身哉？奈何具此身者，往往而置之，遂至靦然而生不如狐，泯然而死不如鬼。”

【注释】

①沂州，明朝到清雍正以前州名，现属山东省临沂市。

②馆，寓居。红花埠（bù），在今临沂市郯城县南，新沂市以北。

③静穆自喜，冲和恬淡、渊默自守而又自我欣赏。

④日再出，一天出两次门。

⑧承逆，承迎，接待。

⑥亸（duǒ）袖垂髫（tiáo），双袖下垂，梳少女发型。亸，下垂；亸袖，意思是削肩，古代把这些看成美女的体形特征之一。髫，儿童下垂的头发。

⑦风流秀曼，风韵动人，秀美温柔。

⑧若还若往，形容步态轻盈缥缈。

⑨罗襦衿（jīn）解，脱衣解带。罗襦，绸制短衣。衿，衣上代纽扣的带子。

⑩葳蕤（wēi ruí）之质，原意为草木茂盛枝叶下垂的样子，这里比喻柔弱的处女之身。

⑪顾，但是。

⑫钩，即莲钩，指旧时妇女所缠的小足。这里用作量词。

⑬翘翘，上举的样子。解结锥，古代骨制的解结用具，形状似锥。

⑭款昵，友好亲昵。

⑮渠，第三人称代词。月殿仙人，传说中居于月中广寒宫中的女神，即嫦娥，古人常以之比喻人间美女。

⑯拆拆，指脉象分散凌乱。乱丝，比喻脉象纷乱无绪。

⑰旦旦而伐之，以伐木比喻日日毫无节制地放纵淫欲。

⑱痨尸瘵（zhài）鬼，患不治之症而身亡。古人称肺结核病为痨瘵之疾，俗称肺痨，在二十世纪中叶链霉素问世以前属于不治之症。

⑲阴毒，中医学病症名，常见症状有面目发青、四肢冰冷、咽喉疼痛，以及身痛、身重、背强、短气呕逆等。

⑳刀圭药，以刀圭称量的中药，即粉剂。刀圭，中药的量器名。

㉑洞下，中医称腹泻。行，量词，指次数。

㉒情好，心之所好。

㉓怿（yì），喜悦。

㉔不虞，对死亡委婉的一种说法。

㉕怫（fèi）然，愤怒的样子。

㉖望岁，盼望丰收。

㉗“田舍郎”二句，意思是乡巴佬，难道我说错了吗？有讽刺之意。

㉘阿姨，古人对正房姐妹的称呼，这里是按桑生的侧室来称呼李氏。

㉙通判，官名，明清掌管粮运及农田水利等事务的官员。

㉚“已死”二句，人虽死亡但难以忘情男女。遗丝，即“遗思”，即男女情思。借用唐李商隐《无题》诗：“春蚕到死丝方尽，蜡炬成灰泪始干。”

㉛素心，本心。

㉜采补，古代对汲取他人元气、精血以补益己身的道术的称呼。

㉝敛衽（rèn），整饬衣襟，表示恭敬。元代以后也指女子的拜礼。

㉞医国手，为国除患祛弊之人，这里是指医术高明者。

㉟三山，传说中的海上三神山。

㊱瘵蛊（zhài gǔ），久治不愈的病。蛊，通“痼”。

㊲偪（bī），逼迫。

㊳殷然，轰鸣震动的样子。

㊴刍灵，用茅草扎成的人马，为古人送葬的东西。

㊵偃卧，仰卧。

㊶舄（xì），鞋的通称。这里是指李氏前所赠“绣履一钩”。

㊷睡舄，即“睡鞋”，古代妇女睡眠时穿的软帮软底的鞋子。

㊸硕大无朋，形容物体巨大，无与伦比，这里是夸张用法。

㊹盥栉（guān zhì），即梳洗整容。盥，洗涤。栉，梳子、篦子等梳发用具。《白于玉》和《武孝廉》中的“巾栉”都有充当妻子的意思。

㊺悬邈，相差很大。

㊻初度，刚出生那一年。

㊼窥帘，从帘内向外偷看。

㊽诃谯（hē qiào），呵斥责备。

㊾旋里，返回故乡。

㊿亲迎（yìng），古代婚礼“六礼”之一。夫婿亲至女家迎新娘入室，行交拜合卺之礼。

51罽（jì）毯，毛毯。罽，毛织物。

52青庐，青布搭成的篷帐，古代北方民族举行婚礼时用，这里指洞房。

53搭面，旧时女子出嫁时的盖头。

54尔日，当天，那一天。

55漾泊，飘泊。

56举于乡，参加乡试中式成为举人。

57委沟壑，死于野外，无人营葬。

58撮（cuō），用三指捏住。颔（hàn），下巴。

59徐城，旧县名，故址在今江苏宿迁市泗洪县半城镇一带。

60木已拱矣，即“墓木已拱”，指种在墓地的树，已经大到要两只手才能抱住的样子了。借此来慨叹人逝已久。

61吉服，古祭祀时所穿的衣服。因为祭祀为吉礼而得名。临穴。即面对（别人的）墓穴。

62中表亲，指与祖父、父亲的姐妹的子女的亲戚关系，或与祖母、母亲的兄弟姐妹的子女的亲戚关系。

63社，这里是指从事举业的文人所结成的以切磋八股文章为主的团体。

64崖略，大略，梗概。

【简评】

《莲香》同样是一篇文人得享齐人之福的作品，之所以选择一狐一鬼，除二者个性参差有别、交相辉映之外，不外乎是二者皆毫无社会关系的羁绊或外界干扰，加之来去自由，可天马行空般我行我素，可减省诸多必须交代的笔墨。而且乐极生悲，鬼可伤人，如何兴利除弊，补救之法惟有借尸还魂或另行投胎，情节更加跌宕起伏。而莲香与李氏始则相妒，相互拆台，继之惺惺相惜，又得以构成两女消除心中芥蒂并终于携手的感情基础。这类事情在现实生活中实难寻觅，而小说的想象功能足以弥补现实的不足，也令读者共享到这种快意。小说虽为虚构，但对话等细节描写完全符合生活的真实，而其间“必抱儿哭诸其墓”感伤意绪的穿插，读来自让人潸然泪下，令读者几乎忘记整个故事的荒诞不经。《聊斋志异》的魅力正在于此！

阿宝

粤西[①]孙子楚，名士也，生有枝指[②]。性迂讷，人诳之，辄信为真。或值座有歌妓，则必遥望却走。或知其然，诱之来，使妓狎逼之，则赪颜彻颈，汗珠珠下滴，因共为笑。遂貌其呆状[③]，相邮传作丑语[④]，而名之“孙痴”。

邑大贾某翁，与王侯埒富[⑤]，姻戚皆贵胄。有女阿宝，绝色也，日择良匹，大家儿争委禽妆[⑥]，皆不当翁意。生时失俪[⑦]，有戏之者，劝其通媒，生殊不自揣，果从其教。翁素耳其名，而贫之。媒媪将出，适遇宝，问之，以告。女戏曰：“渠去其枝指，余当归之。”媪告生。生曰：“不难。”媒去，生以斧自断其指，大痛彻心，血益倾注，滨[⑧]死。过数日，始能起，往见媒而示之。媪惊，奔告女；女亦奇之，戏请再去其痴。生闻而哗辨，自谓不痴，然无由见而自剖。转念阿宝未必美如天人，何遂高自位置如此？由是曩念顿冷。

会值清明，俗于是日，妇女出游[⑨]，轻薄少年，亦结队随行，恣[⑩]其月旦。有同社数人，强邀生去。或嘲之曰：“莫欲一观可人否？”生亦知其戏已，然以受女揶揄故，亦思一见其人，忻然随众物色之。遥见有女子憩树下，恶少年环如墙堵。众曰："此必阿宝也。"趋之，果宝。审谛之，娟丽无双。少倾，人益稠。女起，遽去。众情颠倒，品头题足，纷纷若狂；生独默然。及众他适，回视生，犹痴立故所，呼之，不应。群曳之曰："魂随阿宝去耶？"亦不答。众以其素讷，故不为怪，或推之、或挽之以归。至家，直上床卧，终日不起，冥如醉，唤之不醒。家人疑其失魂，招[11]于旷野，莫能效。强拍问之，则矇眬应云："我在阿宝家。"及细诘之，又默默不语，家人惶惑莫解。初，生见女去，意不忍舍，觉身已从之行，渐傍其衿带间，人无呵者。遂从女归，坐卧依之，夜辄与狎，甚相得。然觉腹中奇馁[12]，思欲一返家门，而迷不知路。女每梦与人交，问其名，曰："我孙子楚也。"心异之，而不可以告人。生卧三日，气休休[13]若将澌灭。家人大恐，托人婉告翁，欲一招魂其家。翁笑曰："平昔不省[14]往还，何由遗魂吾家？"家人固哀之，翁始允。巫执故服、草荐以往。女诘得其故，骇极，不听他往，直导入室，任招呼而去。巫归至门，生榻上已呻。既醒，女室之香奁什具，何色何名，历言不爽[15]。女闻之，益骇，阴感其情之深。

生既离床寝，坐立凝思，忽忽若忘。每伺察阿宝，希幸一再遘[16]之。浴佛节[17]，闻将降香[18]水月寺，遂早旦往候道左，目眩睛劳。日涉午，女始至，自车中窥见生，以掺手[19]搴帘，凝睇不转[20]。生益动，尾从之。女忽命青衣[21]来诘姓字。生殷勤自展，魂益摇。车去始归。归复病，冥然绝食，梦中辄呼宝名，每自恨魂不复灵。家旧养一鹦鹉，忽毙，小儿持弄于床。生自念：倘得身为鹦鹉，振翼可达女室。心方注想，身已翩然鹦鹉，遽飞而去，直达宝所。女喜而扑之，锁其肘，饲以麻子。大呼曰："姐姐勿锁！我孙子楚也！"女大骇，解其缚，亦不去。女祝曰："深情已篆[22]中心。今已人禽异类，姻好何可复圆？”鸟云：“得近芳泽，于愿已足。”他人饲之不食，女自饲之则食。女坐，则集其膝；卧，则依其床。如是三日，女甚怜之。阴使人瞰[23]生，生则僵卧气绝，已三日，但心头未冰耳。女又祝曰：“君能复为人，当誓死相从。”鸟云：“诳我！”女乃自矢[24]，鸟侧目若有所思。少间，女束双弯[25]，解履床上，鹦鹉骤下，衔履飞去。女急呼之，飞已远矣。

女使妪往探，则生已寤。家人见鹦鹉衔绣履来，堕地死，方共异之。生既苏，即索履，众莫知故。适妪至，入视生，问履所在。生曰：“是阿宝信誓物。借口相覆：小生不忘金诺也。”妪反命，女益奇之，故使婢泄其情于母。母审之确，乃曰：“此子才名亦不恶，但有相如之贫[26]。择数年，得婿若此，恐将为显者笑。”女以履故，矢不他。翁媪乃从之，驰报生。生喜，疾顿瘳。翁议赘诸家。女曰：“婿不可久处岳家。况郎又贫，久益为人贱。儿既诺之，处蓬茅而甘藜藿，不怨也。”生乃亲迎成礼，相逢如隔世欢。

自是生家得奁妆，小阜，颇增物产。而生痴于书，不知理家人生业。女善居积，亦不以他事累生，居三年，家益富。生忽病消渴[27]，卒。女哭之痛，泪眼不晴[28]，至绝眠食，劝之不纳，乘夜自经。婢觉之，急救而苏，终亦不食。三日，集亲党，将以殓生。闻棺中呻以息，启之，已复活。自言：“见冥王，以生平朴诚，命作部曹[29]。忽有人白：‘孙部曹之妻将至。’王稽鬼录[30]，言：‘此未应便死。’又白：“不食三日矣。’王顾谓：‘感汝妻节义，姑赐再生。’因使驭卒[31]控马送余还。”由此体渐平。值岁大比[32]，入闱之前，诸少年玩弄之，共拟隐僻之题七，引生僻处与语，言：“此某家关节[33]，敬[34]秘相授。”生信之，昼夜揣摩，制成七艺[35]。众隐笑之。时典试者[36]虑熟题有蹈袭弊，力反常径，题纸下，七首皆符。生以是抡魁[37]。明年，举进士，授词林[38]。上闻其异，召问之，生具启奏，上大嘉悦。后召见阿宝，赏赉[39]有加焉。

异史氏曰："性痴则其志凝，故书痴者文必工，艺痴者技必良。世之落拓而无成者，皆自谓不痴者也。且如粉花荡产[40]，卢雉倾家[41]，顾痴人事哉！以是知慧黠而过，乃是真痴，彼孙子何痴乎！"

集痴类十：窖镪食贫[42]；对客辄夸儿慧；爱儿不忍教读；讳病恐人知；出赀赚[43]人嫖；窃赴饮会赚人赌；倩人[44]作文欺父兄；父子账目太清；家庭用机械[45]；喜子弟善赌。

【注释】

①粤西，约在现在广西壮族自治区一带。

②枝（qí）指，大拇指旁边多长了一个手指。

③貌，察知形容。

④邮传作丑语，就是相互传播有关孙子楚难听的话。

⑤与王侯埒（liè）富，与显贵的王侯同样富有。埒，等同。

⑥委禽妆，订婚下聘礼。

⑦失俪（lì），丧妻。

⑧滨，临近。

⑨妇女出游，指"踏青"，清明节前后，古人有郊野游览的习俗，并以清明节为踏青节。

⑩恣（zì），听任，任凭。月旦，即"月旦评"，指品评议论人物。

⑪招，招魂，此为招生人魂。古代儿童或成人病时，家人害怕他的魂魄丢了，常常在室外或室内呼喊他的名字，称为招魂或叫魂。

⑫奇馁（něi），特别饥饿。

⑬休休（xǔ），嘘气声。休，通“咻”。澌灭，消失。

⑭不省（xǐng），指没见过。

⑮历言不爽，依次道来，没有差错。

⑯遘（gòu），遇到。

⑰浴佛节，即佛诞节，为纪念释迦牟尼诞生的节日。

⑱降香，指到庙中烧香朝拜。

⑲掺（shān）手，女子纤美的手。

⑳凝睇（tī）不转，专心致志地注视。

㉑青衣，青色或黑色的衣服。汉朝以后，多被地位低下者所穿。这里指婢女。

㉒篆，铭刻，比喻牢记在心。

㉓瞰（kàn），窥探，伺望。

㉔自矢，自己发誓表示矢志不渝。

㉕束双弯，即缠足。弯，因古代妇女的小脚缠后弯曲像弓而得名。

㉖相如之贫，西汉司马相如很有才，但是家里很穷，后与富豪卓王孙女卓文君私奔，终成夫妇。

㉗消渴，中医学病名，症状为口渴，善饥，尿多，消瘦，包括糖尿病、尿崩症等。这里应该是指尿崩症，所以死亡迅速。

㉘晴，比喻泪干或泪止。

㉙部曹，明清为吏、户、礼、兵、刑、工六部司官（如主事、郎中）之称。这里是指阴间官署中的属官。

㉚鬼录，即“鬼箓”，古人对阴间死人的名簿的称呼。

㉛驭卒，指驾车马的鬼卒。控马，驾驭马匹。

㉜大比，明清特指乡试。

㉝关节，科举考试期间，暗中行贿买通出题主考官，让主考官

透露考题从而考中。

㉞敬，这里是“特意”的意思。

㉟七艺，科举考试首场的七篇八股文章，乡、会试也一样。

㊱典试者，主持考试的官员。蹈袭，因循，沿袭。

㊲抡魁，科举考试的第一名，这里指乡试考中解元。

㊳词林，翰林或翰林院的别称。

㊴赏赉（lài），赏赐。

㊵粉花荡产，因嫖娼而倾家荡产。粉花，借指娼妓。

㊶卢雉倾家，因赌博而败家失业。卢雉，掷骰赌博。

㊷窖镪（qiǎng）食贫，将财产隐藏起来，自家衣食简陋。窖，埋藏。镪，钱币。

㊸赚（zuàn），哄骗，诳骗。

㊹倩人，请托别人。

㊺机械，巧诈，机巧。

【简评】

孙子楚与阿宝的结合，全因“痴”而起。前者因“痴”而自断枝指，因“痴”而离魂周旋于阿宝身侧，又因“痴”而寄魂于鹦鹉，得以亲近可人“芳泽”，最终两人得结百年之好。且故事发展超越唐陈玄祐《离魂记》中“倩女离魂”的情节，两人婚后三年又突生波澜，子楚患病不治，夫妻险些天人永隔。幸而阿宝以“节义”感动冥王，终令子楚再生，并中进士，夫贵妻荣，完全符合中国读者期盼大团圆结局的喜好。

篇后“异史氏曰”论“痴”，是世人为“痴”加以正名的宣言，其思想则明显受到晚明性灵思潮与尊情意识的影响。迷恋沉酣于某事曰痴，嗜好难以割舍为癖。痴与癖往往结为兄弟，相伴而行。张岱在《五异人传》中甚至说："人无癖不可交，以其无深情也。"清初张潮《幽梦影》则说："情必近于痴而始真，才必兼乎趣而始化。"将痴、癖与情联系起来，可见性灵之光难以磨灭，而蒲松龄正是继承者。有关人化鹦鹉的传奇事迹，《太平广记》卷四六〇引录《大唐奇事·刘潜女》中即有类似记载，有女与鹦鹉为一身，死后化为一白鹦鹉而去。

口技

村中来一女子，年二十有四五，携一药囊，售[①]其医。有问病者，女不能自为方，俟暮夜请诸神。晚洁斗室，闭置其中。众绕门窗，倾耳寂听；但窃窃语，莫敢欬[②]。内外动息俱冥[③]。至半更许[④]，忽闻帘声。女在内曰："九姑来耶？"一女子答云："来矣。"又曰："腊梅从九姑来耶？"似一婢答云："来矣。"三人絮语间杂，刺刺不休[⑤]。俄闻帘钩复动，女曰："六姑至矣。"乱言曰："春梅亦抱小郎子来耶？"一女曰："拗哥子[⑥]！呜之[⑦]不睡，定要从娘子来。身如百钧[⑧]重，负累煞[⑨]人！"旋闻女子殷勤声，九姑问讯声，六姑寒暄声，二婢慰劳声，小儿喜笑声，猫子声，一齐嘈杂。即闻女子笑曰："小郎君亦大好耍，远迢迢抱猫儿来。"既而声渐疏，帘又响，满室俱哗，曰："四姑来何迟也？"有一小女子细声答曰："路有千里且溢[⑩]，与阿姑走尔许时始至。阿姑行且缓。"遂各各道温凉[⑪]，并移坐声，唤添坐声，参差并作，喧繁满室，食顷[⑫]始定。即闻女子问病。九姑以为宜得参[⑬]，六姑以为宜得芪[⑭]，四姑以为宜得术[⑮]。参酌移时[⑯]，即闻九姑唤笔砚。无何，折纸戢戢然，拔笔掷帽丁丁[⑰]然，磨墨隆隆然；既而投笔触几，震震作响，便闻撮药包裹苏苏然。顷之，女子推帘呼病者，授药并方。反身入室，即闻三姑作别，三婢作别，小儿哑哑，猫儿唔唔，又一时并起。九姑之声清以越[18]，六姑之声缓以苍[19]，四姑之声娇以婉[20]，以及三婢之声，各有态响，听之了了可辨。群讶以为真神，而试其方亦不甚效。此即所谓口技，特借之以售其术耳。然亦奇矣！

王心逸[21]尝言："在都偶过市廛[22]，闻弦[23]歌声，观者如堵。近窥之，则一少年曼声度曲[24]。并无乐器，惟以一指捺颊际，且捺且讴，听之铿铿，与弦索[25]无异。"亦口技之苗裔[26]也。

【注释】

①售，施展。

②欶（sòu），通"嗽"，咳嗽。

③冥，沉默不语。

④半更，相当于现在的晚上八点。

⑤刺刺不休，连续不断地说话。

⑥拗哥子，性格固执的小男孩。哥子，对男孩的称呼，犹称公子。

⑦呜之，发出声音来抚慰或亲吻孩子。

⑧百钧，三千斤，这里是形容非常重的夸张说法。钧，古重量单位，三十斤为一钧。

⑨负累，连累。煞，助词，用在动词后，表示程度深。

⑩千里且溢，超过一千里。益，超过，超出。

⑪道温凉，嘘寒问暖。温凉，寒暖，多指生活状况。

⑫食顷，吃顿饭的时间，形容时间不长。

⑬宜得参，指应用人参一类的中药治疗。以下句式和此句式

相同。

⑭芪（qí），即“黄芪”，中药草名。

⑮术（zhú），中药草名，秋天开白色或淡红色的花，嫩苗可以吃，可入药。

⑯参酌，商讨。移时，过了一会儿。

⑰丁丁（zhēng），象声词，原指伐木声，这里是铜笔帽掷落于桌案发出的声音。

⑱清以越，清脆而悠扬。

⑲缓以苍，和缓而苍老。

⑳娇以婉，娇嫩而婉转。

㉑王心逸，即王居正，字心逸，号怀庵，为蒲松龄好友王观正的哥哥。

㉒市廛（chán），指店铺集中的市区。

㉓弦歌，依琴瑟而咏歌。

㉔曼声，舒缓的长声。度曲，按曲谱歌唱。

㉕弦索，弦乐器上的弦，这里即指弦乐器。

㉖苗裔，子孙后代。

【简评】

口技，即运用口腔发音技巧（有时也借用口中所含苇哨）来模仿各种声音。清富察敦崇《燕京岁时记·封台》中云：“像声即口技，能学百鸟音，并能作南腔北调，嬉笑怒骂，以一人而兼之，听之历历也。”《史记》卷七五《孟尝君列传》记述孟尝君逃秦夜出函谷关的故事，其一擅长口技的门客模仿鸡鸣而令守关吏早早打开关门，终于令孟尝君脱险回到故里。这大约是口技应用于实践的最早记录，并留下了“鸡鸣狗盗”的成语。

有关口技的表演，明清多有记述，不乏绘声绘色的生动描写。清翟灏《通俗编·俳优》：“绛树一声能歌两曲，二人细听，各闻一曲，一字不乱。按：今有相声伎，以一人作十馀人，捷辨而音不少杂，亦其类也。”绛树是汉末至三国时期的著名歌女，所谓“绛树两歌”，大约是将口技运用于表演艺术的最早记录。金圣叹在其评点《水浒传》第六十五回回前总评中，记述了友人王斫山所夸“京中口技”，描摹有声有色、淋漓尽致。与蒲松龄同时代的褚人获在其《坚瓠集》广集卷二也记有“口戏”一则，可见在明末清初这一技艺在民间的广泛流行。而蒲松龄此作将口技表演蒙上一层求医卖药的面纱，更有趣味。

苏仙

高公明图[①]知郴州时，有民女苏氏，浣衣于河。河中有巨石，女踞其上。有苔一缕，绿滑可爱，浮水漾动，绕石三匝。女视之心动，既归而娠[②]，腹渐大，母私诘之，女以情告，母不能解。数月，竟举[③]一子，欲置隘巷[④]，女不忍也，藏诸椟[⑤]而养之。遂矢志不嫁，以明其不二也。然不夫而孕，终以为羞。

儿至七岁，未尝出以见人。儿忽谓母曰："儿渐长，幽禁何可长也？去之，不为母累。"问所之。曰："我非人种，行将腾霄昂壑[⑥]耳。"女泣询归期，答曰："待母属纩[⑦]儿始来。去后，倘有所需，可启藏儿椟索之，必能如愿。"言已拜母，径去。出而望之，已杳[⑧]矣。女告母，母大奇之。女坚守旧志，与母相依，而家益落。偶缺晨炊，仰屋[⑨]无计。忽忆儿言，往启椟，果得米，赖以举火[⑩]。由是有求辄应。逾三年，母病卒，一切葬具，皆取给于椟。

既葬，女独居，三十年未尝窥户[⑪]。一日，邻妇乞火者，见其兀坐[⑫]空闺，语移时始去。居无何[⑬]，忽见彩云绕女舍，亭亭如盖，中有一人盛服立，审视，则苏女也。回翔久之，渐高不见。邻人共疑之，窥诸其室，见女靓妆凝坐[⑭]，气则已绝。众以其无归，议为殡殓。忽一少年人，丰姿俊伟，向众申谢。邻人向亦窃知女有子，故不之疑。少年出金葬母，值二桃于墓，乃别而去。数步之外，足下生云，不可复见。后桃结实甘芳，居人谓之“苏仙桃”，树年年华茂，更不衰朽。官是地者，每携实以馈亲友。

【注释】

①高公明图，即高明图，当作高名图（生卒年不详），沂水（今属山东省临沂市）人，康熙六年，三甲第八十九名进士。

②娠（shēn），怀孕。

③举，生育。

④置隘巷，指抛弃所生的孩子。隘巷，陋巷。

⑤椟（dú），柜子或函一类藏物的东西。

⑥腾霄昂壑，以龙自喻，要飞举冲天、下临山谷。

⑦属纩（zhǔ kuàng），即临终。古人用新绵置于临死者鼻前，以察其是否断气。

⑧杳（yǎo），消失，不见踪影。

⑨仰屋，躺下仰望屋梁，形容无计可施。

⑩举火，生火做饭。

⑪窥户，出门。窥，通“跬”，半步，引申为到。

⑫兀坐，独自端坐。

⑬居无何，指不多时。

【简评】

此篇应以晋葛洪《神仙传》所记“苏仙公”之神迹为本事。苏仙公为汉文帝时桂阳人，早年丧父，侍母至孝，“得道”后曾显示奇迹为母百馀里外瞬间买鲊而归。后为仙界迎去，临走为母留下一柜，衣食如有缺乏，叩柜即得；并指示檐边橘树可在疾疫发生时全活乡里人。本篇《苏仙》，不但取名与葛洪所撰同，叩柜、留树之情节也有雷同处，可见其渊源。

只是作者构思时何必取百里以外之乡宦言以为信，且其名与宦迹皆有误？这或许正可窥见蒲松龄创作手法。封建时代，女子无夫而孕并生子无疑是一件丑闻，但以后所生子若能出息或大有作为，也不妨附会一段神奇的传说，甚至博得一座贞节牌坊。小说中的“高公明图”也许只是讲过这样一段以前治下所发生的民间离奇事件，经过口耳相传到了蒲松龄耳中，而写下此则故事。人名有误且不言其籍贯，或许正是作者有意为之，令其笔下的人物一方面有了确凿的信息来源，一方面又令故事有了可以随意发挥的余地。西方基督教中圣母产子，与此亦有相通之处。段宗社《论（苏仙）对神话原型的重现与改写》中从神话—原型批评角度探讨这篇小说的叙事艺术，认为：“《苏仙》的基础情节是苏女的‘不夫而孕’，这是对中国古代‘感而孕’神话原型的重现和改写，既淡化了神话原有的指向帝王功业的神圣性特征，又区别于后世神仙故事的世俗化特征，而导向一种更具抒情性和深邃思致的文人化叙事特征。”读者可参照理解。

阎罗

莱芜秀才[1]李中之，性直谅[2]不阿。每数日，辄死去，僵然如尸，三四日始醒。或问所见，则隐秘不泄。时邑有张生者，亦数日一死。语人曰：“李中之，阎罗也。余至阴司，亦其属曹。”其门殿对联，俱能述之。或问：“李昨赴阴司何事？”张曰：“不能具述，惟提勘[3]曹操，笞[4]二十。”

异史氏曰：“阿瞒一案，想更数十阎罗矣[5]。畜道、剑山[6]，种种具在，宜得何罪，不劳挹取[7]；乃数千年不决，何耶？岂以临刑之囚快于速割[8]，故使之求死不得耶？异已[9]！”

【注释】

①莱芜，明清县名，明至清初属济南府，现属山东省莱芜市。

②直谅，正直诚信。

③提勘，提取犯人审问。

④笞（chī），古代的一种刑罚，用荆条或竹板敲打臀、腿或背，为五刑之一。

⑤更，更替。

⑥畜道，即“畜生道”，佛教语，为“六道”之一。根据佛教轮回之说，人作恶，死后当变为禽兽、畜生等。剑山，又名“剑树”，佛教语，为十六游增地狱之一。

⑦不劳挹（yì）取，意思是判处量刑用不着太花心思。挹取，即“汲取”。

⑧快于速割，指被判死刑的人以速死为快，免得再受折磨。

⑨异已，令人惊讶不已的感叹语。

【简评】

自从东晋习凿齿《汉晋春秋》第一次提出“帝蜀寇魏”说，即以蜀汉为正统，曹魏为篡逆的历史观以后，南宋大儒朱熹《通鉴纲目》以蜀汉直承东汉之皇统，更加强了“尊刘贬曹”的正统意识，并深刻影响了元明通俗文学。于是对曹操的评论就一分为二：作为优秀政治家与军事家的曹操与文学艺术作品中奸诈自私、乱臣贼子的曹操。这与历史上民族矛盾的空前激化与草根阶层向往清明政治的诉求有一定的关联。《三国志演义》中的曹操就被塑造为“奸雄”，他那种“宁我负人，人毋负我”的极端心态，更是遭到社会上一般无权无势者的唾弃，因为这些人根本没有实践这一信念的资本，将曹操作为众恶所归的箭靶子也成为历史的必然。蒲松龄的这篇《阎罗》正是民间惩恶扬善心理的表现，企图借用阴曹地府的刑罚解构历史的一种尝试，并不鲜见。

白于玉

吴青庵筠，少知名。葛太史[1]见其文，每嘉叹之，托相善者邀至其家，领其言论风采。曰："焉有才如吴生而长贫贱者乎[2]？"因俾邻好致之[3]曰："使青庵奋志云霄[4]，当以息女奉[5]巾栉。"时太史有女绝美，生闻大喜，确自信。既而秋闱被黜，使人谓太史："富贵所固有，不可知者迟早耳，请待我三年，不成而后嫁。"于是刻志益苦。

一夜，月明之下，有秀才造谒，白晰短须，细腰长爪。诘所来，自言白氏，字于玉。略与倾谈，豁人心胸。悦之，留同止宿。迟明[6]欲去，生嘱便道频过。白感其情殷，愿即假馆，约期而别。至日，先一苍头[7]送炊具来，少间，白至，乘骏马如龙。生另舍舍之。白命奴牵马去，遂共晨夕，忻然相得。生视所读书，并非常所见闻，亦绝无时艺[8]。讶而问之，白笑曰："士各有志，仆非功名中人也。"夜每招生饮，出一卷授生，皆吐纳之术[9]，多所不解，因以迂缓[10]置之。他日谓生曰："曩所授，乃《黄庭》[11]之要道，仙人之梯航[12]。"生笑曰："仆所急不在此，且求仙者必断绝情缘，使万念俱寂，仆病未能[13]也。"白问："何故？"生以宗嗣为虑，白曰："胡久不娶？"笑曰："'寡人有疾，寡人好色[14]。'"白亦笑曰："'王请无好小色[15]。'所好何如？"生具以情告。白疑未必真美，生曰："此遐迩所共闻[16]，非小生之目贱也。"白微哂而罢。次日，忽促装言别。生凄然与语，刺刺不能休。白乃命童子先负装行，两相依恋。俄见一青蝉鸣落案间，白辞曰："舆已驾矣，请自此别。如相忆，拂我榻而卧之。"方欲再问，转瞬间白小如指，翩然跨蝉背上，嘲哳[17]而飞，杳入云中。生乃知其非常人，错愕良久，怅怅自失。

逾数日，细雨忽集，思白綦切。视所卧榻，鼠迹碎琐，慨然扫除，设席即寝。无何，见白家僮来相招，忻然从之。俄有桐凤[18]翔集，童捉谓生曰："黑径难行，可乘此代步。"生虑细小，不能胜任，僮曰："试乘之。"生如所请，宽然殊有馀地，僮亦附其尾上。戛然一声，凌升空际。未几，见一朱门，僮先下，扶生亦下。问："此何所？"曰："此天门也。"门边有巨虎蹲伏，生骇惧，僮以身障之。见处处风景，与世殊异。僮导入广寒宫，内以水晶为阶，行人如在镜中。桂树两章[19]，参空合抱。花气随风，香无断际。亭宇皆红窗，时有美人出入，冶容秀骨[20]，旷世并无其俦[21]。僮言："王母宫佳丽尤胜。"然恐主人伺久，不暇留连，导与趋出。移时，见白生已候于门，握手入，见檐外清水白沙，涓涓流溢，玉砌雕阑，殆拟[22]桂阙。甫坐，即有二八妖鬟[23]，来荐香茗。少间，命酌，有四丽人，敛衽鸣珰[24]，给事[25]左右。才觉背上微痒，丽人即以纤指长甲，探衣代搔。生觉心神摇曳，罔所安顿。既而微醺，渐不自持，笑顾丽人，兜搭与语，美人辄笑避。白令度曲侑觞[26]，一衣绛绡者，引爵[27]向客，便即筵前宛转清歌。诸丽者笙管敖曹[28]，呜呜[29]杂和。既阕[30]，一衣翠裳者，亦酌亦歌。尚有一紫衣人，与一淡白软绡者吃吃笑，暗中互让不肯前。

白令一酌一唱，紫衣人便来把盏[31]，生托接杯，戏挠纤腕。女笑失手，酒杯倾堕。白谯诃之，女拾杯含笑，俯首细语云：“冷如鬼手馨，强来捉人臂。”白大笑，罚令自歌且舞。舞已，衣淡白者又飞一觥[32]，生辞不能釂[33]，女捧酒有愧色，乃强饮之。细视四女，风致翩翩，无一非绝世者。遽谓主人曰：“人间尤物，仆求一而难之，君集群芳，能令我真个销魂否？”白笑曰：“足下意中自有佳人，此何足当巨眼[34]之顾？”生曰：“吾今乃知所见之不广也。”白乃尽招诸女，俾自择，生颠倒不能自决。白以紫衣人有把臂之好，遂使襆被奉客。既而衾枕之爱，极尽绸缪。生索赠，女脱金腕钏付之。忽僮入曰：“仙凡路殊，君宜即去。”女急起遁去。生问主人，僮曰：“早诣待漏[35]，去时嘱送客耳。”生怅然从之，复寻旧途。将及门，回视僮子，不知何时已去。虎哮骤起，生惊窜而去，望之无底，而足已奔堕。一惊而寤，则朝暾[36]已红。方将振衣[37]，有物腻然[38]坠褥间，视之，钏也。心益异之。由是前念灰冷，每欲寻赤松[39]游，而尚以胤续[40]为忧。过十馀月，昼寝方酣，梦紫衣姬自外至，怀中绷[41]婴儿曰：“此君骨血。天上难留此物，敬持送君。”乃寝诸床，牵衣覆之，匆匆欲去。生强与为欢，乃曰：“前一度为合卺，今一度永诀，百年夫妇，尽于此矣。君倘有志[42]，或有见期。”生醒，见婴儿卧襆褥间，绷以告母。母喜，佣媪哺之，取名梦仙。

生于是使人告太史，身已将隐，令别择良匹。太史不肯，生固以为辞。太史告女，女曰：“远近无不知儿身许吴郎矣。今改之，是二天也[43]。”因以此意告生。生曰：“我不但无志于功名，兼绝情于燕好。所以不即入山者，徒以有老母在。”太史又以商女，女曰：“吴郎贫，我甘其藜藿，吴郎去，我事其姑嫜，定不他适！”使人三四返，迄无成谋，遂诹日[44]备舆马妆奁，嫔[45]于生家。生感其贤，敬爱臻至。女事姑孝，曲意承顺，过贫家女。逾二年，母亡，女质奁作具[46]，罔不尽礼。生曰："得卿如此。吾何忧！顾念一人得道，拔宅飞升。余将远逝，一切付之于卿。"女坦然，殊不挽留，生遂去。女外理生计，内训孤儿，井井有法。梦仙渐长，聪慧绝伦。十四岁，以神童领乡荐，十五入翰林。每褒封[47]，不知母姓氏，封葛母一人而已。值霜露之辰[48]，辄问父所，母具告之，遂欲弃官往寻。母曰："汝父出家，今已十有馀年，想已仙去，何处可寻？"

后奉旨祭南岳[49]，中途遇寇。窘急中，一道人仗剑入，寇尽披靡，围始解。德之，馈以金，不受。出书一函，付嘱曰："余有故人，与大人同里，烦一致寒暄。"问："何姓名？"答云："王林。"因忆村中无此名，道士曰："草野微贱，贵官自不识耳。"临行，出一金钏曰："此闺阁物，道人拾此，无所可用，即以奉报。"视之，嵌镂精绝。怀归以授夫人，夫人爱之，命良工依式配造，终不及其精巧。遍问村中，并无王林其人者。私发其函，上云："三年鸾凤，分拆各天；葬母教子，端赖卿贤[50]。无以报德，奉药一丸；剖而食之，可以成仙。"后书"琳娘夫人妆次[51]"。读毕，不解何人，持以告母。母执书以泣。曰："此汝父家报也。琳，我小字。"始恍然悟"王林"为拆白谜[52]也，悔恨不已。又以钏示母，母曰："此汝母遗物。而翁在家时，尝以相示。"又视丸，如豆大，喜曰："我父仙人，啖此必能长生。"母不遽吞，受而藏之。会葛太史来视甥，女诵吴生书，便进丹药为寿。太史剖而分食之，顷刻，精神焕发。太史时年七旬，龙钟颇甚，忽觉筋力溢于肤革，遂弃舆而步，其行健速，家人坌息始能及焉。逾年，都城有回禄之灾[53]，火终日不熄，夜不敢寐，毕集庭中，见火势拉杂，寖及邻舍[54]，一家徊徨，不知所计。忽夫人臂上金钏，戛然有声，脱臂飞去。望之，大可数亩。团覆宅上，形如月阑[55]，口[56]降东南隅，历历可见，众大愕。俄顷，火自西来，近阑则斜越而东。迨火势既远，窃意钏亡不可复得，忽见红光乍敛，钏铮然堕足下。都中延烧民舍数万间，左右前后，并为灰烬，独吴第无恙。惟东南一小阁，化为乌有，即钏口漏覆处也。葛母年五十馀，或见之，犹似二十许人。

【注释】

①太史，官名，西周、春秋时太史掌记载史事、编写史书、起草文书，兼管国家典籍和天文历法等。明清以修史之职归之翰林院，所以俗称在翰林院任职者为太史。

②“焉有”句，吴筠有才，不可能长久贫贱。

③俾（bǐ），使。邻好，相友善的邻居。致之，向吴生致意。

④奋志云霄，在科举考试中搏取功名。

⑤息女，亲生女儿。

⑥迟（zhì）明，黎明，天快亮的时候。

⑦苍头，奴仆。

⑧时艺，即“八股文”，明清科举考试的功令文字。

⑨吐纳之术，即“吐故纳新”，为道家养生之术。

⑩迂缓，效果缓慢而不切于实用。

⑪黄庭，即《黄庭经》，有《黄庭内景经》、《黄庭外景经》、《黄庭遁甲缘身经》等数种，皆属道家有关养生之术的经典。

⑫梯航，梯子与舟船，为登山渡水的工具，这里引申为有效的途径。

⑬仆病未能，我恐怕做不到。

⑭“寡人有疾”二句，借用《孟子》中齐宣王与孟子对话，巧妙婉转地道出吴筠怀恋葛太史女的隐衷。《孟子·梁惠王下》：“王曰：‘寡人有疾，寡人好色。’对曰：‘昔者太王好色，爱厥妃。《诗》云：“古公亶父，来朝走马，率西水浒，至于岐下，爰及姜女，聿来胥宇。”当是时也，内无怨女，外无旷夫。王如好色，与百姓同之，于王何有？’”

⑮王请无好小色，套用《孟子》中齐宣王与孟子之有关对话，幽默地劝讽吴筠不要迷恋一般意义上的女色。《孟子·梁惠王下》：“王曰：‘大哉言矣！寡人有疾，寡人好勇。’对曰：‘王请无好小勇。夫抚剑疾视，曰：彼恶敢当我哉！此匹夫之勇，敌一人者也。王请大之！’”

⑯遐迩，远近。

⑰啁哳（zhāo zhā），形容鸟鸣声嘈杂，这里形容蝉之飞鸣。

⑱桐凤，鸟名，即“桐花凤”，以暮春时栖集于桐花而得名。

⑲章，大木材，引申为计量大树的量词。

⑳冶容秀骨，艳丽的容貌，不凡的气质。

㉑俦，同类。

㉒殆拟，疑惑推测。桂阙，月宫。神话传说月中有桂树，高五百丈。

㉓妖鬟，艳丽的婢女。鬟，古代妇女的环形发髻，代指婢女。

㉔敛衽鸣珰，近前施礼待客。敛衽，整饬衣襟，表示恭敬，元以后亦指女子的拜礼。鸣珰，金玉所制首饰，因晃击有声而得名。

㉕给（jǐ）事，侍奉。

㉖度曲，按曲谱歌唱。侑（yòu）觞，助兴劝酒。

㉗引爵，持酒杯劝饮。爵，古代一种盛酒礼器，像雀形，比尊彝小，受一升，这里指饮酒器。

㉘敖曹，声音嘈杂的样子。

㉙呜呜，歌咏声。

㉚阕（què），曲终。

㉛把戋（zhǎn），亦作“把盏”、“把醆”，端着酒杯，斟酒敬客。

㉜飞一觥（gōng），即“飞觥”，指宴饮中传递酒杯劝酒。飞，传递。觥，古代饮酒器，用兽角制，后也用木或青铜制。这里指酒杯。

㉝釂（jiào），饮尽杯中酒。

㉞巨眼，喻指高超的鉴别能力，这里带有调侃意味。

㉟待漏，古代百官黎明入朝，等待朝拜天子。这里指朝拜玉帝。漏，古代计时器。

㊱朝暾（tūn），早晨的阳光。

㊲振衣，抖衣去尘，这里指起床穿衣。

㊳腻然，形容光滑润泽的感觉。

㊴赤松，即“赤松子”，又称“赤诵子”、“赤松子舆”，相传为上古时神仙。

㊵胤续，泛指子孙后嗣。

㊶绷，包裹婴儿的布，这里指用布裹束婴儿。

㊷有志，这里指修炼成仙。

㊸二天，两个丈夫。天，妻子对丈夫的尊称。

㊹诹（zōu）日，商量选择吉日。

㊺嫔（pín），嫁。

㊻质奁作具，那嫁妆作抵押为婆母治葬具。

㊼褒封，这里只“封赠”制度，即封建时代推恩臣下，将官爵授予其父母，父母存者称封，死者称赠。

⑱霜露之辰，父母先人的生日。霜露，古代为思念亲人之语。

⑲祭南岳，祭告南岳衡山，为封建王朝派遣使节祭告岳渎以祈福的典礼之一。

⑳耑（zhuān）赖卿贤，专一依赖夫人的贤慧。耑，通“专”。

㉑妆次，旧时书信中对妇女的敬称，如同对男子之称足下、阁下等。

㉒拆白谜，即“拆白道字”，属于文字游戏，即将一字拆开，巧妙地传达出一种意思，如谜一般需要辨识。

㉓回禄之灾，火灾。回禄，传说中的火神。

㉔寖（jìn），逐渐。

㉕月阑，月晕，即月亮周围的光圈。

㉖口，手镯的缺口。

【简评】

从科举获取功名，从而步入仕途，光宗耀祖，也许是封建时代读书人“朝为田舍郎，暮登天子堂”梦想实现的最佳路径。然而僧多粥少，科举之路难于登天！仕路难通，于是在中国土生土长追求现世的道教就有了相当诱人的吸引力，而这又与中国知识阶层内道外儒的人生追求产生共鸣。

人是社会关系的总和，出世成仙就意味着告别这种社会关系，但小说中的吴筠却偏偏与人世若即若离，既得仙眷于天界，又获贤妇持家于尘世，如此二者得兼的美事，或许只是落魄读书人的某种自我心理安慰。清方舒岩有评云：“故吾谓青庵游仙，不在‘拾紫’于一夕，而在‘采葛’之三年；亦不在获梦仙于天上，而在养亲训子，光前裕后于人间。”这就是看到了蒲松龄此篇之真义仍归结于现实人生，可谓一针见血。

青梅

白下程生[①]，性磊落，不为畛畦。一日，自外归，缓其束带，觉带端沉沉，若有物堕，视之，无所见。宛转间有女子从衣后出，掠发微笑，丽绝。程疑其鬼，女曰："妾非鬼，狐也。"程曰："倘得佳人，鬼且不惧，而况于狐！"遂与狎。二年，生一女，小字青梅。每谓程："勿娶，我且为君生男。"程信之，遂不娶。亲友共诮姗[②]之，程志夺，聘湖东王氏。狐闻之，怒，就女乳之，委于程曰："此汝家赔钱货，生之杀之，俱由尔，我何故代人作乳媪乎！"出门径去。

青梅长而慧，貌韶秀，酷肖其母。既而程病卒，王再醮去。青梅寄食于堂叔。叔荡无行，欲鬻以自肥[③]。适有王进士者，方候铨于家[④]，闻其慧，购以重金，使从女阿喜服役。喜年十四，容华绝代，见梅忻悦，与同寝处。梅亦善候伺，能以目听，以眉语，由是一家俱怜爱之。

邑有张生，字介受，家窭贫，无恒产，税居王第。性纯孝，制行不苟[⑤]，又笃于学[⑥]。青梅偶至其家，见生据石啖糠粥，入室与生母絮语，见案上具豚蹄焉。时翁卧病，生入，抱父而私[⑦]，便液污衣，翁觉之而自恨。生掩其迹，急出自濯，恐翁知。梅以此大异之。归述所见，谓女曰："吾家客非常人也。娘子不欲得良匹则已，欲得良匹，张生其人也。"女恐父厌其贫。梅曰："不然，是在娘子。如以为可，妾潜告，使求伐[8]焉。夫人必召商之，但应之曰'诺'也，则谐矣。"女恐终贫，为天下笑。梅曰："妾自谓能相天下士，必无谬误。"明日，往告张媪。媪大惊，谓其言不祥[9]。梅曰："小姐闻公子而贤之也，妾故窥其意以为言。冰人[10]往，我两人袒焉，计合允遂。纵其否也，于公子何辱乎？"媪曰："诺。"乃托侯氏卖花者往。夫人闻之而笑，以告王，王亦大笑。唤女至，述侯氏意。女未及答，青梅亟赞其贤，决其必贵。夫人又问曰："此汝百年事。如能啜糠覈也[11]，即为汝允之。"女俯首久之，顾壁而答曰："贫富命也。倘命之厚，则贫无几时，而不贫者无穷期矣[12]。或命之薄，彼锦绣王孙，其无立锥者岂少哉？是在父母。"初，王之商女也，将以博笑，及闻女言，心不乐曰："汝欲适张氏耶？"女不答；再问，再不答。怒曰："贱骨了不长进！欲携筐作乞人妇，宁不羞死！"女涨红气结，含涕引去，媒亦遂奔。青梅见不谐，欲自谋。过数日，夜诣生，生方读，惊问所来，词涉吞吐。生正色却之，梅泣曰："妾良家子，非淫奔者，徒以君贤，故愿自托。"生曰："卿爱我，谓我贤也。昏夜[13]之行，自好者不为，而谓贤者为之乎[14]？夫始乱之而终成之，君子犹曰不可，况不能成，彼此何以自处？"梅曰："万一能成，肯赐援拾[15]否？"生曰："得人如卿，又何求？但有不可如何[16]者三，故不敢轻诺耳。"曰："若何？"曰："卿不能自主，则不可如何；即能自主，我父母不乐，则不可如何；即乐之，而卿之身直[17]必重，我贫不能措，则尤不可如何。卿速退，瓜李之嫌[18]可畏也！"梅临去，又嘱曰："倘君有意，乞共图之。"生诺。

梅归，女诘所往，遂跪而自投。女怒其淫奔，将施扑责[19]。梅泣白无他，因而实告。女叹曰："不苟合，礼也；必告父母，孝也；不轻然诺，信也。有此三德，天必祐之，其无患贫也已。"既而曰："子将若何？"曰："嫁之。"女笑曰："痴婢能自主耶？"曰："不济，则以死继之。"女曰："我必如所愿。"梅稽首而拜[20]之。又数日，谓女曰："曩而言之戏乎，抑果欲慈悲也？果尔，则尚有微情[21]，并祈垂怜焉。"女问之，答曰："张生不能致聘[22]，婢子又无力可以自赎，必取盈[23]焉，嫁我犹不嫁也。"女沉吟曰："是非我之能为力矣。我曰嫁汝，且恐不得当，而曰必无取直焉，是大人所必不允，亦余所不敢言也。"青梅闻之，泣数行下，但求怜拯[24]。女思良久，曰："无已[25]，我私蓄数金，当倾囊相助。"梅拜谢，因潜告张。张母大喜，多方乞贷，共得如干数，藏待好音。会王授曲沃宰[26]，喜乘间告母曰："青梅年已长，今将莅任，不如遣之。"夫人固以青梅太黠，恐导女不义，每欲嫁之，而恐女不乐也，闻女言甚喜。逾两日，有佣保妇白张氏意，王笑曰："是只合耦婢子，前此何妄也！然鬻媵高门，价当倍于曩昔。"女急进曰："青梅待我久，卖为妾，良不忍。"王乃传语张氏，仍以原金署券，以青梅嫔于生。

入门，孝翁姑，曲折承顺，尤过于生，而操作更勤，餍糠秕不为苦。由是家中无不爱重青梅。梅又以刺绣作业，售且速，贾人候门以购，惟恐弗得。得赀稍可御穷，且劝勿以内顾[27]误读，经纪[28]皆自任之。因主人之任[29]，往别阿喜。喜见之，泣曰："子得所矣，我固不如。"梅曰："是何人之赐，而敢忘之？然以为不如婢子，恐促婢子寿。"遂泣相别。

王如晋。半载，夫人卒，停柩寺中。又二年，王坐行赇[30]免，罚赎万计，渐贫不能自给，从者逃散。是时，疫大作，王染疾，亦卒，惟一媪从女。未几，媪又卒，女伶仃益苦。有邻妪劝之嫁，女曰："能为我葬双亲者，从之。"妪怜之，赠以斗米而去。半月复来，曰："我为娘子极力，事难合也：贫者不能为而葬，富者又嫌子为陵夷嗣[31]。奈何！尚有一策，但恐不从也。"女曰："若何？"曰："此间有李郎，欲觅侧室，倘见姿容，即遣厚葬，必当不惜。"女大哭曰："我搢绅裔，而为人妾耶！"妪无言，遂去，日仅一餐，延息待价[32]。居半年，益不可支。一日，妪至，女泣告曰："困顿如此，每欲自尽，犹恋恋而苟活者，徒以有两柩在。己将转沟壑[33]，谁收亲骨者？故思不如依汝所言也。"媪于是导李来，微窥女，大悦，即出金营葬，双槥具举[34]，已，乃载女去，入参冢室[35]。冢室故悍妒，李初未敢言妾，但托买婢。及见女，暴怒，杖逐而出，不听入门。

女披发零涕，进退无所。有老尼过，邀与同居，女喜，从之。至庵中，拜求祝发[36]，尼不可，曰："我视娘子，非久卧风尘[37]者，庵中陶器脱粟[38]，粗可自支，姑寄此以待之。时至，子自去。"居无何，市中无赖窥女美，辄打门游语[39]为戏，尼不能制止。女号泣欲自死。尼往求吏部某公揭示严禁，恶少始稍敛迹。后有夜穴[40]寺壁者，尼警呼，始去。因复告吏部，捉得首恶者，送郡笞责，始渐安。

又年馀，有贵公子过庵，见女，惊绝，强尼通殷勤，又以厚赂啖尼。尼婉语之曰："渠簪缨胄[41]，不甘媵御。公子且归，迟迟当有以报命。"既去，女欲乳药[42]求死。夜梦父来，疾首曰："我不从汝志，致汝至此，悔之已晚。但缓须臾勿死，夙愿尚可复酬。"女异之。天明，盥已，尼望之而惊曰："睹子面，浊气尽消，横逆不足忧也。福且至，勿忘老身矣。"语未既，闻扣户声。女失色，意必贵家奴。尼启扉，果然。奴骤问所谋，尼甘语承迎，但请缓以三日。奴述主言，事若无成，俾尼自复命。尼唯唯敬应，谢令去。女大悲，又欲自尽，尼止之。女虑三日复来，无词可应。尼曰："有老身在，斩杀自当之。"

次日，方晡[43]，暴雨翻盆，忽闻数人挝户大哗。女意变作，惊怯不知所为。尼冒雨启关，见有肩舆停驻，女奴数辈，捧一丽人出，仆从煊赫[44]，冠盖甚都。惊问之，云："是司李[45]内眷，暂避风雨。"导入殿中，移榻肃坐。家人妇群奔禅房，各寻休憩。入室见女，艳之，走告夫人。无何，雨息，夫人起，请窥禅舍。尼引入，睹女，骇绝，凝眸不瞬；女亦顾盼良久。夫人非他，盖青梅也。各失声哭，因道行踪。盖张翁病故，生起复[46]后连捷，授司理。生先奉母之任，后移诸眷口。女叹曰："今日相看，何啻霄壤[47]！"梅笑曰："幸娘子挫折无偶，天正欲我两人完聚耳。倘非阻雨，何以有此邂逅？此中具有鬼神，非人力也。"乃取珠冠锦衣，催女易妆。女俯首徘徊，尼从中赞劝之。女虑同居其名不顺，梅曰："昔日自有定分，婢子敢忘大德！试思张郎，岂负义者？"强妆之，别尼而去。抵任，母子皆喜。女拜曰："今无颜见母。"母笑慰之。因谋涓吉[48]合卺，女曰："庵中但有一丝生路，亦不肯从夫人至此。倘念旧好，得受一庐，可容蒲团足矣。"梅笑而不言。及期，抱艳妆来，女左右不知所可。俄闻乐鼓大作，女亦无以自主。梅率婢媪强衣之，挽扶而出，见生朝服而拜，遂不觉盈盈而亦拜也。梅曳入洞房，曰："虚此位以待君久矣。"又顾生曰："今夜得报恩，可好为之。"返身欲去。女捉其裾，梅笑云："勿留我，此不能相代也。"解指脱去。

青梅事女谨，莫敢当夕[49]，而女终惭沮不自安。于是母命相呼以夫人。然梅终执婢妾礼，罔敢懈。三年，张行取[50]入都，过尼庵，以五百金为尼寿，尼不受，固强之，乃受二百金，起大士[51]祠，建王夫人碑。后张仕至侍郎。程夫人举二子一女，王夫人四子一女。张上书陈情，俱封夫人。

异史氏曰："天生佳丽，固将以报名贤，而世俗之王公，乃留以赠纨袴[52]，此造物所必争也。而离离奇奇，致作合者无限经营，化工[53]亦良苦矣。独是青夫人能识英雄于尘埃，誓嫁之志，期以必死，曾俨然而冠裳[54]也者，顾弃德行而求膏粱[55]，何智出婢子下哉！"

【注释】

①白下，即明代应天府、清代江宁府，现属江苏省南京市。

②诮（qiào）姗，讥笑。

③鬻（yù），卖。自肥，为自己谋财。

④候铨，听候选授官职。

⑤制行不苟，为人正直，对自己要求严格。

⑥笃（dǔ）于学，专心好学。

⑦私，小便。

⑧求伐，即求人作媒。伐，即"作伐"，作媒。

⑨其言不祥，意思是青梅的话不吉利。古代婚姻讲究女攀高门，王、张两家贫富贵贱悬殊，张家远不如王家，张家嫁女儿过去并不合适，所以说不吉利。

⑩冰人，媒人。

⑪啜（chuò），食。糠覈（hé），即"糠籺"，粗劣的食物。

⑫"倘命之厚"三句，命好，贫困就会很快地过去。穷期，尽期。

⑬昏夜，黑夜。

⑭"自好者"二句，指圣贤绝不会发生男女苟且之事。

⑮援拾，提携收录，古代缔姻时女方同意和男家订婚的谦词。

⑯不可如何，无可奈何。

⑰身直，身价。

⑱瓜李之嫌，比喻避免招惹无端的怀疑。

⑲扑责，杖击责罚。

⑳稽（qǐ）首而拜，即“再拜稽首”，古代行跪拜礼时，拜了又拜，叩头至地，表示高度尊敬。

㉑微情，卑微细小的心情。

㉒致聘，送交定亲礼品，这里指用钱为青梅赎身。

㉓取盈，原意是取足赋税，这里是指青梅的赎身钱不会因其身份卑微而减少。

㉔怜拯，怜悯拯救。

㉕无已，不得已。

㉖授，授官。曲沃宰，曲沃县令。曲沃，明清县名，现属山西省临汾市曲沃县。

㉗内顾，对家中生计的顾念。

㉘经纪，管理照料家中一应事务。

㉙主人之任，指王进士赴任山西。

㉚坐，犯罪。行赇（qiú），指行贿。

㉛陵夷嗣，衰落人家的后代。

㉜延息，延长生命。待价，等待好一点的价钱出售。

㉝转沟壑，谓野死于外。

㉞槥（huì），小棺材。举，下葬。

㉟冢室，正妻。

㊱祝发，削发出家。

㊲风尘，辛苦劳顿的生活处境。

㊳陶器脱粟，使用粗糙器皿，食用糙米，形容简陋的生活。脱粟，只去皮壳、不加精制的米。

㊴游语，挑逗的言辞。

㊵穴，挖墙洞。

㊶簪缨胄（zhòu），官宦人家的后代。簪缨，古代官吏的冠饰。

㊷乳药，服毒药。

㊸晡（bū），申时，约等于现在的下午三点到五点。

㊹煊赫，形容气势盛大。

㊺司李，官名。

㊻起复，明清时期指服丧期满后重新出来做官，这里是指服父丧期满后参加科举考试。连捷，明清时期在乡试考中举人后，紧接着会试、殿试又考中进士。

㊼霄壤，天地之间，比喻差别很大。

㊽涓吉，选择吉祥的日子。

㊾莫敢当夕，不敢替代正妻侍寝。

㊿行取，明清时，地方官经推荐保举后调任京职。

51大士，佛教对菩萨的通称，这里是指观世音菩萨，属于慈悲的化身，为救苦救难之神。

52纨袴，细绢做的裤子，古代贵族弟子常穿，因以借指富贵人家子弟，含有贬义。

53化工，自然界的创造者。

54冠裳（cháng），指代官宦士绅。

55膏粱，肥美的食物，借指富贵人家及其后嗣。

【简评】

这是作者精心结撰的一篇小说，情节跌宕起伏，语言生动传神，炉火纯青。“异史氏曰”所谓“青夫人能识英雄于尘埃”一句道出了全篇主旨，与唐杜光庭《虬髯客传》中奇女子红拂慧眼识李靖的路数相同，但青梅的自我意识更为深沉强烈。青梅与阿喜的人物形象现实中罕有，是蒲松龄的理想所塑造，而这也与明末开始盛行的才子佳人小说中某书生历经曲折兼拥双美的价值取向略同。《聊斋志异》中不乏这种享“齐人之福”的幻境，不过较之以往的才子佳人小说，其想象尤为瑰丽而已。如果说“红袖添香夜读书”仅是这种旖旎幻想的一种模式，那么在文人的极度自恋中描述“天生佳丽，固将以报名贤”的艰辛历程，则是作者的另一种幻想模式。“青梅”本属“拈酸”之物，作者为狐女取名，故意反义为训，意在免除二女共事一夫的“吃醋”心理，构建家庭的和谐，这也反映了蒲松龄为代表自身的文人的周全设置。清王士禛点评此篇有云：“天下得一知己；可以不恨，况在闺闼耶！青梅，张之知己也，乃王女者又能知青梅。事妙文妙，可以传矣。”这种对于文人心理的解读，颇有意思。

田七郎

武承休，辽阳人，喜交游，所与皆知名士。夜梦一人告之曰：“子交游遍海内，皆滥交耳。惟一人可共患难，何反不识？”问：“何人？”曰：“田七郎非与？”醒而异之。诘朝，见所与游，辄问七郎。客或识为东村业猎者，武敬谒诸家，以马棰[①]挝门。未几，一人出，年二十馀，䝙[②]目蜂腰，著腻帢[③]，衣皂犊鼻[④]，多白补缀，拱手于额而问所自。武展姓氏，且托途中不快，借庐憩息。问七郎，答云：“即我是也。”遂延客人。见破屋数椽，木岐[⑤]支壁。入一小室，虎皮狼蜕[⑥]，悬布楹间，更无杌榻[⑦]可坐，七郎就地设皋比[⑧]焉。武与语，言词朴质，大悦之。遽贻金作生计，七郎不受；固予之，七郎受以白母。俄顷将还，固辞不受。武强之再四，母龙钟而至，厉色曰：“老身止此儿，不欲令事贵客！”武惭而退。

归途展转，不解其意。适从人于舍后闻母言，因以告武。先是，七郎持金白母，母曰：“我适睹公子，有晦纹[⑨]，必罹奇祸。闻之：‘受人知者分人忧，受人恩者急人难。富人报人以财，贫人报人以义。’无故而得重赂，不祥，恐将取死报于子矣。”武闻之，深叹母贤，然益倾慕七郎。翼日[10]，设筵招之，辞不至。武登其堂，坐而索饮。七郎自行酒，陈鹿脯[11]，殊尽情礼。越日，武邀酬之，乃至。款洽甚欢。赠以金，即不受。武托购虎皮，乃受之。归视所蓄，计不足偿，思再猎而后献之。入山三日，无所猎获。会妻病，守视汤药，不遑操业。浃旬[12]，妻奄忽[13]以死，为营斋葬，所受金，稍稍耗去。武亲临唁送，礼仪优渥。既葬，负弩山林，益思所以报武，而迄无所得。武探得其故，辄劝勿亟。切望七郎姑一临存[14]，而七郎终以负债为憾，不肯至。武因先索旧藏，以速其来。七郎捡视故革则蠹蚀殃败[15]，毛尽脱，懊丧益甚。武知之，驰行其庭，极意慰解之。又视败革，曰："此亦复佳。仆所欲得，原不以毛。"遂轴鞟[16]出，兼邀同往。七郎不可，乃自归。七郎念终不足以报武，裹粮[17]入山，凡数夜，得一虎，全而馈之。武喜，治具，请三日留。七郎辞之坚，武键庭户，使不得出。宾客见七郎朴陋，窃谓公子妄交。而武周旋七郎，殊异诸客。为易新服，却不受；承[18]其寐而潜易之，不得已而受之。既去，其子奉媪命返新衣，索其敝裰[19]。武笑曰："归语老姥，故衣已拆作履衬[20]矣。"自是，七郎日以兔鹿相贻，召之即不复至。武一日诣七郎，值出猎未返。媪出，跨门[21]语曰："再勿引致吾儿，大不怀好意！"武敬礼之，惭而退。

半年许，家人忽白："七郎为争猎豹，殴死人命，捉将官里去。"武大惊，驰视之，已械收在狱。见武无言，但云："此后烦恤老母。"武惨然出，急以重金赂邑宰，又以百金赂仇主。月馀无事，释七郎归。母慨然曰："子发肤受之武公子[22]，非老身所得而爱惜者矣。但祝公子终百年无灾患，即儿福。"七郎欲诣谢武，母曰："往则往耳，见武公子勿谢也。小恩可谢，大恩不可谢。"七郎见武，武温言慰藉，七郎唯唯。家人咸怪其疏，武喜其诚笃，益厚遇之，由是恒数日留公子家。馈遗辄受，不复辞，亦不言报。会武初度[23]，宾从烦多，夜舍履满[24]。武偕七郎卧斗室中，三仆即床下藉刍藁。二更向尽，诸仆皆睡去，两人犹刺刺语。七郎佩刀挂壁间，忽自腾出匣[25]数寸许，铮铮作响，光烱烁如电。武惊起，七郎亦起，问："床下卧者何人？"武答："皆厮仆。"七郎曰："此中必有恶人。"武问故，七郎曰："此刀购诸异国，杀人未尝濡缕[26]，迄今佩三世矣。决首[27]至千计，尚如新发于硎[28]。见恶人则鸣跃，当去杀人不远矣。公子宜亲君子，远小人，或万一可免。"武颔之。七郎终不乐，辗转床席。武曰："灾祥，数[29]耳，何忧之深？"七郎曰："我诸无恐怖，徒以有老母在。"武曰："何遽至此？"七郎曰："无则更佳。"

盖床下三人：一为林儿，是老弥子[30]，能得主人欢；一僮仆，年十二三，武所常役者；一李应，最拗拙[31]，每因细事与公子裂眼争[32]，武恒怒之。当夜默念，疑必此人。诘旦，唤至，善言绝令去。武长子绅，娶王氏。一日，武他出，留林儿居守。斋中菊花方灿，新妇意翁出，斋庭当寂，自诣摘菊。林儿突出勾戏，妇欲遁，林儿强挟入室。妇啼拒，色变声嘶。绅奔入，林儿始释手逃去。武归，闻之，怒觅林儿，竟已不知所之。过二三日，始知其投身某御史家。某官都中，家务皆委决于弟。武以同袍义，致书索林儿，某弟竟置不发。武益恚，质词邑宰。勾牒虽出，而隶不捕，官亦不问。武方愤怒，适七郎至。武曰："君言验矣。"因与告诉。七郎颜色惨变，终无一语，即径去。武嘱干仆[33]逻察林儿。林儿夜归，为逻者所获，执见武。武掠楚[34]之，林儿语侵武。武叔恒，故长者，恐侄暴怒致祸，劝不如治以官法。武从之，絷赴公庭。而御史家刺书邮[35]至，宰释林儿，付纪纲[36]以去。林儿意益肆，倡[37]言丛众中，诬主人妇与私。武无奈之，忿塞[38]欲死。驰登御史门，俯仰叫骂，里舍慰劝令归。

逾夜，忽有家人白："林儿被人脔割[39]，抛尸旷野间。"武惊喜，意气稍得伸。俄闻御史家讼其叔侄，遂偕叔赴质。宰不容辨，欲笞恒。武抗声曰："杀人莫须有！至辱詈搢绅[40]，则生实为之，无与叔事。"宰置不闻。武裂眦[41]欲上，群役禁捽[42]之。操杖隶皆绅家走狗，恒又老耄[43]，签数未半，奄然[44]已死。宰见武叔垂毙，亦不复究。武号且骂，宰亦若弗闻也者。遂舁叔归，哀愤无所为计。思欲得七郎谋，而七郎更不一吊问。窃自念：待七郎不薄，何遽如行路人？亦疑杀林儿必七郎。转念：果尔，胡得不谋[45]？于是遣人探诸其家，至，则扃鐍[46]寂然，邻人并不知耗。

一日，某弟方在内廨[47]与宰关说，值晨进薪水[46]，忽一樵人至前，释担，抽利刃，直奔之。某惶急，以手格刃，刃落断腕，又一刀，始决其首。宰大惊，窜去，樵人犹张皇四顾。诸役吏急阖署门，操杖疾呼，樵人乃自刭死。纷纷集认，识者知为田七郎也。宰惊定，始出覆验，见七郎僵卧血泊中，手犹握刃。方停盖[49]审视，尸忽崛然跃起，竟决宰首，已而复踣。衙官捕其母子，则亡去已数日矣。武闻七郎死，驰哭尽哀。咸谓其主使七郎，武破产夤缘当路[50]，始得免。七郎尸弃原野三十馀日，禽犬环守之，武取而厚葬。其子流寓于登[51]，变姓为佟。起行伍[52]，以功至同知将军[53]。归辽，武已八十馀，乃指示其父墓焉。

异史氏曰："一钱不轻受，正其一饭不忘者也。贤哉母乎！七郎者，愤未尽雪，死犹伸之，抑何其神？使荆卿能尔[54]，则千载无遗恨矣。苟有其人，可以补天网之漏。世道茫茫，恨七郎少也。悲夫！"

【注释】

①马棰（chuí），马鞭。

②貙（chū），兽名，也称“貙虎”。《尔雅·释兽》“貙，似狸”。

③腻帢（qià），沾满油腻的便帽。帢，便帽，用缣帛缝制。相传为曹操创制。

④皂犊鼻，黑色的围裙。犊鼻，即“犊鼻裈”，短裤，有三种说法，荫其中一种为围裙，形如犊鼻而得名。

⑤木岐，树杈。岐，通“歧”。

⑥狼蜕（tuì），狼皮。蜕，蛇、蝉等脱下的皮。此处借指狼皮。

⑦杌榻，指凳子一类的东西。

⑧皋比，虎皮。

⑨晦纹，指脸上有不吉利的征兆。古代相术认为可凭人脸上的皱纹与气色预言其吉凶。

⑩翼日，次日。翼，通“翌”。

⑪鹿脯，鹿肉干。

⑫浃（jiā）旬，一旬，即十天。

⑬奄忽，疾速。

⑭临存，亲临省问。

⑮捡（jiǎn），拣出。蠹蚀，被虫蛀坏。殃败，霉烂变质。

⑯轴鞹（kuò），将少毛的皮革卷起。

⑰裹粮，即“裹糇粮”，携带熟食干粮。

⑱承，通“乘”，利用。

⑲敝裰（duō），破旧衣衫。

⑳履衬，古代制鞋用作鞋底垫衬的碎布片。

㉑踦（yǐ）门，通“踦闾”，紧挨着门。

㉒发肤受之武公子，意思是武公子是田七郎的再生父母。

㉓初度，生日的时候。

㉔夜舍屦（jù）满，形容留宿过夜的宾客众多。屦，单底鞋，多以麻、葛、皮等制成。后亦泛指鞋。

㉕匣，这里指刀鞘。

㉖濡缕，沾湿一缕，形容沾湿范围极小，用以形容刀快。

㉗决首，斩首。

㉘新发于硎（xíng），指刀刚从磨刀石上磨过，形容刀刃锋利。硎，磨刀石。

㉙数，命运。

㉚老弥子，受宠多年的娈童。弥子，即弥子瑕，春秋时卫灵公的男宠。

㉛拗（ào）拙，愚顽不驯。

㉜裂眼争，极其愤怒状态下的争执。

㉝干仆，办事能干的仆役。逻察，巡逻侦察。

㉞掠楚，拷打。

㉟刺书，信札，信件。

㊱纪纲，统领仆隶之人，后世泛指仆人。

㊲倡言，扬言。丛众，人群聚集的地方。

㊳忿塞，愤懑，气愤。

㊴脔（luán）割，碎割，属于泄愤式的仇杀。

㊵辱詈（lì），辱骂。搢绅，又作“缙绅”，旧时官宦的装束，亦借指士大夫。绅，古代仕宦者和儒者围于腰际的大带。

㊶裂眦（zì），形容极其愤怒，眼睛因发怒睁得极大，眼眶似要裂开。

㊷禁捽（zuó），阻止揪抓。

㊸老耄（mào），七八十岁的老人，亦泛指衰老。

㊹奄（yǎn）然，忽然。

㊺胡得不谋，为什么不先谋划着。

㊻扃鐍（jiōng jué），关闭，锁闭。

㊼内廨（xiè），古代官衙大堂、二堂的后面，为官员生活起居的内舍。关说，代人陈说，这里是指人游说，打通关节。

㊽薪水，柴和水。

㊾停盖，即“驻盖”，指停车，古代称官员在某处停下公干。

㊿当路，掌权者。

(51)流寓，流落他乡居住。登，明清登州府，现属山东省蓬莱市。

(52)行（háng）伍，这里指当兵。我国古代兵制，五人为伍，五伍为行，因以指军队。

(53)同知将军，明副将军或清副将。明代副将军为一军之副统帅；清副将，为绿营兵武职官名，统理一“协”军务的领兵官，故又称“协镇”、“协台”，位在提督、总兵之下，秩从二品，下辖参将、游击等。

(54)“使荆卿”二句，意思是战国的荆轲如果能像田七郎一样死后还能报仇雪恨，就不会因刺秦失败而遗恨千古了。

【简评】

社会腐败，政以贿成，司法不公，首当其冲。而此篇中的武承休并非下层百姓，在当时是属于乡绅阶层的富户。即使如此，在官官相护的黑暗社会氛围下，他也未能自保。汉代朱家、郭解一类的侠客之所以能够在太史公的《史记》中被书写下浓重的一笔——《游侠列传》，就在于这些人的存在，可以多多少少缓解因社会不公所带来的世人普遍的焦虑，给无告的百姓些许期盼，获得一丝心灵的慰藉。蒲松龄构思《田七郎》，显然是受到《史记》中《魏公子列传》以及《游侠列传》、《刺客列传》相关描写的启发。且塑造田七郎与田母的形象，皆生动传神。

清方舒岩评此篇有云："缓急，人所时有也，择友者将何途之从欤？七郎智廉勇义，求之占刺客中，唯轵深井里仿佛之。然非此母不牛此子，则婴母、陵母之流亚也。见首不见尾，其犹龙乎！"所言极中肯。袁世硕《〈田七郎〉：报恩主题的超越》认为："表现的是主人公的受恩报恩是十分无奈的：受人恩是由冷拒到既成事实，舍身报恩是迫于道义不得已而付出性命，也就具有了悲剧的性质"，并进而评论说："这无疑是位卑家贫而博学能文的蒲松龄从社会阅历和古今恩报故事中感悟出来的非常实际的问题……从社会伦理学角度说，这是一次认识的进步和思想的超越。"读者若有兴趣，可参阅之。

柳秀才

明季[①]，蝗生青兖[②]间，渐集于沂[③]，沂令忧之。退卧署幕[④]，梦一秀才来谒，峨冠[⑤]绿衣，状貌修伟，自言御蝗有策。询之，答云："明日西南道上，有妇跨硕腹牝驴子[⑥]，蝗神也。哀之，可免。"令异之。治具出邑南。伺良久，果有妇高髻褐帔[⑦]，独控老苍卫[⑧]，缓蹇北度[⑨]。即爇香，捧卮酒，迎拜道左，捉驴不令去。妇问："大夫将何为？"令便哀恳："区区小治[⑩]，幸悯脱蝗口。"妇曰："可恨柳秀才饶舌，泄我密机！当即以其身受，不损禾稼可耳。"乃尽三卮，瞥[⑪]不复见。后蝗来，飞蔽天日，然不落禾田，但集杨柳，过处柳叶都尽。方悟秀才柳神也。或云是宰官[⑫]忧民所感，诚然哉！

【注释】

①明季，明朝末年。

②青兖，指明代青州府（现属山东省青州市）与兖州府（现属山东省兖州市）一带。

③沂，明清沂水县，明至清初属青州府，现属山东省临沂市沂

水县。

④署幕，指县衙后县令住所内。

⑤峨冠，高冠。

⑥牝（pìn）驴子，母驴。牝，鸟兽的雌性。

⑦褐帔（pèi），粗布帔巾。帔，类似于今天的披肩。

⑧老苍卫，灰白苍老的驴。卫，驴的别名。

⑨缓蹇（jiǎn），即“蹇缓”，这里是指行进缓慢。北度，向北而来。

⑩小治，小的政事。

⑪瞥（piē），突然。

⑫宰官，周代冢宰的属官，这里特指县官。

【简评】

古代生产力低下，加之农耕文明须靠天吃饭，旱涝与虫灾时时威胁着一方百姓的生活。《明史》卷二八《五行一·蝗蝻》：“崇祯八年七月，河南蝗。十年六月，山东、河南蝗。十一年六月，两京、山东、河南大旱蝗。十三年五月，两京、山东、河南、山西、陕西大旱蝗。十四年六月，两京、山东、河南、浙江大旱蝗。”明末崇祯间北方共发生五次蝗灾，竟有四次包括山东。在史书中，蝗灾与旱情又往往结伴而行，无异于雪上加霜，故有所谓“旱蝗”之称，后果严重，甚至导致人人互食。可见在古代蝗灾的严重性。明清时代，全国许多地方有八蜡庙、虫神庙、刘猛将军庙的祭祀，皆与蝗灾盛行相关。有些地方还崇奉虫王爷，据说这位神灵可以保佑一方不受蝗灾的侵扰。清王士禛评此篇云：“柳秀才有大功德于沂，沂虽百世祀可也。”也是古人在农业天灾面前无能为力的表现。

水灾

康熙二十一年[①]苦旱，自春徂[②]夏，赤地无青草。六月十三日小雨，始有种粟者。十八日，大雨沾足[③]，乃种豆。一日，石门庄[④]有老叟，暮见二牛斗山上[⑤]，谓村人曰："大水将至矣！"遂携家播迁。村人共笑之。无何，雨暴注，彻夜不止，平地水深数尺，居庐尽没。一农人弃其两儿，与妻扶老母，奔避高阜[⑥]。下视村中，已为泽国，并不复念及儿矣。水落归家，见一村尽成墟墓，入门视之，则一屋仅存，两儿并坐床头，嬉笑无恙。咸谓夫妻之孝报云。此六月二十二日事。

康熙三十四年，平阳[⑦]地震，人民死者十之七八。城郭尽墟；仅存一屋，则孝子某家也。茫茫大劫中，惟孝嗣无恙，谁谓天公无皂白耶？

【注释】

①康熙二十一年，即公元1682年。苦旱，这里是指当时北方大部分地区发生严重旱情。

②徂（cú），及，至。

③沾足，雨水充足。

④石门庄，现在山东省泰安市宁阳县、山东省济宁市泗水县都有石门庄，不确定是否是作者所描述的石门庄。

⑤二牛斗山上，用战国秦李冰在蜀治水的传说。《太平广记》卷二九一引《成都记·李冰》："李冰为蜀郡守，有蛟岁暴，漂垫相望。冰乃入水戮蛟。己为牛形，江神龙跃，冰不胜。及出，选卒之勇者数百，持强弓大箭，约曰：'吾前者为牛，今江神必亦为牛矣。我以太白练自束以辨，汝当杀其无记者。'遂呼吼而入。须臾雷风大起，天地一色。稍定，有二牛斗于上。公练甚长白，武士乃齐射其神，遂毙。从此蜀人不复为水所病。至今大浪冲涛，欲及公之祠，皆弥弥而去。"

⑥高阜，高的土山。

⑦平阳，明清府名，治所临汾县（今山西省临汾市）。

【简评】

古代社会讲究"忠孝"。家庭作为社会的细胞，讲究"孝"，也就为封建统治者"求忠臣于孝子之门"选贤祈向大行方便，这是历代统治者所谓"以孝治天下"的思想基础。蒲松龄自幼即受儒家思想熏陶，孝弟在其思想中占有中心地位也顺理成章，不足为奇，但为救老母而弃两儿，如同二十四孝图中"郭巨埋儿"般的残酷，实在令今人难以理解，这反映了古人所谓纯孝观念的局限性，正不必过度诠释。

《水灾》中所记两事，一为先旱后涝的水灾，一为地震灾害，并非凭空杜撰，两者皆有历史根据。如前者所记水灾，与《康熙实录》相较，时日几乎没有出入。后者所记地震，因非山东本地事，未书具体月日，但三言两语所述之破坏情况，并无夸张之处。据记载，地震当天，仅平阳一府，城乡因房屋倒塌就压死两万馀人。另据《康熙实录》卷一六九，八个月以后的十二月十七日，朝廷认为平阳地震事态严重，特颁诏全国，布告天下，诏内共列有“恩款”二十条，亦可证这次地震的破坏力巨大，不可小觑。在砖木结构乃至土坯草房为主的清代乡村建筑中，平阳府经如此毁灭性地震，竟然能有一间屋舍整体遗存，确实属于奇迹，值得记录。

雨钱

滨州[①]一秀才读书斋中，有款门者，启视，则皤然[②]一翁，形貌甚古[③]。延之入，请问姓氏，翁自言："养真，姓胡，实乃狐仙。慕君高雅，愿共晨夕。"秀才故旷达，亦不为怪。遂与评驳今古，翁殊博洽[④]，镂花雕缋[⑤]，粲于牙齿[⑥]，时抽经义[⑦]，则名理湛深[⑧]，尤觉非意所及。秀才惊服，留之甚久。

一日，密祈翁曰："君爱我良厚。顾我贫若此，君但一举手，金钱宜可立致，何不小周给[⑨]？"翁嘿然[⑩]，似不以为可；少间，笑曰："此大易事。但须得十数钱作母。"秀才如其请。翁乃与共入密室中，禹步[⑪]作咒。俄顷，钱有数十百万，从梁间锵锵而下，势如骤雨，转瞬没膝；拔足而立，又没踝。广丈之舍，约深三四尺已来[⑫]。乃顾语秀才："颇厌君意否？"曰："足矣。"翁一挥，钱即画然[⑬]而止，乃相与扃户出。秀才窃喜，自谓暴富。顷之，入室取用，则满室阿堵物，皆为乌有，惟母钱十馀枚，寥寥尚在。秀才失望，盛气向翁，颇怼其诳。翁怒曰："我本与君文字交[⑭]，不谋与君作贼！便如秀才意，只合寻梁上君[⑮]交好得，老夫不能承命！"遂拂衣去。

【注释】

①滨州，明清州名，现属山东省滨州市滨城区。

②皤（pó）然，白的样子，多指须发。

③古，不同凡俗。

④博洽，学识广博。

⑤镂（lòu）花雕缋（huì），这里形容言语修饰、文采华丽。镂，雕刻。雕缋，即“雕绘”，雕镂彩绘。

⑥粲于牙齿，谈吐典雅隽妙。

⑦抽经义，引申阐发经书的义理。

⑧名理湛深，研讨名称与道理的学问高深。

⑨周给（jǐ），接济。

⑩嘿（mò）然，不说话，不出声。嘿，同“默”。

⑪禹步，古代称巫师、道士作法时跛行的步法为禹步。咒，诵念施行法术的口决。

⑫已来，多，馀。表示约数。

⑬画然，一下子，表示短暂的时间。

⑭文字交，以诗文相交的朋友。

⑮梁上君，即“梁上君子”，指窃贼。

【简评】

天上下雨钱，天上掉馅饼，诸如此类不劳而获的幻想为多数人所有。明李诩《戒庵老人漫笔》卷一《京城雨钱》：“嘉靖六年六月十九日夜，京城雨电交作，次早东江米巷大街南李学等家房上拾有铜钱八十四文，每个一一壁立在瓦陇中。”这可能是在强对流天气条件下发生的事情，虽罕见，但可以加以科学解释。而《太平广记》卷四〇五引《稽神录·林氏》：“汀州有林氏，其先尝为郡守，罢任家居。一日，天忽雨钱，充积其家。林氏乃整衣冠，仰天而祝曰：‘非常之事，必将为祸。于此速止，林氏之福也。’应声则止。所收已钜万，至今为富人云。”这或许为蒲松龄《雨钱》一篇原本，不过反其道而行之，汀州林氏的知止不殆，换成了滨州秀才的异想天开、非分妄求后的一场空欢喜，并隐然将“君子之交淡如水”的交友之道和盘托出，具有了非志怪性的寓言色彩，从而有了一定的积极意义。清何守奇评此篇云：“文字交不谋作贼，自好者当深味此言。”堪称一语中的。

辛十四娘

广平[1]冯生，正德[2]间人，少轻脱[3]，纵酒。昧爽[4]偶行，遇一少女，着红帔[5]，容色娟好。从小奚奴[6]，蹑露奔波，履袜沾濡。心窃好之。薄暮，醉归，道侧故有兰若，久芜废，有女子自内出，则向丽人也。忽见生来，即转身入。阴思：丽者何得在禅院中？絷驴于门，往觇其异。入则断垣零落，阶上细草如毯。彷徨间，一斑白叟出，衣帽整洁，问："客何来？"生曰："偶过古刹，欲一瞻仰。翁何至此？"叟曰："老夫流寓无所，暂借此安顿细小[7]。既承宠降，有山茶可以当酒。"乃肃宾[8]入。见殿后一院，石路光明，无复蓁莽[9]。入其室，则帘幌床幕，香雾喷人。坐展姓字，云："蒙叟姓辛。"生乘醉遽问曰："闻有女公子，未遭良匹，窃不自揣[10]，愿以镜台自献[11]。"辛笑曰："容谋之荆人[12]。"生即索笔为诗曰："千金觅玉杵，殷勤手自将。云英如有意，亲为捣玄霜[13]。"主人笑付左右。少间，有婢与辛耳语。辛起慰客耐坐，牵幕入，隐约三数语，即趋出。生意必有佳报，而辛乃坐与嗢噱[14]，不复有他言。生不能忍，问曰："未审意旨，幸释疑抱[15]。"辛曰："君卓荦[16]士，倾风已久，但有私衷，所不敢言耳。'生固请之，辛曰："弱息十九人，嫁者十有二。醮命任之荆人，老夫不与焉。"生曰："小生只要得今朝领小奚奴带露行者。"辛不应，相对默然。闻房内嘤嘤腻语，生乘醉搴帘曰："伉俪既不可得，当一见颜色，以消吾憾。"内闻钩动，群立愕顾。果有红衣人，振袖倾鬟[17]，亭亭[18]拈带。望见生人，遍室张皇。辛怒，命数人捽生出。酒愈涌上，倒蓁芜中，瓦石乱落如雨，幸不着体。

卧移时，听驴子犹龁草路侧，乃起跨驴，踉蹡而行。夜色迷闷，误入涧谷，狼奔鸱[19]叫，竖毛寒心。踟蹰四顾，并不知其何所。遥望苍林中灯火明灭，疑必村落，竟驰投之。仰见高闳[20]，以策挝门，内有问者曰："何处郎君半夜来此？"生以失路告，问者曰："待达主人。"生累足鹄俟[21]。忽闻振管辟扉[22]，一健仆出，代客捉驴。生入，见室甚华好，堂上张灯火。少坐，有妇人出，问客姓字，生以告。逾刻，青衣数人扶一老妪出，曰："郡君[23]至。"生起立，肃身欲拜[24]。妪止之坐，谓生曰："尔非冯云子之孙耶？"曰："然。"妪曰："子当是我弥甥[25]。老身钟漏并歇[26]，残年向尽，骨肉之间，殊所乖阔[27]。"生曰："儿少失怙[28]，与我祖父处者，十不识一焉。素未拜省[29]，乞便指示。"妪曰："子自知之。"生不敢复问，坐对悬想。妪曰："甥深夜何得来此？"生以胆力自矜诩[30]，遂一一历陈所遇。妪笑曰："此大好事。况甥名士，殊不玷于姻娅[31]，野狐精何得强自高？甥勿虑，我能为若致之。"生称谢唯唯。妪顾左右曰："我不知辛家女儿，遂如此端好。"青衣人曰："渠有十九女，都翩翩有风格，不知官人所聘行几？"生曰："年约十五馀矣。"青衣曰："此是十四娘。三月间，曾从阿母寿郡君，何忘却？"妪笑曰："是非刻莲瓣为高履，实以香屑，蒙纱而步者乎[32]？"青衣曰："是也。"妪曰："此婢大会作意[33]，弄媚巧。然果窈窕，阿甥赏鉴不谬。"即谓青衣曰："可遣小狸奴[34]唤之来。"青衣应诺。去移时，入白："呼得辛家十四娘至矣。"旋见红衣女子望妪俯拜。妪曳之曰："后为我家甥妇，勿得修婢子礼。"女子起，娉娉而立，红袖低垂。妪理其鬓发，捻其耳环，曰："十四娘近在闺中作么生[35]？"女低应曰："闲来只挑绣。"回首见生，羞缩不安。妪曰："此吾甥也。盛意与儿作姻好，何便教迷途，终夜窜溪谷？"女俯首无语。妪曰："我唤汝，非他，欲为阿甥作伐耳。"女默默而已。妪命扫榻展裀褥，即为合卺。女觍然曰："还以告之父母。"妪曰："我为汝作冰，有何舛谬[36]？"女曰："郡君之命，父母当不敢违，然如此草草，婢子即死，不敢奉命！"妪笑曰："小女子志不可夺，真吾甥妇也！"乃拔女头上金花一朵，付生收之。命归家检历[37]，以良辰为定。乃使青衣送女去。听远鸡已唱，遣人持驴送生出。数步外，欻一回顾，则村舍已失，但见松楸[38]浓黑，蓬颗蔽冢[39]而已。定想移时，乃悟其处为薛尚书墓。

薛故生祖母弟，故相呼以甥。心知遇鬼，然亦不知十四娘何人。咨嗟而归，漫检历以待之，而心恐鬼约难恃。再往兰若，则殿宇荒凉，问之居人，则寺中往往见狐狸云。阴念：若得丽人，狐亦自佳。至日，除舍扫途，更仆[40]眺望，夜半犹寂，生已无望。顷之，门外哗然，躧履[41]出窥，则绣幰[42]已驻于庭，双鬟[43]扶女坐青庐中。妆奁亦无长物，惟两长鬣奴扛一扑满[44]，大如瓮，息肩置堂隅。生喜得丽偶，并不疑其异类。问女曰："一死鬼，卿家何帖服[45]之甚？"女曰："薛尚书，今作五都巡环使[46]，数百里鬼狐皆备扈从，故归墓时常少。"生不忘蹇修[47]，翼日，往祭其墓。归，见二青衣，持贝锦[48]为贺，竟委几上而去。生以告女，女曰："此郡君物也。"

邑有楚银台[49]之公子，少与生共笔砚[50]，颇相狎。闻生得狐妇，馈遗为餪[51]，即登堂称觞[52]。越数日，又折简来招饮。女闻，谓生曰："曩公子来，我穴壁窥之，其人猿睛而鹰准[53]，不可与久居也。宜勿往。"生诺之。翼日，公子造门，问负约之罪，且献新什[54]。生评涉嘲笑，公子大惭，不欢而散。生归，笑述于房，女惨然曰："公子豺狼，不可狎也！子不听吾言，将及于难！"生笑谢之。后与公子辄相谀噱，前郄[55]渐释。会提学试[56]，公子第一，生第二。公子沾沾自喜，走伻[57]来邀生饮，生辞；频招乃往。至则知为公子初度，客从满堂，列筵甚盛。公子出试卷示生，亲友叠肩[58]叹赏。酒数行，乐奏作于堂，鼓吹伧伫[58]，宾主甚乐。公子忽谓生曰："谚云：'场中莫论文[60]。'此言今知其谬。小生所以忝出君上者，以起处数语[61]，略高一筹耳。"公子言已，一座尽赞。生醉，不能忍，大笑曰："君到于今，尚以为文章至是耶！"生言已，一座失色，公子惭忿气结。客渐去，生亦遁。醒而悔之，因以告女。女不乐曰："君诚乡曲之儇子[62]也！轻薄之态，施之君子则丧吾德，施之小人则杀吾身。君祸不远矣！我不忍见君流落，请从此辞。"生惧而涕，且告之悔。女曰："如欲我留，与君约：从今闭户绝交游，勿浪饮。"生谨受教。

十四娘为人勤俭洒脱，日以纴织为事。时自归宁，未尝逾夜。又时出金帛作生计，日有赢馀，辄投扑满。日杜门户，有造访者，辄嘱苍头谢去。一日，楚公子驰函来，女焚爇不以闻。翼日，出吊于城，遇公子于丧者之家，捉臂苦邀，生辞以故。公子使圉人[63]挽辔，拥之以行。至家，立命洗腆[64]。继辞夙退[65]。公子要遮无已[66]，出家姬弹筝为乐。生素不羁，向闭置庭中，颇觉闷损，忽逢剧饮，兴顿豪，无复萦念。因而酣醉，颓卧席间。公子妻阮氏，最悍妒，婢妾不敢施脂泽[67]。日前，婢入斋中，为阮掩执[68]，以杖击首，脑裂立毙。公子以生嘲慢故，衔生，日思所报，遂谋醉以酒而诬之。乘生醉寐，扛尸床间，合扉径去。生五更醒解[69]，始觉身卧几上，起寻枕榻，则有物腻然，绁绊[70]步履。摸之，人也。意主人遣僮伴睡。又蹴[71]之，不动而殭，大骇，出门怪呼。厮役尽起，爇之，见尸，执生怒闹。公子出验之，诬生逼奸杀婢，执送广平。隔日，十四娘始知，潸然曰："早知今日矣！"因按日以金钱遗生。生见府尹，无理可伸，朝夕搒掠[72]，皮肉尽脱。女自诣问，生见之，悲气塞心，不能言说。女知陷阱已深，劝令诬服，以免刑宪。生泣听命。女还往之间，人咫尺不相窥。归家咨惋，遽遣婢子去。独居数日，又托媒媪购良家女，名禄儿，年已及笄，容华颇丽，与同寝食，抚爱异于群小。生认误杀，拟绞。苍头得信归，恸述不成声。女闻，坦然若不介意。既而秋决有日，女始皇皇躁动，昼去夕来无停履。每于寂所，於邑[73]悲哀，至损眠食。一日，日晡，狐婢忽来。女顿起，相引屏语。出则笑色满容，料理门户如平时。翼日，苍头至狱，生寄语娘子一往永诀。苍头复命，女漫应之，亦不怆恻，殊落落[74]置之；家人窃议其忍。忽道路沸传：楚银台革爵，平阳观察奉特旨治冯生案。苍头闻之，喜告主母。女亦喜，即遣入府探视，则生已出狱，相见悲喜。俄捕公子至，一鞫，尽得其情。生立释宁家。归见闺中人，泫然流涕，女亦相对怆楚，悲已而喜，然终不知何以得达上听。女笑指婢曰："此君之功臣也。"生愕问故。

先是，女遣婢赴燕都[75]，欲达宫闱，为生陈冤。婢至，则宫中有神守护，徘徊御沟间，数月不得入。婢惧误事，方欲归谋，忽闻今上将幸大同[76]，婢乃预往，伪作流妓。上至勾阑[77]，极蒙宠眷。疑婢不似风尘人，婢乃垂泣。上问："有何冤苦？"婢对："妾原籍隶广平，生员冯某之女。父以冤狱将死，遂鬻妾勾阑中。"上惨然，赐金百两。临行，细问颠末[78]，以纸笔记姓名；且言欲与共富贵。婢言："但得父子团聚，不愿华膴也[79]。"上颔之，乃去。婢以此情告生。生急起拜，泪眦双荧[80]。

居无几何，女忽谓生曰："妾不为情缘，何处得烦恼？君被逮时，妾奔走戚眷间，并无一人代一谋者。尔时酸衷[81]，诚不可以告诉。今视尘俗益厌苦。我已为君蓄良偶，可从此别。"生闻，泣伏不起，女乃止。夜遣禄儿侍生寝，生拒不纳。朝视十四娘，容光顿减；又月馀，渐以衰老；半载，黯黑如村妪：生敬之，终不替[82]。女忽复言别，且曰："君自有佳侣，安用此鸠盘[83]为？"生哀泣如前日。又逾月，女暴疾，绝食饮，羸卧闺闼。生侍汤药，如奉父母。巫医无灵，竟以溘逝。生悲怛欲绝，即以婢赐金，为营斋葬。数日，婢亦去，遂以禄儿为室。逾年举一子。然比岁不登[84]，家益落。夫妻无计，对影长愁。忽忆堂陬[85]扑满，常见十四娘投钱于中，不知尚在否。近临之，则豉具盐盎[86]，罗列殆满。头头置去[87]，箸探其中，坚不可入。扑而碎之，金钱溢出。由此顿大充裕。后苍头至太华[88]，遇十四娘，乘青骡，婢子跨蹇以从，问："冯郎安否？"且言："致意主人，我已名列仙籍矣。"言讫，不见。

异史氏曰："轻薄之词，多出于士类，此君子所悼惜也[89]。余尝冒不韪[90]之名，言冤则已迂[91]，然未尝不刻苦自励，以勉附于君子之林，而祸福之说不与焉[92]。若冯生者，一言之微，几至杀身，苟非室有仙人，亦何能解脱囹圄，以再生于当世耶？可惧哉！"

【注释】

①广平，明清府名，现属河北省邯郸市广平县。

②正德，明武宗朱厚照年号（1506—1521）。

③轻脱，轻佻。

④昧爽，拂晓。

⑤红帔（pèi），红色的披肩。

⑥奚奴，婢女。

⑦细小，家眷。

⑧肃宾，“肃客”，迎进客人。

⑨蓁莽，杂乱丛生的草木。

⑩窃不自揣，谦词，不自量力的意思。

⑪镜台自献，意思是违自己做媒求婚。

⑫荆人，古代对自己的妻子的谦称。

⑬“千金觅玉杵”四句，求婚的意思，化用唐代裴航故事。据唐裴铏《传奇·裴航》，唐长庆中，秀才裴航下第过蓝桥驿，遇到少女云英，想要娶她为妻，云英祖母说：“我今老病，只有此女孙，昨有神仙，遗灵丹一刀圭，但须玉杵臼捣之百日，方可就吞，当得后天而老。君约取此女者，得玉杵臼，吾当与之也。其馀金帛，吾无用处耳。”裴航经过努力，在长安用二百缗购得玉杵臼，并为云英祖母捣药百日，终于如愿以偿与云英结为连理。玉杵，与“臼”配合为捣药的工具。玄霜，神话中的一种仙药。

⑭嗢噱（wà jué），谈笑。

⑮幸，希望，期盼。疑抱，疑虑。

⑯卓荦（luò），超绝出众。

⑰振袖倾鬟，这里形容女子整理衣袖、发髻前倾的神态。

⑱亭亭，明亮美好的样子。

⑲鸱（chī），猫头鹰的一种。

⑳高闳（hóng），高大的门，暗示门第显贵。

㉑累足，重足。两足相叠，不敢正立，形容小心恐惧。

㉒振管辟扉，拔动门闩，打开大门。管，古称钥匙，“振管”就是从里面打开门闩。

㉓郡君，古代妇女的封号。汉武帝尊王太后母臧儿为平原君，是为封郡君的开始。

㉔肃身，同“肃立”，指折腰而立，形容恭敬的样子。

㉕弥甥，外甥之子。

㉖钟漏并歇，比喻年老衰残。钟漏，钟和刻漏，古代用以报时、计时，常借指时日无多，比喻残年。

㉗乖阔，疏远。

㉘失怙（hù），丧父。怙，依赖，古代常借指父亲。

㉙拜省（xǐng），同“省拜”，即省视叩拜。

㉚矜诩（xǔ），夸耀。

㉛姻娅（yà），同“姻亚”，指有婚姻关系的亲戚。

㉜“刻莲瓣为高履”三句，古代贵族家妇女所制一种邀宠的高底绣鞋，底中空，刻莲花，内实香屑，鞋面蒙纱，行走时地上留下莲花瓣状的香屑，称“步步生香”。

㉝作意，这里指多加修饰。

㉞狸奴，原为猫的别名，这里是指有灵性的兽类仆从。

㉟作么生，做什么。

㊱舛（chuǎn）谬，差错。

㊲检历，查阅历书，来选择黄道吉日。

㊳松楸，松树与楸树，古代多种植在墓地，常以代称坟墓。

㊴蓬颗蔽冢，蓬草遮蔽坟头。蓬颗，长有蓬草的土块，多指坟上长草的土块，故常借指坟头。

㊵更仆，更番相代。

㊶躧屣（xǐ xǐ），因匆促起行而趿拉着鞋走。

㊷绣幰（xiǎn），绣花车帷，这里借代花轿。

㊸双鬟，这里指两位婢女。

㊹长鬣奴，胡子长长的仆役。扑满，蓄钱的瓦器，形式多样，蓄满时扑碎取钱。

㊺帖（tiē）服，顺从。

㊻五都巡环使，虚构的阴间官员名号，以巡视阴间鬼魂为职责。

㊼蹇（jiān）修，传说中伏羲氏之臣，为古贤者。

㊽贝锦，像贝壳的文采一样美丽的织锦。

㊾银台，即“银台司”，宋门下省所辖官署，掌管天下奏状案牍，以司署设在银台门内，故称。

㊿共笔砚，即同学。

51餪（nuǎn），古代女子嫁出去后的第三天，母亲或者亲友馈送食品或办酒祝福。

52称觞（shāng），举杯祝酒。

53猿睛而鹰准，类似“鹰鼻鹞眼”，古代形容奸诈凶狠的人的相貌。

54新什，新作的文章。什，《诗经》中《雅》、《颂》部分多以十篇为一组，称之为“什”，如《鹿鸣之什》、《清庙之什》等。

55前郄（xì），以前因猜疑或不满而产生的恶感、仇怨。郄，通“隙”，嫌隙。

56提学试，明代一省提学（又称提学道）巡回所属各府、州、县所举行的童生院试或生员参加的岁试、科试，这里是指岁试或科试。

57走伻（bēng），派遣仆从。伻，仆人。

58叠肩，肩叠着肩，形容奉承的人多拥挤。

59伧佇（níng），杂乱的样子。

⑥场中莫论文，意思是科举考试中式与否全凭命运，与文章好坏并无关联。这是明清读书人自我安慰的话。

⑥起处数语，明清科举应用文体为八股文，其形制时有变化，但一般包括破题、承题、起讲以及起股、中股、后股、束股等部分。破题与承题等作为八股文的非正式议论部分，即“起处数语”，需要简明扼要地点明题义，属于概括性文字，每见考生巧思，故为考官所特别瞩目，甚至成为中式与否的根据。

⑥乡曲之儇（xuān）子，偏僻村野轻薄刁巧的男子。

⑥圉（yǔ）人，《周礼》官名，《周礼·夏官·圉人》：“圉人掌养马刍牧之事。”即掌管养马放牧等事。后世泛称养马的人。挽辔（pèi），拉住马的缰绳。

⑥洗腆（tiǎn），置办洁净丰盛的酒食，多指用来孝敬父母或款待客人。

⑥夙退，早归。

⑥要（yāo）遮，拦截。

⑥脂泽，古代脂粉、香膏等化妆品。

⑥掩执，乘其不备抓住。

⑥酲（chéng）解，指酒醉后已经清醒。酲，病酒，酒醉后神志不清。

⑦绁（xiè）绊，即“羁绊”，束缚牵制。

⑦蹴（cù），用脚踢。

⑦搒（péng）掠，笞击，拷打。

⑦於（wū）邑，呜咽，低声哭泣的样子。

⑦落落，冷淡。

⑦燕（yān）都，明代京师（今北京市），明永乐十八年（1420）以后定为首都。

⑯幸大同，据《明史》卷一六《武宗本纪》等史籍，明武宗朱厚照常私出微行，自称“总督军务威武大将军总兵官朱寿”，又自称“总督军务威武大将军总兵官太师镇国公朱寿”，于正德十二年至十三年（1517—1518）屡次驻跸大同，并抢掠民女淫乐。幸，封建时代称帝王亲临。

⑰句（gōu）阑，即勾栏，宋元时杂剧和各种伎艺演出的场所，后指妓院。

⑱颠末，前后经过情形。

⑲）华膴（wǔ），美衣丰食。

⑳泪眦（zì）双荧，形容两眼饱含闪烁的泪水。荧，泪光闪烁。眦，上下眼睑的结合处，代指眼眶。

㉑酸衷，悲痛的心情。

㉒替，改变。

㉓鸠盘，即“鸠盘茶”，又作“鸠槃茶”，佛书中对吸人精气的鬼的称呼，常用来比喻丑妇或妇人的丑陋之状。

㉔比岁不登，连年歉收。比岁，连年。登，庄稼成熟。

㉕堂陬（zōu），这里指房内的一个角落。陬，角落。

㉖豉（chǐ）具盐盎（àng），泛指盛豆豉与盐等调味品的盆盆罐罐。豉，用煮熟的大豆发酵后制成，有咸、淡两种，供调味用。盎，盆类盛器。

㉗头头置去，一件件移开。

㉘太华，即西岳华山，在今陕西省华阴市南，因其西有少华山，故称太华。

㉙悼惜，哀伤惋惜，多用以对已死者。

㉚不韪（wěi），过错。

㉛冤，冤屈。迂，不合事理。

⑨2而祸福之说不与焉，意思是并非相信这祸福的说法。

【简评】

蒲松龄有意将故事背景置于明武宗时代，将这位皇帝的风流传说用于推动故事情节发展，在人物性格刻画与情节设计方面皆可见作者的艺术匠心。据《明史》卷一九〇《杨廷和传》记述，明武宗这位“性聪颖，好骑射”的帝王“当廷和柄政，帝恒不视朝，恣游大同、宣府、延绥间，多失政。廷和未尝不谏，俱不听”。这位正德皇帝的巡游扰民，更体现在他淫乐无度的放荡生活，民间对此也是传说纷纭，三百多年后仍被编入京剧《游龙戏凤》，至今不衰，就是一例。

冯生得美妇，却因积习难改而误入奸徒陷阱，惨遭不测。辛十四娘聪慧过人，处变不惊，巧为设计，竟于不动声色中将错案平翻，救冯生出于水火，若无正德皇帝这位堪称“亘古一帝”者匪夷所思荒唐行为的历史真实性，一切也就无从谈起。至于作品中对于轻薄谐谑者具有一定警示的企图，也反映了作者在某种程度上的矛盾态度，这从“异史氏曰”中即可体味出。如何控制“轻薄之词”的“度”，不至于令对方感到尴尬或让结局难以收拾，才是问题的关键，“祸福之说不与焉”道出了作者的真实想法。

蹇偿债

李公著明[①]，慷慨好施。乡人某，佣居公室[②]。其人少游惰，不能操农业，家窭贫。然小有技能，常为役务，每赍之厚。时无晨炊，向公哀乞，公辄给以升斗。一日，告公曰："小人日受厚恤，三四口幸不殍饿，然曷可以久。乞主人贷我绿豆一石作资本。"公忻然，立命授之。负去年馀，一无所偿，及问之，豆赀已荡然矣。公怜其贫，亦置不索。

公读书于萧寺[③]。后三年馀，忽梦某来，曰："小人负主人豆直，今来投偿。"公慰之曰："若索尔偿，则平日所负欠者，何可算数[④]！"某愀然曰："固然。凡人有所为而受人千金，可不报也。若无端受人资助，升斗且不容昧[⑤]，况其多哉！"言已，竟去。公愈疑。既而家人白公："夜牝驴产一驹，且修伟。"公忽悟曰："得毋驹为某耶？"越数日归，见驹，戏呼某名，驹奔赴，若有知识[⑥]。自此遂以为名。

公乘赴青州，衡府内监见而悦之，愿以重价购之，议直未定。适公以家中急务不及待，遂归。又逾岁，驹与雄马同枥[⑦]，龁折胫骨，不可疗。有牛医[⑧]至公家，见之，谓公曰："乞以驹付小人，朝夕疗养，需以岁月。万一得痊，得直与公剖分之。”公如所请。后数月，牛医售驴，得钱千八百，以半献公。公受钱，顿悟，其数适符豆价也。噫！昭昭之债，而冥冥之偿⑨，此足以劝⑩矣。

【注释】

①李公著明，即李著明，李毓奇之子，生平不详。

②佣居公室，受雇并居住于李家。

③萧寺，佛寺。唐李肇《唐国史补》卷中：“梁武帝造寺，令萧子云飞白大书‘萧’字，至今一‘萧’字存焉。”后世即称佛寺为萧寺。

④算数，计数。

⑤昧，贪图。

⑥知识，辨识。

⑦枥，这里是指关牲畜的地方。

⑧牛医，这里即指兽医。

⑨“昭昭之债”二句，生前所欠明白清楚的借债，却要来生变驴在暗中偿还。

⑩劝，劝导。

【简评】

因果报应作为佛教的劝世理论，长久以来，因其“善有善报，恶有恶报；不是不报，时候未到”的俗谚而有警示作用。在古代，类似说教并不罕见，《太平广记》卷四三四引《法苑珠林》记述“牛偿债”一则，或为蒲松龄撰写《蹇偿债》一篇原本：“卞士瑜者，其父以平陈功，授仪同。悭吝，常顾人筑宅，不还其价。作人求钱，卞父鞭之曰：‘若实负钱，我死。当与尔作牛。’须臾之间，卞父死。作人有牛产一黄犊，腰下有黑文，横给周匝，如人腰带。右膀有白纹斜贯，大小正如笏形。牛主呼之曰：‘卞公，何为负我？’犊即屈前膝，以头着地。瑜以钱十万赎之，牛主不许，死乃收葬。”卞父生前仗势欺人，死后变牛偿债以应誓言，自是罪有应得，不必怜悯；而“乡人某”只因生前欠钱九百，即以来生变驴为报，似乎有些惩罚过重，有失公允。且前后皆未交代乡人之死因由，则变驴偿债稍嫌突兀，令读者费解。

酒狂

缪永定，江西拔贡生，素酗于酒，戚党多畏避之。偶适族叔[①]家，缪为人滑稽[②]善谑，客与语，悦之，遂共酣饮。缪醉，使酒骂座[③]，忤客。客怒，一座大哗。叔以身左右排解，缪谓左袒客，又益迁怒。叔无计，奔告其家。家人来，扶捽[④]以归。才置床上，四肢尽厥[⑤]，抚之，奄然气尽。

缪死，有皂帽人絷去[⑥]。移时，至一府署，缥碧为瓦[⑦]，世间无其壮丽。至墀下，似欲伺见官宰，自思我罪伊何，当是客讼斗殴。回顾皂帽人，怒目如牛，又不敢问。然自度贡生与人角口[⑧]，或无大罪。忽堂上一吏宣言，使讼狱者翼日早候，于是堂下人纷纷藉藉[⑨]，如鸟兽散。缪亦随皂帽人出，更无归着，缩首立肆檐下。皂帽人怒曰："颠酒无赖子！日将暮，各去寻眠食，而[⑩]何往？"缪战栗曰："我且不知何事，并未告家人，故毫无资斧，庸将焉归[⑪]？"皂帽人曰："颠酒贼！若酤自啖，便有用度！再支吾[⑫]，老拳碎颠骨子！"缪垂首不敢声。忽一人自户内出，见缪，诧异曰："尔何来？"缪视之，则其母舅。舅贾氏，死已数载。缪见之，始恍然悟其已死，心益悲惧，向舅涕零曰："阿舅救我！"贾顾皂帽人曰：

“东灵[13]非他，屈临寒舍。”二人乃入。贾重揖皂帽人，且嘱青眼。俄顷，出酒食，团坐相饮。贾问：“舍甥何事，遂烦勾致[14]？”皂帽人曰：“大王驾诣浮罗君，遇令甥颠詈[15]，使我捽得来。”贾问：“见王未？”曰：“浮罗君会花子案[16]，驾未归。”又问：“阿甥将得何罪？”答曰：“未可知也。然大王颇怒此等辈。”缪在侧，闻二人言，觳觫汗下，杯箸不能举。无何，皂帽人起，谢曰：“叨盛酌，已径醉矣。即以令甥相付托，驾归，再容登访。”乃去。贾谓缪曰：“甥别无兄弟，父母爱如掌上珠，常不忍一诃。十六七岁时，每三杯后，喃喃寻人疵，小不合，辄挝门裸骂，犹谓稚齿。不意别十馀年，甥了不长进。今且奈何！”缪伏地哭，惟言悔无及。贾曳之曰：“舅在此业酤，颇有小声望，必合极力。适饮者乃东灵使者，舅常饮之酒，与舅颇相善。大王日万几[17]，亦未必便能记忆。我委曲与言，浼以私意释甥去，或可允从。”即又转念曰：“此事担负[18]颇重，非十万不能了也。”缪谢，锐然自任[19]，诺之。缪即就舅氏宿。次日，皂帽人早来觇望。贾请间[20]，语移时，来谓缪曰：“谐矣。少顷，即复来。我先罄所有，用压契[21]，馀待甥归，从容凑致之。”缪喜曰：“共得几何？”曰：“十万。”曰：“甥何处得如许？”贾曰：“只金币钱纸百提[22]，足矣。”缪喜曰：“此易办耳。”待将停午，皂帽人不至。

缪欲出市上少游瞩，贾嘱勿远荡，诺而出。见街里贸贩，一如人间。至一所，棘垣峻绝[23]，似是囹圄。对门一酒肆，纷纷者往来颇夥。肆外一带长溪，黑潦[24]涌动，深不可底。方伫足窥探，闻肆内一人呼曰：“缪君何来？”缪急视之，则邻村翁生，故十年前文字交。趋出握手，欢若平生。即就肆内小酌，各道契阔。缪庆幸中，又逢故知，倾怀尽釂[25]。酣醉，顿忘其死，旧态复作，渐絮絮瑕疵翁。翁曰：“数载不见，若复尔耶？”缪素厌人道其酒德，闻翁言，益愤，击桌顿骂。翁睨之，拂袖竟出。缪追至溪头，捋翁帽，翁怒曰："是真妄人！"乃推缪颠堕溪中。溪水殊不甚深，而水中利刃如麻，刺穿胁胫，坚难动摇，痛彻骨脑。黑水半杂溲秽[26]，随吸入喉，更不可过。岸上人观笑如堵，并无一引援者。时方危急，贾忽至，望见大惊，提携以归，曰："子不可为也！死犹弗悟，不足复为人！请仍从东灵受斧锁。"缪大惧，泣言："知罪矣！"贾乃曰："适东灵至，候汝为券[27]，汝乃饮荡不归，渠忙迫不能待。我已立券，付千缗令去[28]，馀者，以旬尽为期。子归，宜急措置，夜于村外旷莽中，呼舅名焚之，此愿可结也。"缪悉应之，乃促之行，送之郊外，又嘱曰："必勿食言累我。"乃示途令归。

时缪已僵卧三日，家人谓其醉死，而鼻息隐隐如悬丝。是日苏，大呕，呕出黑渖[29]数斗，臭不可闻。吐已，汗湿裀褥，身始凉爽。告家人以异。旋觉刺处痛肿，隔夜成疮，犹幸不大溃腐。十日渐能杖行。家人共乞偿冥负，缪计所费，非数金不能办，颇生吝惜，曰："曩或醉梦之幻境耳。纵其不然，伊以私释我，何敢复使冥主知？"家人劝之，不听。然心惕惕[30]然，不敢复纵饮。里党咸喜其进德，稍稍与共酌。年馀，冥报渐忘，志渐肆，故状亦渐萌。一日，饮于子姓[31]之家，又骂主人座，主人摈斥出，阖户径去。缪噪逾时，其子方知，将扶[32]而归。入室，面壁长跪，自投无数，曰："便偿尔负！便偿尔负！"言已仆地。视之，气已绝矣。

【注释】

①族叔，在家族中和父亲一辈但比父亲年纪小的人。

②滑（gǔ）稽，能言善辩，言辞流利。

③使酒骂座，在酒宴上借酒耍性子、辱骂同席之人。

④扶捽（zuó），连扶带揪。

⑤四肢尽厥，突然昏倒后手足逆冷。

⑥皂帽人，戴黑色帽子的人。古代民间传说，人死时，阎王派去勾摄生魂的“勾魂鬼”有黑无常与白无常之分，戴黑色帽子的就是黑无常。

⑦缥碧为瓦，浅青色的琉璃瓦。

⑧自度（duó），自己衡量。角（jué）口，争吵。

⑨纷纷藉藉（jí），众多而杂乱的样子。

⑩而，代词，你。

⑪庸，介词，因此。将焉归，将要回到哪里去。

⑫支吾，抗拒。

⑬东灵，古代迷信，对拘鬼魂的阴差的称呼。东灵与下文的“浮罗君”都是作者所杜撰的。

⑭勾致，拘捕。

⑮颠詈，狂骂。

⑯会，即“会审”，谓会同审理。花子案，不详，待考。或许是作者随口杜撰者。

⑰万几，帝王日常处理政务纷繁。

⑱担负，谓承当责任。

⑲锐然自任，急迫答应自身承担。

⑳请间（jiàn），请求在私密的地方聊天，不应该当着其他人面前说话。

㉑压契，买卖不动产时，买方先付与卖方一部分钱，将卖方的产业契约作抵押。这里是指贾用自己全部资产作为贿赂东灵使者的抵押物。

㉒金币钱纸，祭祀时焚化给死人或鬼神当钱用的金色纸片，据

说到阴间可当钱币使用。百提，一百挂纸钱。

㉓棘垣，以棘刺护墙。峻绝，陡峭。

㉔潦（lǎo），积水。

㉕釂（jiào），饮尽杯中酒。

㉖溲秽，大小便一类的污秽之物。

㉗券（quàn），欠款的契据。

㉘千缗（mín），一百万文钱。缗，量词，古代通常以一千文为一缗。

㉙黑瀋（shěn），黑色汁液。

㉚惕惕，戒惧。

㉛子姓，同族的子孙晚辈。

㉜将扶，搀扶。

【简评】

好酒贪杯，终易误事，古今中外，不胜枚举。唐人皮日休有《酒箴序》，曾列举古人嗜酒终致亡国杀身之祸有云："酒之道，岂止于充口腹乐悲欢而已哉，甚则化上为淫溺，化下为酗祸。是以圣人节之以酬酢，谕之以诰训。然尚有上为淫溺所化，化为亡国，下为酗祸所化，化为杀身。且不见前世之饮祸耶？路酆舒有五罪，其一嗜酒，为晋所杀。庆封易内而耽饮，则国朝迁。郑伯有窟室而耽饮，终奔于驷氏之甲。栾高嗜酒而信内，卒败于陈鲍氏。卫侯饮于籍圃，卒为大夫所恶。"至于酒后失德，醉不择言，甚而狂夫骂座，借酒撒疯，在平民百姓中亦每每见到，不足为奇。《酒狂》中缪永定非但酒德欠佳，而且轻诺寡信又吝啬刻薄，令其"气已绝矣"的结局顺理成章，更让人引以为鉴！

小人

康熙间，有术人携一榼[1]，榼中藏小人，长尺许。投以钱，则启榼令出，唱曲而退。至掖[2]，掖宰索榼入署，细审小人出处。初不敢言，固诘之，始自述其乡族[3]。盖读书童子，自塾中归[4]，为术人所迷，复投以药，四体暴缩，彼遂携之，以为戏具。宰怒，杀术人。留童子，欲医之，尚未得其方也。

【注释】

①术人，古代对占卜、星相等为职业的人的称呼。榼（kē），这里泛指盒类容器。

②掖，明清县名，属莱州府，现属山东省莱州市。

③乡族，家乡氏族。

④塾，私塾。

【简评】

盗窃或买卖儿童，并残害造成其身体缺陷，从而以之为道具谋利，流窜乡村市井进行表演或乞讨，在任何朝代或社会都是令人发指的罪行。《大清律例》卷二六《刑律，人命·造畜蛊毒杀人》：“凡造畜蛊毒堪以杀人，及教令者，斩。造畜者（不问已未杀人），财产人官，妻子及同居家口，虽不知情，并流二千里安置。”可见处罚之严厉，此亦属“十恶不赦”之罪，反映了对这类术人的极端痛恨之情。

鸦头

诸生王文，东昌[1]人，少诚笃。薄游[2]于楚，过六河[3]，休于旅舍，仍[4]步门外。遇里戚赵东楼，大贾也，常数年不归。见王，相执甚欢，便邀临存。至其所，有美人坐室中，愕怪却步。赵曳之，又隔窗呼妮子去，王乃入。赵具酒馔，话温凉。王问："此何处所？"答云："此是小勾栏。余因久客，暂假床寝。"话间，妮子频来出入，王跼促不安，离席告别，赵强捉令坐。

俄见一少女经门外过，望见王，秋波频顾，眉目含情，仪度娴婉，实神仙也。王素方直，至此惘然若失，便问："丽者何人？"赵曰："此媪次女，小字鸦头，年十四矣。缠头者[5]屡以重金啖媪，女执不愿，致母鞭楚，女以齿稚哀免。今尚待聘[6]耳。"王闻言俯首，默然痴坐，酬应悉乖[7]。赵戏之曰："君倘垂意，当作冰斧。"王怃然[8]曰："此念所不敢存。"然日向夕，绝不言去。赵又戏请之，王曰："雅意极所感佩，囊涩奈何！"赵知女性激烈，必当不允，故许以十金为助。王拜谢趋出，罄赀而至，得五数，强赵致媪，媪果少之。鸦头言于母曰："母日责我不作钱树子[9]，今请得如母所愿。我初学作人，报母有日，勿以区区[10]放却财神去。"媪以女性拗执，但得允从，即甚欢喜。遂诺之，使婢邀王郎。赵难中悔，加金付媪。

王与女欢爱甚至。既，谓王曰："妾烟花下流，不堪匹敌，既蒙缱绻，义即至重。君倾囊博此一宵欢，明日如何？"王泫然悲哽。女曰："勿悲。妾委风尘，实非所愿，顾未有敦笃可托如君者。请以宵遁。"王喜，遽起，女亦起。听谯鼓已三下[11]矣，女急易男装，草草偕出，叩主人扉。王故从双卫[12]，托以急务，命仆便发。女以符系仆股并驴耳上，纵辔极驰，目不容启，耳后但闻风鸣，平明，至汉江口[13]，税屋而止。王惊其异，女曰："言之，得无惧乎？妾非人，狐耳。母贪淫，日遭虐遇，心所积懑，今幸脱苦海。百里外，即非所知，可幸无恙。"王略无疑二[14]，从容曰："室对芙蓉[15]，家徒四壁，实难自慰，恐终见弃置。"女曰："何为此虑。今市货皆可居[16]，三数口，淡薄亦可自给。可鬻驴子作赀本。"王如言，即门前设小肆，王与仆人躬同操作，卖酒贩浆其中。女作披肩，刺荷囊，日获赢馀，顾赡[17]甚优。积年馀，渐能蓄婢媪，王自是不着犊鼻，但课督[18]而已。

女一日悄然忽悲，曰："今夜合有难作，奈何！"王问之，女曰："母已知妾消息，必见凌逼。若遣姊来，吾无忧，恐母自至耳。"夜已央，自庆曰："不妨，阿姊来矣。"居无何[19]，妮子排闼入[20]，女笑逆之。妮子骂曰："婢子不羞，随人逃匿！老母令我缚去。"即出索子絷女颈。女怒曰："从一者得何罪？"妮子益忿，捽女断衿。家中婢媪皆集，妮子惧，奔出。女曰："姊归，母必自至。大祸不远，可速作计。"乃急办装，将更播迁[21]。媪忽掩入，怒容可掬，曰："我固知婢子无礼，须自来也！"女迎跪哀啼，媪不言，揪发提去。王徘徊怆恻，眠食都废，急诣六河，冀得贿赎。至则门庭如故，人物已非。问之居人，俱不知其所徙。悼丧而返。于是俵散客旅[22]，囊资东归。

后数年，偶入燕都，过育婴堂[23]，见一儿，七八岁。仆人怪似其主，反复凝注之。王问："看儿何说？"仆笑以对，王亦笑。细视儿，风度磊落。自念乏嗣，因其肖己，爱而赎之。诘其名，自称王孜。王曰："子弃之襁褓，何知姓氏？"曰："本师[24]尝言，得我时，胸前有字，书'山东王文之子'。"王大骇曰："我即王文，乌得有子？"念必同己姓名者，心窃喜，甚爱惜之。及归，见者不问而知为王生子。孜渐长，孔武有力，喜田猎，不务生产，乐斗好杀，王亦不能箝制[25]之。又自言能见鬼狐，悉不之信。会里中有患狐者，请孜往觇之。至则指狐隐处，令数人随指处击之，即闻狐鸣，毛血交落，自是遂安。由是人益异之。

王一日游市廛，忽遇赵东楼，巾袍不整，形色枯黯。惊问所来，赵惨然请间。王乃偕归，命酒。赵曰："媪得鸦头，横施楚掠[26]。既北徙，又欲夺其志。女矢死不二，因囚置之。生一男，弃诸曲巷[27]，闻在育婴堂，想已长成，此君遗体也。"王出涕曰："天幸孽儿[28]已归。"因述本末。问："君何落拓至此？"叹曰："今而知青楼之好，不可过认真也。夫何言！"先是，媪北徙，赵以负贩从之。货重难迁者，悉以贱售。途中脚直供亿[29]，烦费不赀[30]，因大亏损，妮子索取尤奢。数年，万金荡然。媪见床头金尽，旦夕加白眼。妮子渐寄贵家宿，恒数夕不归。赵愤激不可耐，然无奈之。适媪他出，鸦头自窗中呼赵曰："勾栏中原无情好，所绸缪者，钱耳。君依恋不去，将掇奇祸。"赵惧，如梦初醒。临行，窃往视女，女授书使达王，赵乃归。因以此情为王述之。即出鸦头书，书云："知孜儿已在膝下矣。妾之厄难，东楼君自能缅悉[31]。前世之孽，夫何可言！妾幽室之中，暗无天日，鞭创裂肤，饥火煎心，易一晨昏，如历年岁。君如不忘汉上[32]雪夜单衾，迭互暖抱时，当与儿谋，必能脱妾于厄。母姊虽忍，要是骨肉，但嘱勿致伤残，是所愿耳。”王读之，泣不自禁，以金帛赠赵而去。

时孜年十八矣，王为述前后，因示母书。孜怒眦欲裂，即日赴都，询吴媪居，则车马方盈。孜直入，妮子方与湖客[33]饮，望见孜，愕立变色。孜骤进杀之，宾客大骇，以为寇。及视女尸，已化为狐。孜持刀径入，见媪督婢作羹。孜奔近室门，媪忽不见，孜四顾，急抽矢望屋梁射之，一狐贯心而堕，遂决其首。寻得母所，投石破扃，母子各失声。母问媪，曰：“已诛之。”母怨曰：“儿何不听吾言！”命持葬郊野。孜伪诺之，剥其皮而藏之。检媪箱箧，尽卷金赀，奉母而归。夫妇重谐，悲喜交至。既问吴媪，孜言：“在吾囊中。”惊问之，出两革以献。母怒，骂曰：“忤逆儿！何得此为！”号恸自挝，转侧欲死。王极力抚慰，叱儿瘗革。孜忿曰：“今得安乐所，顿忘挞楚耶？”母益怒，啼不止。孜葬皮反报，始稍释。

王自女归，家益盛。心德赵，报以巨金，赵始知媪母子皆狐也。孜承奉甚孝，然误触之则恶声暴吼。女谓王曰：“儿有拗筋，不刺去之，终当杀人倾产。”夜伺孜睡，潜絷其手足，孜醒曰：“我无罪。”母曰：“将医尔虐[34]，其勿苦。”孜大叫，转侧[35]不可开。女以巨针刺踝骨侧，深三四分许，用力掘断，崩然有声，又于肘间脑际并如之。已乃释缚，拍令安卧。天明，奔候父母，涕泣曰：“儿早夜忆昔所行，都非人类！”父母大喜，从此温和如处女，乡里贤之。

异史氏曰：“妓尽狐也。不谓有狐而妓者，至狐而鸨，则兽而禽矣。灭理伤伦，其何足怪？至百折千磨，之死靡他[36]，此人类所难，而乃于狐也得之乎？唐君谓魏徵饶更妩媚[37]，吾于鸦头亦云。”

【注释】

①东昌，明清府名，现属山东省聊城市。

②薄游，漫游，随意游览。

③六河，地名，江苏省扬州市江都市有六河村，河南省信阳市新县南也有六河。此处似乎是指后者，位于汉口以北。

④仍，频繁。

⑤缠头者，嫖客。缠头，古代歌舞艺人表演完毕，客人赠送给妓女的罗锦，称“缠头”。

⑥待聘，等待聘娶。这里是指“梳拢”，对古代妓女第一次接客伴吃的称呼。妓院中处女只梳辫，接客后梳髻，称“梳拢”。

⑦酬应悉乖，酬酢应答全然差错，形容心不在焉的状态。乖，反常，谬误。

⑧怃（wǔ）然，怅然失意的样子。

⑨钱树子，妓女，因为古代妓院中鸨母把妓女当作摇钱树而得名。

⑩区区，这里指王生微不足道的嫖资。

⑪谯（qiáo）鼓已三下，即时已三更，三更相当于现在晚上十一点到第二天凌晨一点。谯鼓，谯楼更鼓。

⑫双卫，两头驴。

⑬汉江口，即汉口镇，明清属江夏县，现属湖北省武汉市。

⑭疑二，又作“疑贰”，因猜忌而生异心。

⑮室对芙蓉，意思是在家中面对美丽的妻子。芙蓉，荷花的别名。

⑯货皆可居，借鉴“奇货可居”，意思是市上一切货物皆可贸易盈利。

⑰顾赡，对家庭在生活上照应，供给所需。

⑱课督，督责。

⑲居无何，时间不多了。

⑳排闼（tà），撞开门。闼，这里泛指门户。

㉑播迁，迁徙。

㉒俵（biào）散客旅，谓遣散所雇用的佣工。

㉓育婴堂，古代收养弃婴的机构。

㉔本师，育婴堂的抚育教养人员。

㉕箝（qián）制，控制，约束。

㉖楚掠，拷打。

㉗曲巷，这里指邻近妓院的偏僻小巷。

㉘孽儿，遭受灾难的儿子。

㉙脚直，运输费用。供亿，按需要而供给。

㉚烦费，大量耗费。

㉛缅悉，尽情详叙。

㉜汉上，指上面提到的“汉江口”。

㉝湖客，来自湖州的嫖客。

㉞虐，残暴之性。

㉟转侧，向侧转动；翻转。

㊱之死靡他，同“之死靡它”，至死不变，形容忠贞不二。靡，无，没有。

㊲“唐君”句，意思是刚烈中不乏柔媚可爱之处。语本唐刘餗《隋唐嘉话》卷上：“太宗每谓人曰：‘人言魏徵举动疏慢，我但觉其妩媚耳。’”斌媚，同“妩媚”，仪态美好，可爱。

【简评】

鸦头被追回之后，仍然一心待王文，超过十八年的坚守贞洁，是在“幽室之中，暗无天日，鞭创裂肤，饥火煎心”的折磨下度过的。王文的书生身份与“少诚笃”的性格特征，而少女执着的守望，与作者白日梦的旖旎想象不无关联；而且二人私奔开肆并卖酒贩浆于其中的情节设计与有关用语显然模仿《史记》中司马相如与卓文君的故事，可略见一斑。

作者将鸦头作为异类写进小说，则完全是为了完成复仇情节设计的需要。因为是异类，所以王孜的杀姨戮姥便可以放胆直行，不受人间社会法律的制约惩罚，也不会遭受非议谴责，读者一般也不会为淫狐打抱不平。至于将赵东楼的遭遇作为陪衬对比写进小说，除穿针引线的作用外，也从某种程度上说明蒲松龄对老鸨等的态度，再次显现出不涉淫邪的书生本色。

花姑子

安幼舆，陕之拔贡生，为人挥霍[1]好义心，喜放生，见猎者获禽，辄不惜重直，买释之。会舅家丧葬，往助执绋[2]。暮归，路经华岳[3]，迷窜山谷，中心[4]大恐。一矢[5]之外，忽见灯火，趋投之。数武中，欻见一叟，伛偻曳杖，斜径疾行。安停足，方欲致问，叟先诘谁何。安以迷途告，且言灯火处必是山村，将以投止。叟曰："此非安乐乡。幸老夫来，可从去，茅庐可以下榻。"安大悦，从行里许，睹小村。叟扣荆扉，一妪出，启关曰："郎子[6]来耶？"叟曰："诺。"既入，则舍宇湫隘[7]。叟挑灯促坐[8]，便命随事具食[9]。又谓妪曰："此非他，是吾恩主。婆子不能行步，可唤花姑子来酾酒[10]。"俄女郎以馔具入，立叟侧，秋波斜盼。安视之，芳容韶齿，殆类天仙。叟顾令煨酒[11]。房西隅有煤炉，女即入房拨火。安问："此公何人？"答云："老夫章姓，七十年止有此女。田家少婢仆，以君非他人，遂敢出妻见子，幸勿哂也。"安问："婿家何里？"答言："尚未。"安赞其惠丽，称不容口。叟方谦挹[12]，忽闻女郎惊号。叟奔入则酒沸火腾。叟乃救止，诃曰："老大婢，濡猛[13]不知耶！"回首，见炉傍有蓟心插紫姑[14]未竟，又诃曰："发蓬蓬[15]许，裁如婴儿！"持向安曰："贪此生涯，致酒腾沸。蒙君子奖誉，岂不羞死！"安审谛之，眉目袍服，制甚精工。赞曰："虽近儿戏，亦见慧心。"

斟酌[16]移时，女频来行酒，嫣然含笑，殊不羞濇[19]。安注目情动。忽闻妪呼，叟便去。安觑无人，谓女曰："睹仙容使我魂失。欲通媒妁，恐其不遂，如何？"女把壶向火，默若不闻；屡问，不对。生渐入室，女起，厉色曰："狂郎人闼将何为！"生长跽[17]哀之。女夺门欲出，安暴起要遮[18]，狎接臄豗[19]。女颤声疾呼，叟匆遽入问。安释手而出，殊切愧惧。女从容向父曰："酒复涌沸，非郎君来，壶子融化矣。"安闻女言，心始安妥，益德之。魂魄颠倒，丧所怀来[20]。于是伪醉离席，女亦遂去。叟设裀褥，阖扉乃出。

安不寐，未曙，呼别。至家，即浼交好者造庐求聘，终日而返，竟莫得其居里。安遂命仆马，寻途自往。至则绝壁巉岩，竟无村落，访诸近里，则此姓绝少。失望而归，并忘食寝。由此得昏瞀之疾[21]，强啖汤粥，则唾嗒[22]欲吐，溃乱[23]中，辄呼花姑子。家人不解，但终夜环伺之，气势阽危[24]。一夜，守者困怠并寐，生矇瞳中[25]，觉有人揣而抗之[26]。略开眸，则花姑子立床下，不觉神气清醒。熟视女郎，潸潸涕堕。女倾头笑曰："痴儿何至此耶？"乃登榻，坐安股上，以两手为按太阳穴。安觉脑麝[27]奇香，穿鼻沁骨。按数刻，忽觉汗满天庭，渐达肢体。小语曰："室中多人，我不便住。三日当复相望。"又于绣袪中出数蒸饼[28]置床头，悄然遂去。安至中夜，汗已思食，扪饼啖之。不知所苞何料，甘美非常，遂尽三枚。又以衣覆馀饼，懵憕[29]酣睡，辰分始醒，如释重负。三日，饼尽，精神倍爽，乃遣散家人。又虑女来不得其门而入，潜出斋庭，悉脱扃键。

未几，女果至，笑曰："痴郎子！不谢巫耶？"安喜极，抱与绸缪，恩爱甚至。已而曰："妾冒险蒙垢，所以故，来报重恩耳。实不能永谐琴瑟，幸早别图。"安默默良久，乃问曰："素昧生平，何处与卿家有旧？实所不忆。"女不言，但云："君自思之。"生固求永好。女曰："屡屡夜奔，固不可；常谐伉俪，亦不能。"安闻言，邑邑而悲。女曰："必欲相谐，明宵请临妾家。"安乃收悲以忻，问曰："道路辽远，卿纤纤之步，何遂能来？"曰："妾固未归。东头聋媪我姨行[30]，为君故，淹留至今，家中恐所疑怪。"安与同衾，但觉气息肌肤，无处不香。问曰："熏何芗泽[31]，致侵肌骨？"女曰："妾生来便尔，非由熏饰。"安益奇之。女早起言别，安虑迷途，女约相候于路。安抵暮驰去，女果伺待，偕至旧所，叟媪欢逆[32]。酒肴无佳品，杂具藜藿。既而请客安寝，女子殊不瞻顾，颇涉疑念。更既深，女始至，曰："父母絮絮不寝，致劳久待。"浃洽[33]终夜，谓安曰："此宵之会，乃百年之别。"安惊问之，答曰："父以小村孤寂，故将远徙。与君好合，尽此夜耳。"安不忍释，俯仰悲怆。依恋之间，夜色渐曙。叟忽闯然入，骂曰："婢子玷我清门，使人愧怍欲死！"女失色，草草奔去。叟亦出，且行且詈。安惊孱[33]遻怯，无以自容，潜奔而归。

数日徘徊，心景殆不可过。因思夜往，逾墙以观其便。叟固言有恩，即令事泄，当无大谴。遂乘夜窜往，蹀躞山中，迷闷不知所往，大惧。方觅归途，见谷中隐有舍宇。喜诣之，则闬闳[35]高壮，似是世家，重门[36]尚未扃也。安向门者询章氏之居。有青衣人出，问："昏夜何人询章氏？"安曰："是吾亲好，偶迷居向。"青衣曰："男子无问章也。此是渠妗[37]家，花姑即今在此，容传白之。"入未几，即出邀安。才登廊舍，花姑趋出迎，谓青衣曰："安郎奔波中夜，想已困殆，可伺床寝。"少间，携手入帏。安问："妗家何别无人？"女曰："妗他出，留妾代守。幸与郎遇，岂非夙缘？"然偎傍之际，觉甚羶腥，心疑有异。女抱安颈，遽以舌舐鼻孔，彻脑如刺。安骇绝，急欲逃脱，而身若巨绠之缚，少时，惘然[38]不觉矣。

安不归，家中逐者穷人迹[39]，或言暮遇于山径者。家人入山，则见裸死危崖下。惊怪莫察其由，舁归。众方聚哭，一女郎来吊，自门外噭啕而入。抚尸捺鼻，涕洟[40]其中，呼曰："天乎，天乎！何愚冥至此！"痛哭声嘶，移时乃已。告家人曰："停以七日，勿殓也。"众不知何人，方将启问，女傲不为礼，含涕径出。留之，不顾；尾其后，转眸已渺。群疑为神，谨遵所教。夜又来，哭如昨。至七夜，安忽苏，反侧以呻，家人尽骇。女子入，相向呜咽。安举手，挥众令去。女出青草一束，燂汤[41]升许，即床头进之，顷刻能言。叹曰："再杀之惟卿，再生之亦惟卿矣！"因述所遇。女曰："此蛇精冒妾也。前迷道时，所见灯光，即是物也。"安曰："卿何能起死人而肉白骨[42]也？勿乃仙乎？"曰："久欲言之，恐致惊怪。君五年前，曾于华山道上买猎獐[43]而放之否？"曰："然，其有之。"曰："是即妾父也。前言大德，盖以此故。君前日已生西村王主政[44]家。妾与父讼诸阎摩王，阎摩王弗善也。父愿坏道代郎死，哀之七日，始得当。今之邂逅，幸耳。然君虽生，必且痿痹[45]不仁，得蛇血合酒饮之，病乃可除。"生衔恨切齿，而虑其无术可以擒之。女曰："不难。但多残生命，累我百年不得飞升。其穴在老崖中，可于晡时聚茅焚之，外以强弩戒备，妖物可得。"言已，别曰："妾不能终事，实所哀惨。然为君故，业行已损其七，幸悯宥也。月来觉腹中微动，恐是孽根。男与女，岁后当相寄耳。"流涕而去。安经宿，觉腰下尽死，爬抓无所痛痒，乃以女言告家人。家人往，如其言，炽火穴中，有巨白蛇冲焰而出。数弩齐发，射杀之。火熄，入洞，蛇大小数百头皆焦臭。家人归，以蛇血进。安服三日，两股渐能转侧，半年始起。

后独行谷中，遇老媪以绷席抱婴儿授之，曰："吾女致意郎君。"方欲问讯，瞥[46]不复见。启褓视之，男也。抱归，竟不复娶。

异史氏曰："'人之所以异于禽兽者几希'，此非定论也。蒙恩衔结[47]，至于没齿，则人有惭于禽兽者矣。至于花姑，始而寄慧于憨，终而寄情于恝[48]。乃知憨者慧之极，恝者情之至也。仙乎，仙乎[49]！"

【注释】

①挥霍，洒脱。

②执绋（fú），丧葬时手执牵引灵柩的大绳来帮助自己往前走。

③华岳，即华山。

④中心，心中。

⑤一矢，同"一箭"，即一箭射出所能达到的距离，指距离很近。

⑥郎子，对别人的儿子或英俊少年的美称。

⑦湫隘（jiǎo ài），低下狭小。

⑧挑（tiǎo）灯，拨动灯火。促坐，挨近坐下。

⑨随事具食，就家中现成食物准备待客饭菜。

⑩酾（shī）酒，斟酒。

⑪煨（wēi）酒，用文火加热酒。

⑪谦挹，谦逊退让。

⑫濡猛，酒沸溢出。濡，渗透。

⑬蜀（shǔ）心，指秫秸心，即高粱秆心，其秆直立，高大粗壮，通常实心。高粱，古名蜀黍。紫姑，神话中厕神名，又称子姑、坑三姑。

⑭蓬蓬，形容头发密而凌乱。

⑮斟酌，这里指饮酒。

⑯羞濇（sè），同“羞涩”，难为情，神色不自然。

⑰长跽（jì），长跪。跽，两膝着地，上身挺直。

⑱要（yāo）遮，拦截。

⑲接臄肣（jué hán），接吻。臄，口边肉，一说舌。肣，同“函”，舌头。

⑳丧所怀来，打消了与花姑子成其好事的念头。

㉑昏瞀（mào），神志昏乱。

㉒喠喐（zhǒng yǒng），想要呕吐的样子。

㉓溃乱，昏乱。

㉔气势，这里是指身体的各种外在表现。阽（diàn）危，临近危险。

㉕矇瞳（méng tóng），神志不清，迷糊。

㉖揣（duǒ）而抁（yǎn）之，摇动。

㉗脑麝，龙脑与麝香的并称。龙脑，即龙脑香，用硝酸氧化时，变化为樟脑，医药上可用做强心剂和清凉剂。麝香，雄麝脐部香腺中的分泌物，干燥后呈颗粒状或块状，作香料或药用。

㉘绣袪（qū），绣花的衣袖。蒸饼，即馒头。

㉙懵憕（měng téng），迷糊，迷乱。

㉚姨行（háng），论辈分应该叫姨母。

㉛芗泽，香气。芗，通“香”。

㉜欢逆，喜悦迎候。

㉝浃洽，融洽。

㉞惊孱（jiān），惊惶窘迫。遌（è）怯，因为遇见了而感到害怕。遌，相遇，遇见。

㉟闬闳（hàn hóng），住宅的大门。

㊱重（chóng虫）门，层层门户。

㊲妗（jìn），舅母。

㊳惘然，同“闷然”，没有意识到，想不到的样子。

㊴逐者，寻找安生的人。逐，求取。穷人迹，找遍了人能到的所有的地方。

㊵涕洟（tì），眼泪和鼻涕。

㊶燂（tán），烧热。

㊷起死人而肉白骨，形容医术高明，可以令死人复活。

㊸獐，这里当指“麝”，即香獐，形似鹿而小，无角，前腿短，后腿长，善跳跃，尾短，毛黑褐色或灰褐色。雄麝脐与生殖器之间有腺囊，能分泌麝香。

㊹主政，明清六部中各部的主事的别称，位次于员外郎，秩正六品，掌章奏文移与缮写诸事。

㊺痿痹，亦作“痿痹”，肢体不能动作并丧失感觉。不仁，肌肤肢体麻木，不灵活。

㊻瞥，突然。

㊼蒙恩衔结，因受人恩惠而衔环结草以报大德。

㊽恝（jiá），淡然。

㊾仙乎仙乎，意为想要乘风飞去。

【简评】

《花姑子》一篇情节设计非常巧妙。花姑子前后两次惊呼，一真一假，无情的外貌下隐藏着炽热的情怀；花姑子先后两次为安幼舆治病，一为解安生相思之苦不惜献出少女的贞洁，一为挽救安生的生命而不惜损耗其大半修为。花姑子的“始而寄慧于憨，终而寄情于恝”的性情，符合读书人特别是其中沉迷于书斋生活者的理想女性人格。然而二人的恋情虽缠绵悱恻，哀婉动人，却终难走向婚姻，不过这篇小说的感染力却超过“大团圆”的圆满，怅惘留恋的美更令人刻骨铭心。理想看似镜花水月，难以捉摸，但有时给予人们的精神满足却也能令人如醉如痴。

武孝廉

武孝廉石某，囊赀赴都，将求铨叙[①]。至德州，暴病，唾血不起，长卧舟中。仆篡金[②]亡去，石大恚，病益加，资粮断绝。榜人[③]谋委弃之。会有女子乘船，夜来临泊，闻之，自愿以舟载石。榜人悦，扶石登女舟。石视之，妇四十馀，被服粲丽，神采犹都[④]。呻以感谢，妇临审曰："君夙有瘵根，今魂魄已游墟墓[⑤]。"石闻之，嗷然哀哭。妇曰："我有丸药，能起死。苟病瘳，勿相忘。"石洒泣矢盟。妇乃以药饵石，半日，觉少痊。妇即榻供甘旨[⑥]，殷勤过于夫妇，石益德之。月馀，病良已。石膝行而前，敬之如母。妇曰："妾茕独无依，如不以色衰见憎，愿侍巾栉。"时石三十馀，丧偶经年，闻之，喜惬[⑦]过望，遂相燕好。妇乃出藏金，使人都营干[⑧]，相约返与同归。

石赴都夤缘，选得本省司阃[⑨]，馀金市鞍马，冠盖赫奕。因念妇腊[⑩]已高，终非良偶，因以百金聘王氏女为继室。心中悚怯，恐妇闻知，遂避德州道，迂途履任。年馀，不通音耗。有石中表，偶至德州，与妇为邻。妇知之，诣问石况，某以实对，妇大骂，因告以情。某亦代为不平，慰解曰："或署中务冗，尚未暇遑。乞修尺一书[11]，为嫂寄之。”妇如其言。某敬以达石，石殊不置意。又年馀，妇自往归石，止于旅舍，托官署司宾者通姓氏，石令绝之。一日，方燕饮，闻喧詈声，释杯凝听，则妇已搴帘入矣。石大骇，面色如土。妇指骂曰：“薄情郎！安乐耶？试思富若贵何所自来？我与汝情分不薄，即欲置婢妾，相谋何害？”石累足屏气，不能复作声。久之，长跪自投，诡辞乞宥[12]，妇气稍平。石与王氏谋，使以妹礼见妇。王氏雅不欲，石固哀之，乃往。王拜，妇亦答拜。曰：“妹勿惧，我非悍妒者。曩事，实人情所不堪，即妹亦当不愿有是郎。”遂为王缅述本末。王亦愤恨，因与交詈石。石不能自为地[13]，惟求自赎，遂相安帖[14]。

初，妇之未入也，石戒阍人[15]勿通。至此，怒阍人，阴诘让之。阍人固言管钥[16]未发，无入者，不服。石疑之而不敢问妇。两虽笑言，而终非所好也。幸妇娴婉，不争夕[17]。三餐后，掩闼早眠，并不问良人夜宿何所。王初犹自危，见其如此，益敬之。厌旦[18]往朝，如事姑嫜。妇御下宽和有体，而明察若神。一日，石失印绶[19]，合署沸腾，屑屑[20]还往，无所为计。妇笑言：“勿忧，竭井可得。”石从之，果得之。叩其故，辄笑不言。隐约间，似知盗者姓名，然终不肯泄。居之终岁，察其行多异。石疑其非人，常于寝后使人瞯听之[21]，但闻床上终夜作振衣声，亦不知其何为。妇与王极相怜爱。一夕，石以赴臬司[22]未归，妇与王饮，不觉过醉，就卧席间，化而为狐。王怜之，覆以锦褥。未几，石入，王告以异，石欲杀之。王曰：“即狐，何负于君？”石不听，急觅佩刀。而妇已醒，骂曰：“虺蝮[23]之行，而豺狼之心，必不可以久居！曩所啖药，乞赐还也！”即唾石面。石觉森寒如浇冰水，喉中习习作痒，呕出，则丸药如故。妇拾之，忿然径出，追之已杳。石中夜旧症复作，血嗽不止，半岁而卒。

异史氏曰：“石孝廉，翩翩若书生。或言其折节[24]能下士，语人如恐伤[25]。壮年殂谢，士林悼之。至闻其负狐妇一事，则与李十郎[26]何以少异？”

【注释】

①铨叙，原意是审查官吏的资历和劳绩，确定其升降级别与职位。这里是指武举凭资格进京谋取职位。

②篡金，用强力夺取钱财。

③榜（bàng）人，船夫，舟子。委弃，弃置舟外。

④都，闲雅。

⑤“今魂魄”句，指行将就木，即死亡。墟墓，墓地。

⑥甘旨，美味的食物。

⑦喜惬（qiè），喜悦满意。

⑧营干，办事。

⑨司阃（kǔn），地方军事长官。阃，郭门，这里借指军事。

⑩腊，用佛家说法泛指年岁。佛教戒律规定比丘受戒后每年夏季三个月安居一处，修习教义，即称一腊。

⑪尺一书，或称“尺一牍”、“尺牍”，即书信。

⑫诡辞，说假话。乞宥，乞求宽恕。

⑬为地，即“为之地”，给人提供事理的根据。

⑭安帖，安定平静。

⑮阍（hūn）人，守门人。

⑯管钥，锁匙。发，开启。

⑰争夕，古代对妻妾争着和丈夫同房行为的称呼。

⑱质旦，黎明。

⑲印绶，印信和系印信的丝带，古人印信上系有丝带，佩带在

身。这里即指官印。

⑳屑屑，劳瘁匆迫的样子。

㉑瞯（jiàn）听，窃听。瞯，侦查。

㉒臬司，按察使的别称，相当于现代的省级公、检、法机关。

㉓虺蝮（huǐ fù），蝮蛇类毒蛇。

㉔折节，屈己下人。下士，屈身交接贤士。

㉕语人如恐伤，即行为谦恭，言语小心谨慎，常恐无意间伤害别人。

㉖李十郎，唐朝蒋防《霍小玉传》中的男主人公李益，他在长安应试时爱恋名妓霍小玉，对她有“粉骨碎身，誓不相舍”之语。但是做官后，立马就抛弃小玉，与大家卢氏女成婚。霍小玉弥留之际对李益说：“我为女子，薄命如斯！君是丈夫，负心若此！韶颜稚齿，饮恨而终。慈母在堂，不能供养。绮罗弦管，从此永休。徵痛黄泉，皆君所致。李君李君，今当永诀，我死之后，必为厉鬼，使君妻妾，终日不安。”李益后患猜忌妄想型精神病，以致“大凡生所见妇人，辄加猜忌，至于三娶，率皆如初焉”。

【简评】

痴心女子负心汉，在社会发生剧烈变革时期最易出现。而随着科举制度的逐步完善，一部分读书人社会身份的迅速跃迁，使得婚变这一现象更是频现于社会。如南戏中《赵贞女蔡二郎》、《张协状元》等，皆属于这种婚变题材的作品。宋钱易《南部新书》甲有云：“（唐）高宗欲废王皇后，立武昭仪，犹豫未定。许南阳宣言于朝曰：‘田舍翁种得十斛麦，尚须换却旧妇，况天子富有四海，立一皇后，有何不可？’上意乃定。”妇女社会地位的低下是男子易于“见异思迁”的基础，宋洪迈《夷坚志补》中“满少卿”一则，故事也与此相似。满少卿于困苦中为焦大郎所救助，并与焦女成婚，然而满少卿一旦高中进士，立即停妻再娶，背叛了与焦女的海誓山盟。这篇《武孝廉》虽描写的是人与狐的情变，但所反映的仍是人类社会中的婚变问题，特别是石某人薄情寡义、恩将仇报的蛇蝎行径，在人物间的对话中被嘲讽得淋漓尽致，作者批判所向，不言而喻。

阎王

李久常，临朐[①]人。壶榼[②]于野，见旋风蓬蓬[③]而来，敬酹奠之。后以故他适，路傍有广第，殿阁弘丽。一青衣人自内出，邀李，李固辞。青衣要遮甚殷，李曰："素不识荆[④]，得无误耶？"青衣云："不误。"便言李姓字。问："此谁家？"答云："入自知之。"入，进一层门，见一女子手足钉扉上，近视，其嫂也，大骇。李有嫂，臂生恶疽，不起者年馀矣。因自念何得至此？转疑招致意恶，畏沮却步。青衣促之，乃入。至殿下，上一人，冠带如王者，气象威猛。李跪伏，莫敢仰视。王者命曳起之，慰之曰："勿惧。我以曩昔扰子杯酌，欲一见相谢，无他故也。"李心始安，然终不知其故。王者又曰："汝不忆田野酹奠时乎？"李顿悟，知其为神，顿首曰："适见嫂氏受此严刑，骨肉之情，实怆于怀。乞王怜宥！"王者曰："此甚悍妒，宜得是罚。三年前，汝兄妾盘肠而产[⑤]，彼阴以针刺肠，俾至今脏腑常痛。此岂有人理者！"李固哀之，乃曰："便以子故宥之。归当劝悍妇改行。"李谢而出，则扉上无人矣。归视嫂，嫂卧榻上，创血殷席[⑥]。时以妾拂意故，方致诟骂。李遽劝曰："嫂无复尔！今日恶苦，皆平日忌嫉所致。”嫂怒曰：“小郎[7]若个好男儿，又房中娘子贤似孟姑姑[8]，任郎君东家眠，西家宿，不敢一作声。自当是小郎大好乾纲[9]，到不得代哥子降伏老媪[10]！”李微哂曰：“嫂勿怒，若言其情，恐欲哭不暇矣。”曰：“便曾不盗得王母箩中线[11]，又未与玉皇香案吏一眨眼[12]，中怀坦坦，何处可用哭者！”李小语曰：“针刺人肠，宜何罪？”嫂勃然色变，问此言之因，李告之故。嫂战惕不已，涕泗流离而哀鸣曰：“吾不敢矣！”啼泪未干，觉痛顿止，旬日而瘥。由是立改前辙，遂称贤淑。后妾再产，肠复堕，针宛然在焉。拔去之，腹痛乃瘳。

异史氏曰：“或谓天下悍妒如某者，正复不少，恨阴网[13]之漏多也。余谓不然。冥司之罚，未必无甚于钉扉者，但无回信耳[14]。”

【注释】。

①临朐（qú），明清县名，属青州府，现属山东省潍坊市临朐县。

②壶榼（kē），拿出酒具饮酒。壶榼，用作动词。

③蓬蓬，风吹动的样子。

④识荆，古代初次见面的敬称。

⑤盘肠而产，即产后“子宫脱垂”症，多因妇女难产、产程过长、临产时用力太过或产时处理不当等所致。

⑥创（chuāng），通“疮”。殷（yan）席，血染红了炕席。

⑦小郎，古代对丈夫弟弟的称呼。

⑧孟姑姑，即孟光，梁鸿的妻子。梁鸿因为贫穷帮人打工，孟光却不在意梁鸿有没有钱，夫妻二人举案齐眉，恭敬尽礼，孟光属于古代贤妻的典型。

⑨乾纲，古代夫纲，为三纲之一，中国封建社会中称君为臣

纲、父为子纲、夫为妻纲，合称三纲。这里即指夫权。

⑩老媪（ǎo），老年妇人。这里犹自称“老娘”，为中老年妇女常含自负意义的自称，口气较为粗野。

⑪“便曾”句，指未犯偷盗罪。笋，针线筐笋，比喻细微之物。

⑫“又未”句，指没有犯淫邪罪。一眨眼，这里是眉目传情一类的举动。

⑬阴网，与“世网”相对，比喻阴曹地府有关刑法礼教、伦理道德对于魂灵的束缚。

⑭回信，返回阳世如李久常一类传送消息的人。信，使者，传送消息的人。

【简评】

在蒲松龄笔下，有关悍妇、妒妇的题材占有一定比重，他曾发出这样的叹息：“每见天下贤妇十之一，悍妇十之九，亦以见人世之能修善业者少也。”其实，男权社会往往三妻四妾，出现悍妇、妒妇，个中原因颇复杂，但暗中用针扎于产妇脱垂的子宫上，是为邪恶。此篇劝善之主旨明显，同时也允许自新，并非单纯的严惩不贷。

此篇最大闪光之处在于作者将民间俗口巧妙化用于文言叙事中，且不漏痕迹，令人拍案叫绝。淫佚、盗窃，属于古代社会丈夫可休妻的“七出”条款，而李久常嫂与小叔的绝妙对话，当是作者的艺术创造，嫂子伶牙俐齿、针锋相对的自我表白，即从这两条加以反驳，巧妙设喻，一气呵成，看似无懈可击，其实色厉内荏，心怀愧疚，故而一触即溃。马振方《〈聊斋志异〉本事旁证辨补》引明闵文振《涉异志·兖州城隍》为旁证，内有州知府龚公至阴间的一段所见所闻："有一妇人乃公同僚推官妻也，以铁钉钉一指，望见公，哀鸣乞救。公询于神，且为营救。神曰：'此妇妒悍，杀妾子三四人，致推官绝嗣，故受此报。奉公教，稍宽指钉；但死则不能免也。'"马先生按语云："此则后半推官妻的所作所受与《阎王》李久常嫂几乎全同，很像同一传说的衍化和分支。"

伍秋月

秦邮[1]王鼎，字仙湖，为人慷慨有力，广交游。年十八，未娶，妻殒。每远游，恒经岁不返。兄鼐，江北名士，友于[2]甚笃。劝弟勿游，将为择偶。生不听，命[3]舟抵镇江访友；友他出，因税居于逆旅阁上。江水澄波，金山[4]在目，心甚快之。次日，友人来，请生移居，辞不去。居半月馀，夜梦女郎，年可十四五，容华端妙，上床与合，既寤而遗[5]。颇怪之，亦以为偶。入夜，又梦之，如是三四夜。心大异，不敢息烛，身虽偃卧，惕然自警。才交睫，梦女复来，方狎，忽自惊寤，急开目，则少女如仙，俨然犹在抱也。见生醒，顿自愧怯。生虽知非人，意亦甚得，无暇问讯，直与驰骤。女若不堪，曰："狂暴如此，无怪人不敢明告也。"生始诘之，答云："妾伍氏秋月。先父名儒，邃[6]于《易》数。常珍爱妾，但言不永寿，故不许字人。后十五岁果夭殁，即攒瘗[7]阁东，令与地平，亦无冢志，惟立片石于棺侧，曰：'女秋月，葬无冢。三十年，嫁王鼎。'今已三十年，君适至。心喜，亟欲自荐，寸心羞怯，故假之梦寐耳。"王亦喜，复求讫事。曰："妾少须阳气，欲求复生，实不禁此风雨。后日好合无限，何必今宵。"遂起而去。次日，复至，坐对笑谑，欢若生平。灭烛登床，无异生人，但女既起，则遗泄流离[8]，沾染茵褥。

一夕，明月莹澈，小步庭中，问女："冥中亦有城郭否？"答曰："等耳。冥间城府，不在此处，去此可三四里。但以夜为昼。"问："生人能见之否？"答云："亦可。"生请往观，女诺之。乘月去，女飘忽若风，王极力追随，欻至一处，女言："不远矣。"王瞻望，殊罔所见。女以唾涂其两眦，启之，明倍于常，视夜色不殊白昼。顿见雉堞[9]在杳霭中，路上行人，如趋墟市。俄二皂絷三四人过，末一人怪类其兄。趋近之，果兄，骇问："兄那得来？"兄见生，潸然零涕，言："自不知何事，强被拘囚。"王怒曰："我兄秉礼君子，何至缧绁[10]如此！"便请二皂，幸且宽释。皂不肯，殊大傲睨[11]，生恚，欲与争，兄止之曰："此是官命，亦合奉法。但余乏用度，索贿良苦。弟归，宜措置。"生把兄臂，哭失声。皂怒，猛掣项索，兄顿颠蹶[12]。生见之，忿火填胸，不能制止，即解佩刀，立决皂首。一皂喊嘶，生又决之。女大惊曰："杀官吏，罪不宥！迟则祸及！请即觅舟北发，归家勿摘提幡[13]，杜门绝出入七日，保无虑也。"王乃挽兄，夜买小舟，火急北渡。归见吊客在门，知兄果死。闭门下钥[14]，始入，视兄，已渺，入室，则亡者已苏，便呼："饿死矣！可急备汤饼[15]。"时死已二日，家人尽骇，生乃备言其故。七日启关，去丧幡，人始知其复苏。亲友集问，但伪对之。

转思秋月，想念颇烦，遂复南下。至旧阁，秉烛久待，女竟不至。曚眬欲寝，见一妇人来，曰："秋月小娘子致意郎君：前以公役被杀，凶犯逃亡，捉得娘子去，见在监押，押役遇之虐。日日盼郎君，当谋作经纪。"王悲愤，便从妇去。至一城都，入西郭，指一门曰："小娘子暂寄此间。"王入，见房舍颇繁，寄顿囚犯甚多，并无秋月。又进一小扉，斗室中有灯火。王近窗以窥，则秋月坐榻上，掩袖呜泣。二役在侧，撮颐捉履，引以嘲戏，女啼益急。一役挽颈曰："既为罪犯，尚守贞耶？"王怒，不暇语，持刀直入，一役一刀，摧斩如麻，篡取女郎而出，幸无觉者。裁至旅舍，蓦然即醒。方怪幻梦之凶，见秋月含睇[16]而立。生惊起曳坐，告之以梦。女曰："真也，非梦也。"生惊曰："且为奈何！"女叹曰："此有定数。妾待月尽，始是生期。今已如此，急何能待！当速发瘗处，载妾同归，日频唤妾名，三日可活。但未满时日，骨软足弱，不能为君任井臼[17]耳。"言已，草草欲出。又返身曰："妾几忘之，冥追若何？生时，父传我符书，言三十年后，可佩夫妇。"乃索笔疾书两符，曰："一君自佩，一黏妾背。"

送之出，志其没处，掘尺许，即见棺木，亦已败腐。侧有小碑，果如女言。发棺视之，女颜色如生。抱入房中，衣裳随风尽化。黏符已，以被褥严裹，负至江滨，呼拢泊舟，伪言妹急病，将送归其家。幸南风大竞，甫晓，已达里门。抱女安置，始告兄嫂。一家惊顾，亦莫敢直言其惑。生启衾，长呼秋月，夜辄拥尸而寝。日渐温暖，三日竟苏，七日能步。更衣拜嫂，盈盈然神仙不殊。但十步之外，须人而行，不则随风摇曳，屡欲倾侧。见者以为身有此病，转更增媚。每劝生曰："君罪孽太深，宜积德诵经以忏之。不然，寿恐不永也。"生素不佞佛[18]，至此皈依甚虔。后亦无恙。

异史氏曰："余欲上言定律，'凡杀公役者，罪减平人三等。'盖此辈无有不可杀者也。故能诛锄蠹役者[19]，即为循良[20]；即稍苛之，不可谓虐。况冥中原无定法，倘有恶人，刀锯鼎镬，不以为酷。若人心之所快，即冥王之所善也。岂罪致冥追，遂可倖[21]而逃哉！"

【注释】

①秦邮，明清高邮州，属扬州府，现属今江苏省高邮市。秦时曾在此修筑邮亭，所以高邮被称为秦邮。

②友于，指兄弟友爱。语本《书·君陈》："惟孝友于兄弟。"

③命，指令。

④金山，在今江苏省镇江市。原屹立于长江中，由于长江水流变迁，清光绪间渐与南岸相接，今已成陆山。

⑤遗，遗精。

⑥邃（suì），精通。

⑦攒瘗（yì），暂时浅埋，等待迁葬。

⑧流离，淋漓，沾湿或流滴的样子。

⑨雉堞（dié），城上呈齿形的矮墙，也称女墙。杳霭：云雾飘缈的样子。

⑩缧绁（léi xiè），捆绑犯人的绳索。

⑪傲睨（nì），傲慢斜视。

⑫颠蹶，倒仆。

⑬提幡，即"招魂幡"，古代丧家用纸或布作旗幡悬于大门，上面写着死者名讳及生卒年月日。

⑭下钥，从内锁上门。

⑮汤饼，水煮的面食，类似现代的汤面。

⑯含睇（dì），含情而视。睇，微微斜视的样子。

⑰任井臼，操持家务。井臼，汲水舂米。

⑱佞（nìng）佛，谄媚佛，讨好于佛，或为迷信佛教者的称呼。

⑲蠹役，害人的差役。

⑳循良，官吏奉公守法。

㉑倖，侥幸。

【简评】

人鬼相恋，皆以梦为媒介，几经曲折，终成好事；且婚姻早定于三十年前，而其时王鼎尚未出生，可见此篇想象力之丰富。晋陶潜所撰《搜神后记》中有则，内云武郡太守李仲文之女十八岁早夭，其魂灵也是在梦中与张子长相恋，李、张两家察得此情，疑怪之中提前发掘李女棺木，造成已经生肉的女体难以再生，中断了其复活的历程，酿成悲剧。蒲松龄这篇《伍秋月》显然借鉴了“李仲文女”中的构思。至于王鼎梦中两杀阴间差役，则反映了作者对于阳世狐假虎威者的极其厌恶之情。专制政体为了维持统治而豢养诸多鹰犬，但其所有权限往往超出法律之外，若管制不当，往往会出现施虐百姓，而百姓亦无处申告的情况。而文中王鼎一刀一个地砍杀阴间的皂隶，何等痛快淋漓！阳世难以实现的幻想，可“穿越”到灵界完成，足以快慰人心。而本篇“异史氏曰”中“若人心之所快，即冥王之所善也”一语，设想阎王爷不追究王鼎杀皂隶的心理因素，也具有“黑色幽默”的性质，颇值得玩味。

莲花公主

胶州窦旭，字晓晖。方昼寝，见一褐衣人立榻前，逡巡惶顾，似欲有言。生问之，答云："相公奉屈。""相公何人？"曰："近在邻境。"从之而出。转过墙屋，导至一处，叠阁重楼，万椽[1]相接，曲折而行，觉万户千门，迥非人世。又见宫人女官往来甚夥，都向褐衣人问曰："窦郎来乎？"褐衣人诺。俄一贵官出，迎见甚恭，既登堂，生启问曰："素既不叙[2]，遂疏参谒。过蒙爱接[3]，颇注疑念。"贵官曰："寡君[4]以先生清族世德，倾风结慕，深愿思晤焉。"生益骇，问："王何人？"答云："少间自悉。"

无何，二女官至，以双旌[5]导生行。入重门，见殿上一王者，见生入，降阶而迎，执宾主礼。礼已，践席[6]，列筵丰盛。仰视殿上一匾曰"桂府"，生跼蹙不能致辞[7]。王曰："忝近芳邻，缘即至深，便当畅怀，勿致疑畏。"生唯唯。酒数行[8]，笙歌作于下，钲鼓[9]不鸣，音声幽细。稍间，王忽左右顾曰："朕一言，烦卿等属对[10]：'才人登桂府[11]。'"四座方思，生即应云："君子爱莲花。"王大悦曰："奇哉！莲花乃公主小字，何适合如此？宁非夙分[12]？传语公主，不可不出一晤君子。"移时，珮环声近，兰麝香浓，则公主至矣。年十六七，妙好无双。王命向生展拜[13]，曰：“此即莲花小女也。”拜已而去。生睹之，神情摇动，木坐凝思。王举觞劝饮，目竟罔睹。王似微察其意，乃曰：“息女宜相匹敌，但自惭不类，如何？”生怅然若痴，即又不闻。近坐者蹑[14]之曰：“王揖君未见，王言君未闻耶？”生茫乎若失，懡㦬[15]自惭，离席曰：“臣蒙优渥，不觉过醉，仪节失次，幸能垂宥。然日旰君勤，即告出也。”王起曰：“既见君子，实惬心好[16]，何仓卒而便言离也？卿既不住，亦无敢于强，若烦萦念，更当再邀。”遂命内官[17]导之出。途中，内官语生曰：“适王谓可匹敌，似欲附为昏因[18]，何默不一言？”生顿足而悔，步步追恨，遂已至家。

忽然醒寤，则返照[19]已残。冥坐观想，历历在目。晚斋灭烛，冀旧梦可以复寻，而邯郸路渺[20]，悔叹而已。一夕，与友人共榻，忽见前内官来，传王命相召。生喜，从去，见王，伏谒，王曳起，延止偶坐[21]，曰：“别后知劳思眷。谬以小女子奉裳衣[22]，想不过嫌也。”生即拜谢。王命学士[23]大臣，陪侍宴饮。酒阑，官人前白：“公主妆竟。”俄见数十宫女，拥公主出，以红锦覆首，凌波微步[24]，挽上氍毹[25]，与生交拜成礼。已而送归馆舍，洞房温凊，穷极芳腻。生曰：“有卿在目，真使人乐而忘死。但恐今日之遭，乃是梦耳。”公主掩口曰：“明明妾与君，那得是梦？”诘旦方起，戏为公主匀铅黄[26]，已而以带围腰，布指度足[27]。公主笑问曰：“君颠耶？”曰：“臣屡为梦误，故细志之。倘是梦时，亦足动悬想耳。”调笑未已，一宫女驰入曰：“妖入宫门，王避偏殿，凶祸不远矣！”生大惊，趋见王。王执手泣曰：“君子不弃，方图永好。讵期孽降自天[28]，国祚[29]将覆，且复奈何！”生惊问何说。王以案上一章，授生启读。章曰：“含香殿大学士臣黑翼，为非常妖异，祈早迁都，以存国脉[30]事。据黄门[31]报称：自五月初六日，来一千丈巨蟒，盘踞宫外，吞食内外臣民一万三千八百馀口，所过宫殿尽成丘墟，等因[32]。臣奋勇前窥，确见妖蟒：头如山岳，目等江海。昂首则殿阁齐吞，伸腰则楼垣尽覆。真千古未见之凶，万代不遭之祸！社稷宗庙，危在旦夕！乞皇上早率宫眷，速迁乐土。”云云。生览毕，面如灰土。即有宫人奔奏：“妖物至矣！”阖殿哀呼，惨无天日。王仓遽不知所为，但泣顾曰：“小女已累先生。”生坌息而返。公主方与左右抱首哀鸣，见生入，牵衿曰：“郎焉置妾？”生怆恻欲绝，乃捉腕思曰：“小生贫贱，惭无金屋[33]。有茅庐三数间，姑同窜匿可乎？”公主含涕曰：“急何能择，乞携速往。”生乃挽扶而出。未几，至家，公主曰：“此大安宅，胜故国多矣。然妾从君来，父母何依？请别筑一舍，当举国相从。”生难之。公主号咷曰：“不能急人之急，安用郎也[34]！”生略慰解，即已入室。公主伏床悲啼，不可劝止。

焦思[35]无术，顿然而醒，始知梦也。而耳畔啼声，嘤嘤未绝，审听之，殊非人声，乃蜂子二三头，飞鸣枕上。大叫怪事。友人诘之，乃以梦告，友人亦诧为异。共起视蜂，依依裳袂间，拂之不去。友人劝为营巢，生如所请，督工构造。方竖两堵，而群蜂自墙外来，络绎如绳，顶尖未合，飞集盈斗。迹[36]所由来，则邻翁之旧圃也。圃中蜂一房，三十馀年矣，生息颇繁。或以生事告翁，翁觇之，蜂户寂然。发其壁，则蛇据其中，长丈许，捉而杀之。乃知巨蟒即此物也。蜂入生家，滋息[37]更盛，亦无他异。

【注释】

①椽（chuán），放在檩子上架屋面板和瓦的条木，这里是指房屋的间数。

②叙，“叙礼”，以礼相见。

③爱接，抬爱接见。

⑤寡君，臣下对别国谦称本国国君。

⑤双旌，古代泛指高官的仪仗。

⑥践席，入席，就席。

⑦跼蹙（jú cù），又作“局蹴”、“跼蹴”，局促不安的样子。

⑧行，这里是指斟酒让菜。

⑨钲（zhēng）鼓，钲和鼓，古代行军或歌舞时用以指挥进退、动静的两种乐器。

⑩属（zhǔ）对，指对出下联。

⑪桂府，古代称礼闱，指礼部试进士的场所。这里有暗寓读书人“折桂”即科举及第的好兆头，又双关窦旭将要娶公主为妻的艳遇。

⑫夙分（sù fèn），旧缘，往世的缘分。

⑬展拜，拜谒，行跪拜之礼。

⑭蹑（niè），踩。

⑮㦥㦬，羞惭。

⑯“既见”二句，意思是已经见到君子，实在令我心满意足。惬，快心，满足。

⑰内官，宫廷中的宦官。

⑱昏因，又作“昏姻”，指结婚。

⑲返照，夕阳，落日。

⑳邯郸路渺，指前一梦境难再梦到。邯郸，秦置县名，今河北省邯郸市。据唐沈既济《枕中记》，卢生在邯郸客店遇道士吕翁，自叹穷困，翁探囊中枕授之曰：枕此当令子人生如意。时主人正蒸黄粱，生梦入枕中，享尽荣华富贵。及醒，黄粱尚未熟，怪曰：

"岂其梦寐耶？"翁笑曰："人世之事亦犹是矣。"这里即以"邯郸"比喻梦境。

㉑延，引导。偶坐，陪坐。

㉒奉裳衣，和"奉巾栉"类似，都是伺候梳洗，充当妻室的谦词。

㉓学士，官名。南北朝以后，以学士为司文学撰述之官。

㉔凌波微步，形容女子步履轻盈。

㉕氍毹（qú shū），一种毛织或毛与其他材料混织的毯子。

㉖铅黄，铅粉和雌黄，古代妇女化妆用品。

㉗布指度（duó）足，张开拇指与食指或中指来测量女足，这里暗含公主双足纤小之意。

㉘讵（jù）期，岂料。孽降自天，灾祸从天而降。孽，灾害，灾祸。

㉙国祚（zuò），皇位。

㉚国脉，国家的命脉。

㉛黄门，即宦官。因东汉黄门令、中黄门诸官都是由宦官担任而得名。

㉜等因，古代旧时公文用语，常用于叙述上级官署的令文结束时。但叙述平行机关及地位在上的不相隶属机关的来文，为表示尊敬，也偶尔使用。

㉝金屋，用"金屋藏娇"典故，来指供美人居住的华屋。

㉞"不能"二句，不能为人排忧解难，要婚姻何用。

㉟焦思，焦苦思虑。

㊱迹，追寻。

㊲滋息，繁殖，增生。

【简评】

这篇小说显然是模仿唐李公佐《南柯太守传》之作。在唐人之作中，主人公淳于棼与二友饮酒沉醉，卧东堂庑，梦入蚁国，被尊为驸马，又领一郡“南柯”，尽享荣华富贵。为郡守二十载，敌国入侵，战败，随后公主薨，淳于棼还朝亦受猜忌，在万般失意中梦醒东堂。与二友因在槐树下寻觅蚁穴，梦中经历一一在目。淳于棼感南柯之浮虚，悟人世之倏忽，遂栖心道门，绝弃酒色。蒲松龄在借鉴前人之作中，有意缩小梦幻的时间跨度，摒弃其间的消极因素，在人与蜂的异恋中注入更多的旖旎情愫，令人读后备感温馨。且为描绘蜂巢“万户千门”的精巧构造，还参校了明彭大翼《山堂肆考》等有关宫室楼堂建筑一类的文献。褐衣人初请窦旭，若对一般无势位之庶民径称“吾王”似有碍社会常情，故自谓“相公”所派遣；而取义模糊的“相公”称谓之由来，正与名蜂巢为“桂府”的出处同一。至于称公主为“莲花”，当然是为取偶于“桂府”的方便，并无深意。作者艺术匠心，灼然可见。

龙肉

姜太史玉璇[①]言："龙堆[②]之下，掘地数尺，有龙肉充牣[③]其中，任人割取，但勿言'龙'字。或言'此龙肉也'，则霹雳震作，击人而死。"太史曾食其肉，实不谬[④]也。

【注释】

①姜太史玉璇，即姜元衡（1622—？），字玉璇，一作玉璿，山东人。顺治六年，二甲第二十九名进士，历官国子监司业、内翰林弘文院侍讲，曾为江南主考。

②龙堆，指金沙洲，现今湖南省洞庭湖中的洲名。

③充牣（rèn），充满。

④不谬（niù），这里指传言不虚，没有差错。

【简评】

抛开其中"霹雳震作"之说的荒诞不经，所谓"龙肉"者，可能就是《山海经》中称为"太岁"或"视肉"一类的生物。《山海经·海外南经》："地之所载，六合之间，四海之内，照之以日月，经之以星辰，纪之以四时，要之以太岁，神灵所生，其物异形，或夭或寿，唯圣人能通其道。”现代科学家认为太岁是一种大型粘菌复合体，但其细胞结构为何形成和为何聚成如此规则形态，以及它的医药价值仍然是个谜。《本草纲目》中记载：“肉芝状如肉。附于大石，头尾具有，乃生物也。赤者如珊瑚，白者如脂肪，黑者如泽漆，青者如翠羽，黄者如紫金，皆光明洞彻如坚冰也。”东晋道家葛洪在《抱朴子》中记载，“诸芝捣末，或化水服，令人轻身长生不老。”是古人认为的长生不老仙药。蒲松龄所记“龙肉”，究竟是否为太岁或肉芝，尚待有关学人进一步探讨。值得一提的是，发生于康熙五年的著名的文字狱，山东黄培诗案的始作俑者就是这位姜太史。他祖上为即墨黄姓之仆，后向清廷告发黄家私下刻印并收藏有所谓“悖逆”的诗文书籍等，致使黄培等十四人被捕入狱，并牵连当时著名学者顾炎武深陷囹圄七个月，几遭不测。

绛妃

癸亥岁[1]，余馆于毕刺史公之绰然堂[2]。公家花木最盛，暇辄从公杖履[3]，得恣游赏。一日，眺览既归，倦极思寝，解屦登床。梦二女郎，被服艳丽，近请曰："有所奉托，敢屈移玉[4]。"余愕然起，问："谁相见召？"曰："绛妃耳。"恍惚不解所谓，遽从之去。俄睹殿阁，高接云汉[5]，下有石阶，层层而上，约尽百馀级，始至颠头。见朱门洞敞。又有二三丽者，趋入通客。无何，诣一殿外，金钩[6]碧箔，光明射眼，内一女人降阶出，环珮锵然，状若贵嫔[7]。方思展拜，妃便先言："敬屈先生，理须首谢。"呼左右以毯贴地，若将行礼。余惶悚无以为地，因启曰："草莽微贱，得辱宠召[8]，已有馀荣[9]。况敢分庭抗礼，益臣之罪，折臣之福！"妃命撤毯设宴。对筵相向[10]，酒数行，余辞曰："臣饮少辄醉，惧有愆仪[11]。教命云何？幸释疑虑。"妃不言，但以巨杯促饮。余屡请命，乃言："妾，花神也。合家细弱，依栖于此，屡被封家婢子[12]，横见摧残。今欲背城借一[13]，烦君属檄草[14]耳。"余皇然[15]起奏："臣学陋不文[16]，恐负重托；但承宠命，敢不竭肝鬲[17]之愚。"妃喜，即殿上赐笔札[18]。诸丽者拭案拂坐，磨墨濡毫[19]。

又一垂髫人，折纸为范[20]，置腕下。略写一两句，便二三辈叠背[21]相窥。余素迟钝，此时觉文思若涌。少间，稿脱，争持去，启呈绛妃。妃展阅一过，颇谓不疵，遂复送余归。醒而忆之，情事宛然。但檄词强半遗忘，因足而成之：

谨按封氏，飞扬成性，忌嫉为心。济恶以才，妒同醉骨[22]；射人于暗，奸类含沙[23]。昔虞帝受其狐媚，英皇不足解忧，反借渠以解愠[24]；楚王蒙其蛊惑，贤才未能称意，惟得彼以称雄[25]。沛上英雄，云飞而思猛士[26]；茂陵天子，秋高而念佳人[27]。从此怙宠日恣，因而肆狂无忌。怒号万窍，响碎玉于王宫[28]；澎湃中宵，弄寒声于秋树[29]。倏向山林丛里，假虎之威[30]；时于滟滪堆中，生江之浪[31]。且也帘钩频动，发高阁之清商[32]；檐铁忽敲，破离人之幽梦[33]。寻帷下榻，反同入幕之宾[34]；排闼登堂，竟作翻书之客[35]。不曾于生平识面，直开门户而来[36]；若非是掌上留裙，几掠妃子而去[37]。吐虹丝于碧落，乃敢因月成阑[38]；翻柳浪于青郊，谬说为花寄信。赋归田者，归途才就，飘飘吹薜荔之衣[39]；登高台者，高兴方浓，轻轻落茱萸之帽[40]。蓬梗卷兮上下，三秋之羊角抟空；筝声入乎云霄，百尺之鸢丝断系。不奉太后之诏，欲速花开[41]；未绝坐客之缨，竟吹灯灭[42]。

甚则扬尘播土，吹平李贺之山[43]；叫雨呼云，卷破杜陵之屋[44]。冯夷起而击鼓[45]，少女进而吹笙[46]。荡漾以来，草皆成偃；吼奔而至，瓦欲为飞[47]。未施抟水之威，浮水江豚时出拜[48]；陡出障天之势，书天雁字不成行[49]。助马当之轻帆，彼有取尔；牵瑶台之翠帐，于意云何[50]？至于海鸟有灵，尚依鲁门以避[51]；但使行人无恙，愿唤尤郎以归[52]。古有贤豪，乘而破者万里；世无高士，御以行者几人[53]？驾砲车之狂云，遂以夜郎自大[54]；恃贪狼之逆气，漫以河伯为尊[55]。姊妹俱受其摧残，汇族悉为其蹂躏[56]。纷红骇绿，掩苒何穷？擘柳鸣条，萧骚无际[57]。雨零金谷，缀为藉客之裀[58]；露冷华林，去作沾泥之絮[59]。埋香瘗玉，残妆卸而翻飞；朱榭雕栏，杂佩纷其零落[60]。减春光于旦夕，万点正飘愁；觅残红于西东，五更非错恨。翩跹江汉女，弓鞋漫踏春园；寂寞玉楼人，珠勒徒嘶芳草[61]。

斯时也：伤春者有难乎为情之怨，寻胜者作无可奈何之歌[62]。尔乃趾高气扬，发无端之踔厉；催蒙振落，动不已之斓珊[63]。伤哉绿树犹存，簌簌者绕墙自落；久矣朱幡不竖，娟娟者罥涕谁怜[64]？堕溷沾篱，毕芳魂于一日[65]；朝荣夕悴，免荼毒以何年[66]？怨罗裳之易开，骂空闻于子夜[67]；讼狂伯之肆虐，章未报于天庭[68]。诞告芳邻，学作蛾眉之阵[69]；凡属同气，群兴草木之兵[70]。莫言蒲柳无能，但须藩篱有志[71]。且看莺俦燕侣，公覆夺爱之仇；请与蝶友蜂交，共发同心之誓[72]。兰桡桂楫，可教战于昆明[73]；桑盖柳旌，用观兵于上苑[74]。东篱处士，亦出茅庐[75]；大树将军，应怀义愤[76]。杀其气焰，洗千年粉黛之冤；歼尔豪强，销万古风流之恨[77]！

【注释】

①癸亥岁，即康熙二十二年（1683）。

②馆，就馆，教私塾。毕刺史公，即毕际有（1623—1693），字载积，号存吾，淄川（今山东省淄博市）西铺人，明户部尚书毕自严之子。绰然堂，淄川县西铺毕际有家的建筑，曾用作家塾，蒲松龄在此长期坐馆。

③从公杖履，即追随毕际有。杖履，老者所用的手杖和鞋子，这里是对老者、尊者的敬称。

④移玉，请人前来或前往的敬语。

⑤云汉，原意指银河，这里指云霄。

⑥金钩，金制帘钩。碧箔，绿色的帘子。

⑦贵嫔（pín），中国古代皇帝后宫妃嫔的位号之一。贵嫔一号始于魏文帝曹丕封其皇后郭女王为贵嫔，在当时是仅次于皇后的位号。历代多沿用其名。这里同“妃嫔”，即帝王的妾侍。妃，位次于后；嫔，位又次于妃。

⑧辱，谦词，承蒙。宠召，又作“宠招”，对高位者邀请的敬辞。

⑨馀荣，多馀的荣宠。

⑩对筵（yán）相向，即两桌宴席相对，不分宾主之意。

⑪愆（qiān）仪，失礼。

⑫封家婢子，即“封姨”，又作“封夷”、“封十八姨”等，古代神话传说中的风神。据唐谷神子《博异志·崔玄微》中载，唐天宝中，崔玄微于春季月夜在自家洛苑东宅，遇美人绿衣杨氏、白衣李氏、绛衣陶氏、绯衣小女石醋醋和封家十八姨。崔命酒共饮。十八姨翻酒污醋醋衣裳，不欢而散。明夜诸女又来，醋醋言诸女皆住苑中，多被恶风所挠，求崔于每岁元旦作朱幡立于苑东，即可免难。时元旦已过，因请于某日平旦立此幡。是日东风刮地，折树飞沙，而苑中繁花不动。崔乃悟诸女皆花精，而封十八姨乃风神也。后诗文中常用作风的代称。这里称“封家婢子”，含蔑视之意。

⑬背城借一，背对城墙对敌决一死战，意谓与敌人作最后决斗。

⑭属（zhǔ）檄（xí）草，撰写起草声讨风神的檄文。属，撰写。

⑮皇然，恐惧不安的样子。皇，通“惶”。

⑯学陋不文，自谦语，指学识浅陋，不善文辞。

⑰肝鬲（gé），亦作“肝膈”，即肺腑，比喻内心。

⑱笔札，毛笔与简牍，这里泛指文具用品。

⑲濡（rú）毫，即“濡笔”，指用墨汁浸润毛笔。

⑳折纸为范，将白纸折叠出竖格，控制行距，以便于书写。范，样式。

㉑叠背，同“叠肩”，指肩背相叠，形容人多而争相聚观的状况。

㉒“济恶”二句，指风虽有才而以才作恶，嫉妒之性如同唐朝的武则天。济恶，帮助作恶。醉骨，指唐武则天妒杀高宗后妃之事。《旧唐书》中载：“武后知之，令人杖庶人及萧氏各一百，截去手足，投于酒瓮中，曰：‘令此二妪骨醉！’数日而卒。”

㉓“射人”二句，风专门在暗处加害于人。古代传说，水中有一种叫蜮的怪物，看到人影就喷沙子，被喷射的人就会害病，甚至死亡。晋干宝《搜神记》中云：“汉光武中平中，有物处于江水，其名曰‘蜮’，一曰‘短狐’，能含沙射人。所中者则身体筋急，头痛，发热；剧者至死。江人以术方抑之，则得沙石于肉中。诗所谓‘为鬼为蜮，则不可测’也。”

㉔“昔虞帝”三句，圣君如虞舜也受到风的迷惑，唐尧二女为妃不能为他销忧，想要凭借南风为百姓解除心中郁结。虞帝，即“虞舜”，上古五帝之一，姓姚，名重华，因其先国于虞，故称虞舜，为古代传说中的圣君。英皇，指女英、娥皇，尧的两个女儿。渠，第三人称代词，这里指风神。解愠（yǔn），解除心中的郁结。

㉕“楚王”三句，楚顷襄王受到风的蛊惑，对于楚贤者的一次召问未得要领，于是满足于对“大王雄风”的自我陶醉。楚王，即楚顷襄王，前298年即位，楚怀王之子，名横，曾与秦和亲，后又欲与齐、韩联合伐秦，终为秦所败，质太子于秦，在位三十六年

卒。贤才，指的是楚国的一位猎者。称雄，雄风，即强劲的风。

㉖“沛上”二句，刘邦当了皇帝后，回到沛县时曾作《大风歌》抒发心中感慨。沛上英雄，指刘邦。沛上，即沛县。《史记》卷八《高祖本纪》：“高祖还归，过沛，留。置酒沛宫……酒酣，高祖击筑，自为歌诗曰：‘大风起兮云飞扬，威加海内兮归故乡，安得猛士兮守四方！’令儿皆和习之。高祖乃起舞，慷慨伤怀，泣数行下。”

㉗“茂陵”二句，汉武帝也曾作《秋风辞》怀念心目中的佳人。茂陵天子，指汉武帝刘彻。宋郭茂倩《乐府诗集》中曾引《汉武帝故事》：“帝行幸河东，祠后土。顾视帝京，忻然中流，与群臣饮宴。帝欢甚，乃自作《秋风辞》。”其辞云：“秋风起兮白云飞，草木黄落兮雁南归。兰有秀兮菊有芳，怀佳人兮不能忘。泛楼船兮济汾河，横中流兮扬素波。箫鼓鸣兮发棹歌，欢乐极兮衷情多，少壮几时兮奈老何。”

㉘“怒号”二句，指狂风怒号，吹入王宫令玉片乱响。万窍，大地上大大小小的孔穴。

㉙“澎湃”二句，指秋夜风起，在树木间发出响声。澎湃，这里形容秋风声势浩大。中宵，半夜。寒声，凄凉的秋声。

㉚“倏向”二句，风急速吹向山林丛中，不过如同狐假虎威般的炫耀。假虎之威，即“狐假虎威”。

㉛“时于”二句，风吹至滟滪堆时，又在长江中卷起巨浪。滟滪（yàn yù）堆，长江原位于瞿塘峡口的险滩，现位于重庆市万县区奉节县东。因航运阻碍，滟灏堆已于1958年冬炸除。

㉜“帘钩”二句，风吹帘钩频频摇动，在高阁中发出凄清的响声。清商，商声为古代宫、商、角、徵、羽五音之一，因其调凄清悲凉而得名。

㉝“檐铁”二句，即指风吹动屋檐下的风铃，响声冲破离人隐约的梦境。檐铁，即“檐马”，挂在屋檐下的风铃，风吹作响。离人，离别的人或离开家园、亲人的人。

㉞“寻帷”二句，即指风擅自闯入主人的内室寄居，反而如同亲密的幕僚毫无拘束。下榻，原意为礼遇宾客，这里是寄居、投宿的意思。

㉟“排闼（tà）”二句，指风推开门户登堂入室，竟然翻开书页像个读书人。排闼，撞开门。闼，这里泛指门户。登堂，升上厅堂。翻书之客，这里指读书人。

㊱“不曾”二句，平生从未与风相见结识，它却能穿门入户而来。识面，辨别面孔。

㊲“若非”二句，若不是拽住皇后裙角，能为掌上舞的赵飞燕几乎被狂风掠去。掌上留裙，指汉成帝皇后赵飞燕的传说。赵飞燕原为汉成帝宫人，后升婕妤，许皇后废，始立为皇后，汉哀帝立，尊为皇太后，汉平帝即位，废为庶人，自杀死。这里称其为妃子，是用她立后之前的称呼。

㊳“吐虹丝”二句，风在碧空中为昭示自身的存在，竟敢凭借月亮形成月晕。虹丝，如束丝的彩虹，这里形容月晕。碧落，道教语，指天空。阑，环状物，这里即指月阑，又称月晕，即月亮周围的光圈，是月光经云层中冰晶的折射而产生的光现象，常被认为是天气变化起风的征兆，俗称风圈。“因月成阑”属于因果倒置的说法。

㊴“赋归田”三句，辞官还乡的人，刚刚踏上归途，风飘飘已经吹拂其衣。赋归田，指辞官回乡务农。赋，吟诵。薜荔，用薜荔的叶子制成的衣裳，原指神仙鬼怪所披的衣饰，后借以称隐士的服装。

㊵“蓬梗”二句，飞蓬断梗上下飘荡无定，深秋的一阵旋风就将它吹入高空。蓬梗，飞蓬与断梗。飞蓬，指枯后根断遇、风飞旋的蓬草。三秋，这里是指秋季的第三月，即农历九月。抟（tuán）空，盘旋于高空。

㊶“不奉”二句，风欲违反时令，令百花在冬季开放。此处用唐武则天冬日催花的传说。宋尤袤《全唐诗话》卷一《武后》：“天授二年腊，卿相欲诈称花发，请幸上苑，有所谋也。许之。寻疑有异图，先遣使宣诏曰：‘明朝游上苑，火急报春知。花须连夜发，莫待晓风吹。’于是凌晨名花布苑，群臣咸服其异。后托术以移唐祚，此皆妖妄，不足信也。”

㊷“未绝”二句，宴会中尚未发生扯断冠缨的丑闻，风就将堂上的烛火吹灭。此处用楚庄王大宴群臣的典故。《韩诗外传》卷七：“楚庄王赐其群臣酒，日暮酒酣，左右皆醉，殿上烛灭，有牵王后衣者。后挖冠缨而绝之，言于王曰：‘今烛灭，有牵妾衣者。妾扢其缨而绝之，愿趣火视绝缨者。’王曰：‘止。’立出令曰：‘与寡人饮，不绝缨者不为乐也。’于是冠缨无完者，不知王后所绝冠缨者谁。于是王遂与群臣欢饮乃罢。”绝，折断。缨，冠缨，帽带，在下巴处打结，使帽固定。

㊸“甚则”二句，更有甚者的是狂风大作，竟然如李贺诗句那般将山吹为平地。扬尘播（bǒ）土，即“播土扬尘”，尘土飞扬。播，簸扬。吹平李贺之山，出自唐李贺《浩歌》：“南风吹山作平地，帝遣天吴移海水。”李贺，字长吉（790—816），福昌（今河南宜阳）人，曾任奉礼郎，后辞官，早卒。诗多感时伤逝之作，务求新奇，有“鬼才”之称。

㊹“叫雨”二句，狂风挟风带雨，将杜甫茅屋上的苫草卷走。卷破杜陵之屋，出自唐杜甫《茅屋为秋风所破歌》：“八月秋高风

怒号，卷我屋上三重茅。茅飞度江洒江郊，高者挂冒长林梢，下者飘转沉塘坳。”杜陵，地名，在今陕西省西安市东南。这里指代唐代大诗人杜甫，他祖籍杜陵，常自称“杜陵野老”、“杜陵布衣”。

㊺冯夷句，风稍定后河神敲起鼓。冯夷，传说中的黄河之神，即河伯。泛指水神。

㊻少女句，微风从西而来，仿佛吹奏出笙的乐音。少女，即西风。少女为《周易》八卦中的兑卦。兑为阴卦，第三爻为阴爻，故称“少女”。

㊼“荡漾以来”四句，风从波动开始变强，草皆倒伏；狂风呼啸奔腾而来，欲将屋瓦吹落。荡漾，波动的样子。草皆成偃（yǎn），草皆倒伏。瓦欲为飞，狂风欲将屋瓦吹落。

㊽“未施”二句，风尚未施展盘旋于水面掀起大浪的威力，江豚已经在水中时时浮沉出没拜舞。抟（tuán）水，盘旋在水面。江豚，即“江猪”，哺乳动物，形状像鱼，无背鳍，头短，眼小，全身黑色，吃小鱼和其他水生小动物。我国长江和印度大河中常可见到。

㊾“陡出”二句，即风骤然扬尘遮天蔽日，打乱了雁群的飞行秩序。障天，指被风吹起的沙尘遮天蔽日。书天雁字，成列而飞的雁群在飞行时常排成“一”或“人”字。

㊿“助马当”四句，指风在马当山相助王勃一帆风顺直抵南昌作《滕王阁序》，还算得上有可取之处；但风又吹拂起神仙住处瑶台的翠帐，是否怀有不良的居心？马当，山名，在今江西省九江市彭泽县东北，北临长江，因山的形状像马而得名。相传唐王勃在此乘舟，遇有神风相助，竟然能一夜到达南昌，从而留下了传世佳作《滕王阁序》。

㉛“至于”二句，神奇灵异的海鸟预知海上大风将至，尚且依附于鲁国都的东门以避灾。鲁门，指鲁国国都曲阜（现属山东）的城东门。

㉜“但使”二句，只要能保障行旅的安全，愿意为石娘将尤郎唤回以平息逆风。元伊世珍《琅嬛记》卷中引《江湖纪闻》：“石尤风者，传闻为石氏女，嫁为尤郎妇，情好甚笃。为商远行，妻阻之，不从。尤出不归，妻忆之病亡。临亡长叹曰：‘吾恨不能阻其行，以至于此。今凡有商旅远行，吾当作大风，为天下妇人阻之。’自后商旅发船值打头逆风，则曰：‘此石尤风也。’遂止不行。妇人以夫姓为名，故曰‘石尤’。由此观之，古时仍有尤姓也。近有一榜人自言有奇术，恒曰：‘人能与我百钱，吾能返此风。’人有与之，风果止。后人云乃密书‘我为石娘唤尤郎归也，须放我舟行’十四字，沉水中。”

㉝“古有”四句，古代有乘长风破万里浪的宗悫一类贤士豪杰，当今却没有如同列子一样乘风而行的高洁之士。

㉞“驾砲车”二句，暴风掀起狂云而起，因而妄自尊大，不可一世。驾，掀起，唐刘禹锡《张郎中籍远寄长句开缄之日已及新秋因举目前仰酬高韵》诗：“云衔日脚成山雨，风驾潮头入渚田。”砲车，即“砲车云”，又称“抛车云”，一种预示暴风即将到来的云，为砧状积雨云。夜郎自大，比喻人妄自尊大。夜郎本为汉代西南小国，《史记》卷一一六《西南夷列传》：“滇王与汉使者言曰：‘汉孰与我大？’及夜郎侯亦然。以道不通故，各以为一州主，不知汉广大。”

㉟“恃贪狼”二句，河伯依仗暴风的违逆之气泛滥，水势浩大，就自以为天下没人比得上自己。贪狼，这里指暴风，宋张唐英《蜀祷机》卷上：“（王衍）次梓潼，大风暴起，发屋拔木。

知星者赵廷义言曰：‘此贪狼风，千里外必有破军杀将之凶。’”逆气，违逆不顺之气。漫以河伯为尊，指河伯自以为是，语本《庄子·秋水》：“秋水时至，百川灌河，泾流之大，两涘渚崖之间，不辨牛马。于是焉，河伯欣然自喜，以天下之美为尽在己。”河伯，传说中的黄河神。

㊻“姊妹”二句，指百花无一幸免，全部族群受到狂风的摧残与欺凌。姊妹，花的不同品种。汇族，族类。

㊼“纷红”四句，风骚扰乃至摧残花木，无休无止。纷红骇绿，形容花叶繁盛，随风摆动。掩苒，又作“掩冉”，披靡，偃倒。擘（bó）柳，黄河以北地区的风名，即“吹花擘柳风”，明徐应秋《玉芝堂谈荟》卷一九：“河朔春时，疾风数日一作，三日乃止，曰吹花擘柳风。见《逐斋闲览》。”鸣条，风吹树枝的声音。萧骚，形容风吹树木的声音。

㊽“雨零”二句，细雨随风过后，连缀坠落的花瓣就成为富豪家宴客的坐垫。零，雨徐徐而下。金谷，古地名，现属河南省洛阳市。这里指金谷园，晋石崇于金谷涧中所筑的园馆。在古人诗文中常泛指富贵人家盛极一时但好景不长的豪华园林。缀，连缀。藉客之裀（yīn），即“花褶”，用落花当坐垫。藉，坐卧在某物上。裀，通“茵”，指褥垫、毯子之类。

㊾“露冷”二句，在清晨露水未干的宫苑中，风吹柳絮飘落又沾上泥土。华林，即“华林苑”，宫苑名，三国吴建，故址在今南京市鸡鸣山南古台城内。南朝宋元嘉时扩建，其后齐、梁诸帝，常宴集于此。这里泛指宫苑。柳絮又称杨花，这里即以之为百花的族类。

㊿“埋香”四句，百花受风之害，吹落后又埋于泥土，与华丽的楼阁这曾经的伴侣告别。埋香瘗（yì）玉，将落花埋葬，旧时常

比喻埋葬美女。残妆，原指女子残褪的妆面，这里形容枯萎凋零的落花。朱榭雕栏，即名花的生长环境。朱榭，建在高台上的红色木屋，多为游观之所。雕栏，雕花彩饰的栏杆。杂佩，总称连缀在一起的各种佩玉。

㉛“翩跹”四句，因风吹花落令春光不再，使游春与怀春少女都无限怅惘。翩跹，形容女子飘逸轻盈的步态。江汉女，长江和汉水一带的游女。弓鞋，旧时缠脚妇女所穿的鞋子，形状似弓。漫，副词，空，徒然。玉楼人，怀春少女。玉楼，华丽的楼。珠勒，珠饰的马络头。

㉜“伤春者”二句，百花经风的摧残，令伤春人与寻胜者既难以为情又无可奈何。寻胜，游赏名胜。

㉝“尔乃”四句，风在肆虐春天以后更加得意忘形，意欲摧毁一切美好事物。无端，无故肆虐为害。踔（chuō）厉，原意为雄健、奋发，这里形容纵横恣肆，无所顾忌。催蒙振落，谓摧残新生者又摇掉将落的枯叶。催，通“摧”，摧残。蒙，通“萌”，萌生。瓓珊，同“阑珊”，形容夏秋之际无休无止的风，常构成“阑风长雨”词组，即阑珊的风，冗多的雨，常泛指风雨不已。

㉞“久矣”二句，指无人护惜怜悯，一任百花伤心悲恸忍受风的残害已经很久了。娟娟者，指代百花。娟娟，姿态柔美的样子。霣（yǔn）涕，落泪。霣，通“陨”，坠落。

㉟“堕溷（hùn）”二句，被风所吹落的百花坠于篱笆、厕所，从此结束生命。溷，厕所。芳魂，美人的魂魄，这里指百花的魂魄。

㊱“朝荣”二句，百花朝开夕落，何时能够摆脱风的残害。荣，繁茂。悴，枯萎。荼毒，残害。

㊲“怨罗裳”二句，春风吹开少女的衣裙，从而受到笑骂娇

嗔。罗裳，丝罗制的裙子，这里泛指少女衣裙。子夜，指《子夜歌》，乐府《吴声歌曲》名，宋郭茂倩《乐府诗集》中云："《子夜歌》者，晋曲也。晋有女子名子夜，造此声，声过哀苦。"现存晋、宋、齐三代歌词四十二首，写爱情生活中的悲欢离合，多用双关隐语。南朝乐府又有《子夜四时歌》，是据《子夜歌》变化而成。亦省作"子夜"。

⑱"讼狂伯"二句，风伯肆虐遭受古人的诉讼，却未受到上天的惩治。化用唐韩愈《讼风伯》："嗟尔风伯兮，欲逃其罪又何辞。上天孔明兮，有纪有纲。我今上讼兮，其罪谁当。天诛加兮不可悔，风伯虽死兮人谁汝伤。"狂伯，即"风伯"，神话中的风神。

⑲"诞告"二句，吁请百花组建起营阵，共同迎战狂风。诞告，广泛告知。芳邻，对邻居的美称，这里指世间百花。蛾眉，蚕蛾触须细长而弯曲，通常喻指女子美丽的眉毛，这里比喻众花。

⑳"凡属"二句，花花草草一类的植物，都要成为迎战风神的兵士。同气，原指有血统关系的亲属，这里比喻众花草。

㉑"莫言"二句，不要认为花木体质衰弱无能为力，只须立志，编为篱笆也能抵抗风的肆虐。蒲柳，即"水杨"，一种入秋就凋零的树木，后喻未老先衰或体质衰弱。藩篱，指用竹木编成的篱笆或栅栏，此处释为保卫疆界。

㉒"且看"四句，百花将与始终为友的莺、燕、蜂、蝶联合起来，誓言共同向风复仇。莺俦燕侣，原意为以莺、燕之成双作对比喻情侣或夫妇，这里用来指百花之友。夺爱，夺莺燕之所爱，比喻风残害百花的行径。蝶友蜂交，即指蝴蝶与蜜蜂等百花的朋友。同心之誓，指志同道合的誓言。

㉓"兰桡"二句，以香洁的兰与桂领军，率领百花进行抵御狂

风的训练。兰桡，小舟的美称。桂楫，桂木船桨，也泛指桨。

⑭“桑盖”二句，以桑为车盖，以柳为旌旗，作为在上苑显示百花兵力以向风示威的装备。柳旌，柳条迎风招展，像旌旗一样。观兵，显示兵力。

⑮“东篱”二句，意谓高逸的菊花也从隐居处出来增援百花的兵力。东篱处士，指晋陶渊明，他弃官归隐，平生喜爱菊花，这里即喻指菊花。东篱，指种菊之处。处士，古代指有才德而隐居不仕的人。茅庐，草屋，这里指隐士的居所。

⑯“大树”二句，作为将军的大树对于狂风的肆虐也深怀义愤。大树将军，指东汉大将冯异，《后汉书》卷一七《冯异传》：“异为人谦退不伐，行与诸将相逢，辄引车避道。进止皆有表识，军中号为整齐。每所止舍，诸将并坐论功，异常独屏树下，军中号曰‘大树将军’。”这里即借用其字面义，特指大树。义愤，被违反正义的事情所激发的愤怒。

⑰“杀其”四句，打击狂风的嚣张气焰，歼灭强横称霸者，为百花洗刷千年的沉冤，消除风韵美好百花的万古积恨。粉黛，原指美女，这里喻指百花。风流，用风韵美好动人来形容百花。

【简评】

本文写于康熙二十二年，蒲松龄时年四十四岁，补廪膳生，长孙立德出生。这一年他在毕际有家设馆已经四年，《聊斋志异》的框架也在此前四年大体告成。除科场踟蹰、青云无路以外，人生志向总算实现了十之八九。《聊志志异》的最早刻本为青柯亭本，刊于乾隆三十一年（1766），距离蒲松龄去世已经五十馀年。青柯亭本将《绛妃》改名《花神》，作为全书之殿，排于第十六卷之末，而清人评注《聊斋》者多据青本，故冯镇峦有评云：“殿以此篇，抬文人之身份，成得意之文章。”

作为一篇骈文力作，蒲松龄苦心孤诣、精心结撰，的确非一蹴而就之笔，以诸多典故为基，串联古人情事传达出自己心中所想。从《绛妃》的取材而言，蒲松龄无疑受到唐谷神子《博异志·崔玄微》的启发，将护花之“朱幡”，改作一篇洋洋洒洒的四六骈文，则显然有争强较胜于古人的用心了。袁世硕先生曾云：“《绛妃》确为炫才之作。若更进一层揣想当时与馆东毕际有相处的情况，不难意识到作者受到毕际有的赏识，经常随毕际有游赏家中园林，或者谈到文章的事情，作者一时兴起，仿李贺梦中应召赋天上白玉楼文的故事，推出一篇匠心经营的四六文，炫才自得，投合毕际有风雅之趣。”

颜氏

顺天[1]某生，家贫。值岁饥，从父之洛[2]。性钝，年十七，裁能成幅[3]。而丰仪秀美，能雅谑，善尺牍，见者不知其中之无有也。无何，父母继殁，孑然一身，受童蒙于洛汭[4]。时村中颜氏有孤女，名士裔也，少惠，父在时尝教之读，一过辄记不忘。十数岁，学父吟咏。父曰："吾家有女学士，惜不弁[5]耳。"钟爱之，期择贵婿。父卒，母执此志，三年不遂，而母又卒。或劝适佳士[6]，女然之而未就也。适邻妇逾垣[7]来，就与攀谈。以字纸裹绣线，女启视，则某手翰[8]，寄邻生者，反复之而好焉。邻妇窥其意，私语曰："此翩翩一美少年，孤与卿等，年相若也。倘能垂意，妾嘱渠侬胹合之[9]。"女脉脉不语。妇归，以意授夫。邻生故与生善，告之，大悦。有母遗金鸦镮[10]，托委致焉。刻日[11]成礼，鱼水甚欢。及睹生文，笑曰："文与卿似是两人，如此，何日可成？"朝夕劝生研读，严如师友。敛昏[12]，先挑烛据案自哦，为丈夫率[13]，听漏三下[14]，乃已。

如是年馀，生制艺颇通，而再试再黜，身名蹇落[15]，饔飧[16]不给，抚情寂漠[17]，嗷嗷悲泣。女诃之曰："君非丈夫，负此弁耳！

使我易髻而冠，青紫直芥视之[18]！”生方懊丧，闻妻言，啖睗[19]而怒曰：“闺中人身不到场屋[20]，便以功名富贵似汝在厨下汲水炊白粥[21]；若冠加于顶，恐亦犹人[22]耳！”女笑曰：“君勿怒。俟试期，妾请易装相代。倘落拓如君，当不敢复藐天下士矣。”生亦笑曰：“卿自不知蘖苦[23]，真宜使请尝试之。但恐绽露，为乡邻笑耳。”女曰：“妾非戏语。君尝言燕有故庐[24]，请男装从君归，伪为弟。君以襁褓出，谁得辨其非？”生从之。女入房，巾服而出，曰：“视妾可作男儿否？”生视之，俨然一顾影[25]少年也。生喜，遍辞里社[26]。交好者薄有馈遗，买一羸蹇[27]，御妻而归[28]。

生叔兄尚在，见两弟如冠玉[29]，甚喜，晨夕恤顾之。又见宵旰攻苦，倍益爱敬。雇一剪发雏奴为供给使，暮后辄遣去之。乡中吊庆，兄自出周旋，弟惟下帷[30]读。居半年，罕有睹其面者。客或请见，兄辄代辞。读其文，瞲然[31]骇异。或排闼而迫之，一揖便亡去。客睹丰采，又共倾慕，由此名大噪，世家争愿赘焉。叔兄商之，惟辴然[32]笑。再强之，则言：“矢志青云，不及第不婚也。”会学使案临，两人并出。兄又落；弟以冠军应试，中顺天第四。明年成进士，授桐城[33]令，有吏治[34]。寻迁河南道掌印御史[35]，富埒王侯。因托疾乞骸骨[36]，赐归田里。宾客填门，迄谢不纳。又自诸生以及显贵，并不言娶，人无不怪之者。归后，渐置婢，或疑其私，嫂察之，殊无苟且。

无何，明鼎革[37]，天下大乱。乃告嫂曰：“实相告：我小郎[38]妇也。以男子阘茸[39]，不能自立，负气自为之。深恐播扬，致天子召问，贻笑海内耳。”嫂不信。脱靴而示之足，始愕，视靴中，则败絮满焉。于是使生承其衔[40]，仍闭门而雌伏[41]矣。而生平不孕，遂出赀购妾。谓生曰：“凡人置身通显，则买姬媵以自奉，我宦迹[42]十年，犹一身耳。君何福泽，坐享佳丽？”生曰：“面首三十人，请卿自置耳[43]。"相传为笑。是时生父母，屡受[44]覃恩矣。搢绅拜往，尊生以侍御礼。生羞袭闺衔，惟以诸生自安，终身未尝舆盖云[45]。

异史氏曰："翁姑受封于新妇，可谓奇矣。然侍御而夫人[46]也者，何时无之？但夫人而侍御者少耳。天下冠儒冠、称丈夫者，皆愧死矣！"

【注释】

①顺天，明清直隶顺天府，为都城所在，即现北京市。

②洛，即洛阳，今属河南。

③裁，仅仅。成幅，写成整篇的八股文章。

④童蒙，需要进行启蒙教育的儿童。洛汭（ruì），在今河南省洛阳市一带地区。汭，河流会合或弯曲的地方。

⑤不弁（biàn），不能像男子一样加冠。

⑥佳士，品行或才学优良的人。

⑦逾垣，翻越墙头，这里有造访邻居选走捷径的意思。

⑧手翰，亲笔信札。

⑨渠侬，方言中第三人称"他"，这里谓邻妇的丈夫。胹（ér）合，撮合成亲。

⑩金鸦镮，镶嵌有金鸦宝石的戒指。金鸦，宝石名。

⑪刻日，限定日期。刻，通"克"。

⑫敛昏，天色已黑。敛，聚集。

⑬率，表率。

⑭漏三下，即三更，相当于现代计时的晚十一点到次日凌晨一点。漏，即"漏壶"，古代利用滴水多寡来计量时间的一种仪器。

⑮蹇（jiǎn）落，穷困不得志。

⑯饔飧（yōng sūn）不给（jǐ），一天三餐都很难保证。饔

飧，早饭和晚饭，泛指饭食。

⑰抚情，感念情怀。寂漠，同“寂寞”，凄凉之意。

⑱青紫直芥视之，视取高官显位为极容易的事情。青紫，本为古时公卿绶带之色，此处借指高官显爵。

⑲睒睗（shǎn shì），又作“睗睒”，狠狠地瞪着别人的样子。

⑳场屋，科举考试的地方，又称科场。

㉑炊白粥，指极易做的事情。

㉒犹人，如同别人。

㉓蘗（bò），黄柏，落叶乔木，树皮味苦，可入药。

㉔燕（yan），古国名，地域约相当于今河北省北部与辽宁省西部一带。

㉕顾影，自顾其影，含有自矜、自负之意。

㉖里社，古代里中祭祀土地神的处所，这里借指乡里。

㉗羸蹇（léi jiǎn），驽弱瘦瘠的驴。

㉘御，驾驭车马，这里是驮载的意思。

㉙冠玉，原指装饰帽子的美玉，多用来形容男子的美貌。

㉚下帷，放下室内悬挂的帷幕，这里引申为闭门苦读。

㉛瞲（xuè）然，惊奇的样子。

㉜辴（chǎn）然，大笑的样子。

㉝桐城，明清县名，属安庆府，治所在今安徽省桐城市。

㉞有吏治，有治绩，县令的政治声誉良好。

㉟河南道掌印御史，明代都察院属官监察御史，秩正七品。宣德十年，按省定为十三道，分任本道纠察、刑名等事，其中河南道御史参与内外官员考察，职守尤重。

㊱乞骸骨，古代官吏自请退职，意为让骸骨得归葬故乡。

㊲鼎革，即“鼎新革故”，这里是指由明入清，改朝换代。

㊳小郎，古代称丈夫之弟。这里是颜氏借用嫂嫂口吻指代自己的丈夫。

㊴阘（tà）茸，庸碌低劣。

㊵承其衔，承袭颜氏在明朝所获的职衔。其衔在清朝已经无大用，不过在乡里属于一种荣誉地位。

㊶雌伏，比喻退藏不出，这里也暗指其退守妇道。

㊷官迹，指做官的经历、行踪。

㊸“面首”二句，男宠可由你随意购置。属于闺中调侃戏谑的话语。面首，古代泛指供贵妇人玩弄的美男子。

㊹覃（tán）恩，广施恩泽。这里是指帝王对于官员父母“封赠”的恩典。封建时代推恩臣下，将官爵授予其父母。父母存者称封，死者称赠。封赠之制，起于晋与南朝宋，至唐始备。最初仅及于父母，唐末五代以后，始上追曾祖、祖、父母三代，往往以子孙的官位为赠。

㊺舆盖，车舆与车盖，古代为致仕官员身份的证明。

㊻侍御而夫人，身为言官而怯懦如女子不敢进谏，也是不称职。监察御史属言官，又称谏官，向朝廷进谏纠失、弹劾官员为其本职工作。夫人，这里用来比喻本性柔弱的女性。

【简评】

中国科举制度发轫于隋代，经唐宋整合，至明清发展至极致。须眉男子欲跳龙门尚且难于上青天，更何况巾帼弱女子欲与男子逐鹿于科场，又谈何容易！唐代武则天曾当过中国唯一的女皇帝，却始终没有开设女科。清李汝珍的小说《镜花缘》虚构了才女唐闺臣等应考武则天开设的女科，只是文人的一种幻想。诸如陈端生的长篇弹词作品《再生缘》中，孟丽君女扮男装，参加科举考试连中三元，随后又为国家建功立业，更是匪夷所思！在市井民间，充分发挥如此想象力者也不乏其人。

蒲松龄这篇《颜氏》将故事发生的背景置于天崩地解的明清易代之际，且设计出“顺天某生”流落他乡再回归故里应试的情节，为颜氏设计出不能生育的人生缺陷，似也是为“圆谎”而虚构，绝非等闲之笔。全篇故事紧凑，极见巧思。若言女状元，在清末太平天国时期，曾有一位南京女子傅善祥，据说是应试太平天国女科第一名，后入东王杨秀清官中，曾引来后世文人的诸多评说。但这并非“上帝”眷顾的太平天国尊重女性的表现，或许恰恰相反，此处不作深论。总之，蒲松龄写《颜氏》或有借题发挥暗讽封建社会台谏机制无效的用心，这从“异史氏曰”即可看出，此处亦不作深论。

小谢

渭南姜部郎[1]第，多鬼魅，常惑人，因徙去。留苍头门之而死，数易皆死，遂废之。里有陶生望三者，夙倜傥，好狎妓，酒阑辄去之。友人故使妓奔就之，亦笑内不拒，而实终夜无所沾染。尝宿部郎家，有婢夜奔，生坚拒不乱，部郎以是契重[2]之。家綦贫，又有“鼓盆”之戚[3]；茅屋数椽，溽暑[4]不堪其热，因请部郎假废第。部郎以其凶故，却之，生因作《续无鬼论》[5]献部郎，且曰：“鬼何能为！”部郎以其请之坚，诺之。

生往除厅事。薄暮，置书其中，返取他物，则书已亡。怪之，仰卧榻上，静息以伺其变。食顷，闻步履声，睨之，见二女自房中出，所亡书送还案上。一约二十，一可十七八，并皆姝丽，逡巡立榻下，相视而笑。生寂不动。长者翘一足踹生腹，少者掩口匿笑。生觉心摇摇，若不自持，即急肃然端念，卒不顾。女近以左手捋髭，右手轻批颐颊，作小响，少者益笑。生骤起，叱曰：“鬼物敢尔！”二女骇奔而散。生恐夜为所苦，欲移归，又耻其言不掩[6]，乃挑灯读。暗中鬼影憧憧[7]，略不顾瞻。夜将半，烛而寝。始交睫，觉人以细物穿鼻，奇痒，大嚏，但闻暗处隐隐作笑声。生不语，假寐以俟之。俄见少女以纸条撚细股，鹤行鹭伏[8]而至，生暴起诃之，飘窜而去。既寝，又穿其耳。终夜不堪其扰。鸡既鸣，乃寂无声，生始酣眠，终日无所睹闻。日既下，恍惚出现。生遂夜炊，将以达旦。长者渐曲肱几上[9]，观生读，既而掩生卷。生怒捉之，即已飘散；少间，又抚之。生以手按卷读。少者潜于脑后交两手掩生目，瞥然去，远立以哂。生指骂曰："小鬼头！捉得便都杀却！"女子即又不惧。因戏之曰："房中纵送[10]，我都不解，缠我无益。"二女微笑，转身向灶，析薪溲米[11]，为生执爨[12]。生顾而奖曰："两卿此为，不胜憨跳[13]耶？"俄顷，粥熟，争以匕箸、陶椀[14]置几上。生曰："感卿服役，何以报德？"女笑云："饭中溲合砒、酖[15]矣。"生曰："与卿夙无嫌怨，何至以此相加。"啜已，复盛，争为奔走。生乐之，习以为常。

日渐稔，接坐倾语[16]，审其姓名。长者云："妾秋容，乔氏，彼阮家小谢也。"又研问所由来，小谢笑曰："痴郎！尚不敢一呈身[17]，谁要汝问门第，作嫁娶耶？"生正容曰："相对丽质，宁独无情；但阴冥之气，中人必死。不乐与居者，行可耳；乐与居者，安可耳。如不见爱，何必玷两佳人？如果见爱，何必死一狂生？"二女相顾动容，自此不甚虐弄之。然时而探手于怀，捋裤于地，亦置不为怪。一日，录书未卒业而出，返则小谢伏案头，操管代录。见生，掷笔睨笑。近视之，虽劣不成书，而行列疏整[18]。生赞曰："卿雅人也！苟乐此，仆教卿为之。"乃拥诸怀，把腕而教之画。秋容自外入，色乍变，意似妒。小谢笑曰："童时尝从父学书，久不作，遂如梦寐。"秋容不语。生喻其意，伪为不觉者，遂抱而授以笔，曰："我视卿能此否？"作数字而起，曰："秋娘大好笔力！"秋容乃喜。生于是折两纸为范[19]，俾共临摹，生另一灯读。

窃喜其各有所事，不相侵扰。仿毕，祇立[20]几前，听生月旦。秋容素不解读，涂鸦不可辨认，花判[21]已，自顾不如小谢，有惭色。生奖慰之，颜始霁[22]。二女由此师事生，坐为抓背，卧为按股，不惟不敢侮，争媚之。逾月，小谢书居然端好，生偶赞之。秋容大惭，粉黛淫淫[23]，泪痕如线，生百端慰解之，乃已。因教之读，颖悟非常，指示一过，无再问者。与生竞读，常至终夜。小谢又引其弟三郎来，拜生门下，年十五六，姿容秀美，以金如意一钩为贽。生令与秋容执一经[24]，满堂咿唔[25]，生于此设鬼帐[26]焉。部郎闻之喜，以时给其薪水。积数月，秋容与三郎皆能诗，时相酬唱。小谢阴嘱勿教秋容，生诺之；秋容阴嘱勿教小谢，生亦诺之。一日，生将赴试，二女涕泪持别。三郎曰："此行可以托疾免；不然，恐履不吉。"生以告疾为辱，遂行。

先是，生好以诗词讥切时事，获罪于邑贵介[27]，日思中伤之。阴赂学使，诬以行简[28]，淹禁狱中。资斧绝，乞食于囚人，自分已无生理。忽一人飘忽而入，则秋容也，以馔具[29]馈生。相向悲咽，曰："三郎虑君不吉，今果不谬。三郎与妾同来，赴院申理矣。"数语而出，人不之睹。越日，部院出，三郎遮道声屈[30]，收之。秋容入狱报生，返身往侦之，三日不返。生愁饿无聊，度一日如年岁。忽小谢至，怆惋欲绝，言："秋容归，经由城隍祠，被西廊黑判强摄去，逼充御媵。秋容不屈，今亦幽囚。妾驰百里，奔波颇殆；至北郭，被老棘刺吾足心，痛彻骨髓，恐不能再至矣。"因示之足，血殷凌波[31]焉。出金三两，跛踦[32]而没。部院勘三郎，素非瓜葛，无端代控，将杖之，扑地遂灭，异之。览其状，情词悲恻。提生面鞫，问："三郎何人？"生伪为不知。部院悟其冤，释之。既归，竟夕无一人。更阑[33]，小谢始至，惨然曰："三郎在部院，被廨神[34]押赴冥司。冥王以三郎义，令托生富贵家。秋容久锢，妾以状投城隍，又被按阁[35]，不得入，且复奈何？”生忿曰：“黑老魅[36]何敢如此！明日仆其像，践踏为泥，数城隍而责之。案下吏暴横如此，渠在醉梦中耶！”悲愤相对，不觉四漏[37]将残，秋容飘然忽至。两人惊喜，急问，秋容泣下曰：“今为郎万苦矣！判日以刀杖相逼，今夕忽放妾归，曰：‘我无他，原以爱故；既不愿，固亦不曾污玷。烦告陶秋曹[38]，勿见谴责。’”生闻少欢，欲与同寝，曰：“今日愿为卿死。”二女戚然曰：“向受开导，颇知义理，何忍以爱君者杀君乎？”执不可。然俯颈倾头，情均伉俪。二女以遭难故，妒念全消。

会一道士途遇生，顾谓“身有鬼气”，生以其言异，具告之。道士曰：“此鬼大好，不宜负他。”因书二符付生，曰：“归授两鬼，任其福命。如闻门外有哭女者，吞符急出，先到者可活。”生拜受，归嘱二女。后月馀，果闻有哭女者，二女争奔而去。小谢忙急，忘吞其符。见有丧舆[39]过，秋容直出，入棺而没；小谢不得入，痛哭而返。生出视，则富室郝氏殡其女。共见一女子入棺而去，方共惊疑；俄闻棺中有声，息肩发验，女已顿苏。因暂寄生斋外，罗守之。忽开目问陶生，郝氏研诘之，答云：“我非汝女也。”遂以情告。郝未深信，欲舁归，女不从，径入生斋，偃卧不起。郝乃识婿而去。

生就视之，面庞虽异，而光艳不减秋容，喜惬过望，殷叙平生。忽闻呜呜鬼泣，则小谢哭于暗陬[40]。心甚怜之，即移灯往，宽譬哀情[41]，而衿袖淋浪[42]，痛不可解，近晓始去。天明，郝以婢媪赍送香奁，居然翁婿矣。暮入帷房，则小谢又哭。如此六七夜。夫妇俱为惨动，不能成合卺之礼。生忧思无策，秋容曰：“道士，仙人也。再往求，倘得怜救。”生然之。迹道士所在，叩伏自陈。道士力言“无术”，生哀不已。道士笑曰：“痴生好缠人。合与有缘，请竭吾术。”乃从生来，索静室，掩扉坐，戒勿相问，凡十馀日，不饮不食。潜窥之，瞑若睡。一日晨兴，有少女搴帘入，明眸皓齿，光艳照人，微笑曰：“跋履[43]终夜，惫极矣！被汝纠缠不了，奔驰百里外，始得一好庐舍[44]，道人载与俱来矣。待见其人，便相交付耳。”敛昏[45]，小谢至，女遽起迎抱之，翕然[46]合为一体，仆地而僵。道士自室中出，拱手径去。拜而送之。及返，则女已苏。扶置床上，气体渐舒，但把足呻言趾股酸痛，数日始能起。

后生应试得通籍[47]。有蔡子经者，与同谱[48]，以事过生，留数日。小谢自邻舍归，蔡望见之，疾趋相蹑，小谢侧身敛避，心窃怒其轻薄。蔡告生曰：“一事深骇物听[49]，可相告否？”诘之，答曰：“三年前，少妹夭殒，经两夜而失其尸，至今疑念。适见夫人，何相似之深也？”生笑曰：“山荆陋劣，何足以方[50]君妹？然既系同谱，义即至切，何妨一献妻孥[51]。”乃入内，使小谢衣殉装出。蔡大惊曰：“真吾妹也！”因而泣下。生乃具述其本末，蔡喜曰：“妹子未死，吾将速归，用慰严慈[52]。”遂去。过数日，举家皆至。后往来如郝焉。

异史氏曰：“绝世佳人，求一而难之，何遽得两哉！事千古而一见，惟不私奔女者能遘[53]之也。道士其仙耶？何术之神也！苟有其术，丑鬼可交耳。”

【注释】

①渭南，明清县名，属西安府，今陕西省渭南市。部郎，明清中央六部中郎官，即吏、户、礼、兵、刑、工，六部之下各司之主官郎中（秩正五品）、副主官员外郎（秩从五品）等官员的统称。

②契重，器重。

③鼓盆之戚，丧妻之痛。鼓盆，敲瓦罐子。

④溽（rù）暑，盛夏气候潮湿闷热。

⑤续无鬼论，接续前人有关没有鬼的议论，再加弘扬。

⑥其言不掩，言行不一致，即行为和之前所作《续无鬼论》相违背。

⑦憧憧（chōng），往来不绝的样子。

⑧鹤行鹭伏，形容迈步轻起轻落，步幅加大，小心翼翼，以免被人发觉。

⑨曲肱（gōng）几上，弯着胳膊作枕头伏在几案之上。

⑩房中纵送，即房中术，又称“房术”，古代道士、方士关于节欲养生保气之术，后世变成满足淫乐的邪术，总名“房中术”。

⑪析薪溲（sōu）米，劈柴淘米。

⑫执爨（cuàn），做饭。爨，炊也。

⑬憨（hān）跳，顽皮。

⑭匕箸（zhù），餐具，羹匙、筷子。椀（wǎn），“碗”的古字。

⑮溲（sǒu）合，拌和。砒（pī）酖（zhèn），毒药。砒，即砒礵，一种无机化合物，白色或灰色固体，有剧毒。酖，同“鸩”，传说中的一种毒鸟。以羽浸酒，饮之即死。

⑯接坐倾语，坐在一起尽情交谈。

⑰呈身，原意是自荐求仕，这里比喻自炫男女交接之术。呈，自炫。

⑱行列疏整，抄写得横竖成行，齐整有序。

⑲折两纸为范，将两张白纸分别折叠出竖格，控制行距，以便于书写。范，样式。

⑳祇（zhī）立，敬立。

㉑花判，指古代官吏用骈体文写成的语带滑稽的判词。

㉒颜始霁（jì），指脸色从不开心变得开心。

㉓粉黛淫淫，脸上的妆容随泪水流落不止。粉黛，古代傅面的白粉和画眉的黛墨。淫淫，流落不止的样子。

㉔执一经，修习《诗》《尚书》《易经》《礼记》《春秋左传》这《五经》中的一种。

㉕咿唔，象声词，多形容吟诵声。

㉖设鬼帐，鬼设馆当教师，教授鬼学生。

㉗邑贵介，县中地位尊贵者。

㉘行简，行为缓慢。

㉙馔具，陈设食物的器具。

㉚遮道，拦路。声屈，喊冤。

㉛血殷（yān）凌波，流血染红了鞋。殷，以血染红。凌波，原本形容女子步履轻盈，这里指代女子的鞋。

㉜跛踦（bǒ qī），走路不稳的样子。

㉝更阑，更深夜残。

㉞廨神，官署的保护神。

㉟按阁，搁置，放在一边，不予理睬。

㊱黑老魅，老黑精怪。

㊲四漏，即“四更”，相当于现在的凌晨一点到三点。

㊳秋曹，刑部的别称。这里有预示陶望三以后当任官刑部的意思。

㊴丧舆（yú），即“灵舆”，指灵车，载运灵柩的车子。

㊵暗陬（zōu），黑暗的角落。

㊶宽譬哀情，宽慰劝解悲伤的感情。

㊷衿袖淋浪，指泪水流滴不止打湿了襟袖。

㊸跋履，旅途辛劳奔波。

㊹庐舍，原意为房屋、住宅，道教常喻为人的灵魂所依附的躯体。

㊺敛昏，天色已黑。敛，聚集。

㊻翕（xī）然，忽然。

㊼通籍，指初作官，意思是朝中已有了名籍。

㊽同谱，犹“同榜”，古代科举考试，考中的张榜公布。在同一榜录取的称为同榜。

㊾物听，众人的言论。

㊿方，对比。

51一献妻孥（nú），令妻与子出来与自己的朋友相见。在古代，只有关系非常亲密的人才能得到这种礼遇。

52严慈，指父母。古人有“严父慈母”之语。

53私，指通奸。遘，遇到。

【简评】

现实的局促常常导致人们的思想徜徉于虚幻的世界，在人间与灵界的穿越与交织中追求自己梦寐以求的理想境界。“红袖添香夜读书”是为旧时读书人所朝思暮想的美事，陶望三以一身正气终于感化了两个“不胜憨跳”的“小鬼头”，其内心所秉持者正是儒家所谓“信行所履，不欺闇室”的道德修养，正是在这种无私的道德感化下，两女完成了从相妒到相怜的情感转换以及从竞争到共赢的成长历程。

陶生无妄之灾的设计，无疑是一男二女从一般意义上的情侣化为超越生死的知己的关键，陶生的形象就是作者蒲松龄构思小说过程中的自我想象。而患难中见真情，艰辛困苦中的相濡以沫令男女之情终于超脱肉欲诱惑，而更往“灵”之境界发展，这也是这篇小说极为感人的地方。这里没有庸常佳人小说那种一男二女的俗世想象，作者所追求的是一种理想的情爱模式。

菱角

胡大成，楚[1]人，其母素奉佛。成从塾师读，道由观音祠，母嘱过必入叩。一日，至祠，有少女挽儿遨戏其中，发裁掩颈，而风致娟然。时成年十四，心好之。问其姓氏，女笑云："我祠西焦画工女菱角也。问将何为？"成又问："有婿家否？"女酡然[2]曰："无也。"成曰："我为若婿，好否？"女惭云："我不能自主。"而眉目澄澄[3]，上下睨成，意似欣属[4]焉。成乃出。女追而遥告曰："崔尔诚，吾父所善，用为媒，无不谐。"成曰："诺。"因念其慧而多情，益倾慕之。归，向母实白心愿。母止此儿，常恐拂之，即浼崔作冰。焦责聘财奢，事已不就。崔极言成清族[5]美才，焦始许之。

成有伯父，老而无子，授教职[6]于湖北。妻卒任所，母遣成往奔其丧。数月将归，伯又病，亦卒。淹留[7]既久，适大寇据湖南，家耗[8]遂隔。成窜民间，吊影孤惶而已。一日，有媪年四十八九，萦回村中，日昃[9]不去。自言："离乱罔归，将以自鬻[10]。"或问其价，曰："不屑为人奴，亦不愿为人妇，但有母我者，则从之，不较直[11]。"闻者皆笑。成往视之，面目间有一二颇肖其母，触于怀而大悲。自念只身，无缝纫者，遂邀归，执子礼焉。媪喜，便为炊饭织屦，劬劳若母。拂意辄谴之；而少有疾苦，则濡呴[12]过于所生。忽谓曰："此处太平，幸可无虞。然儿长矣，虽在羁旅，大伦[13]不可废。三两日，当为儿娶之。"成泣曰："儿自有妇，但间阻南北耳。"媪曰："大乱时，人事翻覆，何可株待[14]？"成又泣曰："无论结发之盟[15]不可背，且谁以娇女付萍梗[16]人？"媪不答，但为治帘幌衾枕[17]，甚周备，亦不识所自来。

一日，日既夕，戒成曰："烛坐勿寐，我往视新妇来也未。"遂出门去。三更既尽，媪不返，心大疑。俄闻门外哗，出视，则一女子坐庭中，蓬首啜泣。惊问："何人？"亦不语。良久，乃言曰："娶我来，即亦非福，但有死耳！"成大惊，不知其故。女曰："我少受聘于胡大成，不意胡北去，音信断绝。父母强以我归汝家。身可致，志不可夺也！"成闻而哭曰："即我是胡某。卿菱角耶？"女收涕而骇，不信。相将入室，即灯审顾，曰："得无梦耶？"于是转悲为喜，相道离苦。

先是，乱后，湖南百里，涤地无类[18]。焦携家窜长沙之东，又受周生聘。乱中不能成礼。期是夕送诸其家。女泣不盥栉，家中强置车中。至途次，女颠堕其下。遂有四人荷肩舆至，云是周家迎女者，即扶升舆，疾行若飞，至是始停。一老姥曳入，曰："此汝夫家，但入勿哭。汝家婆婆，旦晚将至矣。"乃去。成诘知情事，始悟媪神人也。夫妻焚香共祷，愿得母子复聚。

母自戎马戒严，同侪人[19]妇奔伏涧谷。一夜，噪言寇至，即并张皇四匿。有童子以骑授母，母急不暇问，扶肩而上，轻迅剽遨[20]，瞬息至湖上。马踏水奔腾，蹄下不波。无何，扶下，指一户云："此中可居。"母将启谢。回视其马，化为金毛犼[21]，高丈馀，童子超乘而去[22]。母以手挝门，豁然启扉。有人出问，怪其音熟，视之，成也。母子抱哭，妇亦惊起，一门欢慰。疑媪是大士现身，由此持观音经咒益虔。遂流寓湖北，治田庐焉。

【注释】

①楚，古国名，这里泛指长江中下游地区，包括湖北、湖南、安徽、河南南部一带。

②酡（tuó）然，原意为饮酒脸红的样子，这里形容因害羞而脸红。

③澄澄，目光清澈明洁。

④欣属（zhǔ），欣然倾心，彼此相爱。

⑤清族，清廉的家世。美才，出色的才学。

⑥教职，即“学官”，又称“教官”，明清府州县学之教授、学正、教谕、训导等，管理学中生员学业，主持孔庙祭祀等。

⑦淹留，羁留不去。

⑧家耗，家中的音信。

⑨日昃（zè），太阳偏西，约下午两点左右。

⑩自鬻（yù），自卖其身。

⑪直，价格。

⑫濡呴（rú xǔ），比喻人在困境中以微力相救助。

⑬大伦，指封建社会的基本伦理道德，古代称君臣、父子、兄弟、夫妻、朋友之间五种伦理关系为五伦。这里是指婚姻大事。

⑭株待，即“守株待兔”，比喻拘泥守旧，不知变通。

⑮无论，且不说。结发之盟，婚姻的盟约。结发，成婚。古代礼仪，成婚的时候，男左女右共髻束发。

⑯萍梗，浮萍断梗。比喻人漂泊流徙，飘无居所。

⑰帘幌，帘幕。衾枕，被子和枕头，泛指睡觉用的东西。

⑱涤地无类，荡涤无遗，形容乱后没有一个人幸存。

⑲俦（chóu）人，众人。涧谷，溪涧山谷。

⑳剽遬（piào sù），快速的样子。

㉑金毛犼（hǒu），兽名，民间传说中观世音菩萨的坐骑，像犬，凶猛异常。

㉒超乘（shèng），这里是指跃身跨上金毛犼。

【简评】

观世音菩萨救苦救难，对于专制社会中的芸芸众生无疑是一种精神寄托，反映了当时底层百姓的美好理想。《菱角》即以观音菩萨现身保祐胡大成与菱角终成眷属为线索，诗情画意般地诠释了这对青年男女邂逅观音祠而一见钟情的因缘。

蒲松龄描写这对恋人生死不渝的爱情，须从女主人公之名“菱角”谈起。菱角即菱的果实，别名为“薢茩”。《说文·艸部》中云：“菱，芰也。楚谓之芰；秦谓之薢茩。”薢茩与“邂逅”音同，则“菱角”取名之内涵不言而喻，显然传达出作者企图摆脱所谓“父母之命，媒妁之言”的羁绊而自寻婚姻乐土的愿景。小说中菱角“崔尔诚，吾父所善，用为媒，无不谐”的遥告之语，显示出聪慧少女见机行事的果断与意志的坚决。该篇小说反映了作者向往的婚姻情况，而观音大士的出现，不过是作者企盼超越残酷现实，聊以自慰而已。

巩仙

巩道人，无名字，亦不知何里[①]人。尝求见鲁王[②]，阍人不为通。有中贵人出，揖求之，中贵见其鄙陋，逐去之；已而复来。中贵怒，且逐且扑。至无人处，道人笑出黄金百两，烦逐者覆中贵："为言我亦不要见王，但闻后苑花木楼台，极人间佳胜，若能导我一游，生平足矣。"又以白金赂逐者。其人喜，反命；中贵亦喜，引道人自后宰门人，诸景俱历。又从登楼上，中贵方凭窗，道人一推，但觉身堕楼外，有细葛绷腰，悬于空际；下视则高深晕目，葛隐隐作断声。惧极，大号。无何，数监至，骇极。见其去地绝远，登楼共视，则葛端系棂[④]上，欲解援之，则葛细不堪用力。遍索道人，已杳矣。束手无计，奏知鲁王。王诣视[⑤]，大奇之，命楼下藉茅[⑥]铺絮，将因而断之。甫毕，葛崩然自绝，去地乃不咫耳，相与失笑。王命访道士所在，闻馆于尚秀才家，往问之，则出游未复。既[⑦]，遇于途，遂引见王。王赐宴坐，便请作剧[⑧]，道士曰："臣草野之夫，无他庸能。既承优宠，敢献女乐[⑨]为大王寿。"遂探袖中，出美人，置地上，向王稽拜已。道士命扮《瑶池宴》本，祝王万年。女子吊场[⑩]数语。道士又出一人，自白"王母"。少间，董双成、许飞琼[11]，一切仙姬，次第俱出。末有织女来谒，献天衣一袭，金彩绚烂，光映一室。王意其伪，索观之，道士急言："不可！"王不听，卒观之，果无缝之衣，非人工所能制也。道士不乐曰："臣竭诚以奉大王，暂而假诸天孙[12]，今为浊气所染，何以还故主乎？"王又意歌者必皆仙姬，思欲留其一二，细视之，则皆宫中乐伎耳。转疑此曲，非所夙谙[13]，问之，果茫然不自知。道士以衣置火烧之，然后纳诸袖中，再搜之，则已无矣。

王于是深重道士，留居府内。道士曰："野人之性，视宫殿如藩笼[14]，不如秀才家得自由也。"每至中夜，必还其所；时而坚留，亦遂宿止。辄于筵间颠倒四时花木为戏。王问曰："闻仙人亦不能忘情，果否？"对曰："或仙人然耳；臣非仙人，故心如枯木[15]矣。"一夜宿府中，王遣少妓往试之。入其室，数呼不应，烛之，则瞑坐榻上。摇之，眸一闪即复合；再摇之，齁声作矣。推之，则遂手而倒，酣卧如雷；弹其额，硬迕指[16]，作铁釜声。返以白王。王使刺以针，针弗入；推之，重不可摇；加十馀人举掷床下，若千斤石堕地者。旦而窥之，仍眠地上。醒而笑曰："一场恶睡，坠床下不觉耶！"后女子辈每于其坐卧时，按之以为戏，初按犹软，再按则铁石矣。

道士舍尚秀才家，恒中夜不归。尚锁其户，及旦启扉，道士已卧室中。初，尚与曲妓[17]惠哥善，矢志嫁娶。惠雅[18]善歌，弦索[19]倾一时。鲁王闻其名，召入供奉[20]，遂绝情好。每系念之，苦无由通。一夕，问道士："见惠哥否？"答言："诸姬皆见，但不知其谁何。"尚述其貌，道其年，道士乃忆之。尚求转寄一语，道士笑曰："我世外人，不能为君塞鸿[21]。"尚哀之不已。道士展其袖曰："必欲一见，请入此。"尚窥之，中大如屋。伏身入，则光明洞彻，宽若厅堂；几案床榻，无物不有。居其内，殊无闷苦。道士入府，与王对弈。望惠哥至，阳以袍袖拂尘，惠哥已纳袖中，而他人不之睹也。尚方独坐凝想，忽有美人自檐间堕，视之，惠哥也。两相惊喜，绸缪臻至。尚曰："今日奇缘，不可不志[22]。请与卿联[23]之。"书壁上曰："侯门似海久无踪[24]。"惠续云："谁识萧郎今又逢[25]。"尚曰："袖里乾坤[26]真个大。"惠曰："离人思妇尽包容。"书甫毕，忽有五人入，角冠[27]，淡红衣，认之，都与无素[28]。默然不言，捉惠哥去。尚惊骇，不知所由。道士既归，呼之出，问其情事，隐讳不以尽言。道士微笑，解衣反袂[29]示之。尚审视，隐隐有字迹，细裁如虮[30]，盖即所题句也。后十数日，又求一入。前后凡三入。惠哥谓尚曰："腹中震动，妾甚忧之，常以紧帛束腰际。府中耳目较多，倘一朝临蓐[31]，何处可容儿啼？烦与巩仙谋，见妾三叉腰[32]时，便一拯救。"尚诺之。归见道士，伏地不起。道士曳之曰："所言，予已了了[33]。但请勿忧。君宗祧赖此一线，何敢不竭绵薄[34]，但自此不必复入。我所以报君者，原不在情私也。"后数月，道士自外入，笑曰："携得公子至矣，可速把襁褓来！"尚妻最贤，年近三十，数胎而存一子；适生女，盈月而殇[35]。闻尚言，惊喜自出。道士探袖出婴儿，酣然若寐，脐梗[36]犹未断也。尚妻接抱，始呱呱而泣。道上解衣曰："产血溅衣，道门最忌。今为君故，二十年故物，一旦弃之。"尚为易衣。道士嘱曰："旧物勿弃却，烧钱许，可疗难产，堕死胎。"尚从其言。

居之又久，忽告尚曰："所藏旧衲[37]，当留少许自用，我死后亦勿忘也。"尚谓其言不祥。道士不言而去，入见王曰："臣欲死！"王惊问之，曰："此有定数，亦复何言。"王不信，强留之；手谈[38]一局，急起，王又止之。请就外舍，从之。道士趋卧，视之已死。王具棺木礼葬之。尚临哭[39]尽哀，始悟曩言盖先告之也。遗衲用催产，应如响[40]，求者踵接于门。始犹以污袖与之；既而剪领衿，罔不效。及闻所嘱，疑妻必有产厄，断血布如掌，珍藏之。会鲁王有爱妃临盆，三日不下，医穷于术，或有以尚生告者，立召人，一剂而产。王大喜，赠白金、彩缎良厚，尚悉辞不受。王问所欲，曰："臣不敢言。"再请之，顿首曰："如推天惠[41]，但赐旧妓惠哥足矣。"王召之来，问其年，曰："妾十八入府，今十四年矣。"王以其齿加长，命遍呼群妓，任尚自择，尚一无所好。王笑曰："痴哉书生！十年前订婚嫁耶？"尚以实对。乃盛备舆马，仍以所辞彩缎，为惠哥作妆，送之出。惠所生子，名之秀生。秀者，袖也。是时年十一矣。日念仙人之恩，清明则上其墓。有久客川中者，逢道人于途，出书一卷曰："此府中物，来时仓猝，未暇璧返[42]，烦寄去。"客归，闻道人已死，不敢达王，尚代奏之。王展视，果道士所借。疑之，发其冢，空棺耳。后尚子少殇，赖秀生承继，益服巩之先知云。

异史氏曰："袖里乾坤，古人之寓言耳，岂真有之耶？抑何其奇也！中有天地，有日月，可以娶妻生子，而又无催科之苦、人事[43]之烦，则袖中虮虱，何殊桃源鸡犬哉！设容人常住，老于是乡[44]可耳。"

【注释】

①何里，犹言何乡里。周制，王及诸侯国都郊内置乡，民众聚居之处曰里。

②鲁王，即朱檀，明太祖朱元璋第十子，为郭宁妃所生，洪武三年，两个月时即被封为鲁王，十八年就封兖州（今属山东）。

③中贵人，此处指王府显贵的侍从宦官。

④棂（línq），窗户上雕有花纹的格子。

⑤诣视，前往探视。

⑥藉茅，拿茅草来衬垫。

⑦既，副词，不久。表示事情和动作发生之后时间相隔不长。

⑧作剧，表演幻术。

⑨女乐（yuè），歌舞伎。

⑩吊场，戏剧术语。一出戏的结尾，其他演员都已下场，留下一二人念下场诗；或一出戏中一个场面结束，由某一演员说几句说白，转到另一个场面。

⑪董双成许飞琼，这两个都是神话中西王母侍女名。

⑫天孙，星名，即织女星。

⑬夙谙（ān），平时就很熟悉的人。

⑭籓（fān）笼，关鸟兽的笼子。

⑮心如枯木，比喻毫无情欲，对世事无动于衷。枯木，同“槁木”。

⑯迕（wǔ）指，妨碍弹指。

⑰曲妓，即“乐妓”。

⑱雅，副词，素常、平常。

⑲弦索，弦乐器上的弦，这里即指弦乐器。倾，胜过。

⑳供奉，古代特指以某种技艺或姿色侍奉帝王。

㉑塞鸿，塞外的鸿雁，用汉苏武被拘于匈奴曾借鸿雁传书事，后世常借代信使。这里借用唐传奇《无双传》中义仆塞鸿传书的故事。《无双传》写王仙客与无双为姑表兄妹，自幼有情，无双后因国乱家败，被没入掖庭，王仙客有旧仆塞鸿，多方设法为两人传信，又经义士古押衙舍命相助，一对恋人终于团圆。

㉒志，记住，记载。

㉓联，即“联句”，旧时作诗方式之一，由两人或多人各成一句或几句，合而成篇。旧传始于汉武帝与诸臣合作的《柏梁诗》。

㉔“侯门”句，惠哥一入鲁王府便失去音讯。宋尤袤《全唐诗话》卷四《崔郊》中有云：“侯门一入深如海，从此萧郎是路人，便是公作耶？”

㉕“谁识”句，仍借用唐崔郊诗意。萧郎，古代常借代美好的男子或女子所爱恋的男子。

㉖袖里乾坤，袖中宽阔无比，可藏天地。

㉗角冠，道冠。

㉘无素，平时没有什么交往。

㉙反袂（mèi），这里是指将衣袖翻转过来。

㉚虮（jǐ），虱的卵。

㉛临蓐（rù），分娩。蓐，床上草垫。

㉜三叉腰，连续三次叉腰作为临产的暗号。

㉝了了，谓清楚、明白。

㉞绵薄，即“绵薄之力”，这里出的力气太少谦词。

㉟殇（shāng），未成年便死了。

㊱脐梗，即“脐带”，连接胚胎与胎盘的带状物，由两条动脉和一条静脉组成。胚胎依靠脐带与母体发生联系，是吸取养料和排出废料的通道。

㊲旧衲（nà），指前面被产血弄脏的道袍。衲，常称僧衣，常用许多碎布拼缀而成。也称道袍。

㊳手谈，下围棋。

㊴临（lìn）哭，临丧哭吊。临，哭吊死者。

㊵应如响，指有求必应，非常灵验。响，回声。

㊶天惠，谓帝王的恩惠。

㊷璧返，即“璧还”，敬语，表示退还赠礼或归还借物。

㊸催科，催收租税，租税有科条法规，故称。人事，指人世间

纷繁事务。

㊹老于是乡，指愿意在这种生存状态下活一辈子。

【简评】

《古尊宿语录》卷三四中："师云：'芥子纳须弥，且问你诸人，即今在芥子外芥子内？若道在芥子外，如何纳得须弥？若道在芥子内，许多大身材如何却在芥子内？'"芥子，即芥菜的种子，佛典中常用以比喻极小之物。须弥，即须弥山，先见于古印度神话，后为佛教所采用，谓一个小世界的中心，山顶为帝释天所居，山腰为四天王所居。四周有七山八海、四大部洲。佛家所谓"芥子纳须弥"之说，就如同《巩仙》中"袖里乾坤"的想象一样，皆在大小间落差巨大的匪夷所思中体现出人类思维的瑰丽。专制社会压抑人性，令弱者无所逃避，于是不妨借助于想象的驰骋展现一片自由的天地，道士巩仙的道袍既成为作者无限向往的桃花源。文学是想象的艺术，现实中的困窘有时可以通过奇思妙想得到完美的化解，这也是阅读的乐趣。

梅女

封云亭，太行[1]人。偶至郡[2]，昼卧寓屋。时年少丧偶，岑寂之下[3]，颇有所思。凝视间，见墙上有女子影，依稀如画，念必意想所致，而久之不动，亦不灭，异之。起视转真；再近之，俨然少女，容蹙舌伸，索环秀领[4]。惊顾未已，冉冉[5]欲下。知为缢鬼，然以白昼壮胆，不大畏怯。语曰："娘子如有奇冤，小生可以极力。"影居然下，曰："萍水之人，何时敢遽以重务浼君子。但泉下槁骸，舌不得缩，索不得除，求断屋梁而焚之，恩同山岳矣。"诺之，遂灭。呼主人来，问状。主人言："此十年前梅氏故宅，夜有小偷入室，为梅所执，送诣典史[6]。典史受盗钱三百，诬其女与通，将拘审验，女闻自经[7]。后梅夫妻相继卒，宅归于余。客往往见怪异，而无术可以靖[8]之。"封以鬼言告，主人计毁舍易楹，费不赀[9]，故难之，封乃协力助作。既就而复居之。

梅女夜至，展谢已，喜气充溢，姿态嫣然。封爱悦之，欲与为欢。瞒然[10]而惭曰："阴惨之气，非但不为君利，若此之为，则生前之垢，西江不可濯[11]矣。会合有时，今日尚未。"问："何时？"但笑不言。封问："饮乎？"答曰："不饮。"封曰："坐对佳人，闷眼相看，亦复何味？”女曰：“妾生平戏技，惟谙打马[12]。但两人寥落，夜深又苦无局[13]。今长夜莫遣，聊与君为交线之戏[14]。”封从之，促膝戟指[15]，翻变良久，封迷乱不知所从，女辄口道而颐指[16]之，愈出愈幻，不穷于术。封笑曰：“此闺房之绝技也。”女曰：“此妾自悟，但有双线，即可成文[17]，人自不之察耳。”更阑颇怠，强使就寝，曰：“我阴人不寐，请君自休。妾少解按摩之术，愿尽技能，以侑清梦。”封从其请。女叠掌为之轻按，自顶及踵皆遍；手所经，骨若醉。既而握指细擂，如以团絮相触状，体畅舒不可言：擂至腰，口目皆慵；至股，则沉沉睡去矣。

及醒，日已向巳，觉骨节轻和，殊于往日。心益爱慕，绕屋而呼之，并无响应。日夕，女始至。封曰：“卿居何所，使我呼欲遍？”曰：“鬼无常所，要在地下。”问：“地下有隙，可容身乎？”曰：“鬼不见地，犹鱼不见水也。”封握腕曰：“使卿而活，当破产购致之。”女笑曰：“无须破产。”戏至半夜，封苦逼之。女曰：“君勿缠我。有浙娼爱卿者，新寓北邻，颇极风致。明夕，招与俱来，聊以自代，若何？”封允之。次夕，果与一少妇同至，年近三十已来，眉目流转，隐含荡意。三人狎坐，打马为戏。局终，女起曰：“嘉会[18]方殷，我且去。”封欲挽之，飘然已逝。两人登榻，于飞[19]甚乐。诘其家世，则含糊不以尽道，但曰：“郎如爱妾，当以指弹北壁，微呼曰：‘壶卢子’，即至。三呼不应，可知不暇，勿更招也。”天晓，入北壁隙中而去。次日，女来，封问爱卿，女云：“被高公子招去侑酒[20]，以故不得来。”因而剪烛共话。女每欲有所言，吻已启而辄止；固诘之，终不肯言，欷歔而已。封强与作戏，四漏始去。自此二女频来，笑声常彻宵旦，因而城社[21]悉闻。

典史某，亦浙之世族，嫡室以私仆被黜。继娶顾氏，深相爱好，期月[22]夭殂，心甚悼之。闻封有灵鬼[23]，欲以问冥世之缘，遂跨马造封。封初不肯承，某力求不已。封设筵与坐，诺为之招鬼妓。日既曛，叩壁而呼，三声未已，爱卿骤入。举头见客，色变欲走；封以身横阻之。某审视，大怒，投以巨碗，溘然而灭。封大惊，不解其故，方将致诘。俄暗室中一老妪出，大骂曰："贪鄙贼！坏我家钱树子！三十贯索[24]要偿也！"以杖击某，中颅。某抱首而哀曰："此顾氏，我妻也！少年而殒，方切哀痛，不图为鬼不贞。于姥乎何与？"妪怒曰："汝本江浙一无赖贼，买得条乌角带[25]，鼻骨倒竖[26]矣！汝居官有何黑白？袖有三百钱便而翁也！神怒人怨，死期已迫。汝父母代哀冥司，愿以爱媳入青楼，代汝偿贪债，不知耶？"言已又击，某宛转哀鸣。方惊诧无从救解，旋见梅女自房中出，张目吐舌，颜色变异，近以长簪刺其耳。封惊极，以身障客，女愤不已。封劝曰："某即有罪，倘死于寓所，则咎在小生。请少存投鼠之忌。"女乃曳妪曰："暂假馀息[27]，为我顾封郎也。"某张皇鼠窜而去。至署，患脑痛，中夜遂毙。

次夜女出，笑曰："痛快！恶气出矣！"问："何仇怨？"女曰："曩已言之：受贿诬奸，衔恨已久。每欲浼君一为昭雪，自愧无纤毫之德，故将言而辄止。适闻纷拏[28]，窃一伺听，不意其仇人也。"封讶曰："此即诬卿者耶？"曰："彼典史于此，十有八年，妾冤殁十六寒暑矣。"问："妪为谁？"曰："老娼也。"又问爱卿，曰："卧病耳。"因輾然曰："妾昔谓会合有期，今真不远矣。君尝愿破家相赎，犹记否？"封曰："今日犹此心也。"女曰："实告君：妾殁日，已投生延安展孝廉家。徒以大怨未伸，故迁延于是。请以新帛作鬼囊，俾妾得附君以往，就展氏求婚，计必允谐[29]。"封虑势分悬殊，恐将不遂。女曰："但去无忧。"封从其言。女嘱曰："途中慎勿相唤；待合卺之夕，以囊挂新人首，急呼曰：'勿忘勿忘！'"封诺之。才启囊，女跳身已入。

携至延安，访之，果有展孝廉，生一女，貌极端好，但病痴，又常以舌出唇外，类犬喘日㉚。年十六岁，无问名㉛者，父母忧念成癖。封到门投刺，具通族阅㉜。既退，托媒。展喜，赘封于家。女痴绝，不知为礼，使两婢扶曳归所。群婢既去，女解衿露乳，对封憨笑。封覆囊而呼之，女停眸审顾，似有疑思。封笑曰："卿不识小生耶？"举之囊而示之。女乃悟，急掩衿，喜共燕笑。诘旦，封入谒岳。展慰之曰："痴女无知，既承青眷，君倘有意，家中慧婢不乏，仆不靳㉝相赠。"封力辨其不痴，展疑之。无何，女至，举止皆佳，因大惊异。女但掩口微笑。展细诘之，女进退而惭于言，封为略述梗概。展大喜，爱悦逾于平时。使子大成与婿同学，供给丰备。年馀，大成渐厌薄之，因而郎舅不相能，厮仆亦刻疵其短。展惑于浸润，礼稍懈。女觉之，谓封曰："岳家不可久居；凡久居者，尽阘茸㉞也。及今未大决裂，宜速归！"封然之，告展。展欲留女，女不可。父兄尽怒，不给舆马，女自出奁赀贳马归。后展招令归宁，女固辞不往。后封举孝廉，始通庆好。

异史氏曰："官卑者愈贪，其常情然乎？三百诬奸，夜气之牿亡尽矣㉟。夺嘉耦，入青楼，卒用暴死。吁！可畏哉！"

康熙甲子，贝丘㊱典史最贪诈，民咸怨之。忽其妻被狡者诱与偕亡。或代悬招状云："某官因自己不慎，走失夫人一名。身无馀物，止有红绫七尺，包裹元宝一枚，翘边细纹㊲，并无阙坏㊳。"亦风流之小报也。

【注释】

①太行，唐武德三年至四年，曾一度分河内县置太行县，现属河南省济源市。这里是沿用古称，应是明清怀庆府济源县。

②郡，指怀庆府，现属河南省沁阳市。

③岑寂，寂寞，孤独冷清。

④领，脖子。

⑤冉冉，慢慢行动的样子。

⑥典史，官名，元始置，明清沿置，为知县属官，掌管缉捕、监狱，如无县丞、主簿，则典史兼领其职。

⑦自经，上吊自杀。古代女子以上公堂为极大耻辱。

⑧靖（jìng），使安定，平定。

⑨不赀，不计其数。

⑩瞒（mén）然，惭愧的样子。

⑪西江不可濯，用尽长江之水也难已洗清耻辱。西江，唐人多称长江中下游为西江。

⑫打马，古代博戏名。见宋李清照《打马赋》：“打马爰兴，樗蒱遂废，实小道之上流，乃深闺之雅戏。”

⑬局，打马的博具。

⑭交线之戏，又称“翻线”、“翻交”。两人游戏，即用一条线对接后，一人架线于双手手指上，对方用双手手指接过，两人如此轮番过接，能挑出各种花样，且各有名称。

⑮戟指，原意为伸出或竖起食指和中指，这里是指伸出手指做出挑、勾、撑等形状。

⑯口道而颐指，用口讲说且用下巴摆动指示方向。

⑰成文，交线所构成的各种花样。

⑱嘉会，众美相聚。

⑲于飞，偕飞。于，语助词。比喻男女情好，十分恩爱。

⑳侑（yòu）酒，劝酒，为饮酒者助兴。

㉑城社，原指城池和祭地神的土坛，这里代指城镇。

㉒期（jī）月，一整月。

㉓灵鬼，机灵的鬼。

㉔贯索，钱串。

㉕乌角带，泛指官员服用的腰带。

㉖鼻骨倒竖，形容鼻孔朝天、目空一切、傲气十足的丑恶面目。

㉗暂假馀息，暂且令其苟延残喘。假，宽容。馀息，残喘，残生。

㉘纷挐（ná），亦作“纷拏”，互相扭扯的纷乱状态。

㉙允谐，成功。

㉚类犬喘日，如同天热时狗张口伸舌来散体热。狗无汗腺，故夏日须用舌散热。暗示其前身为上吊自尽而死，舌骨断裂，不能收回。

㉛问名，议婚，古代婚礼中“六礼”之一。男家写书托媒请问女子的名字和出生的年月日。女家复书具告。

㉜族阅，通“族阀”，指家世。阅，指仕宦人家自序功状而树立在门外右边的柱子，后来亦称名门巨室为“阅”。

㉝靳，吝惜。

㉞阘（tà）茸，庸碌低劣。

㉟夜气之牿（gù）亡尽矣，人的良心完全泯灭。

㊱贝丘，古地名，在今山东省滨州市博兴县东南。这里是指明清青州府博兴县。

㊲翘边细纹，马蹄银的形状规整，成色佳好。细纹，马蹄银熔铸冷却时表面形成的细密皱纹。

㊳阙（jué）坏，毁坏。

【简评】

《梅女》中不仅有男女温馨的情爱，同时还表现了专制统治下的丑恶吏治。现实的冷酷永远是蒲松龄心中之刺，欲摆脱这重阴影，就必须穿越于阴阳两界，方能达到理想的彼岸。“异史氏曰”中所谓“官卑者愈贪，其常情然乎”的感叹，实为底层社会所认识的官僚系统腐败，多由直接临民的大小官吏开始，其结论也就不免有所偏颇。事实上，宋代各级地方行政长官自知州、知县至监镇、知寨统称亲民官，并慎重其选，就是惧怕官逼民反。而至明清两代，卖官鬻爵的情况渐趋严重，地方官员的选用也就日渐松懈。“三年清知府，十万雪花银”，封建吏治黑暗无比，社会自身难以纠正，于是乎作者只能寄托于虚无飘渺的“冥报”。清人的诸多评点中也可见到，如何守奇有评云：“青蚨三百，所获几何？至妻人青楼，犹不能代偿贪债，孰可谓冥可欺乎哉！”在小说中，男女情爱这组旋律虽属于一种理想化的书写，但作者对于未来美好生活的真诚向往不容质疑，也正因这一亮点的存在，才令小说获得了感人至深的魅力。

仙人岛

王勉，字黾斋，灵山[1]人。有才思，累冠文场[2]，心气颇高；善诮骂，多所凌折。偶遇一道士，视之曰："子相极贵，然被'轻薄孽'折除[3]几尽矣。以子智慧，若反身[4]修道，尚可登仙籍。"王嗤曰："福泽诚不可知，然世上岂有仙人！"道士曰："子何见之卑？无他求，即我便是仙耳。"王益笑其诬。道士曰："我何足异。能从我去，真仙数十，可立见之。"问："在何处？"曰："咫尺耳。"遂以杖夹股间，即以一头授生，令如己状。嘱合眼，呵曰："起！"觉杖粗于五斗囊，凌空翕飞[5]，潜扪之，鳞甲齿齿[6]焉。骇惧，不敢复动。移时，又呵曰："止！"即抽杖去，落巨宅中，重楼延阁[7]，类帝王居。有台高丈馀，台上殿十一楹[8]，弘丽无比。道士曳客上，即命童子设筵招宾。殿上列数十筵，铺张炫目。道士易盛服以伺。少顷，诸客自空中来，所骑或龙，或虎，或鸾凤，不一其类，又各携乐器。有女子，有丈夫，皆赤其两足。中独一丽者，跨彩凤，宫样妆束，有侍儿代抱乐具，长五尺以来，非琴非瑟，不知何名。酒既行，珍肴杂错，入口甘芳，并异常馐[9]。王默然寂坐，惟目注丽者，心爱其人，而又欲闻其乐，窃恐其终不一弹也。酒阑，一叟倡言曰："蒙崔真人雅召，今日可云盛会，自宜尽欢。请以器之同者，共队为曲[⑩]。"于是各合配旅[⑪]，丝竹之声，响彻云汉。独有跨凤者，乐伎无偶[⑫]。群声既歇，侍儿始启绣囊，横陈几上。女乃舒玉腕，如搊筝[⑬]状，其亮数倍于琴，烈足开胸，柔可荡魄。弹半炊[⑭]许，合殿寂然，无有欬者。既阕[⑮]，铿尔[⑯]一声，如击清磬[⑰]。共赞曰："云和夫人[⑱]绝调哉！"大众皆起告别，鹤唳龙吟[⑲]，一时并散。

道士设宝榻锦衾[⑳]，备生寝处。王初睹丽人，心情已动，闻乐之后，涉想尤劳[㉑]；念己才调，自合芥拾青紫[㉒]，富贵后何求弗得。顷刻百绪，乱如蓬麻[㉓]。道士似已知之，谓曰："子前身与我同学，后缘意念不坚，遂堕尘网。仆不自他[㉔]于君，实欲拔出恶浊；不料迷晦[㉕]已深，梦梦不可提悟[㉖]。今当送君行，未必无复见之期，然作天仙，须再劫[㉗]矣。"遂指阶下长石，令闭目坐，坚嘱无视。已，乃以鞭驱石[㉘]。石飞起，风声灌耳，不知所行几许。忽念下方景界[㉙]，未审何似，隐将两眸微开一线，则见大海茫茫，浑无边际。大惧，即复合，而身已随石俱堕，砰然[㉚]一响，汩没若鸥[㉛]。幸夙近海，略谙泅浮。闻人鼓掌曰："美哉跌乎[㉜]！"危殆方急，一女子援登舟上，且曰："吉利，吉利，秀才'中湿'矣[㉝]！"视之，年可十七八，颜色艳丽。王出水寒慄，求火燎衣。女子言："从我至家，当为处置。苟适意，勿相忘[㉞]。"王曰："是何言哉！我中原[㉟]才子，偶遭狼狈，过此图以身报[㊱]，何但不忘！"女子以棹催艇，疾如风雨，俄已近岸。于舱中携所采莲花一握，导与俱去。

半里入村，见朱户南开，进历数重门，女子先驰入。少间，一丈夫出，是四十许人，揖王升阶[㊲]，命侍者取冠袍袜履，为王更衣。既，询邦族。王曰："某非相欺，才名略可听闻。崔真人切切[38]眷爱，招升天阙。自分功名反掌，以故不愿栖隐[39]。”丈夫起敬曰：“此名仙人岛，远绝人世。文若，姓桓，世居幽僻，何幸得覯名流。”因而殷勤置酒。又从容而言曰：“仆有二女，长者芳云，年十六矣，只今未遭良匹，欲以奉侍高人，如何？”王意必采莲人，离席称谢。桓命于邻党中，招二三齿德[40]来。顾左右，立唤女郎。无何，异香浓射，美姝十馀辈拥芳云出，光艳明媚，若芙蕖之映朝日。拜已，即坐，群姝列侍，则采莲人亦在焉。酒数行，一垂髫女自内出，仅十馀龄，而姿态秀曼，笑依芳云肘下，秋波流动。桓曰：“女子不在闺中，出作何务？”乃顾客曰：“此绿云，即仆幼女。颇惠，能记典坟[41]矣。”因令对客吟诗，遂诵《竹枝词》[42]三章，娇婉可听，便令傍姊隅坐[43]。桓因谓：“王郎天才，宿搆[44]必富，可使鄙人得闻教乎？”王慨然诵近体[45]一作，顾盼自雄[46]，中二句云：“一身剩有须眉在，小饮能令块磊[47]消。”邻叟再三诵之。芳云低告曰：“上句是孙行者离火云洞[48]，下句是猪八戒过子母河也[49]。”一座抚掌。桓请其他，王述《水鸟》诗云：“潴头鸣格磔[50]。”忽忘下句。甫一沉吟，芳云向妹呫呫[51]耳语，遂掩口而笑。绿云告父曰：“渠为姊夫续下句矣，云：‘狗腚响弸巴[52]。’”合席粲然，王有惭色。桓顾芳云，怒之以目。王色稍定，桓复请其文艺[53]。王意世外人必不知八股业，乃炫其冠军之作[54]，题为“孝哉闵子骞”二句[55]，破[56]云：“圣人[57]赞大贤之孝……”绿云顾父曰：“圣人无字门人者，‘孝哉’一句，即是人言[58]。”王闻之，意兴索然。桓笑曰：“童子何知！不在此，只论文耳。”王乃复诵，每数句，姊妹必相耳语，似是月旦之词，但嚅嗫不可辨。王诵至佳处，兼述文宗评语，有云：“字字痛切[59]。”绿云告父曰：“姊云：‘宜删“切”字。’”众都不解。桓恐其语嫚[60]，不敢研诘。王诵毕，又述总评，有云：“羯鼓一挝，则万花齐落[61]。”芳云又掩口语妹，两人皆笑不可仰。绿云又告曰："姊云：'羯鼓当是四挝。'"众又不解。绿云启口欲言。芳云忍笑诃之曰："婢子敢言，打煞矣！"众大疑，互有猜论。绿云不能忍，乃曰："去'切'字，言'痛'则'不通'[62]。鼓四挝，其云'不通又不通'也。"众大笑。桓怒诃之，因而自起泛卮[63]，谢过不遑[64]。

王初以才名自诩，目中实无千古[65]，至此，神气沮丧，徒有汗淫[66]。桓谀而慰之曰："适有一言，请席中属对[67]焉：'王子身边，无有一点不似玉。'"众未措想，绿云应声曰："黾翁头上，再着半夕即成龟。"芳云失笑，呵手扭胁肉数四[68]。绿云解脱而走，回顾曰："何预汝事！汝骂之频频，不以为非，宁他人一句，便不许耶？"桓咄之，始笑而去。邻叟辞别。

诸婢导夫妻入内寝，灯烛屏榻，陈设精备。又视洞房中，牙签[69]满架，靡书不有。略致问难[70]，响应无穷。王至此，始觉望洋堪羞[71]。女唤"明珰"，则采莲者趋应，由是始识其名。屡受诮辱，自恐不见重于闺闼；幸芳云语言虽虐，而房帏之内，犹相爱好。王安居无事，辄复吟哦。女曰："妾有良言，不知肯嘉纳否？"问："何言？"曰："从此不作诗，亦藏拙之一道也。"王大惭，遂绝笔。

久之，与明珰渐狎，告芳云曰："明珰与小生有拯命之德，愿少假以辞色。"芳云许之。每作房中之戏，招与共事，两情益笃，时色授而手语[72]之。芳云微觉，责词重叠，王惟喋喋，强自解免。一夕，对酌，王以为寂，劝招明珰，芳云不许。王曰："卿无书不读，何不记'独乐乐'数语[73]？"芳云曰："我言君不通，今益验矣。句读[74]尚不知耶？'独要，乃乐于人要；问乐，孰要乎？曰：不[75]。'"一笑而罢。适芳云姊妹赴邻女之约，王得间[76]，急引明珰，绸缪备至。当晚，觉小腹微痛，痛已，而前阴尽缩。大惧，以告芳云。云笑曰："必明珰之恩报矣！"王不敢隐，实供之。芳云曰："自作之殃，实无可以方略[77]。既非痛痒。听之可矣。"数日不瘳，忧闷寡欢。芳云知其意，亦不问讯，但凝视之，秋水盈盈，朗若曙星[78]。王曰："卿所谓'胸中正，则眸子瞭焉'[79]。"芳云笑曰："卿所谓'胸中不正，则瞭子眸焉'[80]。"盖"没有"之"没"，俗读似"眸"，故以此戏之也。王失笑，哀求方剂。曰："君不听良言，前此未必不疑妾为妒。不知此婢原不可近。曩实相爱，而君若东风之吹马耳[81]，故唾弃不相怜。无已[82]，为若治之。然医师必审患处。"乃探衣而咒曰："黄鸟黄鸟，无止于楚[83]！'"王不觉大笑，笑已而瘳。

逾数月，王以亲老子幼，每切怀思，以意告女。女曰："归即不难，但会合无日耳。"王涕下交颐[84]，哀与同归。女筹思再三，始许之。桓翁张筵祖饯。绿云提篮入，曰："姊妹远别，莫可持赠。恐至海南，无以为家，夙夜代营宫室，勿嫌草创。"芳云拜而受之。近而审谛，则用细草制为楼阁，大如橼[85]，小如橘，约二十馀座，每座梁栋榱题[86]，历历可数；其中供帐[87]床榻，类麻粒焉。王儿戏视之，而心窃叹其工。芳云曰："实与君言：我等皆是地仙[88]。因有宿分，遂得陪从。本不欲践红尘，徒以君有老父，敝不忍违。待父天年，须复还也。"王敬诺。桓问："陆耶？舟耶？"王以风涛险，愿陆。出则车马已候于门。

谢别言迈，行踪骛驶[89]。俄至海岸，王心虑其无途。芳云出素练一匹，望南抛去，化为长堤，其阔盈丈。瞬息驰过，堤亦渐收。至一处，潮水所经，四望辽邈。芳云止勿行，下车取篮中草具，偕明珰数辈，布置如法，转眼化为巨第。并入解装，则与岛中居无少差殊，洞房内几榻宛然。时已昏暮，因止宿焉。早旦，命王迎养。王命骑趋诣故里，至则居宅已属他姓。问之里人，始知母及妻皆已物故，惟老父尚存。子善博，田产并尽，祖孙莫可栖止，暂僦居[90]于西村。王初归时，尚有功名之念，不恝[91]于怀；及闻此况，沉痛大悲，自念富贵纵可携取，与空花何异[92]。驱马至西村，见父衣服滓敝[93]，衰老堪怜。相见，哭各失声；问不肖子[94]，则出赌未归。王乃载父而还。芳云朝拜已，燂汤[95]请浴，进以锦裳，寝以香舍。又遥致故老与之谈宴[96]，享奉过于世家。子一日寻至其处，王绝之，不听入；但予以廿金，使人传语曰："可持此买妇，以图生业。再来，则鞭挞立毙矣！"子泣而去。王自归，不甚与人通礼；然故人偶至，必延接盘桓，㧑抑[97]过于平时。独有黄子介，夙与同门学，亦名士之坎坷者，王留之甚久，时与秘语，赂遗甚厚。居三四年，王翁卒，王万钱卜兆[98]，营葬尽礼。时子已娶妇，妇束男子严，子赌亦少间[99]矣；是日临丧，始得拜识姑嫜。芳云一见，许其能家，赐三百金为田产之费。翼日，黄及子同往省视，则舍宇全渺，不知所在。

异史氏曰："佳丽所在，人且于地狱中求之，况享寿无穷乎！地仙许携姝丽，恐帝阙下虚无人矣。轻薄减其禄籍[100]，理固宜然，岂仙人遂不之忌哉？彼妇之口[101]，抑何其虐也！"

【注释】

①灵山，即灵山卫，明洪武二十一年置，现位于山东省胶南县东北灵山卫镇。

②累冠文场，在科举考试中连续取得第一名。文场，科举的考场，这里当指生员应试的岁试与科试。

③轻薄孽，轻佻浮薄的罪孽。折除，减损。

④反身，自我检束。

⑤翕（xī）飞，飞腾。

⑥齿齿，排列如牙齿一般。

⑦延阁，绵延的阁道。

⑧楹，量词，房屋计量单位，屋一列或一间为一楹。

⑨馐（xiū），精美的食品。

⑩共队为曲，组成一群体而演奏乐曲。

⑪各合配旅，持相同乐器者自行按次序配合聚集在一起。旅，次序。

⑫乐伎无偶，没有与跨凤丽者持同样乐器的仙人。伎，技艺。

⑬搊（chōu）筝，用手指弹拨筝。筝，拨弦乐器，形似瑟。传说由秦时蒙恬所作，其弦数历代由五弦增至十二弦、十三弦、十六弦。

⑭半炊，半顿饭的工夫，意谓时间不算长。

⑮阕（què），乐曲终了。

⑯铿尔，象声词，形容金石玉木等所发出的洪亮声，这里停止演奏后置琴的声响。

⑰清磬，声音清越的磬。磬，古代打击乐器，状如曲尺，用玉、石或金属制成，悬挂于架上，击之而鸣。

⑱云和夫人，作者虚构的善抚琴的仙女名。云和，山名，古取所产之材以制作琴瑟。

⑲鹤唳龙吟，以鹤叫龙鸣形容乐器演奏的美妙。

⑳宝榻锦衾，形容卧具的华美。

㉑涉想尤劳，思念想象无已。

㉒自合，本该。芥拾青紫，比喻获取功名极为容易。芥，地芥，地上的杂草，比喻易得之物。青紫，古时公卿服色，借指高官显爵。

㉓乱如蓬麻，形容思绪万千，如飞蓬乱麻一般。蓬，草名，叶

形似柳叶，遇风飞旋，故又名“飞蓬”。

㉔不自他，即不自视为外人。

㉕迷晦，迷惑。

㉖梦梦（méng），不明，无所知晓。天，指周幽王。提悟，点拨令其醒悟。

㉗再劫，谓天地两次大灾难。佛家谓天地一成一毁为一劫，经八十小劫为一大劫；道家亦有大劫之称。这里指大灾难。

㉘以鞭驱石，暗用神人助秦始皇驱石下海为桥之事。

㉙景界，景象、境界。

㉚砰（pēng）然，象声词，器物坠落或撞击声。

㉛汩（gǔ）没若鸥，如鸥鸟捕鱼一般冲击入水。汩没，沉潜。

㉜美哉跌乎，摔得真漂亮。

㉝秀才中湿，为“秀才中式”的谐音，意为秀才考中了举人，调侃语。

㉞“苟适意”二句，意为若有舒心适意之时，不要忘记我。

㉟中原，地区名，广义指整个黄河流域，因为王勉是山东人，所以这么称呼他。

㊱图以身报，期盼舍命以报恩德。

㊲升阶，自堂下拾级而上。

㊳切切，恳挚深切。

㊴栖隐，栖息隐居成世外之人。

㊵齿德，年高德劭的人。

㊶典坟，亦作“典贲”，三坟五典的省称，指各种古代文籍。

㊷竹枝词，乐府《近代曲》之一，本为巴渝（今四川东部）一带民歌，唐诗人刘禹锡据以改作新词，歌咏三峡风光和男女恋情，盛行于世。后人所作也多咏当地风土或儿女柔情。其形式为七言绝

句，语言通俗，音调轻快。

㊸隅坐，指坐于席角旁，古代没有椅子，大家坐在布席上，尊者正席，卑者坐于旁位。

㊹宿搆（gòu），同“宿构”，预先构思、草拟的诗文。搆，构思，创作。

㊺近体，即“近体诗”，诗体名，一称今体诗，与古体诗相对而言，指唐代定型并大量出现的律诗及绝句，这种诗体的字数、句数、属对、平仄和用韵都有严格规定。

㊻顾盼自雄，形容得意忘形的情态。

㊼小饮，小酌，指场面简单而随便的饮酒。块磊，比喻胸中郁结的愁闷或气愤。

㊽孙行者离火云洞，这是就“剩有须眉”的吟咏用曲解法加以调侃讽刺。明吴承恩《西游记》第四十一回“心猿遭火败，木母被魔擒”，内有孙悟空被火云洞的红孩儿三昧真火打败的情节。

㊾猪八戒过子母河，这是就“小饮能令块垒消”的吟咏用曲解法加以调侃讽刺。明吴承恩《西游记》第五十三回“禅主吞餐怀鬼孕，黄婆运水解邪胎”，内有猪八戒在西梁女国因误饮子母河中水而成胎气的情节，后经一婆子指教喝下落胎泉之水，方解厄难。

㊿潴（zhū）头，水停聚处。格磔（gē zhé），鸟鸣声。

(51)咕咕（chè），小声说话的样子。

(52)狗腚响砌（péng）巴，用谐音法与“潴头鸣格磔”为偶，意即放狗屁。狗腚，方言，狗的臀部，与“潴（猪）头”为对偶。砌巴，象声词，形容狗放屁声，与“格磔”为对偶。

(53)文艺，指撰述和写作方面的学问。

(54)冠军之作，指王勉在以往岁试或科试中取得第一名的八股文章。

⑮孝哉闵子骞二句，八股文题，取自《论语·先进》：“子曰：‘孝哉，闵子骞！人不间于其父母昆弟之言。’”闵子骞，即闵损（前515—？），字子骞，孔子的学生。

⑯破，即“破题”。八股文的规则随时代不同而屡有变化，但大体上要由破题、承题、起讲、入手、起股、中股、后股、束股等几个部分组成。其中起股、中股、后股、束股等四个部分各自须有两股相比偶的文字，共成八股，这就是八股文名称的由来。作八股文，应试者首先要用两句以至三四句话总括点明题义，这就是“破题”；接下用四、五句话引申“破题”之义，称为“承题”。破题与承题写得好坏往往成为考官考虑录取与否的关键，故为考生所重视。

⑰圣人，指品德最高尚、智慧最高超的人，这里特指孔子。大贤，才德超群的人。闵子骞为孔门七十二贤人之一，这里即谓闵子骞。

⑱“圣人”三句，孔子不当称呼自己学生的表字，“孝哉闵子骞”不过是孔子转述赞誉者的言语。这里以对《论语》的别种诠释，讥讽王勉的“破题”未明题义，开首即错，有调侃意味。表字为古人于本名外所取的与本名意义相关的另一名字，称呼自己尊敬的人或友朋间相互称呼须称字不称名，老师称呼学生一般不称字。

⑱痛切，极其恳切。

⑳熳（màn），轻侮。

㉑“羯鼓”二句，指字句铿锵、文采飞扬。羯鼓，古代打击乐器的一种。起源于印度，从西域传入，盛行于唐开元、天宝年间。

㉒痛则不通，巧用中医学术语，以“痛切”之“痛”讥讽王勉的八股文脉络不清、文句不通。

㉓泛卮（fěng zhī），把酒杯翻过来。这里是指假装无意中碰

翻酒杯，以便借“谢过不遑”缓和当时主客尴尬的局面。泛，翻，倾倒。见唐颜师古注：“字本作覂，古通用也。”

㊹谢过不遑，连声向人认错，请求原谅。不遑，无暇，没有闲暇。

㊺“目中”句，指什么都不放在眼里，形容骄傲自大。

㊻汗淫，汗流不止的样子。淫淫，流落不止貌。

㊼属（zhǔ）对，对出下联。

㊽呵手，小儿女以“胳肢”相戏前，先攒聚右手五指置于嘴前连呼热气，以示预备，往往手未到其腋下，对方已经笑到停不下来。数（shuò）四，再三再四，多次的意思。

㊾牙签，系在书卷上作为标识，以便翻检的牙骨等制成的签牌。这里即指代成函的书籍。

㊿问难（nàn），诘问驳辨。

⑪望洋堪羞，因眼界大开而开始自惭形秽，羞愧难当。望洋，亦作“望羊”、“望佯”、“望陽”，仰视的样子。

⑫色授而手语，因有所顾忌而仅以眉目传情并辅以手势。

⑬独乐乐数语，语本《孟子·梁惠王下》：“（孟子）曰：‘独乐乐，与人乐乐，孰乐？’（齐宣王）曰：‘不若与人。’”文中“乐”字叠用，前一个“乐”，旧时当异读作“要（yao）”，作“喜好”解，可译为“欣赏”。意即：孟子问：“一个人单独地欣赏音乐快乐，同别人一起欣赏音乐也快乐，哪一种方式更快乐？”齐宣王回答：“当然与别人一同欣赏更快乐些。”

⑭句读（dòu），古人指文辞休止和停顿处。文辞语意已尽处为句，未尽而须停顿处为读。书面上用圈与点来标志。

⑮“独要”数句，故意用异读字并错误断句，加字曲解《孟

子》原文，机智地回应王勉：独自占有，不要别人参加进来。

⑯得间（jiàn），得到机会。

⑰方略，处置。

⑱“秋水”二句，指眼波清澈，如同晨星一样闪烁。盈盈，清澈的样子。

⑲“胸中正”二句，指心术端正，眼睛就明亮。眸（móu）子，瞳仁，亦泛指眼睛。瞭（liǎo），眼珠明亮。

⑳瞭子，“屪（liáo）子”或“膫（liáo）子”的谐音，俚语，指男性生殖器。

㉑东风之吹马耳，东风吹过马耳边，比喻充耳不闻，无动于衷。

㉒无已，不得已。

㉓“黄鸟”二句，意谓“前阴”不要再隐藏了。黄鸟，喻指男阴。楚，丛莽，这里喻指男性阴毛，与前文“前阴尽缩”呼应。

㉔交颐，满腮。

㉕橼（yuán），即“枸橼”，又名香橼，小乔木或大灌木，果实长圆形，黄色，皮粗厚而有芳香，供观赏，果瓤味苦。

㉖榱（cuī）题，屋椽的端头。通常伸出屋檐，因通称出檐。

㉗供帐，亦作“供张”，陈设供宴会用的帷帐、用具、饮食等物。

㉘地仙，方士称住在人间的仙人。

㉙骛（wù）驶，疾速奔驶。

㉚僦（jiù）居，租赁房屋。

㉛恝（jiá），淡然。

㉜空花，亦作“空华”，佛教语，指隐现于病眼者视觉中的繁花状虚影，比喻纷繁的妄想和假相。

⑨滓敝，肮脏破旧。

⑨不肖（xiào）子，子不似父。

⑨焊（xún）汤，烧热水。

⑨故老，年高而见识多的人。谈宴，即“谈讌”，亦作“谈燕”，指边宴饮边叙谈。

⑨㧑（huī）抑，亦作“㧑挹”，谦让。

⑨卜兆，选择墓地。

⑨少间（jiàn），稍稍停止。

⑩禄籍，旧时对天上或冥府记录人福、禄、寿的簿册的称呼。

⑩彼妇之口，指芳云与其妹的快嘴。

【简评】

唐卢照邻《长安古意》：“得成比目何辞死，愿作鸳鸯不羡仙。”如果佳丽在怀，又能成仙，逍遥自在，尘世功名与之何用？佛家的“彼岸”憧憬，远不如道教“此岸”享受的畅想更吸引人。目空一切的王勉未能大展宏图于人世，却可栖于地仙境界且享尽艳福，如此境况，大约世人皆求之不得；于是作者又为之设计了先天的“宿根”因由，告知并非人人可蹈。细味其中款曲，多少透露出蒲松龄囿于现状的某种焦虑心态。青云既然无路，不妨想入非非于仙界；至于王勉的“轻薄”，也无非是自我困顿的解嘲或为戏谑庄严的经典找到借口，其主旨并不完全在于讥讽自鸣得意的书生。由是可知古代诸多仙侠书籍的由来。

阿绣

海州[①]刘子固，十五岁时，至盖省[②]其舅。见杂货肆中一女子，姣丽无双，心爱好之。潜至其肆，托言买扇。女子便呼其父，父出，刘意沮，故折阅[③]之而退。遥觑其父他往，又趋之。女将觅父，刘止之曰："无须，但言其价，我不靳直[④]耳。"女如言，故昂之，刘不忍争，脱贯[⑤]竟去。明日复往，又如之。行数武[⑥]，女追呼曰："返来！适伪言耳，价奢过当[⑦]。"因以半价返之。刘益感其诚，蹈隙辄往[⑧]，由是日熟。女问："郎居何所？"以实对。转诘之，自言"姚氏"。临行，所市物，女以纸代裹完好，已而以舌舐黏之。刘怀归，不敢复动，恐乱其舌痕也。积半月，为仆所窥，阴与舅力要之归。意惓惓[⑨]不自得，以所市香帕脂粉等类，密置一箧，无人时，辄阖户自捡一过，触类凝想[⑩]。

次年，复至盖，囊装甫解，即趋女所。至则肆宇阖焉，失望而返。犹意暂出未复，早起又诣之，扃如故。问诸邻居，始知姚原广宁[⑪]人，以贸易无重息，故暂归去；又不审何时可以复来，神志乖丧。居数日，怏怏而归。为之卜婚[⑫]，刘屡梗母议，母怪怒之。仆私以曩情告母，母益防闲[⑬]之，盖之途由是遂绝。刘忽忽不乐[⑭]，减食废学。母忧思无计，念不如从其志。于是刻日办装，使如盖，转寄语舅媒合之。舅承命诣姚，逾时而返，谓刘曰："事不谐矣！阿绣已字广宁人。"刘低头丧气，心灰望绝。既归，捧箧啜泣，而徘徊痴念，冀天下有似之者。

适媒来，艳称复州[15]黄氏女。刘恐不确，命驾[16]至复。入西门，见北向一家，两扉半开，内一女郎，怪似阿绣。再属目之，且行且盼而入，真是无讹。刘大动，因僦居[17]东邻，细诘其家，为李氏。反复疑念，天下宁有如此相似者耶？居之数日，莫可夤缘，惟日眈眈伺候于其门，以冀女或复出。一日，日方夕，女果出，忽见刘，即返身掩扉，以手指其后；又复掌及额，乃入。刘喜极，但不能解。凝想移时，信步诣舍后，见荒园寥廓[18]，西有短垣，略可及肩。豁然顿悟，遂蹲伏露草中。久之，有人自墙上露其首，小语曰："来乎？"刘诺而起，细视，真阿绣也。因而大恸，涕堕如绠[19]。女隔堵探身，以巾拭其泪，所以慰藉之良殷。刘曰："百计不遂，自谓今生已矣，何意复有今夕？顾[20]卿何至此？"曰："李氏，妾表叔也。"刘请逾垣。女曰："君先归，遣从人他宿，妾当自至。"刘如其教，坐伺之。少间，女悄然入，妆饰不甚炫丽，袍裤犹昔。刘挽坐，备道艰苦，因问："闻卿已字，何未醮也？"女曰："言妾受聘者，妄也。家君以道里赊远，不愿附公子为婚姻，此或舅氏托言，以绝君望耳。"既就枕席，款接之欢[21]，不可言喻。四更遽起，过墙而去。刘自是如复之初念悉忘[22]。而旅居半月，绝不言归。

一夜，仆起饲马，见室中灯火犹明，窥之，望见阿绣，大骇。不敢诘主人，旦访市肆，始返而诘刘曰："夜与还往者，何人也？"刘初讳之，仆曰："此第岑寂，狐鬼之薮[23]，公子亦宜自爱。彼姚家女郎，何为而至于此？"刘始觍然曰："西邻其表叔，有何疑沮[24]？”仆言：“我已访之最审[25]：东邻止一孤媪，西家一子尚幼，别无密戚。所遇当是鬼魅；不然，焉有数年之衣，尚未易者？且其面色过白，两颊少瘦，笑处无微涡[26]，不如阿绣美。”刘反覆回思，乃大惧曰：“且为奈何？”仆谋伺其来，操兵入击之。至暮，女至，谓刘曰：“知君见疑，然妾亦无他，不过了此夙分耳。”言未已，仆排闼[27]骤入。女呵之曰：“可弃而兵！速具酒与主人言别。”仆自投其刃，若或夺焉。刘益恐，强设酒馔。女谈笑如常，谓刘曰：“悉君心事，方且图效绵薄，何劳伏戎[28]？妾虽非阿绣，颇自谓不亚之，君视之犹昔否耶？”刘身毛俱竖，默不得语。女听漏三催，把盏一呷，起曰：“我且去，待花烛后，再与君家美人较优劣也。”转身遂杳。

刘信狐言，径如盖。怨舅之诳己也，亦不舍于其家。寓近姚氏，托媒自通，啖以重赂[29]。姚妻言：“小郎为觅婿于广宁，若翁[30]以是故去，就否良不可知。须彼旋时方可作计校。”刘闻之，徊徨无以自主，惟坚守以伺其归。逾十馀日，忽闻兵警，犹以讹传自解；又久之，信益急[31]，乃趣装[32]行。中途遇乱，主仆相失，为侦者所掠。以刘文弱，疏其防，盗马亡去。至海州界，见一女子，蓬鬓垢耳，步履蹉跌[33]。刘驰过之，女子呼曰：“马上刘郎，非乎？”刘停鞭审顾，盖阿绣也。心仍讶其为狐，曰：“汝真阿绣耶？”女问：“何出此言？”刘述所遇。女曰：“妾真阿绣，非赝冒者。父携妾自广宁归，遇变被俘，授马屡堕。忽一女子，握腕趣遁，荒窜军中，亦无诘者。女子健步若骋，苦不能从，百步而屣[34]屡褪焉。久之，闻号嘶渐远，乃释手曰：‘别矣！前皆坦途，可缓行，爱汝者将至，宜与同归。’”刘知其狐，感之。因述其留盖之故。女言其叔为择婿于方氏，未委禽[35]而乱适作。刘始知舅言非妄。携女马上，叠骑[36]归。入门则老母无恙，大喜。系马而入，述所自来。母亦喜，为之盥濯，妆竟，容光焕发。益喜，曰：“无怪痴儿魂梦不忘也！”遂设裀褥，使从己宿。又遣人赴盖，寓书[37]于姚。不数日，姚夫妇俱至，卜吉[38]成礼乃去。

刘出藏箧，旧封俨然。有粉一函，启之，化为赤土。异之。女掩口曰：“数年之盗，今始发觉矣。尔日见郎任妾包裹，更不审及真伪，故以此相戏耳。”方嬉笑间，一人搴帘入曰：“快意如此，当谢蹇修[39]矣。”刘视之，又一阿绣也，急呼母。母及家人悉集，无有能辨识者。刘回首亦迷，注目移时，始揖而谢之。女子索镜自照，赧然趋出，寻之已渺矣。夫妻感其义，为位[40]于室而祀之。一夕，刘醉归，室暗无人，方自挑灯，而阿绣至。刘挽问：“何之？”笑曰：“醉臭熏人，使人不耐！如此盘诘，谁作桑中逃[41]耶？”刘笑捧其颊，女曰：“郎视妾与狐姊孰胜？”刘曰：“卿过之，然皮相者不能辨也。”已而合扉相狎。俄有叩关者，女起笑曰：“君亦皮相者也。”刘不解，趋启门，则阿绣入，大愕。始悟适与语者狐也，暗中犹闻笑声。夫妻望空而祷，祈求现像。狐曰：“我不愿见阿绣。”问：“何不另化一貌？”曰：“我不能。”问：“何故不能？”曰：“阿绣，吾妹也，前世不幸夭殂。生时，与余从母至天宫，见西王母，心窃爱慕，归则刻意效之。妹子较我慧，一月神似；我学三月而后成，然终不及也。今已隔世。自谓过之，不意犹昔耳。我感汝两人诚意，故时一相过，今且去矣。”遂不复言。自此三五日辄一来，一切疑难悉决之。值阿绣归宁，来常数日不去，家人皆惧避之。每有亡失，则华妆端坐，插玳瑁[42]簪数寸长，朝家人而庄语[43]之：“所窃物，夜当送至某所；不然，头痛大作，勿悔！”天明，果于某所得之。三年后，绝不复来。偶失金帛，阿绣效其装束，以吓家人，亦屡效焉。

【注释】

①海州，即海州卫，明洪武九年设置，清顺治十年改海城县，属辽阳府，十四年改隶奉天府，现属辽宁省海城市。

②盖，即盖州卫，明洪武九年设置，清康熙三年改盖平县，属奉天府。现属辽宁省盖州市。省（xǐng），探望。

③折（shé）阅，买主不合理地压低价格。

④靳直，吝惜价钱。

⑤脱贯，付钱。古时用拿绳子串起来的方孔钱，皆以绳贯。

⑥数武，几步远处。武，半步，古人以六尺为步，半步为武。

⑦价奢过当（dàng），售出的价格过高。

⑧蹈隙，利用自己的父亲不在的空隙。

⑨惓惓（juàn），烦闷、失意的样子。

⑩触类凝想，睹物生情，引发聚精会神地沉思默想。

⑪广宁，即广宁卫，明洪武二十三年设置，清康熙三年改广宁县，属锦州府。现属辽宁省北镇市。

⑫卜婚，选择婚姻。

⑬防，堤也，用于制水；闲，圈栏也，用于制兽。防闲，引申为防备和禁阻。

⑭忽忽，失意的样子。

⑮艳称，称赞钦慕。复州，即复州卫，明洪武四年置，清雍正四年改复州厅，属奉天府。现属辽宁省瓦房店市。

⑯命驾，命人驾车马。立即动身的意思。

⑰僦（jiù）居，租赁房屋。

⑱寥廓，冷清。

⑲涕堕如绠，泪落如雨。绠，原意为绳索。

⑳顾，但是。

㉑款接之欢，这里是指男女枕席之乐。

㉒如复之初念，指到复州访黄氏女一事。

㉓狐鬼之薮（sǒu），狐鬼的聚集之所。

㉔疑沮（jǔ），疑惑。

㉕审，详细。

㉖微涡，指浅小的酒窝。

㉗排阁，即“排阁”，推门而入。

㉘伏戎，埋伏军队或刺客。

㉙啖（dàn）以重赂，为办成功一事，赠人以丰厚的财物。啖，利诱。

㉚若翁，阿绣的父亲。若，他的。

㉛信，消息。

㉜趣（cù）装，快速整理行装。趣，速度。

㉝蹉跌，原意为失足跌倒，这里指步履艰难。

㉞屣（xǐ），这里泛指鞋。

㉟委禽，即下聘礼。古代婚礼，纳采用雁，故称。

㊱叠骑，又作“迭骑”，指两人同骑一马。

㊲寓书，传递书信。

㊳卜吉，占问选择吉利的婚期。成礼，完婚。

㊴蹇（jiǎn）修，传说中伏羲氏之臣，为古贤者。后世多以“蹇修”为媒人的代称。

㊵为位，为狐设置祭祀的牌位。

㊶桑中逃，男女私奔幽会。桑中，地名。

㊷玳瑁（dài mào），亦作“瑇瑁”，爬行动物，形似龟，甲壳黄褐色，有黑斑和光泽，可做装饰品。

㊸朝，会聚。庄语，严肃地说话。

【简评】

《阿绣》一篇由来，有人指出是南朝宋刘义庆《幽明录·买粉儿》一则，此外，明冯梦龙《情史》卷三《情私类·扇肆女》也有类似的情节，亦是仿效之作。不过上述两篇故事，前者男主人公因爱而死终于再生，后者男主人公因幽会致死后，女主人公生遗腹子终于科举成名，情节皆较简单。蒲松龄则在借鉴前人故事框架的基础上，平添狐姐无私相助情节以及战乱突发的背景，令故事情节跌宕起伏，亦真亦幻，令人赞叹。尤可称道的是狐姐三次与阿绣比美，具有心理学的认识价值。嫉妒情感，人人皆有，与生俱来。狐姐自愧容颜弗如阿绣，源于其不自信的心理。狐姐以刘子固的判断作为与阿绣"较优劣"的客观标准，第一次正值刘陷入情感危机，热恋中难免"走眼"；还是旁观者清，其仆不带情感因素的审美判断最为客观："其面色过白，两颊少瘦，笑处无微涡，不如阿绣美。"第二次刘在"注目移时"的当面比较中识别出狐姐，属于头脑清醒下的判断，因而令狐姐"赧然趋出"。第三次刘于醉眼朦胧中不辨真假，算不上真正的审美判断，狐姐虽有"君亦皮相者也"的调侃之语，但其内心仍然自愧弗如，故而以"我不愿见阿绣"聊以解嘲。容貌是女子最在意之事，古今中外概莫能外；关键是女子如何将这种略带嫉意的负面情绪转化为对美的赞赏心理，产生"我见犹怜"的惺惺相惜之情，从而升华为助人为乐的心灵美。

男生子

福建总兵[1]杨辅，有娈童，腹震动。十月既满，梦神人剖其两胁[2]出之。及醒，两男夹左右啼。起视胁下，剖痕俨然。儿名之天舍、地舍云。

按此吴藩[3]叛前事也。吴既叛，闽抚蔡[4]疑杨，欲图之，而恐其为乱，以他故召之。杨妻夙智勇，疑之，沮[5]杨行，杨不听，妻涕而送之。归则传矢[6]诸将，披坚执锐，以待消息。少间，闻夫被诛，遂反攻蔡。蔡仓皇不知所为，幸标[7]卒固守，不克乃去。去既远，蔡始戎装突出，率众大噪。人传为笑焉。后数年，盗乃就抚[8]。未几，蔡暴亡。临卒，见杨操兵入，左右亦皆见之[9]。呜呼！其鬼虽雄[10]，而头已不可复续矣！生子之妖，其兆于此耶?

【注释】

①总兵，清代绿营兵之高级将领，位仅次于提督，秩正二品。所辖为绿营最高组织“标”，分设于各省，每省二至七人不等，管辖本标及所属协、营，镇守本镇所属地方，受总督与提督双重节制。因所辖之部称镇，故俗称“总镇”，多以所驻之地取名。杨

辅，即杨富（？—1674），福建漳州人。初为郑锦伪都督。康熙二年降，授左都督。三年六月，授四川川北镇总兵官。五年十一月，调浙江水师左路总兵。十一年四月，移江西南瑞镇总兵。十三年七月，三桂兵犯江西，富潜谋内应，巡抚董卫国擒斩之。

②剖其两胁，即破开胁下产子，早见古人传说。北魏郦道元《水经注》卷二二引《世本》："陆终娶于鬼方氏之妹，谓之女隤，是生六子，孕三年，启其左胁，三人出焉，破其右胁，三人出焉。"又相传老子出世为破胁而出。明冯梦龙《警世通言·旌阳宫铁树镇妖》："玉女吞之，遂觉有孕，怀胎八十一年，直到武丁九年，破胁而生。生下地时，须发就白，人呼为老子。"胁，从腋下到肋骨尽处的部分。

③吴藩，即吴三桂（1612—1678），字长白，扬州高邮（今属江苏）人。明总兵吴襄子，以武举承父荫，擢辽东总兵。在明清之际的大舞台上，吴三桂是一位著名人物。他以迎清军入关而名噪一时，三十年后又举兵叛清，一度割据西南。

④闽抚蔡，福建巡抚蔡某。当作"赣抚董"，董，即董卫国（？—1684），汉军正白旗人，初任佐领，历官国史院学士，顺治十八年（1661）擢江西巡抚，加兵部尚书衔，因抗击吴三桂有功，升江西总督，调任湖广总督，卒于任。

⑤沮（jǔ），阻止。

⑥传矢，即"传箭"，谓传递令箭。古代北方少数民族起兵令众，以传箭为号。这里引申为传令。

⑦标，清督抚等所辖绿营兵编制名称，一标辖三营，相当于后来的团。

⑧就抚，接受招抚，即有条件的投降。

⑨"蔡暴亡"数句，见清董含《三冈识略》卷九《杨董怨

报》："闽人杨富，旧从海上投诚，授南瑞总兵。当靖藩之变乱也，富麾下将卒，调拨略尽，颇有怨言，然反形未露也。制府董公卫国言其必反，遂乘其不备，遣兵攻之。富率家丁三百馀人溃围走，追灭之。至是改楚督，初莅任，忽见富由中门而人，仆从拥卫甚众，横戈跃马，直前刺之。惊起，问左右，悉无所睹。急返内，见富随入，挥拳怒骂，索命甚迫。即日延黄冠，结坛祈解。俄闻空中呼号声，如被搏击者，则气绝矣。夫富谋叛本朝，诚为可诛，然尚在疑似之间。乃死后率能报复，富亦厉鬼也哉！杜茶村为予说。"

⑩鬼虽雄，誉"杨辅"为鬼雄，显示了作者对其非因其罪而被诛的不平之意，鬼雄，鬼中之雄杰，常用以誉为国捐躯者。

【简评】

对于杨富因叛附三藩之乱而被杀一事，《清史稿》记述皆较为简单。白亚仁《〈聊斋志异〉中所涉及的"三藩之乱"考》，转引《文献丛编增刊·清三藩史料》中有关董卫国于康熙十三年七月十三日所上奏文，内中所举杨富"蓄谋不轨"、"为内应助贼"等状，多系捕风捉影的不实之词，实难定谳。董卫国或许公报私仇亦未可知，然而他却因此官升一级，这引来汉族文人士大夫的诸多质疑与不满，也在所难免。成王败寇，无可奈何中造作董卫国死于"鬼雄"，也反映出当时士人一种心态。夷夏之辨本为中原读书人的固有情结，难有回天之力，也不妨对一些负面情状加以调侃冷嘲，以宣泄一腔幽愤。小说中"传以为笑"以及"蔡暴亡"，都可以视为是这种情绪的曲折表达。至于篇首"男生子"，应是好事者为吸引他人眼球而故作奇闻也，实则内中有"料"，虚晃一枪而已。

张鸿渐

张鸿渐，永平[1]人。年十八，为郡名士[2]。时卢龙令赵某贪暴，人民共苦之。有范生被杖毙，同学忿其冤，将鸣部院[3]，求张为刀笔之词[4]，约其共事，张许之。妻方氏，美而贤，闻其谋，谏曰："大凡秀才作事，可以共胜，而不可以共败：胜则人人俱贪天功[5]，一败则纷然瓦解，不能成聚。今势力世界，曲直难以理定；君又孤，脱有翻覆，急难者谁也！"张服其言，悔之，乃宛谢诸生，但为创词[6]而去。质审[7]一过，无所可否。赵以巨金纳大僚，诸生坐结党[8]被收，又追捉刀人[9]。

张惧，亡去。至凤翔[10]界，资斧断绝。日既暮，踟躇旷野，无所归宿。欻睹小村，趋之。老媪方出阖扉，见之，问所欲为，张以实告。妪曰："饮食床榻，此都细事；但家无男子，不便留客。"张曰："仆亦不敢过望，但容寄宿门内，得避虎狼足矣。"妪乃令入，闭门，授以草荐[11]，嘱曰："我怜客无归，私容止宿，未明宜早去，恐吾家小娘子闻知，将便怪罪。"妪去，张倚壁假寐。忽有笼灯晃耀[12]，见妪导一女郎出。张急避暗处，微窥之，二十许丽人也。及门，睹草荐，诘妪，妪实告之。女怒曰：

“一门细弱[13]，何得容纳匪人[14]！”即问：“其人焉往？”张惧，出伏阶下。女审诘邦族[15]，色稍霁，曰：“幸是风雅士，不妨相留。然老奴竟不关白[16]，此等草草，岂所以待君子。”命妪引客入舍。俄顷，罗酒浆，品物精洁；既而设锦裀于榻。张甚德之，因私询其姓氏。妪言：“吾家施氏，太翁[17]夫人俱谢世，止遗三女。适所见，长姑舜华也。”妪既去，张视几上有《南华经注》[18]，因取就枕上，伏榻翻阅。忽舜华推扉入，张释卷，搜觅冠履。女即榻上抚[19]生，曰：“无须，无须！”因近榻坐，觍然曰：“妾以君风流才士，欲以门户相托[20]，遂犯瓜李之嫌。得不相遐弃[21]否？”张皇然不知所对，但云：“不敢相诳，小生家中，固有妻耳。”女笑曰：“此亦见君诚笃，顾亦不妨。既不嫌憎，明日当烦媒妁。”言已，欲去。张探身挽之，女亦遂止。未曙即起，以金赠张，曰：“君持作临眺之资。向暮，宜晚来。恐为傍人所窥。”张如其言，早出晏[22]归，半年以为常。

一日，归颇早，至其处，村舍全无，不胜惊怪。方徘徊，忽闻媪云：“来何早也！”一转盼，则院落如故，身固已在室中矣，益异之。舜华自内出，笑曰：“君疑妾耶？实对君言：妾，狐仙也，与君固有夙缘。如必见怪，请即别。”张恋其美，亦安之。夜谓女曰：“卿既仙人，当千里一息[23]耳。小生离家三年，念妻孥不去心，能携我一归乎？”女似不悦，谓：“琴瑟之情，妾自分于君为笃；君守此念彼，是相对绸缪者，皆妄也！”张谢曰：“卿何出此言。谚云：‘一日夫妻，百日恩义。’后日归而念卿，犹今日之念彼也。设得新忘故，卿何取焉？”女乃笑曰：“妾有褊心[24]：于妾，愿君之不忘；于人，愿君之忘之也。然欲暂归，此复何难？君家固咫尺耳！”遂把袂[25]出门，见道路昏暗，张逡巡不前。女曳之，走无几时，曰：“至矣。君归，妾且去。”

张停足细认，果见家门。逾垝垣入[26]，见室中灯火犹荧，近以两指弹扉，内问："何谁？"张具道所来。内秉烛启关[27]，真方氏也。两相惊喜。握手入帷。见儿卧床上，慨然曰："我去时儿才及膝，今身长如许矣！"夫妇偎倚，恍如梦寐。张历述所遭。问及讼狱，始知诸生有瘐死[28]者，有远徙者，益服妻之远见。方纵体入怀，曰："君有佳耦[29]，想不复念孤衾中有零涕人矣！"张曰："不念，胡以来也？我与彼虽云情好，终非同类；独其恩义难忘耳。"方曰："君以我何人也！"张审视，竟非方氏，乃舜华也。以手探儿，一竹夫人[30]耳。大惭无语。女曰："君心可知矣！分当自此绝交，犹幸未忘恩义，差足自赎[31]。"

过二三日，忽曰："妾思痴情怜人，终无意味。君日怨我不相送，今适欲至都，便道可以同去。"乃向床头取竹夫人共跨之，令闭两眸，觉离地不远，风声飕飕。移时，寻落，女曰："从此别矣。"方将订嘱，女去已渺。怅立少时，闻村犬鸣吠，苍茫中见树木屋庐，皆故里景物，循途而归。逾垣叩户，宛如前状。方氏惊起，不信夫归，诘证确实，始挑灯呜咽而出。既相见，涕不可仰[32]。张犹疑舜华之幻弄也，又见床头儿卧，一如昨夕，因笑曰："竹夫人又携入耶？"方氏不解，变色曰："妾望君如岁[33]，枕上啼痕固在也。甫能相见，全无悲怜之情，何以为心矣[34]！"张察其情真，始执臂欷歔，具言其详。问讼案所结，并如舜华言。方此感慨，闻门外有履声，问之不应。盖里中有恶少甲[35]，久窥方艳，是夜自别村归，遥见一人入垣去，谓必赴淫约者，尾之而入。甲故不甚识张，但伏听之。及方氏亟问[36]，乃曰："室中何人也？"方讳言："无之。"甲言："窃听已久，敬将执奸耳。"方不得已，以实告。甲曰："张鸿渐大案未消，即使归家，亦当缚送官府。"方苦哀之，甲词益狎逼。张忿火中烧，不可制止，把刀直出，剁甲中颀。甲踣[37]，犹号；又连剁之，遂毙。方曰："事已至此，罪益加重。君速逃，妾请任其辜[38]。"张曰："丈夫死则死耳，焉能辱妻累子以求活耶！卿无顾虑，但令此子勿断书香[39]，目即瞑矣。"

天渐明，赴县自首。赵以钦件[40]中人，姑薄惩之。寻由郡解都，械禁[41]颇苦。途中遇女子跨马过，以老妪捉鞚[42]，盖舜华也。张呼妪欲语，泪随声堕。女返辔[43]，手启障纱，讶曰："表兄也，何至此？"张略述之。女曰："依兄平昔，便当掉头不顾，然予不忍也。寒舍不远，即邀公役同临，亦可少助资斧。"从去二三里，见一山村，楼阁高整。女下马入，令妪启舍延客。既而酒炙丰美，似所夙备。又使妪出曰："家中适无男子，张官人即向公役多劝数觞，前途倚赖多矣。遣人措办数十金，为官人作费，兼酬两客，尚未至也。"二役窃喜，纵饮，不复言行。日渐暮，二役径醉矣。女出，以手指械，械立脱。曳张共跨一马，驶如飞。少时，促下，曰："君止此。妾与妹有青海[44]之约，又为君逗遛一晌，久劳盼注矣。"张问："后会何时？"女不答，再问之，推堕马下而去。

既晓，问其地，太原也。遂至郡，赁屋授徒焉。托名宫子迁。居十年，访知捕亡寝息[45]，乃复逡巡东向。既近里门，不敢遽入，俟夜深而后入。及门，则墙垣高固，不复可越，只得以鞭挝门。久之，妻始出问，张低语之。喜极，纳入，作呵叱声，曰："都中少用度，即当早归，何得遣汝半夜来？"入室，各道情事，始知二役逃亡未返。言次，帘外一少妇频来，张问伊谁，曰："儿妇耳。""儿安在？"曰："赴都大比[46]未归。"张涕下曰："流离数年，儿已成立，不谓能继书香，卿心血殆尽矣！"话未已，子妇已温酒炊饭，罗列满几。张喜慰过望。居数日，隐匿屋榻，惟恐人知。一夜方卧，忽闻人语腾沸，捶门甚厉。大惧，并起。闻人言曰："有后门否？"益惧，急以门扉代梯，送张度垣而出，然后诣门问故，乃报新贵者也。方大喜，深悔张遁，不可追挽。

是夜张越莽穿榛，急不择途，及明，困殆已极。初念本欲向西，问之途人，则去京都通衢[47]不远矣。遂入乡村，意将质衣而食。见一高门，有报条黏壁间，近视，知为许姓，新孝廉也。顷之，一翁自内出，张迎揖而告以情。翁见仪容都雅，知非赚[48]食者，延入相款，因诘所往。张托言："设帐都门，归途遇寇。"翁留诲其少子。张略问官阀，乃京堂林下者[49]；孝廉，其犹子[50]也。月馀，孝廉偕一同榜归，云是永平张姓，十八九少年也。张以乡谱俱同，暗中疑是其子；然邑中此姓良多，姑默之。至晚解装，出《齿录》[51]，急借披读[52]，真子也，不觉泪下。共惊问之，乃指名曰："张鸿渐，即我是也。"备言其由。张孝廉抱父大哭。许叔侄慰劝，始收悲以喜。许即以金帛函字[53]，致各宪台[54]，父子乃同归。

方自闻报，日以张在亡为悲；忽白孝廉归，感伤益痛。少时，父子并入，骇如天降，询知其故，始共悲喜。甲父见其子贵，祸心不敢复萌。张益厚遇之，又历述当年情状，甲父感愧，遂相交好。

【注释】

①永平，明清府名，属直隶，府治卢龙县，即今河北省秦皇岛市卢龙县。

②郡名士，永平府中以诗文等著称的知名士人。

③鸣部院，指到巡抚衙门伸冤。部院，这里是指清直隶巡抚衙门。清代各省巡抚多兼兵部侍郎和都察院右副都御史衔，故称巡抚为部院。

④刀笔之词，即诉讼文字。刀笔，古代书写工具。古时书写于竹简，有误则用刀削去重写。

⑤贪天功，即"贪天之功"，原指拿自然成功之事为己功，后

多指抢夺他人的功劳。

⑥但，只。创词，起草诉讼文字。

⑦质审，直隶巡抚衙门质对审讯。

⑧坐结党，以结成党羽的罪名定案。收，拘捕下狱。

⑨捉刀人，这里是指起草讼状的张鸿渐。

⑩凤翔，明清府名，现陕西省凤翔县。

⑪草荐，草席。

⑫笼灯，即“灯笼”。晃耀，闪耀。

⑬一门细弱，家中全是妇女。

⑭匪人，不是亲近的人。

⑮邦族，即籍贯姓氏。

⑯关白，禀告。

⑰太翁，清代常称他人之父。

⑱南华经注，指《南华真经注疏》，三十五卷，晋郭象注，唐成玄英疏。南华经，《南华真经》的省称，即《庄子》的别名。“南华真经”之名始于唐代，《新唐书》卷五九《艺文三》：“天宝元年，诏号《庄子》为《南华真经》。”

⑲抚，用手按住。

⑳门户相托，主持家事，这里指招男子入赘女家。

㉑遐弃，远相离弃。

㉒晏，晚，迟。

㉓千里一息，即指千里之遥，在呼吸之间即可到达。

㉔褊（biǎn）心，心胸狭窄。

㉕把袂（mèi），拉住衣袖，是亲昵的表示。

㉖垝垣（guǐ yuán），坏墙。

㉗启关，打开大门。关，门闩。

㉘瘐（yǔ）死，囚犯在狱中因受刑、饥寒或疾病而死。

㉙耦，配偶。

㉚竹夫人，古代消暑用具，又称青奴、竹奴。编青竹为长笼，或取整段竹中间通空，四周开洞以通风，暑时置床席间。唐时名竹夹膝，又称竹几，至宋始称竹夫人。

㉛差足自赎，这里是指略微可以自赎其罪。差，略微。

㉜涕不可仰，哭得抬不起头来。

㉝望君如岁，盼望君归如同盼望一年的收成。岁，年景，一年的农业收获。

㉞何以为心，还有人心吗。

㉟恶少甲，品行恶劣的年轻男子。

㊱亟（qì）问，一再追问。

㊲踣（bó），仆倒。

㊳任其辜，承担杀人之罪。

㊴书香，世代读书应科举的风尚。

㊵钦件，同“钦案”，指奉旨办理的案件。“结党”非普通刑事案件，须逐层上报至朝廷，故称“钦件”。

㊶械禁，用刑具拘禁。

㊷捉鞚（kòng），抓住马笼头。

㊸返辔（pèi），回马。辔，驾驭马的缰绳。

㊹青海，东方之海，常借指传说中的海上仙山。

㊺寖怠，即“寝怠”，指越来越松懈。

㊻大比，明清特指乡试。

㊼京都，即京师（今北京），清顺天府治所在地。通衢，四通八达的道路。

㊽赚（zuàn）食，谓诳骗吃喝。

㊾京堂林下者，指退休家居的朝中高官。京堂，清代对某些高级官员的称呼，如都察院、通政司、詹事府、国子监及大理、太常、太仆、光禄、鸿胪等寺的长官，概称京堂。在官文书中称京卿，一般为三品、四品官。林下，山林田野退隐之处，常指官员致仕退休。

㊿犹子，侄子。

51齿录，即“同年录”，科举时代，汇刻同榜者姓名、年龄、籍贯、三代等的册籍。

52披读，阅读。

53金帛函字，以钱物等为礼品并附上书信。金帛，黄金和丝绸，这里泛指钱物。

54宪台，后汉改称汉御史府为宪台，后为同类机构的通称，亦以称御史等官职。这里当是对掌权上官的尊称，不限于御史。

【简评】

清但明伦对《张鸿渐》一篇有评云：“势力世界，曲直无凭。贪酷者安居，鸣冤者反坐。茫茫世宙，教人从何处呼天耶！”封建专制社会的官本位体制是制造腐败的温床，是非不分，官官相护，小民无告，弱肉强食是普遍现象。至于读书人聚众言事，更为统治者所忌，往往不问是非，必欲置之死地而后已。清顺治十八年发生于苏州的哭庙案，统治者枉杀十八人，明末清初著名学者金圣叹即在此案中死于非命。清初归庄因文学见解相异对金圣叹其人恨之切骨，其《归庄集》卷一〇《诛邪鬼》有云：“吴县诸生与任知县相恶，巡抚中丞得知县贿，诬奏诸生十八人，尽弃之世，金圣叹亦与焉。余哀诸生而未尝不快金之死，但恨杀之不以其罪耳。”

蒲松龄另写有俚曲《富贵神仙》、《磨难曲》，皆以张鸿渐事为素材，加以演绎，全为大团圆结局自不待言，且有关富贵情节较小说更为锦上添花，可见作者巧借文学作品以抒发内心积怨的用心。再者，永平府名士“鸿渐”之取名源于《易·渐卦》：“初六，鸿渐于干。”“六二，鸿渐于磐。”“九三，鸿渐于陆。”“六四，鸿渐于木。”“九五，鸿渐于陵。”有谓鸿鹄飞翔从低到高，循序渐进之义。这显然带有象征读书人生态环境逐步变好的企盼，也表达了蒲松龄对自身未来的一种憧憬之情，专制统治生活下读书人的心态可略见一斑！

农妇

邑西[①]磁窑坞有农人妇，勇健如男子，辄为乡中排难解纷。与夫异县而居。夫家高苑[②]，距淄百馀里；偶一来，信宿[③]便去。妇自赴颜山[④]，贩陶器为业。有赢馀，则施丐者，一夕，与邻妇语，忽起曰“小腹微痛，想孽障[⑤]欲离身也。”遂去。天明往探之，则见其肩荷酿酒巨瓮二，方将入门。随至其室，则有婴儿绷卧，骇问之，盖娩后已负重百里矣。故与北庵尼善，订为姊妹。后闻尼有秽行[⑥]，忿然操杖，将往挞楚[⑦]，众苦劝而止。一日，遇尼于途，遽批[⑧]之。问：“何罪？”亦不答。拳石交施[⑨]，至不能号，乃释而去。

异史氏曰：“世言女中丈夫，犹自知非丈夫也，妇并忘其为巾帼矣。其豪爽自快，于古剑仙何以少殊，毋亦其夫亦即磨镜者[⑩]流耶？”

【注释】

①邑西，指淄川县（今山东省淄博市淄川区）西。磁窑坞，乾隆八年《淄川县志》卷二下《乡村》“西南乡”有磁窑坞，曾为当地集市所在。

②高苑，明清县名，属青州府，现属山东省淄博市高青县。

③信宿，连宿两夜。

④颜山，明清镇名，又称“颜镇”、“颜神镇”，明末清初隶属山东益都，现属山东省淄博市博山区。

⑤孽障，孽根，古代对子女或胎儿的昵称。

⑥秽行，放荡的行为，这里指男女私情。

⑦挞（tà）楚，鞭打，这里指杖击。

⑧批，用手击。

⑨拳石交施，拳头与石块互用。

⑩毋亦，同“无亦”，不也，表示委婉的反问语气。磨镜者，指带有某种神秘性质而身份平常的人物。唐裴铏《传奇·聂隐娘》中，唐贞元中魏博大将聂锋之女聂隐娘，年十岁即被一女尼携去，学成出神入化的剑仙之术，五年后又被送回聂锋家中，“忽值磨镜少年及门，女曰：‘此人可与我为夫。’白父，父不敢不从，遂嫁之。其夫但能淬镜，馀无他能。”磨镜，磨治铜镜，古用铜镜，须常用药磨光方能照影。

【简评】

人是社会的动物，相互交往中须扮演不同的角色方能和谐共处。《农妇》中的这位女中豪杰率真无隐、任性而行，乃至性别鸿沟在其心目中也荡然无存，淳朴自然的道德信仰是其不失赤子之心的精神依据。小说作者通过农妇生产后若无其事地大力劳作、痛殴有“秽行”之女尼二事，着墨无多，将一位洒脱豪爽性格的“女汉子”形象和盘托出，颇为传神。蒲松龄在“异史氏曰”中对这位农妇奖誉有加，其原因就在于对于浑沌未凿的“真人”的景仰，其间或有作者不满社会崇尚虚假伪善的因素在。

鸟语

中州[1]境有道士，募食[2]乡村。食已，闻鹂[3]鸣，因告主人使慎火。问故，答曰："鸟云：'大火难救，可怕！'"众笑之，竟不备。明日，果火，延烧数家，始惊其神。好事者追及之，称为仙。道士曰："我不过知鸟语耳，何仙也？"适有皂花雀[4]鸣树上，众问何语。曰："雀言：'初六养之，初六养之；十四、十六殇[5]之。'想此家双生矣。今日为初十，不出五六日，当俱死也。"询之，果生二子；无何，并死，其日悉符。

邑令闻其奇，招之，延为客。时群鸭过，因问之。对曰："明公内室，必相争也。鸭曰：'罢罢！偏向他！偏向他！'"令大服，盖妻妾反唇[6]，令适被喧聒而出也。因留居署中，优礼之。时辨鸟言，多奇中[7]。而道士朴野，肆言辄无所忌。令最贪，一切供用诸物，皆折为钱以入之。一日，方坐，群鸭复来，令又诘之。答曰："今日所言，不与前同，乃为明公会计耳[8]。"问："何计？"曰："彼云：'蜡烛一百八，银朱[9]一千八。'"令惭，疑其相讥。道士求去，令不许。逾数日，宴客，忽闻杜宇[10]。客问之，答曰："鸟云：'丢官而去。'"众愕然失色。令大怒，立逐而出。未几，令果以墨败[11]。呜呼！此仙人儆戒[12]之，而惜乎危厉熏心[13]者不之悟也！

齐俗[14]呼蝉曰“稍迁”，其绿色者曰“都了”[15]。邑有父子，俱青、社生[16]，将赴岁试，忽有蝉集襟上。父喜曰：“稍迁，吉兆也。”一僮视之，曰：“何物稍迁，都了而已。”父子不悦。已而果皆被黜。

【注释】

①中州，古豫州，即今河南省一带，地处九州之中，称为中州。这里即称河南。

②募食，佛、道徒化缘求食。

③鹂，鸟名，即黄鹂，亦称黄莺，身体黄色，自眼部至头后部黑色，嘴淡红色，鸣叫声音悦耳。

④皂花雀，与人类伴生的鸟类中麻雀的一种，羽色较深。

⑤殇（shāng），未至成年就死了。

⑥反唇，争吵。

⑦奇中（zhòng），意想不到地说准、猜中。

⑧会（kuài）计，核计，计算。

⑨银朱，即无机化合物硫化汞，呈鲜红色粉末状，有毒，由汞和硫混合加热升华而得。可用作颜料和药品。

⑩杜宇，即杜鹃鸟，又名子规。相传为古蜀王杜宇之魂所化。春末夏初，常昼夜啼鸣，其声哀切。

⑪以墨败，因贪污而被罢官。

⑫儆（jǐng）戒，戒惧。

⑬危厉熏心，人为贪欲所左右，就会丧失对整体的考量，从而陷入危亡境地。

⑭齐俗，齐地的风俗。齐，今山东省泰山以北黄河流域和胶东半岛地区，为战国时齐地，汉以后仍沿称为齐。

⑮都了，一种蝉名，形体比常见的蚱蝉稍小，细而长，头部、脊背和翅膀上均有绿色花纹。因其发出“都……了，都……了”的叫声，故俗称“都了”。这里一语双关，指全都完了，毫无希望。

⑯青社生，明清时生员有“青衣”与“发社”等名目，为对岁试劣等生员的惩罚处分措施。

【简评】

据巴甫洛夫学说，语言作为第二信号系统，为人类所独具有。然而在中国古代传说中，禽有禽言，兽有兽语，个别人还能与动物作信息交流。清王士禛《香祖笔记》卷七：“古有通鸟语、牛马语者。梁廷尉卿沈僧昭先为山阴令，与会稽太守武陵王纪校猎，中道而返。左右问其故，答曰：‘国家有边事，当还处分。’问何以知之，曰：‘向闻南山虎啸，故知耳。’俄而使至。是知鸟兽莫不能语者。释氏戒杀，厥有旨哉！”看来类似传闻在清初并非个别。有趣的是，本篇附则中将昆虫名与尘俗人事联系起来，则颇近似于禽言诗的创作机制，其间反映封建官僚贪污的普遍现实还是一目了然的。禽言能表达复杂的意义并可以转译成人类的语言，至今仍是一些人的瑰丽想象，不过人为地赋予鸟鸣以某种特定的意义，在文学作品中却不乏其例。如杜鹃鸟（又名子规）的鸣叫声犹如“不如归去”，最易引起游子的思乡之情。鸟语可译为人言，或属子虚乌有，但以鸟鸣声谐音人事，并写入文学作品，的确具有无穷的趣味。

真生

长安士人贾子龙，偶过邻巷，见一客风度洒如[①]，问之，则真生，咸阳僦寓者也，心慕之。明日，往投刺，适值其亡[②]。凡三谒，皆不遇。乃阴使人窥其在舍而后过之，真走避不出，贾搜之始出。促膝倾谈，大相知悦。贾就逆旅[③]，遣僮行沽。真又善饮，能雅谑[④]，乐甚。酒欲尽，真搜箧出饮器，玉卮无当[⑤]，注杯酒其中，盎然[⑤]已满；以小琖挹取入壶[⑦]，并无少减。贾异之，坚求其术。真曰："我不愿相见者，君无他短，但贪心未静[⑧]耳。此乃仙家隐术[⑨]，何能相授？"贾曰："冤哉！我何贪，间萌奢想者，徒以贫耳！"一笑而散。由是往来无间，形骸尽忘。每值乏窘，真辄出黑石一块，吹咒其上，以磨瓦砾，立刻化为白金，便以赠生；仅足所用，未尝赢馀。贾每求益，真曰："我言君贪，如何，如何！"贾思明告必不可得，将乘其醉睡，窃石而要之。一日，饮既卧，贾潜起，搜诸衣底。真觉之，曰："子真丧心，不可处也！"遂辞别，移居而去。

后年馀，贾游河干[⑩]，见一石莹洁，绝类真生物。拾之，珍藏若宝。过数日，真忽至，瞒然若有所失[⑪]。贾慰问之，真曰："君前所见，乃仙人点金石也。曩从抱真子[12]游，彼怜我介[13]，以此相贻。醉后失去，隐卜[14]当在君所。如有还带[15]之恩，不敢忘报。”贾笑曰：“仆生平不敢欺友朋，诚如所卜。但知管仲之贫者，莫如鲍叔，君且奈何[16]？”真请以百金为赠。贾曰：“百金非少，但授我口诀，一亲试之，无憾矣。”真恐其寡信。贾曰：“君自仙人，岂不知贾某宁[17]失信于朋友者哉！”真授其诀。贾顾砌[18]上有巨石，将试之。真掣其肘[19]，不听前。贾乃俯掬半砖，置砧[20]上曰：“若此者，非多耶？”真乃听之。贾不磨砖而磨砧；真变色欲与争，而砧已化为浑金[21]。反石于真，真叹曰：“业如此，复何言，然妄以福禄加人，必遭天谴。如逭[22]我罪，施材百具、絮衣[23]百领，肯之乎？”贾曰：“仆所以欲得钱者，原非欲窖藏之也。君尚视我为守钱卤[24]耶？”真喜而去。

贾得金，且施且贾[25]，不三年，施数已满。真忽至，握手曰：“君信义人也！别后被福神奏帝，削去仙籍；蒙君博施，今幸以功德消罪。愿勉之，勿替[26]也。”贾问真系天上何曹，曰：“我乃有道之狐耳。出身綦微，不堪孽累[27]，故生平自爱，一毫不敢妄作。”贾为设酒，遂与欢饮如初。贾至九十馀，狐犹时至其家。

长山[28]某，卖解信药[29]，即垂危，灌之无不活。然秘其方，即戚好不传也。一日，以株累被逮。妻弟饷食狱中，隐置信焉，坐待食已而后告之，甲不信。少顷，腹中溃动，始大惊，骂曰：“畜产[30]速行！家中虽有药末，恐道远难俟，急于城中物色薜荔为末，清水一琖，速将来[31]！”妻弟如其教。迨觅至，某已呕泻欲死，急投之，立刻而安，其方自此遂传。此亦犹狐之秘其石也。

【注释】

①洒如，潇洒飘逸的样子。

②亡，外出，出门。

③逆旅，客舍，旅馆。

④雅谑（xuè），趣味高雅的戏谑。

⑤玉卮（zhī）无当（dàng），没有底部的玉制酒杯。

⑥盎（àng）然，充溢的样子。

⑦琖（zhǎn），小杯子。挹（yì）取，汲取。

⑧静，净尽。

⑨隐术，法术，幻术。

⑩河干，河边，河岸。

⑪睇（tī）然，眼神茫然若失的样子。睇，通“䁐”。

⑫抱真子，明李孔修，字子长，自号抱真子，顺德（今属广东省）人，侨居广州。

⑬怜，喜爱。介，指独特的节操或行为。

⑭隐卜，猜详，猜测。

⑮还带，归还珍贵的失物。

⑯“但知”三句，真生早已知道自己贫困，若要奉还黑石，当有所补偿。管仲与鲍叔皆为春秋时齐国人，两人交好，管仲引鲍叔为知己。

⑰宁（nìng），岂，难道。

⑱砌，台阶。

⑲掣（chè）其肘，从旁牵制其手臂。

⑳砧（zhēn），捣衣石。这里借指大块的石头。

㉑浑（hún）金，无杂质的纯金。

㉒逭（huàn），逃避。

㉓絮衣，绵衣。

㉔守钱卤（lǔ），即“守财虏”，或称“守财奴”、“守钱

虏”，多讽刺吝啬的富人。

㉕且施且贾（gǔ），一边施舍，一边经商。

㉖替，懈怠，停止。

㉗不堪孽累，指承受不了行罪孽的责任。

㉘长山，明清县名，属济南府，今山东邹平以东、淄川以北偏西。

㉙解信药，救治砒霜中毒的药。信，即“砒礵”，又作“砒霜”。

㉚畜产，詈词，畜生。

㉛将来，即“拿来”。

【简评】

所谓“点石成金”之术，古今中外皆不乏憧憬者，于是一些骗子也应运而生，其间发生诸多事情，令人啼笑皆非。这篇《真生》中的两位书生，一为人，一为狐，姓氏则一“真”一“贾”（假），围绕“点石成金”演绎了一出并非喜剧亦非闹剧的故事，究其实质，无非反映出作者梦想意外致富却又能自我约束、积德行善以求人生美满的用心，这其中或许亦隐藏有蒲松龄朦胧的潜意识。至于本篇附则，属于作者在意犹未尽的写作状态下，从“秘其方”这一心理因素寻求两者的相通之处。清何守奇有评云：“世传吕祖能点铁成金，以与一贫人，其人不取。吕祖谓其可与人道，问其所欲，曰：‘欲得祖师点金指头耳。’贾不磨石而磨砧，可同发一笑。”

三生

湖南某，能记前生三世：

一世为令尹[①]，闱场入帘。有名士兴于唐被黜落，愤懑而卒，至阴司执卷讼之。此状一投，其同病[②]死者以千万计，推兴为首，聚散成群。某被摄去，相与对质。阎王便问："某既衡文，何得黜佳士而进凡庸？"某辨言："上有总裁[③]，某不过奉行之耳。"阎罗即发一签[④]，往拘主司。久之，勾至。阎罗即述某言，主司曰："某不过总其大成，虽有佳章，而房官[⑤]不荐，吾何由而见之也？"阎罗曰："此不得相诿，其失职均也，例合笞[⑥]。"方将施刑，兴不满志，戛然大号；两墀诸鬼，万声鸣和。阎罗问故，兴抗言[⑦]曰："笞罪太轻，是必掘其双睛，以为不识文字之报。"阎罗不肯，众呼益厉。阎罗曰："彼非不欲得佳文，特其所见鄙耳。"众又请剖其心。阎罗不得已，使人褫去袍服，以白刃劙[⑧]胸，两人沥血鸣嘶。众始大快，皆曰："吾辈抑郁泉下，未有能一伸此气者；今得兴先生，怨气都消矣。"哄然遂散。

某受剖已，押投陕西为庶人子。年二十馀，值土寇[⑨]大作，陷入贼中。有兵巡道[⑩]往平贼，俘掳甚众，某亦在中。心犹自揣[⑪]非贼，冀可辨释。及见堂上官，亦年二十馀，细视，乃兴生也。惊曰：“吾合尽矣！”既而俘者尽释，惟某后至，不容置辨，竟斩之。某至阴司投状讼兴。阎罗不即拘，待其禄[12]尽。迟之三十年，兴始至。面质之，兴以草菅人命，罚作畜。稽[13]某所为，曾挞其父母，其罪维均。某恐来生再报，请为大畜。阎罗判为大犬，兴为小犬。

某生于北顺天府市肆中。一日，卧街头，有客自南中[14]来，携金毛犬，大如狸。某视之，兴也。心易其小，龁之。小犬咬其喉下，系缀如铃。大犬摆扑嗥窜，市人解之不得。俄顷，俱毙。并至冥司，互有争论。阎罗曰：“冤冤相报，何时可已？今为若解之。”乃判兴来世为某婿。

某生庆云[15]，二十八举于乡。生一女，娴静娟好，世族争委禽焉，某皆弗许。偶过临郡，值学使发落诸生，其第一卷[16]李姓，实兴也。遂挽至旅舍，优厚之。问其家，适无偶，遂订姻好。人皆谓某怜才，而不知有夙因也。既而娶女去，相得甚欢。然婿恃才辄侮翁，恒隔岁不一至其门，翁亦耐之。后婿中岁淹蹇[17]，苦不得售[18]，翁百计为之营谋，始得志于名场。由此和好如父子焉。

异史氏曰：“一被黜而三世不解，怨毒之甚至此哉[19]！阎罗之调停固善，然墀下千万众，如此纷纷，勿亦天下之爱婿，皆冥中之悲鸣号动者耶？”

【注释】

①令尹，春秋战国时楚国执政官名，相当于宰相。后世泛称县、州、府等地方行政长官。这里指县令。

②同病，与兴于唐遭遇相同者。

③总裁，官职名，一般指明清主持会试的官员。这里特指乡试

主考官。

④签，即“朱签”，古代官府交付差役拘捕犯人的凭证，其上题写犯人姓名。

⑤房官，即“房考”，明清时乡试、会试时分房阅卷的同考官。

⑥例合笞（chī），按例当受笞刑。笞，古代的一种刑罚，用荆条或竹板敲打臀、腿或背，为五刑之一。

⑦抗言，高声而言。

⑧劙（lí），割。

⑨土寇，古代对地方上的反叛者或造反农民的称呼。

⑩兵巡道，明代在各省设提刑按察使司，按察使为其长官，一省又分所属府、州、县为数道，以按察副使、按察佥事等员任其职，掌分察府、州、县之刑名、钱粮诸不法事，称分巡道，其兼兵备职者，又有兵巡道、整饬兵备道等名目。清初因之。这里应是“兵备道”的讹传，兵巡道多设置于广西一带，陕西肃州道、固原道、临洮道、洮岷道、靖远道、榆林中路道、榆林东路道皆为整饬兵备道。

⑪自揣（chuǎi），自我估量。

⑫禄，即“禄命”，禄食命运。古代宿命论者认为人生的盛衰，祸福、寿夭、贵贱等均由天定。

⑬稽（jī），查考。

⑭南中，泛指我国南方或南部地区。

⑮庆云，明清县名，属直隶天津府，治所在今山东省德州市庆云县。

⑯第一卷，这里是指岁试的第一名。

⑰中岁淹蹇，中年艰难窘迫，坎坷不顺。

⑱不得售，乡试未能中举。售，旧时对科举考试中式的称呼。

⑲“怨毒”句，意指仇恨对于人而言竟如此深刻吗。怨毒，怨恨，仇恨。

【简评】

《三生》像是一则寓言，在佛家转世轮回之说的外壳下，宣泄作者一腔怀才不遇的悲愤之情。古今中外，任何形式的考试皆有其局限性，一个人的应试能力与其实际学问或才能往往不成正比；更何况明清科举取士制度，在考生文章水平相差无多的情况下，录取与否具有很大的偶然因素。科举制度滥觞于隋，兴盛于唐，这是本篇主人公“兴于唐”取名的由来。唐韩愈在《送李愿归盘谷序》一文中对人生功名一事早有“是有命焉，不可幸而致也”之论。乾隆九年（1744），袁枚作为某乡试的同考官参加阅卷，发现一考生的试卷优秀超群，欲荐于主考，然而“主司摇手道额满，怪我推挽何殷勤。明知额满例难破，额内似渠有几个。狱底生将宝剑埋，掌中空见明珠过”，最终发出了“吁嗟乎，科名有命文无功”的叹息。至于《三生》中的“黜佳士而进凡庸”之论，当属激愤语，不能以偏概全。无论从任何角度评价，科举制度是底层人才有可能向上流动、使得其跳脱自己原有阶层成为可能，值得肯定。蒲松龄也并不完全否定这一还算不错的取士方法，令其发不平之鸣者，是绝对公平的欠缺而已。

黄英

马子才，顺天人。世好菊，至才尤甚，闻有佳种必购之，千里不惮[①]。一日，有金陵客寓其家，自言其中表[②]亲有一二种，为北方所无。马欣动，即刻治装，从客至金陵。客多方为之营求，得两芽，裹藏如宝。

归至中途，遇一少年，跨蹇从油碧车[③]，丰姿洒落。渐近与语，少年自言"陶姓"，谈言骚雅[④]。因问马所自来，实告之。少年曰："种无不佳，培溉在人。"因与论艺菊[⑤]之法。马大悦，问："将何往？"答云："姊厌金陵，欲卜居[⑥]于河朔耳。"马欣然曰："仆虽固贫[⑦]，茅庐可以寄榻。不嫌荒陋，无烦他适。"陶趋车前，向姊咨禀。车中人推帘语，乃二十许绝世美人也。顾弟言："屋不厌卑，而院宜得广。"马代诺之，遂与俱归。第南有荒圃，仅小室三四椽，陶喜，居之。日过北院，为马治菊。菊已枯，拔根再植之，无不活。然家清贫，陶日与马共食饮，而察其家似不举火。马妻吕，亦爱陶姊，不时以升斗馈恤之。陶姊小字黄英，雅善谈，辄过吕所，与共纫绩[⑧]。陶一日谓马曰："君家固不丰，仆日以口腹累知交，胡可为常！为今计，卖菊亦足谋生。"马素介，闻陶言，甚鄙之，曰："仆以君风流高士，当能安贫，今作是论，则以东篱为市井，有辱黄花矣[9]。"陶笑曰："自食其力不为贪，贩花为业不为俗。人固不可苟求富，然亦不必务求贫也。"马不语，陶起而出。自是，马所弃残枝劣种，陶悉掇拾而去。由此不复就马寝食，招之始一至。未几，菊将开，闻其门嚣喧如市。怪之，过而窥焉，见市人买花者，车载肩负，道相[10]属也。其花皆异种，目所未睹。心厌其贪，欲与绝；而又恨其私秘佳本，遂款其扉，将就诮让。陶出，握手曳入。见荒庭半亩皆菊畦，数椽之外无旷土。劚[11]去者，则折别枝插补之；其蓓蕾在畦者，罔不佳妙，而细认之，皆向所拔弃也。陶入屋，出酒馔，设席畦侧，曰："仆贫不能守清戒，连朝幸得微赀，颇足供醉。"少间[12]，房中呼"三郎"，陶诺而去。俄献佳肴，烹饪良精。因问："贵姊胡以不字？"答云："时未至。"问："何时？"曰："四十三月。"又诘："何说？"但笑不言。尽欢始散。过宿，又诣之，新插者已盈尺矣。大奇之，苦求其术，陶曰："此固非可言传，且君不以谋生，焉用此？"又数日，门庭略寂，陶乃以蒲席包菊，捆载数车而去。逾岁，春将半，始载南中异卉而归，于都中设花肆，十日尽售，复归艺菊。问之去年买花者，留其根，次年尽变而劣，乃复购于陶。

陶由此日富，一年增舍，二年起夏屋[13]。兴作从心[14]，更不谋诸主人。渐而旧日花畦，尽为廊舍。更于墙外买田一区，筑墉[15]四周，悉种菊。至秋，载花去，春尽不归。而马妻病卒。意属黄英，微使人风示[16]之。黄英微笑，意似允许，惟专候陶归而已。年馀，陶竟不至。黄英课仆[17]种菊，一如陶。得金益合商贾[18]，村外治膏田二十顷，甲第[19]益壮。忽有客自东粤[20]来，寄陶生函信，发之，则嘱姊归马。考其寄书之日，即马妻死之日；回忆园中之饮，适四十三月也，大奇之。以书示英，请问"致聘何所"，英辞不受采。又以故居陋，欲使就南第居，若赘焉。马不可，择日行亲迎礼。

黄英既适马，于间壁开扉通南第，日过课其仆。马耻以妻富，恒嘱黄英作南北籍，以防淆乱。而家所须，黄英辄取诸南第。不半岁，家中触类皆陶家物。马立遣人一一赍还之，戒勿复取。未浃旬，又杂之。凡数更，马不胜烦。黄英笑曰："陈仲子[21]毋乃劳乎？"马惭，不复稽[22]，一切听诸黄英。鸠工庀料[23]，土木大作，马不能禁。经数月，楼舍连亘，两第竟合为一，不分疆界矣。然遵马教，闭门不复业菊，而享用过于世家。马不自安，曰："仆三十年清德，为卿所累。今视息人间[24]，徒依裙带而食，真无一毫丈夫气矣。人皆祝富，我但祝穷耳！"黄英曰："妾非贪鄙，但不少致丰盈，遂令千载下人，谓渊明贫贱骨，百世不能发迹，故聊为我家彭泽[25]解嘲耳。然贫者愿富，为难；富者求贫，固亦甚易。床头金任君挥去之[26]，妾不靳也。"马曰："捐[27]他人之金，抑亦良丑。"英曰："君不愿富，妾亦不能贫也。无已，析君居：清者自清，浊者自浊，何害？"乃于园中筑茅茨[28]，择美婢往侍马。马安之。然过数日，苦念黄英。招之，不肯至，不得已，反就之。隔宿辄至，以为常。黄英笑曰："东食西宿[29]，廉者当不如是。"马亦自笑，无以对，遂复合居如初。

会马以事客金陵，适逢菊秋。早过花肆，见肆中盆列甚烦，款朵[30]佳胜，心动，疑类陶制。少间，主人出，果陶也。喜极，具道契阔[31]，遂止宿焉。要之归，陶曰："金陵，吾故土，将婚于是。积有薄赀，烦寄吾姊。我岁杪[32]当暂去。"马不听，请之益苦。且曰："家幸充盈，但可坐享，无须复贾。"坐肆中，使仆代论价，廉其直[33]，数日尽售。逼促囊装，赁舟遂北。入门，则姊已除舍[34]，床榻裀褥皆设，若预知弟也归者。陶自归，解装课役，大修亭园，惟日与马共棋酒，更不复结一客。为之择婚，辞不愿。姊遣两婢侍其寝处，居三四年，生一女。陶饮素豪，从不见其沉醉。有友人曾生，量亦无对。适过马，马使与陶相较饮。二人纵饮甚欢，相得恨晚。自辰以讫四漏[35]，计各尽百壶。曾烂醉如泥，沉睡座间；陶起归寝，出门践菊畦，玉山倾倒[36]，委衣于侧，即地化为菊：高如人，花十馀朵，皆大于拳。马骇绝，告黄英。英急往，拔置地上，曰："胡醉至此！"覆以衣，要马俱去，戒勿视。既明而往，则陶卧畦边。马乃悟姊弟皆菊精也，益爱敬之。而陶自露迹，饮益放，恒自折柬招曾，因与莫逆。值花朝[37]，曾来造访，以两仆舁药浸白酒一坛，约与共尽。坛将竭，二人犹未甚醉。马潜以一瓻[38]续入之，二人又尽之。曾醉已惫，诸仆负之以去。陶卧地，又化为菊。马见惯不惊，如法拔之，守其旁以观其变。久之，叶益憔悴。大惧，始告黄英。英闻骇曰："杀吾弟矣！"奔视之，根株已枯。痛绝，掐其梗，埋盆中，携入闺中，日灌溉之。马悔恨欲绝，甚怨曾。越数日，闻曾已醉死矣。盆中花渐萌，九月既开，短干粉朵，嗅之有酒香，名之"醉陶"[39]，浇以酒则茂。后女长成，嫁于世家。黄英终老，亦无他异。

异史氏曰："青山白云人，遂以醉死[40]，世尽惜之，而未必不自以为快也。植此种于庭中，如见良友，如见丽人，不可不物色之也。"

【注释】

①千里不惮（dàn），不惧怕路程遥远。惮，畏难，畏惧。

②中表，指与祖父、父亲的姐妹的子女的亲戚关系，或与祖母、母亲的兄弟姐妹的子女的亲戚关系。

③蹇（jiǎn），驴。油碧车，古时贵妇人用的装有青绿色油幕

的车子。

④骚雅，《离骚》与《诗经》中《大雅》、《小雅》的并称，借指由《诗经》和《离骚》所奠定的古诗优秀风格和传统。这里喻风流儒雅。

⑤艺，种植。

⑥卜居，择地居住，这里指迁居。河朔，古代泛指黄河以北的地区。

⑦仆，自称的谦词。固贫，即“固穷”，信守道义，安于贫贱穷困。

⑧纫绩，女红针线。

⑨“则以”二句，认为将种菊之处当作市井交易的场所，是对菊花的侮辱。东篱，种菊之场所，语出陶渊明“采菊东篱下”。市井，古代城邑中集中买卖货物的场所。黄花，指菊花。

⑩相属（zhǔ），相接连。

⑪㔉（zhú），挖，掘。

⑫少间（jiàn），稍稍停止。

⑬夏屋，大屋。

⑭兴作从心，兴建随心所欲。

⑮墉（yōng），特指高墙。

⑯风（fèng）示，暗示，用言语示意。

⑰课仆，督促仆役。

⑱合商贾，这里是指与商人集资合股。

⑲甲第，古代豪门贵族的宅第。

⑳东粤，古代以今广东省、广西壮族自治区为“两粤”，东粤即指今广东一带。

㉑陈仲子，战国时齐人，以廉介著称，据说为孟子的弟子，但

孟子对他的行为并不以为然。见《孟子·滕文公下》。《淮南子》卷一三《氾论训》："季襄、陈仲子，立节抗行，不入洿君之朝，不食乱世之食，遂饿而死。"黄英以"陈仲子"称马子才，语带调侃。

㉒稽，查考。

㉓鸠工，聚集工匠。庀（pǐ）料，备齐建筑材料。庀，备办。

㉔视息人间，在人世苟全活命。视息，仅存视觉、呼吸等。

㉕我家彭泽，陶渊明曾为彭泽令，黄英姓陶，故以"我家彭泽"借代陶渊明。

㉖床头金，家中的钱财。

㉗捐，耗费。

㉘茅茨（cí），茅草盖的屋顶，这里指茅屋。

㉙东食西宿，比喻贪得之人唯利是图，这里属于调侃语。

㉚款朵，菊花之品种。佳胜，优美。

㉛契阔，怀念。

㉜岁杪（miǎo），即年底。

㉝直，价格。

㉞除舍，整修、打扫房舍。

㉟"自辰"句，自早晨辰时一直到深夜四更天。

㊱玉山倾倒，形容人酒醉卧倒的姿态。

㊲花朝，即"花朝节"，旧俗以农历二月十五日为"百花生日"，故称此日为"花朝节"。

㊳瓻（chī），陶制的酒器。

㊴醉陶，诸多菊谱上并未看到此种菊花的品种，其品种可能是作者杜撰。

㊵"青山白云人"二句，用唐傅奕事，后世常用以比喻放浪形

骸于青山白云间的旷达之士。

【简评】

《史记》卷一二九《货殖列传》："是故本富为上，末富次之，奸富最下。无岩处奇士之行，而长贫贱，好语仁义，亦足羞也。"自春秋战国始，即有"义利之辨"，社会经济的发展日益深刻影响了士人文人的人生价值取向，司马迁的一席话意在调和"义""利"二者间的矛盾。而随着时代发展，明清工商业发达，在商品经济发展的刺激下，明清读书人的"治生"观已大有进步，著名学者顾炎武为抗清活动的需要就曾"垦田度地，累致千金"。

蒲松龄这篇《黄英》将读书人两种对立的观念形象化，并最终以陶氏姐弟艺菊治生的成就否定了马子才"君子固穷"的迂执观念，堪称顺应了社会思想的发展趋势。然而读书人仅凭一己之力发家致富又谈何容易，马子才的"躲富"多少也带有几分对现实的无奈感。蒲松龄构思这篇小说，以陶渊明为影像塑造了陶三郎的"醉陶"风貌，而其姐"聊为我家彭泽解嘲"一语，隐喻出作者自我理想境界的设计，即在生活无忧的状态下又有"青山白云人"那般精神追求，堪称潇洒人生。"异史氏曰"中"自以为快"之论，代表了作者偏向于精神层面的人生理想，但人要生存发展，如小说中所说'人固不可苟求富，然亦不必务求贫'，黄英姊弟生气勃勃的经营之成功，来破除文人头脑中鄙视商贾的观念，更显意趣。

齐天大圣[1]

许盛，兖[2]人。从兄成贾于闽[3]，货未居积[4]。客言大圣灵著，将祷诸祠。盛未知大圣何神，与兄俱往。至则殿阁连蔓，穷极弘丽。入殿瞻仰，神猴首人身，盖齐天大圣孙悟空云。诸客肃然起敬，无敢有惰容。盛素刚直，窃笑世俗之陋。众焚奠叩祝，盛潜去之。既归，兄责其慢。盛曰："孙悟空乃丘翁[5]之寓言，何遂诚信如此？如其有神，刀槊雷霆[6]，余自受之！"逆旅主人闻呼大圣名，皆摇手失色，若恐大圣闻。盛见其状，益哗辨之，听者皆掩耳而走。

至夜，盛果病，头痛大作。或劝诣祠谢，盛不听。未几，头小愈，股又痛，竟夜生巨疽，连足尽肿，寝食俱废。兄代祷，迄无验。或言：神谴须自祝。盛卒不信。月馀，疮渐敛，而又一疽生，其痛倍苦。医来，以刀割腐肉，血溢盈碗。恐人神其词，故忍而不呻。又月馀，始就平复，而兄又大病。盛曰："何如矣！敬神者亦复如是，足征余之疾非由悟空也。"兄闻其言，益恚，谓神迁怒，责弟不为代祷。盛曰："兄弟犹手足。前日支体[7]糜烂而不之祷；今岂以手足之病，而易吾守乎？"但为延医剉药，而不从其祷。药下，兄暴毙。

盛惨痛结于心腹，买棺殓兄已，投祠指神而数[8]之曰："兄病，谓汝迁怒，使我不能自白。倘尔有神，当令死者复生。余即北面[9]称弟子，不敢有异词；不然，当以汝处三清之法，还处汝身[10]，亦以破吾兄地下之惑。"至夜，梦一人招之去，入大圣祠，仰见大圣有怒色，责之曰："因汝无状[11]，以菩萨刀穿汝胫股[12]；犹不自悔，啧有烦言[13]。本宜送拔舌狱，念汝一生刚鲠[14]，姑置宥赦。汝兄病，乃汝以庸医夭其寿数，于人何尤[15]？今不少施法力，益令狂妄者引为口实[16]。"乃命青衣使请命于阎罗。青衣白："三日后，鬼籍已报天庭，恐难为力。"神取方版[17]，命笔，不知何词，使青衣执之而去。良久乃返，成与俱来，并跪堂上。神问："何迟？"青衣白："阎摩不敢擅专，又持大圣旨上咨斗宿[18]，是以来迟。"盛趋上拜谢神恩。神曰："可速与兄俱去。若能向善，当为汝福。"兄弟悲喜，相将俱归。醒而异之，急起，启材视之，兄果已苏，扶出，极感大圣力。盛由此诚服信奉，更倍于流俗。而兄弟赀本，病中已耗其半；兄又未健，相对长愁。

一日，偶游郊郭，忽一褐衣人[19]相之曰："子何忧也？"盛方苦无所诉，因而备述其遭。褐衣人曰："有一佳境，暂往瞻瞩，亦足破闷。"问："何所？"但云："不远。"从之。出郭半里许，褐衣人曰："予有小术，顷刻可到。"因命以两手抱腰，略一点首，遂觉云生足下，腾踔[20]而上，不知几百由旬。盛大惧，闭目不敢少启。顷之曰："至矣。"忽见琉璃世界[21]，光明异色，讶问："何处？"曰："天宫也。"信步而行，上上益高[22]。遥见一叟，喜曰："适遇此老，子之福也！"举手相揖。叟邀过诸其所，烹茗[23]献客；止两盏，殊不及盛。褐衣人曰："此吾弟子，千里行贾，敬造仙署，求少赠馈。"叟命僮出白石一柈[24]，状类雀卵，莹澈如冰，使盛自取之。盛念携归可作酒枚[25]，遂取其六。褐衣人以为过廉[26]，代取六枚，付盛并裹之。嘱纳腰橐[27]，拱手曰："足矣。"辞叟出，仍令附体而下，俄顷及地。盛稽首[28]请示仙号，笑曰："适即所谓觔斗云[29]也。"盛恍然，悟为大圣，又求祐护。曰："适所会财星[30]，赐利十二分[31]，何须他求。"盛又拜之，起视已渺。既归，喜而告兄。解取共视，则融入腰橐矣。后辇货[32]而归，其利倍蓰[33]。自此屡至闽，必祷大圣。他人之祷，时不甚验；盛所求无不应者。

异史氏曰："昔士人过寺，画琵琶于壁而去；比返，则其灵大著，香火相属焉[34]。天下事固不必实有其人，人灵之，则既灵焉矣。何以故？人心所聚，而物或托焉耳。若盛之方鲠，固宜得神明之祐，岂真耳内绣针，毫毛能变，足下觔斗，碧落可升哉！卒为邪惑，亦其见之不真也。"

【注释】

①齐天大圣，古小说中以猴为原型的神怪形象，或称之为孙悟空。

②兖，明清兖州府，现属山东省兖州市。

③闽，古种族名，生活于今浙江南部和福建一带，后因称福建为闽。

④居积，囤积。

⑤丘翁，即丘处机（1148—1227），字通密，号长春子，金登州栖霞（今属山东省）人。自幼父母双亡，十九岁入山学道，拜全真教主王重阳为师，后隐居栖霞山中。

⑥刀槊（shuò）雷霆，遭受刀枪与震雷的惩罚。槊，古代兵器，即长矛。

⑦支体，指整个身体。

⑧数（shǔ），数说责备。

⑨北面，拜人为师，这里是成为信奉者的意思。

⑩“当以”二句，就用《西游记》中你在车迟国处置三清圣像的方法来对待你的塑像。据明吴承恩《西游记》第四十四回《法身元运逢车力，心正妖邪度脊关》，孙悟空、猪八戒、沙和尚一行闯进车迟国三清殿，分别变化为元始天尊、灵宝道君、太上老君这三清；为防泄漏天机，孙悟空就令猪八戒将三尊原圣像投入了厕所内。

⑪无状，行为失检，没有礼貌。

⑫菩萨刀，出处不详，应是聊示薄惩的责罚器具。菩萨，佛教名词，梵文菩提萨埵之省，原为释迦牟尼修行而未成佛时的称号，后泛用为对大乘思想的实行者的称呼。这里谓观世音菩萨，即民间意识中的慈悲化身，属于救苦救难之神。胫股，人的小腿与大腿。

⑬啧（zé）有烦言，原意为互相责备，争论不一，这里是指纷杂的指责和非议。

⑭刚鲠（gěng），亦作“刚骰”，刚强正直。

⑮尤，过失，罪愆。

⑯口实，借口。

⑰方版，即“方板”，古代对公文或文书的称呼。

⑱斗宿（xiù），有星六颗，在北斗星以南，形似斗。神怪小说中指南斗之神，据说为注生之神。

⑲褐衣，粗布衣服，古代贫贱者所穿。

⑳腾踔（chuō），跳起，凌空。

㉑琉璃世界，即“净琉璃世界”，佛教语，指药师如来之净土，或称药师净土。因此世界以琉璃为地，或以此世界及其教主本

身皆清净如琉璃，故有此称。这里系借喻天上世界。

㉒上上益高，向上越走越高。

㉓烹茗，原意为煮茶，明清时品茗已用冲泡法，即“沏茶”。

㉔柈（pán），盘子。

㉕酒枚，即“酒筹”，饮酒时用以记数或行令的筹子。

㉖廉，少。

㉗腰橐（tuó），系于腰间的盛物袋子。

㉘稽（qǐ）首，古代一种跪拜礼，叩头至地，是九拜中最恭敬者。仙号，神仙的名号。

㉙觔斗云，明吴承恩《西游记》中孙悟空翻跟斗时驾的云。

㉚财星，古代对主财的星宿的称呼，此星照临，财运就兴旺。

㉛十二分，形容将获利无算。十二，对应财星前所赠白石十二枚。

㉜辇货，载运货物。

㉝倍蓰（xǐ），指数倍。蓰，五倍。

㉞“昔士人”五句，用书生在寺院偶画琵琶而为村人所崇信供养事。据《太平广记》卷三一五引《原化记·画琵琶》，一书生善画，行船偶经江西某寺院，适僧不在，即于房门素壁上画一琵琶而去。僧归，戏告村人“恐是五台山圣琵琶”，于是以讹传讹，受到四方供养，并且“礼施求福甚效”。后此书生又泊船过此寺，闻听此事，用水洗净前所画琵琶，并向村民解释事情因由原委，从此“灵圣亦绝”。

【简评】

旧时，最初民间关于齐天大圣的崇拜带有明显的地域色彩，蒲松龄此篇所言者发生于福建一带，与尤侗《艮斋杂说》卷五所记福州事略同："福州人皆祀孙行者为家堂，又立齐天大圣庙，甚壮丽。四五月间，迎旱龙舟，装饰宝玩，鼓乐喧阗，市人奔走若狂，视其中坐一猕猴耳。无论《西游记》为子虚乌有，即水帘洞岂在闽粤间哉！风俗怪诞如此，而不以淫祠毁。然则杜十姨、五髭须相公，固无怪也。"而此等荒诞无稽的崇奉，清初也传至中原。虽不如福建一带的祭祀规模大，但多了很多野祀，可见俗信的传播力度。愚昧一旦与迷信结伴，即便在资讯不发达的古代，同样很大的扩散性。人能造神，或出于某种不可告人之目的，绝非纯粹的庸人自扰。读蒲松龄这篇《齐天大圣》，诸多幻境之生，或由信奉者所自造，"异史氏曰"所谓"人心所聚"的一番议论，也值得今人深思。

竹青

鱼容，湖南人，谈者忘其郡邑。家綦贫，下第[①]归，资斧断绝。羞于行乞，饿甚，暂憩吴王庙[②]中，因以愤懑之词拜祷神座。出卧廊下，忽一人引去，见吴王，跪白："黑衣队尚缺一卒，可使补缺。"吴王可，即授黑衣。既着身，化为乌，振翼而出。见乌友群集，相将俱去，分集帆樯[③]。舟上客旅，争以肉饵抛掷。群于空中接食之。因亦尤效，须臾果腹。翔栖树杪[④]，意亦甚得[⑤]。逾二三日，吴王怜其无偶，配以雌，呼之"竹青"。雅相爱乐。鱼每取食，辄驯无机[⑥]，竹青恒劝谏之，卒不能听。一日，有满兵[⑦]过，弹之中胸。幸竹青衔去之，得不被擒。群乌怒，鼓翼扇波，波涌起，舟尽覆。竹青乃摄饵哺鱼。鱼伤甚，终日而毙。忽如梦醒，则身卧庙中。先是，居人见鱼死，不知谁何，抚之未冷，故不时以人逻察之。至是，讯知其由，敛赀送归。

后三年，复过故所，参谒吴王。设食，唤乌下集群啖，乃祝曰："竹青如在，当止。"食已，并飞去。后领荐[⑧]归，复谒吴王庙，荐以少牢[⑨]。已，乃大设[⑩]以飨乌友，又祝之。是夜宿于湖村，秉烛方坐，忽几前如飞鸟飘落；视之，则二十许丽人，辴然曰：

“别来无恙乎？”鱼惊问之，曰：“君不识竹青耶？”鱼喜，诘所来。曰：“妾今为汉江[11]神女，返故乡时常少。前乌使两道君情，故来一相聚也。”鱼益欣感，宛如夫妻之久别，不胜欢恋。生将偕与俱南，女欲邀与俱西，两谋不决。寝初醒，则女已起。开目，见高堂中巨烛荧煌，竟非舟中。惊起，问：“此何所？”女笑曰：“此汉阳[12]也。妾家即君家，何必南！”天渐晓，婢媪纷集，酒炙已进。就广床上设矮几，夫妇对酌。鱼问仆之所在，答：“在舟上。”生虑舟人不能久待，女言：“不妨，妾当助君报之。”于是日夜谈讌[13]，乐而忘归。

舟人梦醒，忽见汉阳，骇绝。仆访主人，杳无信兆。舟人欲他适，而缆结不解，遂共守之。积两月馀，生忽忆归，谓女曰：“仆在此，亲戚断绝。且卿与仆，名为琴瑟，而不一认家门，奈何？”女曰：“无论妾不能往；纵能之，君家自有妇，将何以处妾也？不如置妾于此，为君别院可耳。”生恨道远，不能时至，女出黑衣，曰：“君旧衣尚在。如念妾时，衣此可至，至时，为君解之。”乃大设肴珍，为生祖饯。既醉而寝，醒，则身在舟中，视之，洞庭旧泊处也。舟人及仆俱在，相视大骇，诘其所往，生故怅然自惊。枕边一襆，检视，则女赠新衣袜履，黑衣亦折置其中。又有绣橐[14]维絷腰际，探之，则金赀充牣焉。于是南发，达岸，厚酬舟人而去。

归家数月，苦忆汉水，因潜出黑衣着之，两胁生翼，翕然凌空，经两时许，已达汉水。回翔下视，见孤屿中有楼舍一簇，遂飞堕。有婢子已望见之，呼曰：“官人至矣！”无何，竹青出，命众手为之缓结，觉羽毛划然尽脱。握手入舍，曰：“郎来恰好，妾旦夕临蓐矣。”生戏问曰：“胎生乎？卵生乎？”女曰：“妾今为神，则皮骨已更，应与曩异。”至数日，果产，胎衣厚裹，如巨卵然，破之，男也。生喜，名之“汉产”。三日后，汉水神女皆登堂，以服食珍物相贺。并皆佳妙，无三十以上人。俱入室就榻，以拇指按儿鼻，名曰“增寿”。既去，生问：“皆谁何？”女曰：“此皆妾辈。其末后着藕白者，所谓‘汉皋解佩’[15]，即其人也。”居数月，女以舟送之，不用帆楫，飘然自行。抵陆，已有人絷马道左，遂归。由此往来不绝。

积数年，汉产益秀美，生珍爱之。妻和氏苦不育，每思一见汉产。生以情告女。女乃治任，送儿从父归，约以三月。既归，和爱之过于己出。过十馀月，不忍令返。一日，暴病而殇，和氏悼痛欲死。生乃诣汉告女。入门，则汉产赤足卧床上，喜以问女。女曰：“君久负约。妾思儿，故招之也。”生因述和氏爱儿之故。女曰：“待妾再育，放汉产归。”又年馀，女双生男女各一：男名“汉生”，女名“玉佩”。生遂携汉产归，然岁恒三四往，不以为便，因移家汉阳。汉产十二岁入郡庠。女以人间无美质[16]，招去，为之娶妇，始遣归。妇名“卮娘”，亦神女产也。后和氏卒，汉生及妹皆来躃踊。葬毕，汉生遂留；生携玉佩去，自此不返。

【注释】

①下第，科举时代考试不中者，又称落第。

②吴王庙，祭祀三国吴将军甘宁的祠庙，故址在今湖北省黄石市阳新县东部富池镇。

③帆樯，挂帆的桅杆。

④树杪（miǎo），树梢。

⑤得，满足。

⑥驯无机，心性驯良喜与人类亲近。人无巧诈之心，异类就可以亲近。

⑦满兵，满洲八旗兵。

⑧领荐，即“领乡荐”。乡荐，源于唐代，唐宋应试进士，由州县荐举，故称“乡荐”。

⑨荐，祭祀时献牲。少牢，旧时祭礼的牺牲，牛、羊、豕俱用叫太牢，只用羊、豕二牲叫少牢。

⑩大设，大设食物。飨（xiǎng），以隆重的礼仪宴请宾客。泛指宴请，以酒食犒劳、招待。

⑪汉江，称汉水，长江最长支流，源出陕西西南部，流经湖北西北部与中部，在汉口入长江。

⑫汉阳，明清县名，属汉阳府，现属湖北省武汉市。

⑬谈谳，又作“谈燕”、“谈宴”，边宴饮边叙谈。

⑭绣橐（tuó），有刺绣的盛物袋子。

⑮汉皋解佩，相传周郑交甫于汉皋台下遇二女，二女解佩相赠。唐李善注引《神仙传》：“切仙一出，游于江滨，逢郑交甫。交甫不知何人也，目而挑之，女遂解佩与之。交甫行数步，空怀无佩，女亦不见。”汉皋，山名，在今湖北襄樊市西北。

⑯美质，美好的品质。

【简评】

人类自古就有如飞鸟般自由翱翔天际的理想，如希腊神话中亦有代达罗斯用羽毛与蜜蜡粘成鸟翼，与其子伊卡洛斯一同插翅飞行，以逃脱弥诺斯国王的控制。本篇《竹青》中的鱼容身着黑衣即可“两胁生翼，翕然凌空”，其想象丝毫不亚于希腊神话的瑰丽。《太平广记》卷四六二引刘牧《建安记·乌君山》关于“皮羽”的想象：“夫神仙轻举，皆假羽翼，不尔，何以倏忽而致万里乎？”这或许对蒲松龄的“黑衣”构思有所启发。唐杜甫曾作《过洞庭湖》诗：“护堤盘古木，迎棹舞神鸦。”蒲松龄在演绎吴王庙传说的构思中，应当也受到杜甫诗的影响，以致在地理位置的叙述中百密一疏，将吴王庙搬到了洞庭湖附近。小说以“湖南人，谈者忘其郡邑”开头，模棱中也显示出作者对于湖广一带地理不甚熟悉。人与鸟、人间与仙境、现实与理想的变化或穿越，在竹青亲授黑衣之前全凭梦境，属于作者减省笔墨的巧思，也符合天马行空般的故事情节。

乩仙[1]

章丘米步云善以乩卜，每同人[2]雅集，辄召仙相与赓和[3]。一日，友人见天上微云，得句，请其属对[4]，曰："羊脂白玉天。"乩书云："问城南老董。"众疑其不能对，故妄言之。后以故偶适城南，至一处，土如丹砂，异之。有一叟牧豕其侧，因问之。叟曰："此俗呼'猪血红泥地'也。"忽忆乩词，大骇。问其姓，答云："我老董也。"属对不奇，而预知过城南之必遇老董，斯亦神矣！

【注释】

①乩（jī）仙，扶乩时请托的神灵。乩，即"扶乩"，用占卜来解答疑问。古代由术士制丁字形木架，其直端顶部悬锥下垂。架放在沙盘上，由两人各以食指分扶横木两端，依法请神，木架的下垂部分即在沙上画成文字，作为神的启示，或与人唱和，或示人吉凶，或与人处方。又称"扶鸾"，传说神仙来时驾凤乘鸾，故名。

②同人，志同道合的朋友。

③赓和（gēng hè），续用他人原韵或题意唱和。

④属（zhǔ）对，对出下联。

【简评】

朱一玄编《〈聊斋志异〉资料汇编》列举明俞弁《山樵暇语》一则、明冯梦龙《古今谭概·谈资部·仙对》一则为本篇《乩仙》之本事。《山樵暇语》卷八："吴人朱近仁领乡荐，后招仙以会试致问，仙曰：'身且不保，安问功名？'众怪其妄诞，因请对'羊脂白玉天'之句，乩遂书曰：'三日后至闻德桥，有人自对。'众益笑之。如期，有好事者偕近仁往其处，适见耕者倚锄而立。怪而问之，耕者曰：'鳝血黄泥地，难为锄耳。'众皆惊骇。未几，近仁果卒。"《古今谭概》所记述者大略相同。蒲松龄利用这一民间流传的素材又予加工，增添"预知过城南之必遇老董"一节，玄而又玄，引人人胜。

纫针

虞小思，东昌[①]人，居积为业。妻夏，归宁而返，见门外一妪，偕少女哭甚哀。夏诘之，妪挥涕相告。乃知其男子王心斋，亦宦裔也。家衰落，无衣食业，浼中保贷富室黄氏金，学作贾。中途遭寇，巨梃[②]中颅，丧赀，幸不死。至家，黄责偿，计子母[③]不下三十金，实无可以准[④]之。黄窥其女纫针美，将谋作妾。使中保质告之[⑤]：如其肯可，折债外，仍以廿金压券[⑥]。王谋诸妻，妻泣曰："我虽贫，固簪缨之胄。彼以执鞭[⑦]发迹，何敢遂媵吾女！且纫针固有婿耳，汝乌得擅作主！"

先是，同邑傅孝廉之子，与王投契，生男阿卯，与褓中论婚。后孝廉官于闽，年馀而卒。妻子不能归，消息遂绝，以是故纫针十五尚未字也。妻言及此，王无词，但谋所以为计。妻曰："不得已，其妄谋诸两弟。"盖妻范氏，其祖曾任京秩[⑧]，两孙田产尚多也。次日，妻携女归告两弟，两弟任其涕泪，并无一词为之设处。范乃号啼而归。适逢夏诘，且述且哭，夏怜之；视其女，绰约可爱，益之哀楚。因邀入其家，款以酒食。慰之曰："母子勿戚，妾当竭力。"范未遑谢，女已哭伏在地，益惋惜之。筹思曰："虽有薄蓄，然三十金亦复大难，当典质[9]相付。”母子拜别，夏以三日为约。别后，百计为之营谋，亦未敢告诸其夫。三日，未满其数，又使人假诸其母。范母子已至，因实告之。又订以次日。抵暮，假金至，合裹并置床头。

至夜，有盗穴壁，以火入，夏觉，睨之，见一人臂上悬短刀，状貌凶恶。大惧，不敢复作声，伪为睡者。盗近箱，意将发扃[10]。回顾夏枕边有裹物，探身攫去，就灯解视已，乃入腰橐，不复胠箧[11]而去。夏乃起呼。家中惟一小婢，隔墙告邻，邻人集而盗已远矣。夏乃对灯啜泣。亡何[12]，婢睡去，夏引带自经于棂间。婢觉，天已大曙，始呼人解其悬，四肢已冰。虞知，奔至，诘婢始得其由，惊涕营葬而已。时方夏，尸不僵，亦不腐。过七日，乃殓之。

既葬，纫针潜出，哭于其墓。暴雨忽集，霹雳大作，墓发，女亦震死。虞闻，奔验之，则棺木已启，妻呻嘶其中，抱出之。见女尸，不知其谁。夏审视，始辨之，方相骇怪。未几，范至，见女已死，号曰：“固疑其在此，今果然矣！闻夫人自缢，日夜不绝声。今夜语我，欲哭于殡宫[13]，我未之应也。”夏感其义，遂与夫言，即以所葬材穴葬之。范拜谢。虞负妻归，范亦归告其夫。

闻村北一人被雷击死于途，身有字云：“偷夏氏金贼。”俄闻邻妇哭声，乃知死者即其夫马大也。村人白于官，官拘其妇械鞫之，则范以夏氏之措金赎女，对人感泣，马大赌博无赖，闻之而盗心遂生也。及押妇搜赃，则止存二十数；又检马尸，得四数。官判卖妇偿补责还虞。夏益喜，全金悉仍付范，俾偿债主。

葬女三日，夜大雷电以风，坟复破，女亦顿苏。不归其家，往扣夏氏之门。盖认其墓，疑其复生也。夏惊起，隔扉问之。女曰：“夫人果生耶！我纫针耳。”夏骇为鬼，呼邻媪共诘之，知其更生，喜内入室。女自言：“愿从夫人服役，不复归矣。”夏曰：

“得无谓我捐金为买婢耶？汝葬后，债已代偿，可勿见猜。”女益感泣，愿以母事，夏未诺，女曰：“儿能操作，亦不坐食。”天明，告范，范喜，急至；亦从女意，即以属夏。范去，夏强送女归。女啼思夏，王心斋自负之来，委诸门内而去。夏见之，惊问，始知其故，遂亦安之。虞至，急下拜，呼以父。虞固无子女，见女依依怜人，颇以为欢。女纺绩缝纫，勤劳臻至。夏病几殆，女昼夜给役[14]。见夏不食，亦不食，面上时有啼痕。向人曰：“母有万分一，我誓不复生！”夏少瘳，始解颜为笑。夏愈，闻之流涕，曰：“我四十无子，但复生一女如纫针者足矣。”夏自少不育，逾岁忽举一男，人以为行善之报。

居二年，女益长。虞与王谋，不能坚守旧盟。王曰：“女在君家，婚姻惟君所命。”女十七，惠美无双。此言出，问名者趾错于门，夫妻为之简对[15]。富室黄某亦遣媒来。虞恶其富而不仁，力却之，为择于冯氏。冯，邑名士，子亦慧而能文。将告于王；王出负贩未归，遂径诺之。黄以不得于虞，亦托作贾，迹王所在，设馔相邀，更复助以资本，渐渍习洽[16]。因自道其子慧以自媒。王感其情，又仰其富，遂与订盟。既归，诣虞，则虞昨日方受冯氏婚书。闻王言，颇不悦，呼女出，告以情。女怫然曰：“债主，吾仇也！以我事仇，但有一死！”王无颜，托人告黄以冯氏之盟。黄怒曰：“女姓王，不姓虞。我约在先，彼约在后，何得背盟！”遂投状邑宰，宰意以先约判归黄。冯曰：“王某以女付虞，固言婚嫁不复预闻，且某有定婚书，彼不过杯酒之谈耳。”宰不能坚，将惟女愿之从。黄退，以金赂邑宰，求其左袒，以此月馀不决。

一日，有孝廉赴都道过东昌，使人问王心斋。适问于虞，虞转诘之，盖孝廉傅姓，即阿卯也。人闽籍，十八已乡捷矣，犹以前约未婚。盖母嘱便道访王，问其女已嫁否也。虞大喜，邀傅至家，历述所遭。然婿来千里，患无质实[17]。傅箧中出王当日允婚书。虞招王至，验之而真，乃共喜。是日当集覆审，傅投刺谒邑宰，其案始销。涓吉[18]约期乃去。礼闱后，市币帛而还，居其旧第，行亲迎礼。进士报已自闽中还，盖傅又捷南宫[19]矣。复入都观政而返[20]。女不乐南渡，傅亦以庐墓[21]在，遂独往迁父柩，载母俱归。后数年，虞卒，子才七八岁，女抚之过于其弟。使读书，早入邑庠，家称素封[22]，皆傅力也。

异史氏曰："神龙中亦有游侠耶？獐恶彰善[23]，生死皆以雷霆，此'钱塘破阵舞'[24]也。轰轰屡击，皆为一人，焉知纫针非龙女谪降者[25]耶？"

【注释】

①东昌，明清府名，现属山东省聊城市。

②巨梃（tǐng），大木棍。

③子母，本金和利息。子，利息；母，本金。

④准，抵偿，折兑。

⑤质告，询问。

⑥压券，即平衡差价，即买方扣除卖方须用来抵债的三十金外，再加付二十金，即总共以五十金买纫针为妾。

⑦执鞭，持鞭驾车，多借以表示卑贱的差役。

⑧京秩，指在京师任职的官员，对地方官而言。

⑨典质，以物为抵押换钱，可在限期内赎回。

⑩发扃（jiōng），开启箱锁。

⑪胠箧（qū qiè），原指撬开箱子，后亦泛指盗窃。

⑫亡（wú）何，不久。

⑬殡宫，坟墓。

⑭给（jǐ）役，供应使役。

⑮简对，选择应对。

⑯渐渍（jiān zì），浸润，这里指亲热，讨好。习洽，亲近融洽。

⑰质实，事实依据。

⑱涓吉，选择吉祥的日子。

⑲捷南宫，考中进士。南宫，原为尚书省的别称，唐及以后，尚书省六部统称南宫，又因进士考试多在礼部举行，故又专指六部中的礼部为南宫。

⑳观政，即“观政进士”，明代新取中之进士，在正式授官前须分拨去部院见习政事，统称观政进士。观政期满，方正式授官。

㉑庐墓，房舍和祖墓。

㉒素封，没有官爵封邑而富比封君的有钱人家。《史记·货殖列传》：“今有无秩禄之奉，爵邑之入，而乐与之比者，命曰‘素封’。”

㉓瘅（dàn）恶彰善，即“彰善瘅恶”，表彰美善，憎恨邪恶。

㉔钱塘破阵舞，即《钱塘破阵乐》，唐人传奇中威武雄壮的乐舞。

㉕谪（zhé）降，旧时称仙人获罪而贬降、托生人世。

【简评】

惩恶扬善是《纫针》一篇主旨，夏氏之助人为乐，纫针之知恩图报，令全篇洋溢着浓郁的人情美。从进士“观政”之语推想，此篇当以明代社会为背景。《易·说卦》：“神也者，妙万物而为言者也。动万物者莫疾乎雷。”雷霆的两次出现是推动情节进展不可或缺的要素，夏氏重生、纫针震亡与马大击毙，是为一次雷霆之力；三日后雷霆再作，又令纫针从墓中复活。雷之妙用，被作者发挥到极致。这一超越现实的大胆构思，与民间传说中雷霆的刚正形象密切相关。清金埴《不下带编》卷五："绍兴诸生金桓，孝友人也。康熙六年七月二十一日，梦长眉仙语，去之曰：'尔有夙孽，明年今日，当为雷击。'桓寤，深以为忧，事母益孝，日礼大士以求忏罪。至次年七月二十一日，桓见天变，知将不免，恐惊其母，预往跪于文笔峰浮图下。顷之，风雨大作，霹雳轰鸣，家人惊泣，以为死矣！逾时天霁，往观之，讶其犹生。桓曰：'适似梦中见大士，露洒杨枝，持镜一照而醒。'"霹雳因人之夙孽须加惩罚，准时而至，却又因其人大孝而使观音菩萨施以援手，遇难呈祥。古人的灵怪想象多与彰善瘅恶相融合，反映了儒家传统"仁义"思想在古代的深入人心。

胭脂

东昌卞氏[1]，业牛医者[2]，有女小字胭脂，才姿惠丽。父宝爱之，欲占凤于清门[3]，而世族鄙其寒贱，不屑缔盟，以故及笄未字。对户龚姓之妻王氏，佻脱[4]善谑，女闺中谈友也。一日，送至门，见一少年过，白服裙帽[5]，丰采甚都。女意似动，秋波萦转[6]之。少年俯其首，趋而去。去既远，女犹凝眺。王窥其意，戏之曰："以娘子才貌，得配若人，庶可无恨。"女晕红上颊，脉脉不作一语。王问："识得此郎否？"答云："不识。"王曰："此南巷鄂秀才秋隼，故孝廉之子。妾向与同里，故识之，世间男子，无其温婉。今衣素，以妻服未阕[7]也。娘子如有意，当寄语使委冰焉。"女无言，王笑而去。

数日无耗，心疑王氏未暇即往，又疑宦裔不肯俯拾。邑邑徘徊，萦念颇苦，渐废饮食，寝疾惙顿[8]。王氏适来省视，研诘病由。答言："自亦不知。但尔日别后，即觉忽忽不快，延命假息[9]，朝暮人[10]也。"王小语曰："我家男子，负贩未归，尚无人致声鄂郎。芳体违和[11]，非为此否？"女赪颜良久。王戏之曰："果为此者，病已至是，尚何顾忌？先令夜来一聚，彼岂不肯可？"女叹息曰："事至此，已不能羞。但渠不嫌寒贱，即遣媒来，疾当愈；若私约，则断断不可！”王颔之，遂去。

王幼时与邻生宿介通，既嫁，宿侦夫他出，辄寻旧好。是夜宿适来，因述女言为笑，戏嘱致意鄂生。宿久知女美，闻之窃喜，幸其机之可乘也。将与妇谋，又恐其妒，乃假无心之词，问女家闺闼甚悉。次夜，逾垣入，直达女所，以指叩窗。内问谁何，答以“鄂生”。女曰：“妾所以念君者，为百年，不为一夕。郎果爱妾，但亦速倩冰人[12]；若言私合，不敢从命。”宿姑诺之，苦求一握纤腕为信[13]。女不忍过拒，力疾[14]启扉。宿遽入，即抱求欢。女无力撑拒，仆地上，气息不续。宿急曳之。女曰：“何来恶少，必非鄂郎；果是鄂郎，其人温驯，知妾病由，当相怜恤，何遂狂暴如此！若复尔尔，便当鸣呼，品行亏损，两无所益！”宿恐假迹败露，不敢复强，但请后会。女以亲迎为期。宿以为远，又请之。女厌纠缠，约待病愈。宿求信物，女不许，宿捉足解绣履而出。女呼之返，曰：“身已许君，复何吝惜？但恐‘画虎成狗’[15]，致贻污谤。今亵物[16]已入君手，料不可反。君如负心，但有一死！”宿既出，又投宿王所。既卧，心不忘履，阴揣[17]衣袂，竟已乌有。急起篝灯[18]，振衣冥索[19]。诘之，不应；疑妇藏匿，妇故笑以疑之。宿不能隐，实以情告。言已，遍烛门外，竟不可得。懊恨归寝，窃幸深夜无人，遗落当犹在途也。早起寻之，亦复杳然。

先是，巷中有毛大者，游手无籍[20]。尝挑王氏不得，知宿与洽，思掩执[21]以胁之。是夜，过其门，推之未扃，潜入。方至窗外，踏一物，软若絮帛，拾视，则巾裹女舄。伏听之，闻宿自述甚悉，喜极，抽息[22]而出。逾数夕，越墙入女家，门户不悉，误诣翁舍。翁窥窗，见男子，察其音迹，知为女来者。心忿怒，操刀直出。毛大骇，反走。方欲攀垣，而卞追已近，急无所逃，反身夺刃；媪起大呼，毛不得脱，因而杀之。女稍痊，闻喧始起。共烛之，翁脑裂不复能言，俄顷已绝。于墙下得绣履，媪视之，胭脂物也。逼女，女哭而实实告之，但不忍贻累王氏，言鄂生之自至而已。

天明，讼于邑。邑宰拘鄂。鄂为人谨讷[23]，年十九岁，见客羞涩如童子，被执骇绝，上堂不知置词，惟有战慄。宰益信其情真，横加梏械[24]。书生不堪痛楚，以是诬服。既解郡，敲扑如邑。生冤气填塞，每欲与女面质；及相遭，女辄诟詈，遂结舌不能自伸，由是论死。往来覆讯，经数官无异词。

后委济南府复案。时吴公南岱[25]守济南，一见鄂生，疑不类杀人者，阴使人从容私问之，俾得尽其词。公以是益知鄂生冤。筹思数日，始鞫之。先问胭脂："订约后，有知者否？"答："无之。""遇鄂生时，别有人否？"亦答："无之。"乃唤生上，温语慰之。生自言："曾过其门，但见旧邻妇王氏与一少女出，某即趋避，过此并无一言。"吴公叱女曰："适言侧无他人，何以有邻妇也？"欲刑之。女惧曰："虽有王氏，与彼实无关涉。"公罢质[26]，命拘王氏。数日已至，又禁不与女通，立刻出审，便问王："杀人者谁？"王对："不知。"公诈之曰："胭脂供言，杀卞某汝悉知之，胡得隐匿？"妇呼曰："冤哉！淫婢自思男子，我虽有媒合之言，特戏之耳。彼自引奸夫入院，我何知焉！"公细诘之，始述其前后相戏之词。公呼女上，怒曰："汝言彼不知情，今何以自供撮合哉？"女流涕曰："自己不肖，致父惨死，讼结不知何年，又累他人，诚不忍耳。"公问王氏："既戏后，曾语何人？"王供："无之。"公怒曰："夫妻在床，应无不言者，何得云无？"王供："丈夫久客未归。"公曰："虽然，凡戏人者，皆笑人之愚，以炫己之慧，更不向一人言，将谁欺[27]？”命梏十指[28]。妇不得已，实供：“曾与宿言。”公于是释鄂拘宿。宿至，自供：“不知。”公曰：“宿妓者必无良士！”严械之。宿自供：“赚女是真，自失履后，未敢复往，杀人实不知情。”公怒曰：“窬墙者何所不至！”又械之。宿不任凌籍[29]，遂以自承。招成报上[30]，无不称吴公之神。铁案如山，宿遂延颈以待秋决矣。然宿虽放纵无行，故东国[31]名士。闻学使施公愚山贤能称最[32]，又有怜才恤士之德，因以一词控其冤枉，语言怆恻。公讨其招供，反覆凝思之，拍案曰：“此生冤也！”遂请于院、司，移案再鞫。问宿生：“鞋遗何所？”供言：“忘之。但叩妇门时，犹在袖中。”转诘王氏：“宿介之外，奸夫有几？”供言：“无有。”公曰：“淫乱之人，岂得专私一个？”供言：“身与宿介，稚齿交合，故未能谢绝；后非无见挑者，身实未敢相从。”因使指其人以实之，供云：“同里毛大，屡挑而屡拒之矣。”公曰：“何忽贞白如此？”命搒之。妇顿首出血，力辨无有，乃释之。又诘：“汝夫远出，宁无有托故而来者？”曰：“有之。某甲、某乙，皆以借贷馈赠，曾一二次入小人家。”

盖甲、乙皆巷中游荡子，有心于妇而未发者也。公悉籍其名，并拘之。既集，公赴城隍，使尽伏案前。便谓：“曩梦神人相告，杀人者不出汝等四五人中。今对神明，不得有妄言。如肯自首，尚可原宥；虚者，廉得无赦[33]！”同声言无杀人之事。公以三木置地[34]，将并加之。括发裸身[35]，齐鸣冤苦。公命释之，谓曰：“既不自招，当使鬼神指之。”使人以毡褥悉障殿窗，令无少隙；袒诸囚背，驱入暗中，始授盆水，一一命自盥讫；系诸壁下，戒令“面壁勿动，杀人者，当有神书其背”。少间，唤出验视，指毛曰：“此真杀人贼也！”盖公先使人以灰涂壁，又以烟煤濯其手：杀人者恐神来书，故匿背于壁而有灰色；临出，以手护背，而有烟色也。

公固疑是毛，至此益信。施以毒刑，尽吐其实。判曰："宿介：蹈盆成括杀身之道，成登徒子好色之名[36]。只缘两小无猜，遂野鹜如家鸡之恋[37]；为因一言有漏，致得陇兴望蜀之心[38]。将仲子而窬园墙，便如鸟堕；冒刘郎而至洞口，竟赚门开[39]。感帨惊尨，鼠有皮胡若此？攀花折树，士无行其谓何[40]！幸而听病燕之娇啼，犹为玉惜；怜弱柳之憔悴，未似莺狂[41]。而释幺凤于罗中，尚有文人之意；乃劫香盟于袜底，宁非无赖之尤[42]！蝴蝶过墙，隔窗有耳；莲花瓣卸，堕地无踪[43]。假中之假[44]以生，冤外之冤[45]谁信？天降祸起，酷械至于垂亡；自作孽盈，断头几于不续[46]。彼窬墙钻隙，固有玷夫儒冠；而僵李代桃，诚难消其冤气。是宜稍宽笞扑，折其已受之惨；姑降青衣，开其自新之路。若毛大者：刁猾无籍，市井凶徒。被邻女之投梭，淫心不死；伺狂童之入巷，贼智忽生[47]。开户迎风，喜得履张生之迹[48]；求浆值酒，妄思偷韩掾之香[49]。何意魄夺自天，魂摄于鬼[50]。浪乘槎木，直入广寒之宫；径泛渔舟，错认桃源之路[51]。遂使情火息焰，欲海生波[52]。刀横直前，投鼠无他顾之意；寇穷安往，急兔起反噬之心[53]。越壁入人家，止期张有冠而李借[54]；夺兵遗绣履，遂教鱼脱网而鸿离[55]。风流道乃生此恶魔，温柔乡何有此鬼蜮哉[56]！即断首领[57]，以快人心。胭脂：身犹未字，岁已及笄。以月殿之仙人，自应有郎似玉；原霓裳之旧队，何愁贮屋无金[58]？而乃感《关雎》而念好逑，竟绕春婆之梦[59]；怨《摽梅》而思吉士，遂离倩女之魂[60]。为因一线缠萦，致使群魔交至[61]。争妇女之颜色，恐失'胭脂'；惹鸷鸟之纷飞，并托'秋隼'[62]。莲钩摘去，难保一瓣之香；铁限敲来，几破连城之玉[63]。嵌红豆于骰子，相思骨竟作厉阶；丧乔木于斧斤，可憎才真成祸水[64]！葳蕤自守，幸白璧之无瑕；缧绁苦争，喜锦衾之可覆[65]。嘉其入门之拒，犹洁白之情人；遂其掷果之心，亦风流之雅事[66]。仰[67]彼邑令，作尔冰人。”案既结，遐迩传颂焉。

自吴公鞫后，女始知鄂生冤。堂下相遇，腼然含涕，似有痛惜之词，而未可言也。生感其眷恋之情，爱慕殊切；而又念其出身微，且日登公堂，为千人所窥指，恐娶之为人姗笑，日夜萦回，无以自主。判牒[68]既下，意始安贴。邑宰为之委禽，送鼓吹焉。

异史氏曰：“甚哉！听讼[69]之不可以不慎也！纵能知李代为冤，谁复思桃僵亦屈？然事虽暗昧，必有其间[70]，要非审思研察，不能得也。呜呼！人皆服哲人[71]之折狱明，而不知良工[72]之用心苦矣。世之居民上者，棋局消日[73]，䌷被放衙[74]，下情民艰，更不肯一劳方寸。至鼓动衙开[75]，巍然高坐，彼哓哓者直以桎梏静之[76]，何怪覆盆[77]之下多沉冤哉！”

愚山先生，吾师也[78]。方见知时，余犹童子。窃见其奖进士子，拳拳[79]如恐不尽；小有冤抑，必委曲[80]呵护之，曾不肯作威学校，以媚权要。真宣圣之护法[81]，不止一代宗匠[82]衡文无屈士已也。而爱才如命，尤非后世学使虚应故事[83]者所及。尝有名士入场，作“宝藏兴”[84]文，误记“水下”[85]；录毕而后悟之，料无不黜之理。作词曰：“宝藏在山间，误认却在水边。山头盖起水晶殿。瑚长峰尖，珠结树颠。这一回崖中跌死撑船汉！告苍天：留点蒂儿[86]，好与友朋看。”先生阅文至此，和[87]之曰：“宝藏将山夸，忽然见在水涯。樵夫漫说渔翁话[88]。题目虽差，文字却佳。怎肯放在他人下。尝见他，登高怕险；那曾见，会水淹杀？”此亦风雅之一斑，怜才之一事也。

【注释】

①东昌，明清府名，现属山东省聊城市。

②牛医，专为牛治病的兽医，这里用来形容其家世贫贱。

③占凤，即“卜凤”，指择婿。清门，家世清白的书香门第。

④佻（tiāo）脱，轻佻而活跃。

⑤白服裙帽，这里形容夫为妻服丧的装束。按先秦礼法，妻子死后，夫为妻服“齐衰”（zīcuī）（丧服名，为五服之一，服用粗麻布制成，以其缉边缝齐，故称“齐衰”）一年，汉以后由于男尊女卑思想的影响，夫为妻服丧之制并未严格执行，这里的“白服裙帽”不过表示象征性服丧而已，并不符合古代礼制。

⑥秋波萦转，清澈明亮的目光回旋环绕，这里形容一往情深的情态。

⑦妻服未阕（què），丈夫为亡妻服丧一年尚未期满。参见本篇注⑤。

⑧寝疾惙（chuò）顿，卧病委顿。寝疾，卧病。

⑨假息，苟延残喘。

⑩朝暮人，不久就要离开人世。

⑪芳体，对女子身体的敬称。违和，身体失于调理而不适，用于称他人患病的婉词。

⑫速倩冰人，请你尽快请托媒人来我家说媒。倩，恳求，请托。

⑬信，诚实不欺。

⑭力疾，勉强支撑病体。

⑮画虎成狗，即“画虎不成反类狗”，这里比喻欲成好事，终无结果，反而成为笑柄。

⑯亵（xiè）物，贴身衣物，这里指绣履。

⑰揣（duǒ），摇动。

⑱篝灯，把灯放在笼中，即点灯。

⑲振衣冥索，抖搂衣服暗中寻找。

⑳游手无籍，游手好闲没有固定职业者。

㉑掩执，突然破门捉拿。

㉒抽息，即“屏气”，抑止呼吸，形容谨慎小心。

㉓谨讷（nè），老实不善言辞。

㉔梏（gù）械，用刑具拷掠。

㉕吴公南岱，即吴南岱（1621—？），字泰岩，江南武进（今江苏省常州市）人。顺治六年，二甲第十二名进士，顺治十年以员外郎出知袁州府知府，历官济南府知府、广东副使。守，太守，指知府，这里用作动词。

㉖罢质，停止审讯。

㉗将谁欺，即“将欺谁”，宾语前置。

㉘梏十指，即拶（zǎn）指之刑，即将人十指用拶夹套住，二人从两侧用力收绳，受刑者手指被木棍夹住，疼痛万分甚至折断手指。

㉙不任，不能忍受。凌籍，同“凌藉”，摧残欺凌。

㉚招成，即“招承”，招供承认。

㉛东国，东方之国，上古指齐、鲁、徐夷等国，这里即指山东。

㉜学使施公愚山，即施闰章（1619—1683），字尚白，一字屺云，号愚山，又号蠖斋，江南宣城（今属安徽省）人。顺治六年，二甲第二十六名进士，历官刑部主事、山东提学佥事、江西布政司参议，分守湖西道，康熙十八年举博学鸿词中式，授侍讲，转侍读，卒于官。著有《学馀堂集》。最，古代考核政绩或军功时划分

的等级，以上等为最。跟“殿”相对。

㉝廉得，查访出。

㉞三木，古代加在犯人颈、手、足上的三件刑具。

㉟括发裸身，束发并剥去上衣，以便动刑。

㊱“蹈盆成括”二句，宿介因好色而险遭杀身之祸。盆成括，战国人。这里以盆成括比喻宿介，称其虽有才却无德行。

㊲“只缘”二句，宿介与王氏只因少小交好而导致老大私通。野鹜，野鸭。原为“野雉”，用来喻指外姓人家的技艺。这里以野鹜比喻非正式的匹偶。

㊳“为因”二句，只因王氏泄漏胭脂有爱慕鄂生之心的一句话，致使宿介萌生骗奸胭脂的邪念。得陇望蜀，比喻贪心不足。

㊴“将（qiāng）仲子”四句，宿介翻墙至卞家并骗取胭脂将门打开。将仲子，请求仲子的意思，出自《诗·郑风·将仲子》：“将仲子兮，无逾我里，无折我树杞。岂敢爱之？畏我父母。仲可怀也，父母之言亦可畏也。”这里反用其意。将，愿，请。鸟堕，这里形容人翻墙落地。刘郎，借用东汉刘晨遇仙女的故事。据南朝宋刘义庆《幽明录》，东汉刘晨与阮肇于永平年间至天台山采药迷路，忽遇二仙女，受到殷勤款待，蹉跎半年始归。归家后才知时已入晋，子孙已过七代。后复入天台山寻访，旧踪渺然。

㊵“感帨（hàn shuì）”四句，宿介毫无顾忌闯入胭脂家，属于读书人不要脸皮无耻下作的行径。感帨惊尨（máng），男子对女子非礼相陵。感，通“撼”，摇动。帨，佩巾，古代女子出嫁时，母亲所授，用以擦拭不洁。在家时挂在门右，外出时系在身左。鼠有皮，出自《诗·鄘风·相鼠》：“相鼠有皮，人而无仪！人而无仪，不死何为？”这里指宿介没皮没脸。攀花折树，

比喻欺侮女子。

㊶“幸而”四句，幸亏宿介尚能顾惜胭脂病体与隐衷而停止施暴。病燕、弱柳，喻指胭脂。玉惜，即“惜玉”，比喻对女子的温情爱怜。莺狂，比喻肆无忌惮。

㊷“而释幺凤”四句，宿介中止施暴略存读书人的体面，但强取绣鞋为信物实属撒泼放刁到了极点。幺凤，鸟名，又称桐花凤，羽毛五色，体型比燕子小。这里借喻胭脂。罗，捕鸟的网。劫香盟，用威逼的手段强迫女方与自己订立相好的盟约。

㊸“蝴蝶”四句，宿介与王氏偷情中的谈话被毛大窃听，而所强夺下的绣履又恰丢失。蝴蝶过墙，这里用来形容宿介与王氏偷情之举。莲花瓣，即“莲瓣”，古人常以莲瓣比喻女鞋。

㊹假中之假，宿介本假冒鄂生，却又遭到毛大的假冒。

㊺冤外之冤，鄂生因宿介遭受冤枉，宿介又因毛大遭受冤枉。

㊻“自作孽”二句，宿介自作自受，罪恶已极，险些丧失性命。

㊼“被邻女”四句，毛大遭到邻居王氏的拒绝仍然欲行不轨，乘宿介与王氏偷情之际，以捉奸的鬼主意胁迫王氏就范。投梭，即“投梭折齿”，女子拒绝调戏的意思。狂童，轻狂顽劣的少年，这里指代宿介。巷，住宅。贼智，鬼主意。

㊽“开户”二句，毛大侦察到宿介与王氏偷情的踪迹。开户迎风，化用唐元稹《莺莺传》内容，崔莺莺寄柬给张生，请他前来幽会：“待月西厢下，迎风户半开。拂墙花影动，疑是玉人来。”

㊾“求浆”二句，毛大本欲挑逗王氏，却因之萌生骗奸胭脂的妄想。求浆值酒，即“乞浆得酒”，比喻所得超过所求。偷韩掾（yuàn）之香，这里指冒充他人以求私通于女。掾，即“掾吏”，

官名，汉以后中央及各州县皆置掾史，分曹治事。多由长官自行辟举。

㊿“何意”二句，毛大鬼迷心窍、神志错乱是天意使然。魄夺自天，即“天夺之魄”，谓上天夺走他的魂魄，即意欲其死，这里指上天让毛大神志迷乱。魂摄于鬼，灵魂被鬼召取。

51“浪乘”四句，毛大径直进入卞家寻觅胭脂，却走错门户，误投胭脂父亲的住所。浪，副词，徒然。乘槎（chá）木，登天。槎木，即“天槎”，古代神话中指可在天地间往来的木筏。广寒之宫，即“广寒宫”，这里指代胭脂闺房。桃源，即“桃花源”，这里仍指代胭脂闺房。

52“遂使”二句，因走错门户，毛大骗奸难成，欲一走了之竟难脱身。情火，这里是指毛大如火般燃烧的淫欲。欲海生波，谓因淫欲而生事端。欲海，佛教认为烦恼中以爱欲为最重，故称爱欲为欲海。

53“刀横”四句，胭脂父亲操刀径直向前追杀毛大，毛大脱身不得，反起杀心。直前，径直向前。投鼠，反用“投鼠忌器”的典故，指胭脂父亲追杀毛大无所顾忌。投鼠忌器，比喻欲除害而有所顾忌。寇穷安往，毛大陷于困境，无所逃匿。寇穷，即“穷寇”。急兔，急于逃脱的兔子，比喻毛大。反噬（shì），反咬一口。这里指毛大夺刀杀死胭脂的父亲。

54“越壁”二句，毛大翻墙入卞家，原指望冒名顶替骗奸胭脂。张有冠而李借，即“张冠李戴”，谓把姓张的帽子戴到姓李的头上。这里喻指毛大存心冒名顶包。

55“夺兵”二句，毛大夺刀杀害胭脂的父亲，丢下绣履，自己逃走并嫁祸于他人。兵，兵器，这里谓刀。鱼脱网而鸿离，出自《诗·邶风·新台》：“鱼网之设，鸿则离之。燕婉之求，得此戚施。”大意是张设鱼网却网住个蛤蟆，原欲嫁个美少年，却得到个驼背男。鸿，通“蛩”，指虾蟆。离，遭遇，后多作“罹”。

56“风流道”二句，毛大属于男女情场中的恶棍与鬼魅。风流道，谓男女私情场合。鬼蜮，谓暗中害人的两种精怪，常用来比喻用心险恶、暗中伤人的小人。

57首领，头和脖子

58“以月殿”四句，胭脂貌如天仙，本不愁找不到般配的如意郎君。月殿之仙人，即“嫦娥”，神话中的月中女神，这里用来比喻胭脂貌美。似玉，指容貌如同玉人一样美丽。霓裳之旧队，以《霓裳羽衣》歌舞队中的仙女形容胭脂身姿绰约。何愁贮屋无金，用“金屋藏娇”故事，意思是不愁找不到供美人居住的华屋。

59“而乃”二句，胭脂的求偶之念，竟然化为一场春梦落空。春婆之梦，用宋苏轼遇春梦婆事。宋赵令畤《侯鲭录》卷七：“东坡老人在昌化，尝负大瓢行歌于田间。有老妇年七十，谓坡云：‘内翰昔日富贵，一场春梦。’坡然之。里人呼此媪为春梦婆。”这里用来比喻胭脂的希望落空。

60“怨摽（biào）梅”二句，胭脂老大未嫁，终因念佳偶而抑郁相思成疾。摽梅，谓梅子成熟而落下，常用来比喻女子已到结婚年龄。离倩女之魂，这里比喻胭脂梦魂追随鄂生而去，因而致疾。

61“为因”二句，胭脂因怀春的一缕情丝不断，致使邪恶者相继而来。魔，这里双关“心魔”，佛教把一切扰乱身心，破坏行善者和一切妨碍修行的心理活动均称作“魔”。

62“争妇女”四句，谓宿介、毛大为骗奸胭脂，皆先后冒名鄂生而至。颜色，姿色。鸷鸟，凶猛的鸟，如鹰鹯之类，这里比喻宿介、毛大。并托秋隼，指冒充鄂生。秋隼，此处双关鄂生名与鹰鹯。隼，鸟名，又名鹘，为鹰类中最小者，飞速善袭，猎者多饲之，使助捕鸟兔。

⑥3“莲钩”四句，宿介强取胭脂的绣履，却未能保留在手；毛大破门而入，险些令胭脂丧失贞操。一瓣之香，犹一炷香，佛教禅宗长老开堂讲道，烧至第三炷香时，长老即云这一瓣香敬献传授道法的某某法师。后以“一瓣香”指师承或仰慕某人。这里用来比喻胭脂的绣履。铁限，即“铁门限”，指用铁皮包裹着的门坎，后用为来访者多之典。这里用来比喻卞家门户频遭骚扰，几被踏破，故须用铁皮包裹。敲，指叩门。一说铁限为铁棒，似与故事情节脱离。连城之玉，谓价值连城之玉，这里用来比喻少女的贞操。

⑥4“嵌红豆”四句，胭脂因怀春相思而导致家祸，父亲因之丧生，印证了女人祸水的说法。嵌红豆于骰（tóu）子，比喻胭脂对鄂生有深入骨髓的相思。乔木，高大的树木，古人常用以比喻父道。斧斤，泛指各种斧子，这里用来比喻毛大夺下的刀。可憎才，可爱的人，表示男女极度相爱的反语，常见于金元戏曲，这里借宿介等人的口吻用来比喻胭脂。

⑥5“葳蕤（wēi ruí）”四句，胭脂能够以柔弱之躯，幸而保守住自己的清白；囚禁中又能为求得真相而力争，可以法外通融并加庇护。锦衾之可覆，即“一床锦被遮盖”，比喻请求别人通融、庇护。

⑥6“嘉其”四句，胭脂虽爱慕鄂生，却能清白自守，拒绝非礼；应当成全其思佳偶之初衷，这也属于一段风流雅事。情人，指鄂生的恋人。掷果之心，古代女子对美男子表示爱慕的心情。据《晋书》卷五五《潘岳传》，晋潘岳貌美，出游时，妇女都丢果子给他，于是满载而归。

⑥⑦仰，古代下行公文用语，表命令。

⑥⑧判牒，判决的官署文书。

⑥⑨听讼，听理诉讼，审案。

⑦⓪间（jiàn），空隙，比喻破绽、线索。

⑦①哲人，制裁犯罪者。哲，通“折”。折狱，判决诉讼案件。

⑦②良工，古代泛称技艺高超的人。这里以“良工”比喻“折狱明”的官员。

⑦③棋局消日，因下棋消磨光阴而致使政事荒废，取唐李远诗意“长日惟消一局棋”。

⑦④紬（chóu）被放衙，因睡懒觉而不理政事，取宋文彦博诗意。明彭大翼《山堂肆考》卷七七《彦博题鼓》：“宋文潞公为榆次令，尝题县楼鼓曰：‘置向樵楼一任挝，挝多挝少不知他。如今幸有黄紬被，拏出头来早放衙。’”紬，粗绸，用废茧残丝纺织成的织物，如今之绵绸。放衙，属吏早晚参谒主司听候差遣谓之衙参，退衙谓之“放衙”。

⑦⑤鼓动衙开，开衙时击打衙鼓。衙鼓，旧时衙门中所设的鼓，用以集散曹吏。

⑦⑥彼哓哓（xiāo）句，为官者用刑罚制止打官司时的争辩声音。哓哓，争辩声。静之，让他们安静下来，不许说话。

⑦⑦覆盆，覆置的盆，指阳光照不到覆盆之下，常用来比喻社会黑暗或无处申诉的沉冤。

⑦⑧吾师也，顺治十五年（1658），十九岁的蒲松龄以县、府、道试第一的成绩进学为诸生，受知于山东学政施闰章，故称之为“吾师”。

⑦⑨拳拳，眷爱的样子。

⑧⓪委曲，殷勤周至。

⑧1宣圣，即孔子。护法，护持佛法，这里是指维持儒家传统。

⑧2宗匠，技艺高超的工匠，常比喻在政治上或学问上有重大成就，众所推崇之人。

⑧3虚应故事，依循惯例，敷衍了事。

⑧4宝藏（zàng）兴，此乃以《四书》单句为题的八股文题，取自《中庸》：“今夫山，一卷石之多，及其广大，草木生之，禽兽居之，宝藏兴焉。”

⑧5水下，《中庸》承上注所引文为：“今夫水，一勺之多，及其不测，鼋、鼍、蛟龙、鱼鳖生焉，货财殖焉。”这里是指考生将“宝藏兴”颠倒误记为对于“水”的描述语。

⑧6留点蒂儿，留点面子，乞求从轻发落。蒂，花或瓜果与枝茎相连的部分。

⑧7和（hè），依照别人诗词的题材和体裁作诗词。

⑧8“樵夫”句，文不对题。漫说，徒然说。

【简评】

《胭脂》属于《聊斋志异》中的名篇。蒲松龄写这篇小说的主要目的在于抒发对赏识他的山东学政施闰章的感激之情，其所述案件或有一定的现实依据，但事件的诸多巧合与施闰章明察秋毫的破案技巧则完全是作者虚构加工的结果——从清代司法审理程序、学使之官责以及吴南岱任职济南知府的时间（仅顺治十二年一年）这三点，可断定案件纯属虚构；且施闰章鉴别杀人凶手毛大的办法也有借鉴古人的痕迹——显示了其炉火纯青的艺术功力。蒲松龄妙笔生花，在判词的骈整方面也着实下了一番功夫，为使典用事与小说人物名字浑然天成；且“胭脂”与“鄂秋隼”的人物名字大有讲究，可见其精雕细琢的用心。

平心而论，这篇小说在刻画官员审案方面颇有独到之处。吴南岱经过一番调查，解了鄂生的冤狱，堪有清官之誉，可却又令品行不端却并未杀人的宿介再入牢笼，幸而有施闰章明察秋毫，终令冤案昭雪。在官本位社会的司法条件下，审案者的素质与责任心无疑是不出冤案的关键性因素，所谓“公门之内好修行”，在今天仍有其认识价值。

葛巾

常大用，洛人，癖好牡丹。闻曹州牡丹甲齐鲁[①]，心向往之。适以他事如曹，因假搢绅之园居焉。而时方二月，牡丹未华，惟徘徊园中，目注句萌[②]，以望其拆[③]，作《怀牡丹》诗百绝[④]。未几，花渐含苞，而资斧将匮；寻典春衣[⑤]，流连忘返。一日凌晨，趋花所，则一女郎及老妪在焉。疑是贵家宅眷，亦遂遄返[⑥]。暮而往，又见之，从容避去；微窥之，宫妆艳绝。眩迷之中，忽转一想：此必仙人，世上岂有此女子乎！急返身而搜之，骤过假山，适与妪遇。女郎方坐石上，相顾失惊。妪以身幛女，叱曰："狂生何为！"生长跪曰："娘子必是神仙！"妪咄之曰："如此妄言，自当絷送令尹！"生大惧。女郎微笑曰："去之。"过山而去。

生返，不能徒步[⑦]。意女郎归告父兄，必有诟辱之来。偃卧空斋，自悔孟浪。窃幸女郎无怒容，或当不复置念。悔惧交集，终夜而病。日已向辰，喜无问罪之师，心渐宁帖，而回忆声容，转惧为想。如是三日，憔悴欲死。秉烛夜分，仆已熟眠。妪入，持瓯而进曰："吾家葛巾娘子，手合鸩汤，其速饮！"生闻而骇，既而曰："仆与娘子，夙无怨嫌，何至赐死？既为娘子手调，与其相思而病，不如仰药而死！”遂引而尽之。妪笑，接瓯而去。生觉药气香冷，似非毒者。俄觉肺膈宽舒，头颅清爽，酣然睡去。既醒，红日满窗，试起，病若失，心益信其为仙。无可夤缘，但于无人时，仿佛其立处、坐处，虔拜而默祷之。

一日，行去，忽于深树内，觌面遇女郎，幸无他人，大喜，投地。女郎近曳之，忽闻异香竟体，即以手握玉腕而起，指肤软腻，使人骨节欲酥。正欲有言，老妪忽至。女令隐身石后，南指曰：“夜以花梯度墙，四面红窗者，即妾居也。”匆匆遂去。生怅然，魂魄飞散，莫能知其所往。至夜，移梯登南垣，则垣下已有梯在，喜而下，果见红窗。室中闻敲棋[8]声，伫立不敢复前，姑踰垣归。少间[9]，再过之，子声犹繁，渐近窥之，则女郎与一素衣美人相对着[10]，老妪亦在坐，一婢侍焉。又返。凡三往复，三漏已催。生伏梯上，闻妪出云：“梯也，谁置此？”呼婢共移去之。生登垣，欲下无阶，恨悒而返。

次夕复往，梯先设矣。幸寂无人，入，则女郎兀坐，若有思者。见生，惊起，斜立含羞。生揖曰：“自谓福薄，恐于天人无分，亦有今夕耶！”遂狎抱之。纤腰盈掬[11]，吹气如兰，撑拒曰：“何遽尔！”生曰：“好事多磨，迟为鬼妒。”言未及已，遥闻人语。女急曰：“玉版妹子来矣！君可姑伏床下。”生从之。无何，一女子入，笑曰：“败军之将，尚可复言战否[12]？业已烹茗[13]，敢邀为长夜之欢。”女郎辞以困惰，玉版固请之，女郎坚坐不行。玉版曰：“如此恋恋，岂藏有男子在室耶？”强拉之，出门而去。生膝行而出，恨绝，遂搜枕簟，冀一得其遗物。而室内并无香奁，只床头有水精如意[14]，上结紫巾，芳洁可爱。怀之，越垣归。自理衿袖，体香犹凝，倾慕益切。然因伏床之恐，遂有怀刑[15]之惧，筹思不敢复往，但珍藏如意，以冀其寻。

隔夕，女郎果至，笑曰："妾向以君为君子也。而不知寇盗也。"生曰："良有之。所以偶不君子者，第望其如意[16]耳。"乃揽体入怀，代解裙结。玉肌乍露，热香四流，偎抱之间，觉鼻息汗熏，无气不馥。因曰："仆固意卿为仙人，今益知不妄。幸蒙垂盼，缘在三生。但恐杜兰香之下嫁，终成离恨耳[17]。"女笑曰："君虑亦过。妾不过离魂之倩女，偶为情动耳。此事要宜慎秘，恐是非之口，捏造黑白，君不能生翼，妾不能乘风，则祸离更惨于好别矣。"生然之，而终疑为仙，因诘姓氏，女曰："既以妾为仙，仙人何必以姓名传。"问："妪何人？"曰："此桑姥。妾少时受其露覆，故不与婢辈等。"遂起，欲去，曰："妾处耳目多，不可久羁，蹈隙当复来。"临别，索如意，曰："此非妾物，乃玉版所遗。"问："玉版为谁？"曰："妾叔妹也。"付钩[18]乃去。

去后，衾枕皆染异香。由此三两夜辄一至。生惑之，不复思归，而囊橐既空，欲货马。女知之，曰："君以妾故，泻囊质衣，情所不忍。又去代步，千馀里将何以归？妾有私蓄，聊可助装[19]。"生辞曰："感卿情好，抚臆誓肌[20]，不足论报；而又贪鄙，以耗卿财，何以为人矣！"女固强之，曰："姑假[21]君。"遂捉生臂，至一桑树下，指一石，曰："转之！"生从之，又拔头上簪，刺土数十下，又曰："爬之。"生又从之。则瓮口已见。女探入，出白镪[22]近五十两许，生把臂止之，不听，又出十馀铤[23]，生强反其半而后掩之。

一夕，谓生曰："近日微有浮言[24]，势不可长，此不可不预谋也。"生惊曰："且为奈何！小生素迂谨，今为卿故，如寡妇之失守，不复能自主矣。一惟卿命，刀锯斧钺，亦所不遑顾耳！"女谋偕亡，命生先归，约会于洛。生治任旋里，拟先归而后逆之；比至，则女郎车适已至门。登堂朝家人，四邻惊贺，而并不知其窃而逃也。生窃自危，女殊坦然，谓生曰："无论千里外非逻察所及，即或知之，妾世家女，卓王孙当无如长卿何也㉕。"

生弟大器，年十七，女顾之曰："是有惠根㉖，前程尤胜于君。"完婚有期，妻忽夭殒。女曰："妾妹玉版，君固尝窥见之，貌颇不恶，年亦相若，作夫妇可称佳耦㉗。"生闻之而笑，戏请作伐，女曰："必欲致之，即亦非难。"喜问："何术？"曰："妹与妾最相善。两马驾轻车，费一妪之往返耳。"生惧前情俱发，不敢从其谋，女固言："不害。"即命车，遣桑媪去。数日，至曹。将近里门，媪下车，使御者止而候于途，乘夜入里。良久，偕女子来，登车遂发。昏暮即宿车中，五更复行。女郎计其时日，使大器盛服而逆之。五十里许，乃相遇，御轮而归；鼓吹花烛，起拜成礼。由此兄弟皆得美妇，而家又日以富。

一日，有大寇数十骑，突入第。生知有变，举家登楼。寇入，围楼。生俯问："有仇否？"答言："无仇。但有两事相求：一则闻两夫人世间所无，请赐一见；一则五十八人，各乞金五百。"聚薪楼下，为纵火计以胁之。生允其索金之请，寇不满志，欲焚楼，家人大恐。女欲与玉版下楼，止之不听。炫妆而下，阶未尽者三级，谓寇曰："我姊妹皆仙媛，暂时一履尘世，何畏寇盗！欲赐汝万金，恐汝不敢受也。"寇众一齐仰拜，喏声"不敢"。姊妹欲退，一寇曰："此诈也！"女闻之，反身伫立，曰："意欲何作，便早图之！尚未晚也。"诸寇相顾，默无一言。姊妹从容上楼而去。寇仰望无迹，哄然始散。

后二年，姊妹各举一子，始渐自言："魏姓㉘，母封曹国夫人㉙。"生疑曹无魏姓世家，又且大姓失女，何得一置不问？未敢穷诘，而心窃怪之。遂托故复诣曹，入境谘访㉚，世族并无魏姓。于是仍假馆旧主人，忽见壁上有赠曹国夫人诗，颇涉骇异，因诘主人。主人笑，即请往观曹夫人，至则牡丹一本，高与檐等。问所由名，则以此花为曹第一，故同人戏封之。问其“何种”？曰：“葛巾紫[31]也。”心益骇，遂疑女为花妖。既归，不敢质言，但述赠夫人诗以觇之。女蹙然变色，遽出，呼玉版抱儿至，谓生曰：“三年前，感君见思，遂呈身相报；今见猜疑，何可复聚！”因与玉版皆举儿遥掷之，儿堕地并没。生方惊顾，则二女俱渺矣，悔恨不已。后数日，堕儿处生牡丹二株，一夜径尺，当年而花，一紫一白，朵大如盘，较寻常之葛巾、玉版[32]，瓣尤繁碎。数年，茂荫成丛；移分他所，更变异种，莫能识其名。自此牡丹之盛，洛下无双焉。

异史氏曰：“怀[33]之专一，鬼神可通，偏反者[34]亦不可谓无情也。少府寂寞[35]，以花当夫人；况真能解语，何必力穷其原哉？惜常生之未达也！”

【注释】

①曹州，明洪武四年至清雍正十三年曹县，属兖州府，现属今山东省菏泽市曹县。甲，居于首位。齐鲁，春秋时齐国与鲁国所在地，后世常以“齐鲁”代指山左一带，相当于现在的山东省。

②句（gōu）萌，草木初生的嫩芽、幼苗。拳曲者称为“句”，有芒而直者称为“萌”，合称“句萌”。

③拆，绽开。唐李绅《杜鹃楼》诗云：“杜鹃如火千房拆，丹槛低看晚景中。”

④百绝，一百首绝句诗。

⑤典春衣，以春衣抵押换钱。

⑥遄（chuán）返，疾速而归。遄，疾速。

⑦不能徙步，不能移步，羞愧惊慌的样子。

⑧敲棋，下围棋。以每一举棋必斟酌推敲之，故云。

⑨少间（jiàn），稍稍停止。

⑩对着（zhāo），对弈。着，下棋落子。

⑪盈掬，又作“盈匊”，两手合捧曰匊。

⑫“败军之将”二句，这里为调侃输棋者的戏语。

⑬烹茗，原意为煮茶，明清时品茗已用冲泡法，即“沏茶”。

⑭水精如意，用水晶雕刻的如意。水精，即“水晶”，多为一种无色透明的结晶石英。如意，器物名，梵语“阿那律”的意译。古之爪杖，多用骨、角、竹、木、玉、石、铜、铁等制成，长三尺许，前端作手指形。近代的如意，长一、二尺，其端多作芝形、云形，不过因其名吉祥，以供玩赏而已。

⑮怀刑，畏惧刑律而守法。

⑯第，副词，只是。如意，双关称心如意。

⑰“但恐”二句，担心两人婚姻难以长久。杜兰香，神话传说中的仙女。

⑱钩，量词，这里代指水精如意。

⑲助装，佐助行装，供旅居费用。

⑳抚臆誓肌，以手按胸，表示诚意且刻骨铭心。

㉑假，借用。

㉒白镪（qiǎng），白银的别称。镪，银子或银锭。

㉓铤（dìng），熔铸成固定形状的银块。

㉔浮言，没有根据的话。

㉕“卓王孙”句，有财势的女方家长也无法为难偕女逃亡的女婿。化用司马相如和卓文君的故事。长卿，司马相如字，为西汉著名文学家。

㉖惠根，即“慧根”，佛教语，为五根之一。这里是指天资

聪明。

㉗耦，配偶。

㉘魏姓，暗示自家牡丹品种的珍贵。

㉙国夫人，古代命妇的一种封号。

㉚诹访，咨询访问。

㉛葛巾紫，牡丹珍贵品种之一。

㉜玉版，即“玉板白”，牡丹珍贵品种之一。

㉝怀，情意，心意。

㉞偏反者，借代花，即指葛巾。偏反，翩翩摇摆。偏，通“翩”。

㉟“少府”二句，花可以解除人的孤独寂寞感。用唐白居易做盩厔县县尉时所作《戏题新栽蔷薇》诗意：“移根易地莫憔悴，野外庭前一种春。少府无妻春寂寞，花开将尔当夫人。”少府，县尉的别称。

【简评】

牡丹向来有国色天香的花王之誉，或被古人视为“花之富贵者也”（宋周敦颐《爱莲说》），其名贵品种繁多，农历三四月间怒放时雍荣华贵，色艳香浓，随风摇曳。明冯梦龙《醒世恒言》第四卷《灌园叟晚逢仙女》中曾解释洛阳牡丹冠于天下，原因是牡丹未应武则天的诏令在冬月开放，于是被从长安贬到洛阳。当然，这只是传说，气候与土壤及水质的适宜才是洛阳牡丹繁华似锦的真正原因。曹州地域情况也同样如此，因而两地品种繁盛，各有千秋。蒲松龄以葛巾、玉版涉足洛下导致“自此牡丹之盛，洛下无双”，属于小说笔法。常大用因癖好牡丹而凝思苦想，终抱得美人归，本属美事，却偏偏要寻根究底，导致情决。这反映了在封建社会，男性往往比女性更在意门当户对，和对女性的独占心理。如果纯从作者角度探讨，理想与现实间难以填平的鸿沟或许才是其构思非大团圆结局的主要原因，而且原本和美的生活因“述赠夫人诗”而突生变故，堪称神来之笔，使得该文的境界更上一层。清但明伦有评云：“此篇纯用迷离闪烁、夭矫变幻之笔；不惟笔笔转，直句句转，且字字转矣。”蒲松龄写作技巧之老道，可见一斑。

狼三则

有屠人货肉归，日已暮，欻一狼来，瞰担上肉，似甚涎垂[①]，步，亦步[②]，随尾行数里。屠惧，示之以刃，则稍却；既走，又从之。屠无计，默念狼所欲者肉，不如姑悬诸树而早取之。遂钩肉，翘足挂树间，示以空空，狼乃止。屠即径归。昧爽[③]往取肉，遥望树上悬巨物，似人缢死状，大骇。逡巡近视之，则死狼也。仰首审视，见口中含肉，肉钩刺狼腭，如鱼吞饵。时狼革价昂，直十馀金，屠小裕焉。缘木求鱼[④]，狼则罹[⑤]之，是可笑也。

一屠晚归，担中肉尽，止有剩骨。途中两狼，缀行[⑥]甚远。屠惧，投以骨。一狼得骨止，一狼仍从；复投之，后狼止而前狼又至。骨已尽，而两狼之并驱如故。屠大窘，恐前后受其敌[⑦]。顾野有麦场，场主积薪其中，苫蔽成丘[⑧]。屠乃奔倚其下，弛担[⑨]持刀。狼不敢前，眈眈相向。少时，一狼径去；其一犬坐[⑩]于前。久之，目似瞑，意暇甚。屠暴起，以刀劈狼首，又数刀毙之。方欲行，转视积薪后，一狼洞其中，意将隧入以攻其后也。身已半入，止露尻尾[⑪]。屠自后断其股，亦毙之。乃悟前狼假寐，盖以诱敌。狼亦黠矣！而顷刻两毙，禽兽之变诈几何哉？止增笑[⑫]耳。

一屠暮行，为狼所逼。道傍有夜耕所遗行室[13]，奔入伏焉。狼自苫中探爪入[14]，屠急捉之，令不可去。顾无计可以死之。惟有小刀不盈寸，遂割破爪下皮，以吹豕[15]之法吹之。极力吹移时，觉狼不甚动，方缚以带。出视，则狼胀如牛，股直不能屈，口张不得阖。遂负之以归。非屠乌能作此谋也[16]！

三事皆出于屠，则屠人之残，杀狼亦可用也。

【注释】

①涎垂，即“垂涎”，因想吃而流口水。

②步，亦步，指亦步亦趋，即屠夫行，狼即随行，紧跟不舍。

③昧爽，即拂晓。

④缘木求鱼，爬上树去捉鱼，常比喻行动和目的相反，这里调侃狼为果腹而丧生的愚蠢。

⑤罹（lí），遭受。

⑥缀行，连接成行，这里是尾随的意思。

⑦敌，攻击。

⑧苫（shàn）蔽成丘，将柴草堆聚成小丘并加以遮盖，这里指的是草垛。

⑨弛担，歇肩放下肉担。

⑩犬坐，像狗一样蹲坐在地上。犬，名词用作状语。

⑪尻尾，指狼的屁股和尾巴。

⑫增笑，增添笑料。

⑬行室，临时用柴草和谷秸搭盖的住所。

⑭苫中，茅草所编行室覆盖物的空隙。

⑮吹豕，即“梃猪”，杀猪后，在猪腿上割一个口子，用铁棍贴腿皮往里捅。梃成沟以后，往里吹起，使猪皮绷紧，以便去

毛除垢。

⑯乌，疑问副词。何，哪里。

【简评】

这三则写屠夫与狼的作品，皆短小精悍，若合而观之，意涵深远。第一则悬肉吊狼，目的在保住肉，却无意间捕获一狼，歪打正着；而狼早知肉悬在该处，却不知肉中有钩，因贪念而亡。第二则屠夫智斗二狼，犹如《孙子兵法》，看时惊心动魄，不想狼亦会有智慧，屠夫稍有不慎，便会遇灭顶之灾。第三则出奇制胜，将屠夫独有的技能发挥出来，读来令人忍俊不禁。清何守奇云："狼以贪死，以诈死，恃爪牙而亦死。乃知禽兽之行，决不可行。"读者可细阅之，颇有意趣。

图书在版编目（C I P）数据

聊斋志异 / (清) 蒲松龄著. -- 南京 : 江苏凤凰文艺出版社, 2018.7
ISBN 978-7-5594-1065-8

Ⅰ. ①聊… Ⅱ. ①蒲… Ⅲ. ①笔记小说－中国－清代 Ⅳ. ①I242.1

中国版本图书馆CIP数据核字(2017)第217127号

书　　名	聊斋志异
作　　者	[清]蒲松龄
选题策划	北京记忆坊文化
策划编辑	钱　丽
责任编辑	姚　丽
特约编辑	刘　洋
封面题字	肖开霖
封面设计	刘　军
版式设计	段文婷
出版发行	江苏凤凰文艺出版社
出版社地址	南京市中央路165号，邮编：210009
出版社网址	http://www.jswenyi.com
印　　刷	环球东方(北京)印务有限公司
开　　本	880毫米×1230毫米　1/32
字　　数	277千字
印　　张	11.5
版　　次	2018年7月第1版，2019年5月第2次印刷
标准书号	ISBN 978-7-5594-1065-8
定　　价	42.00元

江苏凤凰文艺版图书凡印刷、装订错误可随时向承印厂调换